La Scala

Nicholas Evans

L'uomo che sussurrava ai cavalli

Traduzione di
Stefano Bortolussi

Rizzoli

Proprietà letteraria riservata
© 1995 *by Nicholas Evans*
© 1995 *R.C.S. Libri & Grandi Opere S.p.A., Milano*

ISBN 88-17-67042-1

Titolo originale dell'opera:
THE HORSE WHISPERER

Prima edizione: ottobre 1995
Seconda edizione: novembre 1995
Terza edizione: novembre 1995
Quarta edizione: novembre 1995
Quinta edizione: dicembre 1995
Sesta edizione: dicembre 1995
Settima edizione: gennaio 1996
Ottava edizione: febbraio 1996
Nona edizione: febbraio 1996
Decima edizione: febbraio 1996
Undicesima edizione: marzo 1996
Dodicesima edizione: marzo 1996
Tredicesima edizione: aprile 1996
Quattordicesima edizione: aprile 1996
Quindicesima edizione: maggio 1996
Sedicesima edizione: giugno 1996
Diciassettesima edizione: luglio 1996
Diciottesima edizione: luglio 1996
Diciannovesima edizione: luglio 1996
Ventesima edizione: agosto 1996
Ventunesima edizione: settembre 1996
Ventiduesima edizione: settembre 1996

L'uomo che sussurrava ai cavalli

A Jennifer

Ringraziamenti

I miei grazie più sentiti vanno a: Huw Alban Davies, Michelle Hamer, Tim Galer, Josephine Haworth, Patrick de Freitas, Bob Peebles e famiglia, Tom Dorrance, Ray Hunt, Buck Brannaman, Leslie Desmond, Lonnie e Darlene Schwend, Beth Ferris e Bob Ream e a due camionisti, Rick e Chris, che mi hanno concesso un giro sul loro "formichiere".

Ma sono soprattutto grato a quattro buoni amici: Fred e Mary Davis, Caradoc King e James Long, e a Robbie Richardson, che per primo mi ha parlato di chi sussurra ai cavalli.

Non rincorrere le insidie esteriori,
non ti crogiolare nel vuoto interiore;
sii sereno nell'unità delle cose,
e il dualismo svanirà da solo.

Da «Sulla fiducia nel cuore»
di Seng-t'san, VII sec.
(tratto da *Manuale di buddismo zen* di D.T. Suzuki)

PARTE
PRIMA

1

Tutto era cominciato con la morte, e con la morte si sarebbe concluso. Ma se in quel mattino così infausto fosse stata proprio l'ombra fuggevole di un presagio ad attraversare i sogni della ragazzina e a svegliarla, lei non l'avrebbe mai saputo. Tutto ciò di cui si rese conto nell'aprire gli occhi fu che il mondo appariva in qualche modo diverso.

Il bagliore rosso della sveglia le segnalò che mancava circa mezz'ora al momento di alzarsi. Rimase distesa immobile, senza sollevare il capo, cercando di capire che cosa fosse cambiato. Era ancora buio, ma meno di quanto ci si sarebbe aspettati. Sul lato opposto della stanza riusciva a scorgere chiaramente i lievi riflessi dei suoi trofei di equitazione allineati sugli scaffali, e sopra di essi le gigantografie delle stelle del rock per cui un tempo aveva creduto di andare pazza. Si mise all'ascolto. Anche il silenzio che invadeva la casa sembrava diverso, sospeso, come la pausa fra l'istante in cui si inspira e quello in cui ci si decide a parlare. Presto avrebbe udito il rombo attutito della caldaia che entrava in funzione in cantina, e il vecchio pavimento della casa avrebbe ripreso il suo solito cigolìo lamentoso. Scese dal letto e si avvicinò alla finestra.

Aveva nevicato. La prima neve dell'inverno. E, a giudicare dalla palizzata nei pressi dello stagno, sembrava che ne fosse scesa una trentina di centimetri. In assenza di vento, creava un manto perfetto e regolare, raccogliendosi in proporzioni minuscole sui rami dei ciliegi che suo padre aveva piantato l'anno prima. Una stella brillava solitaria, incastonata nella distesa blu scuro sopra gli alberi. La ragazzina abbassò lo sguardo e vide che lungo il lato inferiore della finestra si era formato un nastro di brina; vi posò un dito, imprimendo un piccolo foro. Rabbrividì, non per il freddo ma per l'eccitazione nel rendersi conto che quel mondo trasformato era per il momento interamente suo. Quindi si volse e corse a vestirsi.

Grace Maclean era giunta da New York la sera prima con suo padre. Quel viaggio la divertiva sempre, due ore e mezza lungo la Taconic State Parkway nel tepore della lunga Mercedes, ascoltando le cassette e chiacchierando della scuola o di qualche nuovo caso su cui il padre stava lavorando. Le piaceva sentirlo parlare mentre guidava, le piaceva averlo tutto per sé, osservarlo mentre si rilassava lentamente nel suo ordinato abbigliamento da weekend. Sua madre, come sempre, era impegnata con una cena, un evento mondano, o qualcosa di simile: sarebbe arrivata a Hudson il mattino dopo in treno, soluzione che in ogni caso preferiva al viaggio in auto. Il traffico del venerdì sera la rendeva invariabilmente scontrosa e impaziente, e allora lei reagiva diventando prepotente, intimando a Robert, il padre di Grace, di rallentare o accelerare o imboccare chissà quale tortuosa deviazione per evitare le code. Lui regolarmente si sottraeva alle discussioni, limitandosi a eseguire gli ordini, sebbene a volte si concedesse un lieve sospiro e rivolgesse a Grace, relegata sul sedile posteriore, un'occhiata ironica attraverso lo specchietto retrovisore. Il rapporto fra i suoi genitori era da lungo tempo un mistero per Grace, un mondo complesso in cui il predominio e l'arrendevolezza non erano mai ciò che sembravano a prima vista. E così, per evitare di venirne coinvolta, lei si ritirava nell'isolamento del suo walkman.

Sul treno la madre avrebbe lavorato per l'intero tragitto, concentrata e inaccessibile alle distrazioni. Nel corso di un recente viaggio in sua compagnia Grace l'aveva osservata e si era stupita di non vederla mai guardare fuori dal finestrino, tranne forse nelle occasioni in cui vagava con lo sguardo mentre parlava al telefono cellulare con un giornalista importante o un vicedirettore particolarmente zelante.

La luce del pianerottolo era ancora accesa. Grace superò in punta di piedi la porta semiaperta della camera dei genitori e si fermò. Poteva udire il ticchettìo dell'orologio a muro nella sala al pianterreno e il russare lieve e rassicurante del padre. Scese le scale fino alla sala, le cui pareti e il cui soffitto azzurri già rilucevano dei riflessi proiettati dalla neve attraverso le finestre. Giunta in cucina, vuotò d'un fiato un bicchiere di latte e sgranocchiò un biscotto al cioccolato mentre scriveva un messaggio per il padre sul blocchetto accanto al telefono. «Sono andata a cavallo. Tornerò verso le 10. Ti voglio bene, G.»

Prese un altro biscotto e raggiunse il corridoio sul retro in cui tenevano le giacche e gli stivali infangati. Indossò il giubbotto di lana e, con il biscotto ancora stretto fra i denti, saltellò con grazia infilandosi gli stivali da cavallerizza. Si allacciò il giubbotto fino al collo, si mise i guanti e prese il berretto dallo scaffale. Per un istante si domandò se avrebbe dovuto telefonare a Judith per chiederle se aveva ancora intenzione di cavalcare nonostante la neve. Ma non ce n'era bisogno. Judith ne sarebbe stata altrettanto entusiasta. Mentre apriva la porta e usciva nell'aria gelida, Grace sentì la caldaia mettersi in moto in cantina.

Wayne P. Tanner guardò cupamente oltre l'orlo della tazza di caffè la fila di camion incrostati di neve fermi nel parcheggio di fronte al ristorante. Detestava la neve, ma più ancora odiava essere colto in fallo. E nello spazio di qualche ora erano successe entrambe le cose.

Quei poliziotti dello Stato di New York se l'erano goduta fino in fondo, sbirri supponenti che non erano altro. Li aveva visti raggiungerlo e stargli alle calcagna per tre o quattro chilometri, perfettamente consapevoli di essere stati notati e proprio per questo ancora più divertiti. All'improvviso avevano messo in funzione la luce intermittente, gli avevano segnalato di accostare e quel bulletto, poco più di un ragazzo, gli si era avvicinato con andatura tronfia e con lo Stetson calato sul capo come uno stramaledetto sbirro della TV. Gli aveva chiesto la tabella delle corse; Wayne l'aveva trovata, gliel'aveva consegnata ed era rimasto a guardare mentre il ragazzo la studiava.

«Atlanta, eh?» aveva detto il poliziotto scorrendo le pagine.

«Sissignore» aveva risposto Wayne. «E laggiù fa molto più caldo, lasci che glielo dica.» Era un tono che di solito funzionava con gli sbirri, rispettoso ma fraterno, a suggerire una certa solidarietà fra utenti della strada. Ma il ragazzo non aveva sollevato lo sguardo.

«Hmmm. Lei sa che il rivelatore di radar che ha montato sul suo mezzo è illegale, vero?»

Wayne aveva lanciato un'occhiata alla scatoletta nera fissata al cruscotto e per un istante si era chiesto se non fosse il caso di fingere completa innocenza. Nello Stato di New York i radar antisbirri erano illegali per tutti i camion oltre le otto tonnellate. E il suo le superava abbondantemente. Ma fingendosi all'oscuro, si era detto, avrebbe fatto incazzare ancor più quel piccolo bastardo. E così era tornato a voltarsi verso il poliziotto con un sorriso colpevole, che però si era rivelata inutile, perché il ragazzo continuava a non sollevare lo sguardo. «Lo sa, vero?» aveva ripetuto.

«Sì... insomma, immagino di sì.»

L'altro aveva richiuso la tabella delle corse e gliel'aveva restituita, guardandolo finalmente negli occhi. «Bene» aveva replicato. «E adesso vediamo quella vera.»

«Mi scusi?»

«L'altra tabella. Quella vera. Questa va bene per le fate.» Lo stomaco di Wayne si era stretto in una morsa.

Per quindici anni, come migliaia di altri camionisti, aveva tenuto due tabelle, una con la verità sui tempi, le distanze e le soste, e l'altra, approntata proprio per situazioni come quella, in cui risultava come avesse rispettato i limiti stabiliti dalla legge. E in tutto quel tempo, nelle decine di volte in cui era stato fermato durante i viaggi da costa a costa, nessuno sbirro gli aveva fatto uno scherzo del genere. Cazzo, praticamente quasi tutti i camionisti di sua conoscenza tenevano doppie tabelle: le chiamavano gli albi a fumetti, erano una specie di barzelletta. Se guidavi da solo, senza nessuno con cui alternarsi al volante, come diavolo facevi a rispettare i tempi di consegna? Come diavolo facevi a guadagnarti da vivere? Gesù. Anche in ditta lo sapevano, ma facevano finta di niente.

Aveva cercato di tirarla per le lunghe, fingendosi offeso, persino scandalizzato, ma si era subito reso conto che era del tutto inutile. Il collega del ragazzo, un tipo dal collo taurino e dal sorriso compiaciuto, era sceso dall'auto di pattuglia per non perdersi lo spettacolo. Insieme gli avevano ordinato di smontare dal camion per perquisirlo. Vedendo che avevano tutte le intenzioni di passare l'automezzo al setaccio, Wayne aveva deciso di ammettere la verità, aveva tolto la tabella dal nascondiglio sotto il sedile e l'aveva consegnata al ragazzo. E così era venuto fuori che aveva percorso più di 1.500 chilometri in ventiquattr'ore fermandosi soltanto una volta, e per molto meno delle otto ore richieste dalla legge.

Era evidente che gli avrebbero dato una multa di 1.000, forse di 1.300 dollari, e probabilmente più alta se decidevano di incastrarlo per quel maledetto rivelatore. E rischiava anche il ritiro della licenza commerciale. I due agenti gli avevano consegnato una manciata di documenti ufficiali e l'avevano scortato fino a quella stazione di servizio, intimandogli che non si facesse venire in mente di ripartire prima del mattino seguente.

Wayne aveva atteso che se ne andassero, quindi, raggiunto a piedi l'emporio della stazione, aveva acquistato un panino e una confezione da sei birre. Aveva trascorso la notte sdraiato nella cuccetta sul retro della cabina di guida. Era spaziosa e sufficientemente comoda; dopo un paio di birre, aveva cominciato a sentirsi meglio, ma le preoccupazioni l'avevano assillato per il resto della notte. E nel vedere la neve al risveglio, si era reso conto di essere stato fregato per la seconda volta.

Due giorni prima, nel clima mite della Georgia, non gli era venuto in mente di controllare se a bordo c'erano le catene. E quando, appena sveglio, le aveva cercate, aveva scoperto che non c'erano, quelle maledette. Incredibile. Qualche testa di cazzo doveva essersele prese in prestito o averle addirittura rubate. Wayne sapeva che sulla statale non avrebbe avuto problemi, gli spazzaneve e gli spargisabbia erano di certo già passati da ore. Ma le due enormi turbine che stava trasportando avrebbero dovuto essere consegnate a una segheria in una sperduta cittadina chiamata Chatham, per raggiungere la quale avrebbe dovuto abbandonare l'autostrada e attraversare la campagna. Lì le strade erano strette e piene di curve, e probabilmente coperte di neve. Wayne si maledisse per l'ennesima volta, terminò il suo caffè e posò sul tavolo un biglietto da cinque dollari.

Fuori, si accese una sigaretta e si mise in testa il berretto da baseball per ripararsi dal freddo. Poteva già udire il rombo monotono degli automezzi che riprendevano la marcia lungo l'autostrada. La neve scrocchiava sotto i suoi stivali mentre attraversava il piazzale in direzione del suo camion.

Schierati fianco a fianco ve n'erano forse quaranta o cinquanta uguali al suo: autoarticolati a diciotto ruote, per la maggior parte Peterbilt, Freightliner e Kenworth. Il gigante di Wayne era un Kenworth Conventional nero e cromato, un "formichiere", così soprannominato per il muso lungo e spiovente. E sebbene avesse un aspetto migliore quando, al posto delle due turbine sistemate su un pianale, trainava il rimorchio frigorifero, nella mezzaluce nevosa dell'alba Wayne pensò che era pur sempre il più bello della fila. Rimase per qualche istante fermo ad ammirarlo, mentre finiva la sigaretta. A differenza dei camionisti più giovani, a cui non fregava un bel niente, lui lo teneva sempre lucido e splendente. Prima di andare a far colazione l'aveva persino ripulito dalla neve. Ma forse loro, rammentò all'improvviso, non si erano dimenticati quelle maledette catene. Wayne Tanner spense la sigaretta e si arrampicò a bordo del camion.

All'imbocco del lungo vialetto che conduceva alle scuderie convergevano due file di impronte. Con perfetto tempismo, le due ragazzine erano arrivate a non più di qualche secondo di distanza e si erano incamminate insieme su per la collina, mentre le loro risate echeggiavano fino al fondovalle. Nonostante il sole dovesse ancora sorgere, lo steccato che delimitava il sentiero ai due lati sembrava sporco contro la neve candida, esattamente come gli ostacoli nei campi in lontananza. Le tracce proseguivano curvando fino alla cima della collina, dove il sentiero scompariva nel complesso di basse costruzioni asserragliate, quasi a cercare protezione, attorno all'enorme granaio rosso che ospitava i cavalli.

Non appena Grace e Judith svoltarono nel cortile delle scuderie, un gatto scattò in una fuga precipitosa, violando il manto nevoso. Le due ragazzine si fermarono per un istante a guardare verso la casa. Non mostrava alcun segno di vita. La signora Dyer, la padrona delle scuderie che aveva insegnato a entrambe a cavalcare, avrebbe dovuto essere già in piedi.

«Pensi che dovremmo avvertirla?» bisbigliò Grace.

Le due amiche erano cresciute insieme, trascorrendo tutti i fine settimana nelle rispettive case di campagna. Vivevano nell'Upper West Side di New York, andavano a scuola nell'East Side e i loro padri erano entrambi avvocati. Ma a nessuna delle due veniva in mente di frequentarsi durante la settimana. La loro amicizia era legata a quel luogo, e ai cavalli. Judith, che aveva da poco compiuto quattordici anni, aveva quasi un anno più di Grace, che era ben felice di delegare a lei le decisioni importanti come il rischio di suscitare la collera della signora Dyer. Judith tirò su col naso e fece una smorfia.

«Noo» esclamò quindi. «Ci sgriderebbe per averla svegliata. Andiamo.»

L'aria all'interno del granaio era tiepida e carica dell'odore dolciastro del grano e del letame. Mentre le due ragazzine entravano reggendo le rispettive selle e si chiudevano il portone alle spalle, i cavalli sollevarono i musi e tesero le orecchie, intuendo un mutamento nell'alba all'esterno proprio come poco prima era successo a Grace. Il cavallo di Judith, un castrato dagli occhi vellutati di nome Gulliver, nitrì all'avvicinarsi della padrona e sporse il muso per ricevere le sue carezze.

«Ciao, piccolo» disse lei. «Come va oggi?» L'animale arretrò docilmente dal cancello per dare a Judith la possibilità di entrare nel box con la bardatura.

Grace proseguì. Il suo cavallo era nell'ultimo box, all'estremità del granaio. Passando accanto agli altri, Grace li salutò uno per uno in tono sommesso. Scorse il muso eretto e immobile di Pilgrim, intento a osservarla. Era un Morgan di quattro anni, un baio castrato così scuro che sotto una certa luce poteva sembrare nero. Seppure riluttanti, i genitori gliel'avevano regalato l'estate prima per il suo compleanno. Temevano che fosse troppo grande e giovane per lei, troppo impegnativo. Ma per Grace era stato amore a prima vista.

Per vederlo erano andati nel Kentucky; quando avevano raggiunto il maneggio, Pilgrim si era immediatamente avvicinato al recinto per esaminare la nuova arrivata. Non le aveva permesso di accarezzarlo, limitandosi ad annusarle la mano, solleticandola con le narici. Quindi aveva scrollato il capo come un principe altezzoso ed era partito al galoppo, agitando la lunga coda, il manto che splendeva al sole come lucido ebano.

La proprietaria aveva permesso a Grace di montarlo, ed era stato allora che i suoi genitori si erano scambiati un'occhiata e lei aveva capito che gliel'avrebbero regalato. Sua madre non cavalcava da quando era bambina, ma su di lei si poteva contare: sapeva riconoscere la classe a prima vista. E Pilgrim era un animale di gran classe. Non vi erano dubbi che avesse anche un carattere difficile, e che fosse molto diverso da qualsiasi altro cavallo Grace avesse montato prima. Ma quando la ragazzina gli fu in groppa e sentì tutta quella vita pulsare in lui, capì che nel profondo era buono, e che insieme sarebbero stati bene. Sarebbero diventati una squadra.

All'inizio avrebbe voluto ribattezzarlo con un nome più fiero, come Cochise o Khan, ma sua madre, la solita tiranna, aveva detto che certo, era una decisione di Grace, ma, se voleva la sua opinione, cambiare nome a un cavallo portava sfortuna. E così era rimasto Pilgrim.

«Ehi, bellezza» lo salutò avvicinandosi al box. «Come sta il mio tesoro?» Allungò una mano verso di lui e Pilgrim le concesse di accarezzargli la superficie vellutata del muso, ma solo per poco, perché sollevò subito la testa e sfuggì al suo tocco. «Sei proprio un civettone. Su, prepariamoci.»

Entrò nel box e tolse la coperta dalla groppa del cavallo. Quando fece per mettergli la sella, Pilgrim tentò come sempre di scostarsi, e lei gli ordinò seccamente di stare fermo. Quindi, mentre gli assicurava delicatamente il sottopancia e sistemava le briglie, gli parlò della sorpresa che lo aspettava fuori. Infine trasse dalla tasca l'attrezzo appuntito per la pulizia degli zoccoli e tolse con cura i depositi di terra da ognuna delle zampe. Udì Judith uscire dal box con Gulliver e si affrettò a stringere il sottopancia. Erano pronte.

Condussero i cavalli all'esterno e concessero loro il tempo di guardare la neve mentre Judith tornava sui suoi passi per richiudere il portone del granaio. Gulliver abbassò la testa e annusò il terreno, rendendosi conto rapidamente che si trattava dello stesso fenomeno che aveva già visto centinaia di volte. Pilgrim, invece, sembrava sbalordito. Saggiò la neve con uno zoccolo e si spaventò quando lo sentì affondare. Tentò di annusarla come aveva visto fare al suo compagno, ma aspirò con troppa decisione, e il risultato fu uno sternuto che fece esplodere le due amiche in una gran risata.

«Magari è la prima volta che la vede» disse Judith.

«Non è possibile. Non nevica, nel Kentucky?»

«Non lo so. Immagino di sì.» Judith guardò la casa della signora Dyer. «Andiamo, o sveglieremo il drago.»

Condussero i cavalli fuori dal cortile, montarono in groppa e attraversarono lentamente la bianca distesa verso il cancello che si affacciava sul bosco. Le impronte degli zoccoli tracciavano una perfetta diagonale sul quadrato immacolato del campo. Quando ebbero raggiunto i primi alberi, il sole spuntò finalmente dietro la cresta della collina e invase di ombre oblique la vallata alle loro spalle.

Una delle cose che la madre di Grace detestava di più del weekend era la montagna di giornali che era costretta a leggere. Si accumulava per tutta la settimana come una maligna formazione vulcanica. Ogni giorno, avventatamente, lei vi contribuiva aggiungendovi i settimanali e gli inserti del *New York Times* che non osava gettare. Il sabato, la catasta era diventata troppo minacciosa per poter essere ignorata, e con la terrificante prospettiva dell'arrivo del voluminoso *New York Times* domenicale lei capiva che, se non avesse agito immediatamente, avrebbe corso il rischio di finire sommersa. Tutte quelle parole lasciate libere di girare per il mondo. Tutto quell'impegno. Giusto per farti sentire in colpa. Annie gettò a terra l'ennesimo giornale e si dedicò al *New York Post*.

L'appartamento dei Maclean era all'ottavo piano di un vecchio ed elegante edificio sul Central Park West. Annie sedeva rannicchiata sul divano giallo accanto alla finestra. Indossava un paio di pantaloni elasticizzati neri e un maglione grigio chiaro; i capelli ramati, raccolti in una coda di cavallo, risplendevano al sole che penetrava dalla finestra alle sue spalle proiettando l'ombra del suo corpo sul divano gemello, accostato alla parete opposta del salotto.

Il locale era lungo e tinteggiato di un giallo chiaro. Ospitava una libreria che copriva un'intera parete, oggetti d'arte africana e un piano a coda, un'estremità del quale in quel momento luccicava, investita dai raggi obliqui del sole. Se Annie si fosse girata, avrebbe visto i gabbiani incedere sulla superficie ghiacciata del laghetto nel parco. Persino con quella neve, e a quell'ora del mattino, i fanatici del jogging erano già fuori, intenti a correre sulla pista che lei stessa avrebbe affrontato una volta terminata la lettura dei giornali. Bevve un sorso del suo tè e stava per gettare via il *Post* quando scorse un breve articolo all'interno di una rubrica che di solito saltava a piè pari.

«Non ci posso credere» commentò a voce alta. «Quel piccolo verme.»

Sbatté la tazza sul tavolino e andò a prendere il telefono in corridoio. Fece ritorno in salotto componendo il numero e si fermò davanti alla finestra, battendo impaziente la punta del piede sul pavimento. Presso il laghetto, un vecchio con gli sci e una cuffia stereo di dimensioni assurde arrancava verso gli alberi. Una donna era intenta a sgridare un branco di cagnolini legati al guinzaglio, tutti con cappottini lavorati a maglia e zampe così corte che per avanzare erano costretti a spiccare continui balzi.

«Anthony? Hai dato un'occhiata al *Post*?» Annie aveva evidentemente svegliato il suo giovane assistente, ma l'idea di scusarsi non la sfiorò nemmeno. «C'è un pezzo che parla di me e Fiske. Quello stronzo dice che l'ho licenziato e che ho gonfiato i dati sulla diffusione.»

Anthony biascicò qualcosa in tono comprensivo, ma Annie non era alla ricerca di solidarietà. «Sai il numero a cui posso trovare Don Farlow durante il weekend?» L'assistente andò a prenderlo. Nel parco, la donna si era data per vinta e ora stava trascinando in strada i suoi cagnolini. Anthony tornò con il numero e Annie lo trascrisse su un foglietto.

«Bene» disse infine. «Torna pure a dormire.» Riagganciò e chiamò subito Farlow.

Don Farlow era l'avvocato d'assalto del loro gruppo editoriale. Nei sei mesi che erano trascorsi dal giorno in cui Annie Graves (sul lavoro aveva sempre usato il nome da nubile) era stata assunta come direttore allo scopo di salvare il periodico più prestigioso della casa, Don era diventato un suo alleato e quasi un amico. Insieme avevano estromesso la Vecchia Guardia. Vi era stato un grande spargimento di sangue – sangue nuovo era entrato al posto di quello vecchio – e la stampa ne aveva gustato ogni singola goccia. Fra coloro che lei e Farlow avevano messo alla porta vi erano diversi nomi noti, i quali si erano immediatamente vendicati scrivendo articoli velenosi per le rubriche scandalistiche.

Annie capiva la loro amarezza. Alcuni avevano lavorato alla rivista per così tanti anni che si erano convinti di esserne i padroni. Essere cacciati era di per sé già abbastanza umiliante. Essere cacciati poi da una donna di quarantatré anni, e per giunta inglese, era intollerabile. Ma ora l'epurazione si era quasi conclusa, e Annie e Farlow erano ormai diventati esperti nel comprare il silenzio di chi se ne andava. Era ciò che credevano di aver fatto anche con Fenimore Fiske, l'anziano e insopportabile critico cinematografico della rivista, che invece aveva deciso di denigrarla sul *Post*. Miserabile traditore! Mentre attendeva che Farlow rispondesse al telefono, Annie ebbe modo di consolarsi: Fiske aveva commesso un grosso errore nel sostenere che i suoi dati sull'aumento della diffusione fossero falsi. Non lo erano, e lei avrebbe potuto provarlo.

Farlow non era soltanto sveglio: aveva anche già letto l'articolo sul *Post*. Decisero di incontrarsi due ore più tardi nell'ufficio di Annie. Avrebbero fatto causa al vecchio bastardo contestandogli ogni singolo centesimo della liquidazione.

Annie chiamò il marito a Chatham, ma le rispose la segreteria telefonica con la sua stessa voce registrata. Lasciò un messaggio a Robert dicendo che era ora di svegliarsi, aggiungendo che avrebbe preso il treno successivo e invitandolo a non andare al supermercato prima del suo arrivo. Quindi prese l'ascensore e uscì nella neve per raggiungere i compagni di jogging. Solo che, naturalmente, Annie Graves non faceva jogging. Annie Graves correva. E sebbene la distinzione non risultasse evidente né dalla sua velocità né dalla sua tecnica, per Annie era chiara e vitale quanto l'aria fredda del mattino nella quale si tuffò.

La statale era in buone condizioni, come Wayne Tanner aveva previsto. Essendo sabato non c'era un gran traffico, e Wayne si disse che avrebbe fatto meglio a restare sulla 87 finché non avesse incrociato la 90, per poi attraversare il fiume Hudson e raggiungere Chatham da nord. Aveva studiato la carta stradale e aveva deciso che, sebbene non fosse il più diretto, quel percorso gli avrebbe evitato molti chilometri di strade secondarie. Privo di catene com'era, sperava soltanto che l'accesso alla segheria non fosse una pista sterrata.

Quando vide i cartelli della 90 e svoltò verso est, stava già cominciando a sentirsi meglio. La campagna sembrava una cartolina natalizia, e con la voce di Garth Brooks che risuonava dall'impianto stereo e il sole che illuminava il possente muso del suo Kenworth le cose non sembravano cupe come la sera prima. All'inferno! Se anche fosse successo il peggio e gli avessero tolto la licenza commerciale, avrebbe sempre potuto fare il meccanico. Dopotutto era quello il mestiere che gli era stato insegnato. Certo, non avrebbe guadagnato le stesse cifre. Era una vergogna che pagassero così poco un poveraccio che si era fatto anni di gavetta ed era stato costretto a spendere diecimila dollari in attrezzi. Ma ultimamente cominciava a essere stanco della vita sulla strada. Forse sarebbe stato bello trascorrere più tempo a casa, con la moglie e i figli. Forse. O se non altro andare a pesca.

Riscuotendosi, Wayne scorse l'uscita per Chatham e agì deciso, premendo più volte sul pedale del freno e scalando le nove marce fino a provocare il ruggito lamentoso dei 425 cavalli del motore Cummins. Svoltando dalla statale sulla strada secondaria, inserì la trazione integrale. Da quel punto, calcolò, mancavano soltanto otto o dieci chilometri alla segheria.

Nei boschi, quel mattino, aleggiava una calma assoluta, quasi la vita stessa fosse in uno stato di sospensione. Non si udiva alcun verso di uccello o altro animale, e l'unico suono era il tonfo sommesso della neve che di quando in quando cadeva dai rami troppo carichi. In quel vuoto gravido di attesa, attraverso l'intrico degli aceri e delle betulle, s'innalzavano in lontananza le risate delle due ragazzine.

Procedevano lentamente lungo il sentiero tortuoso che

portava sulla cresta della collina, lasciando che fossero i cavalli a scegliere l'andatura. Judith conduceva la marcia voltata all'indietro, una mano stretta sull'arcione posteriore, lo sguardo concentrato su Pilgrim.

«Dovresti iscriverlo a un circo» disse ridendo. «È un pagliaccio nato.»

Grace rideva troppo per riuscire a rispondere. Pilgrim procedeva affondando il muso nella neve fresca come fosse una pala. Di tanto in tanto ne lanciava in aria una nuvola con uno sternuto e partiva al piccolo trotto, fingendo di essere spaventato dalla bianca cascata.

«Buono, Pilgrim, basta così» ordinò Grace tirando le redini e riprendendo il controllo dell'animale. Pilgrim si rimise al passo e Judith, ancora sorridente, scosse il capo e tornò a voltarsi verso il sentiero. Gulliver procedeva ad andatura regolare, del tutto indifferente alle pagliacciate del compagno, la testa che si muoveva al ritmo degli zoccoli. Sugli alberi lungo il sentiero, a distanza di una ventina di metri l'uno dall'altro, erano appesi cartelli arancioni che minacciavano di sanzione chiunque venisse sorpreso a sparare, a posare trappole o a sconfinare nelle proprietà private.

Sulla cresta della collina che separava le due valli vi era una piccola radura circolare dove, se ci si avvicinava in silenzio, era possibile sorprendere un cervo o un tacchino selvatico. Quel mattino tuttavia, quando uscirono dal bosco alla luce del sole, tutto ciò che videro fu l'ala insanguinata di un uccello. Giaceva quasi al centro della radura, come un punto tracciato da un feroce compasso. Judith e Grace si fermarono e la fissarono.

«Che cos'è, un fagiano?» chiese Grace.

«Credo di sì. O meglio, un ex fagiano. Parte di un ex fagiano.»

Grace aggrottò la fronte. «Come sarà capitato fin qui?»

«Non ne ho idea. Una volpe, forse.»

«Non può essere. Dove sono le impronte?»

Non ve n'erano. E neppure vi era il minimo segno di lotta. Era come se l'ala fosse volata fin lì da sola. Judith scrollò le spalle.

«Forse qualcuno gli ha sparato.»

«Già, e il resto dell'uccello ha continuato a volare con un'ala sola?»

Rifletterono entrambe per qualche secondo. Quindi Judith avanzò un'ipotesi. «Un falco. È caduta dal becco di un falco di passaggio.»

Grace esitò. «Un falco. Può essere.» Le due ragazze ripresero la marcia.

«O magari da un aereo.»

Grace scoppiò a ridere. «Già, è vero» disse. «Assomiglia al pollo che ci hanno servito l'anno scorso sul volo per Londra. È solo un po' più succulenta.»

Solitamente, quando raggiungevano la cima della collina, lanciavano i cavalli al piccolo galoppo attraverso la radura per poi tornare alle scuderie lungo un sentiero diverso da quello dell'andata. Ma la neve, il sole e l'azzurro del cielo mattutino erano troppo invitanti, e così le due amiche decisero di fare qualcosa che fino ad allora avevano osato una sola volta, due anni prima, quando Grace montava ancora Gypsy, il suo tozzo e piccolo pony di razza Palomino. Avrebbero raggiunto la valle successiva passando per il bosco, girando intorno alla collina e seguendo il corso del fiume. Avrebbero dovuto attraversare una strada o due, ma Pilgrim sembrava essersi calmato e in ogni caso, a quell'ora di un sabato mattina, non avrebbero incontrato anima viva.

Mentre abbandonavano la radura e tornavano a immergersi nell'ombra degli alberi, Grace e Judith rimasero in silenzio. Quel versante della collina era fitto di pioppi e hickory, e non vi erano sentieri battuti; presto le due amiche, costrette a chinare il capo per passare sotto i rami degli alberi, si ritrovarono coperte di un velo sottile di neve. Scesero lentamente seguendo il corso di un ruscello. Lastre di ghiaccio lo coprivano quasi del tutto, allungandosi irregolari dagli argini e facendo appena intravedere l'acqua che scorreva scura. Il declivio si fece più ripido e i cavalli presero a muoversi con circospezione, attenti a dove posavano gli zoccoli. In un'occasione Gulliver scivolò su un sasso, ma riacquistò l'equilibrio senza farsi prendere dal panico. I raggi del sole che penetravano obliqui dai rami tracciavano strane sagome sulla neve e illuminavano le nuvolette di vapore che uscivano dalle narici dei cavalli, ma nessuna delle due cavallerizze vi prestò la minima attenzione, poiché entrambe erano troppo concentrate sulla discesa e sui movimenti dei rispettivi animali.

Fu con sollievo che finalmente scorsero il luccichìo del Kinderhook Creek che scorreva fra gli alberi più in basso. L'impresa si era rivelata più difficile del previsto, e soltanto in quell'istante si sentirono in grado di scambiarsi un'occhiata e di sorridere.

«Mica male, eh?» osservò Judith tirando dolcemente le redini di Gulliver.

«Già» concordò Grace. Si chinò e accarezzò il collo di Pilgrim. «Sono stati bravi.»

«Bravissimi.»

«Non me la ricordavo così ripida.»

«Non lo era. Secondo me abbiamo seguito un ruscello diverso. Mi sa che siamo un chilometro e mezzo più a sud di dove dovremmo essere.»

Si ripulirono gli abiti e i berretti e allungarono lo sguardo oltre gli alberi. Al di là del bosco una candida distesa di neve scendeva dolcemente fino al fiume. Lungo la riva vicina riuscivano a scorgere la palizzata sulla vecchia strada che portava alla segheria e che era stata praticamente abbandonata, poiché, a meno di un chilometro di distanza dalla riva opposta del fiume, ne era stata costruita un'altra più ampia e meno tortuosa, collegata alla statale. Per raggiungere il sentiero che le avrebbe ricondotte a casa, le due amiche avrebbero dovuto seguire la vecchia strada verso nord.

Come aveva temuto, la strada per Chatham non era stata ancora spalata, ma Wayne Tanner si rese subito conto di essersi preoccupato inutilmente. Altri veicoli l'avevano percorsa prima di lui, consentendo alle diciotto enormi gomme del suo Kenworth di sfruttare le tracce già esistenti, facendo perfettamente presa sul manto stradale. Non c'era bisogno delle maledette catene. A un certo punto incrociò uno spazzaneve e, sebbene ormai non gli servisse più di tanto, ne fu talmente sollevato che salutò il conducente con un cenno della mano e un amichevole colpo di clacson.

Si accese una sigaretta e controllò l'ora. Aveva impiegato meno del previsto. Dopo l'incontro con gli sbirri, aveva chiamato Atlanta, dando istruzioni perché avvertissero il personale della segheria che avrebbe consegnato le turbine il mattino successivo. A nessuno piaceva lavorare di sabato mattina, e Wayne immaginava che il suo arrivo non sarebbe stato accolto con eccessivo entusiasmo. Ma non era affar suo. Inserì un altro nastro di Garth Brooks e iniziò a cercare l'accesso alla segheria.

Dopo il bosco e la discesa, la vecchia strada sembrava uno scherzo, e le due amiche e i loro cavalli si rilassarono procedendo fianco a fianco nel sole. Alla loro sinistra una coppia di gazze si rincorreva fra i rami degli alberi che costeggiavano il fiume; sommerso dal loro verso rauco e dallo scrosciare dell'acqua sulle rocce, Grace udì in lontananza quello che le parve il rombo di uno spazzaneve sull'autostrada.

«Eccolo là» disse Judith con un cenno del capo.

Era il luogo che stavano cercando, il punto in cui un tempo la ferrovia attraversava la strada e il fiume. Da anni ormai i binari erano inutilizzati e, sebbene il ponte sul fiume fosse rimasto intatto, quello sulla strada era stato smantellato. Ne restavano soltanto le alte fiancate di calcestruzzo, a formare una sorta di galleria senza tetto attraverso cui il nastro d'asfalto si inoltrava prima di scomparire dietro una curva. Appena prima, un sentiero ripido si arrampicava dal terrapieno fino alla ferrovia: era lì che le due amiche dovevano arrivare per raggiungere il ponte sul fiume.

Judith si mosse per prima, guidando Gulliver lungo il viottolo. Ma fatto qualche passo, il cavallo si fermò.

«Su, piccolo, va tutto bene.»

Gulliver prese a raspare delicatamente la coltre di neve, quasi a saggiarne la consistenza. Judith lo spronò con un colpo di tacco.

«Andiamo, pigrone.»

L'animale si arrese e ricominciò ad arrampicarsi per il sentiero. Ancora in strada, Grace attendeva, osservandoli. Aveva la vaga impressione che il rombo dello spazzaneve fosse diventato più forte. Pilgrim agitò le orecchie. Grace allungò una mano e gli carezzò il collo sudato.

«Com'è?» chiese a Judith.

«Tutto bene. Ma sta' attenta.»

Accadde proprio quando Gulliver aveva quasi raggiunto la cima del terrapieno. Grace si era mossa cercando di seguire le sue impronte, lasciando che Pilgrim scegliesse l'andatura che voleva. Era giunta a metà della salita quando udì Gulliver raspare con lo zoccolo sul ghiaccio e contemporaneamente il grido spaventato di Judith.

Recentemente, una perdita in un canale di scolo aveva trasformato quella parte del terrapieno in una lastra di ghiaccio, celata dal manto di neve.

Gulliver vacillò e, cercando di fare presa con le zampe posteriori, sollevò una nuvola di neve e schegge di ghiaccio. Ma gli zoccoli non trovarono alcun appiglio, facendolo arretrare. Una delle zampe anteriori scivolò di lato, e l'animale crollò su un ginocchio. Judith venne proiettata in avanti e perse una staffa, ma riuscì ad afferrarsi al collo del cavallo e si voltò verso Grace.

«Togliti di lì!» le gridò.

Grace era paralizzata. Il rombo del sangue nella sua testa sembrava immobilizzarla ed estraniarla dalla scena che si stava svolgendo appena sopra di lei. Al secondo grido di Judith si riscosse e subito cercò di far voltare Pilgrim. Spaventato, il cavallo non le obbedì e agitò selvaggiamente la testa. Tendendo il collo verso il ciglio del terrapieno, si scostò di lato con una serie di rapidi passi, finché anche i suoi zoccoli incontrarono il ghiaccio e allora nitrì di terrore. Erano finiti esattamente alle spalle di Gulliver. Grace urlò e tirò con forza le redini.

«Pilgrim, muoviti!»

Nella strana quiete dell'istante che precedette l'urto dei due cavalli, Grace si rese conto che quel rombo non poteva essere soltanto il sangue che le affluiva alle tempie. Lo spazzaneve non era sull'autostrada. Era troppo rumoroso. Doveva essere più vicino. Ma quel pensiero si dissolse al violento impatto con il posteriore di Gulliver, che si schiantò sulla spalla di Pilgrim facendolo ruotare su se stesso. Grace si sentì proiettare verso l'alto, ma per fortuna riuscì a stare in sella, aggrappandosi alla criniera di Pilgrim mentre insieme scivolavano verso la strada.

Gulliver e Judith li avevano ormai superati nella loro

caduta, e Grace osservò l'amica mentre veniva scagliata come una bambola di pezza oltre il posteriore del cavallo, rimanendo imprigionata con un piede nella staffa. Il suo corpo rimbalzò a terra e ricadde di lato, la nuca colpì con forza la lastra di ghiaccio e la staffa le si attorcigliò alla caviglia, serrandola con forza. Cavalli e cavallerizze seguitarono a scivolare verso la strada in un unico, frenetico groviglio.

Wayne Tanner vide la scena non appena superò la curva. Dando per scontato che provenisse da sud, il personale della segheria non gli aveva detto nulla della vecchia strada più a nord. E così Wayne l'aveva imboccata con decisione, tirando un sospiro di sollievo nel vedere che le ruote del Kenworth sembravano far presa sulla neve fresca. Sbucato dalla curva scorse, a un centinaio di metri di distanza, le fiancate di calcestruzzo del ponte e al di là, incorniciato dalla costruzione, un animale, forse un cavallo, che trascinava qualcosa. Lo stomaco gli si serrò all'improvviso.

«Ma cosa diavolo...?»

Premette il pedale del freno con delicatezza, poiché sapeva che, in caso contrario, le ruote si sarebbero bloccate e avrebbero iniziato a slittare, poi mise in funzione i freni del rimorchio. Ma non avvertì alcun rallentamento: avrebbe dovuto usare il freno-motore. Agguantò la leva del cambio e scalò di due marce, facendo ruggire i sei cilindri del motore Cummins. Merda, si disse, andava troppo veloce. I cavalli erano diventati due, e in groppa a uno vi era una persona. Ma cosa diavolo stavano facendo? Perché non si toglievano dalla strada, maledizione? Il cuore gli martellava furiosamente in petto e Wayne si accorse di sudare mentre cercava di manovrare il freno e il cambio, di adeguarsi al ritmo del mantra che gli aveva invaso la mente: premi il pedale, scala la marcia, premi il pedale, scala la marcia. Il ponte si stava avvicinando troppo in fretta. Cristo santo, ma non l'avevano sentito? Non lo vedevano arrivare?

Lo sentivano, e lo vedevano. Per un attimo fuggente lo scorse persino Judith, mentre a terra, urlante, veniva trascinata dal suo cavallo. La caduta le aveva spezzato il femore, e scivolando verso la strada entrambi gli animali l'avevano calpestata, schiacciandole diverse costole e un avambraccio. Quando era scivolato la prima volta, Gulliver si era rotto un ginocchio e strappato i tendini: ora strabuzzava gli occhi per il dolore e la paura, mentre girava su se stesso e s'impennava nel tentativo di liberarsi di quel peso morto a cui era rimasto impigliato.

Grace aveva visto il camion nell'istante in cui si era ritrovata in mezzo alla strada. Le era bastata quella rapida occhiata. Miracolosamente era riuscita a non cadere: ora doveva liberare la carreggiata. Se fosse riuscita ad afferrare le redini di Gulliver, avrebbe potuto condurlo in salvo, e Judith con lui. Ma Pilgrim era terrorizzato quanto il suo compagno, e a sua volta non faceva che girare su se stesso, in un circolo vizioso di terrore.

Con tutte le sue forze, Grace strattonò il morso di Pilgrim e per un attimo riuscì a distrarlo. Lo fece indietreggiare verso Gulliver, sporgendosi malsicura dalla sella e allungandosi per afferrare le redini del cavallo dell'amica. La bestia fece per arretrare, ma Grace insistette, tendendo il braccio finché non le parve che fosse sul punto di uscire dall'articolazione. Le sue dita avevano quasi raggiunto le briglie, quando risuonò il clacson del camion.

Wayne vide i due cavalli impennarsi all'improvviso, e per la prima volta si rese conto di che cosa stesse trascinando la bestia priva di cavaliere.

«Cristo santo!»

Lo disse a voce alta, e nello stesso tempo si accorse di non avere più marce da scalare. Era in prima, e il ponte e i cavalli si stavano avvicinando precipitosamente. Wayne non aveva altra possibilità che usare il freno della motrice. Mormorò una breve preghiera e pigiò il piede sul pedale, con più decisione di quanto avrebbe dovuto. Per un attimo sembrò funzionare: le ruote posteriori della motrice facevano presa.

«Sì! Bravo il mio ragazzo!»

Fu a quel punto che le ruote si bloccarono, e Wayne sentì che le quaranta tonnellate di acciaio sfuggivano al suo controllo.

Pesante e sempre più veloce, il Kenworth piombò serpeggiando all'imbocco del ponte, ignorando del tutto i tentativi del suo autista. Wayne, ormai spettatore impotente, vide il lato destro della motrice urtare la fiancata del ponte provocando in un primo tempo solo un crepitare di scintille. Ma quando fu il turno del rimorchio, l'aria vibrò di una assordante esplosione di suoni metallici.

Di fronte a lui, Wayne scorse il cavallo nero voltare il muso verso il mostro incombente, e vide che il suo cavaliere era una ragazzina, i cui occhi lo fissavano spalancati sotto la visiera scura del berretto.

«No, no, no» mormorò.

Ma il cavallo s'impennò in un gesto di sfida, e la ragazzina perse l'equilibrio e finì a terra. Gli zoccoli dell'animale ricaddero sulla neve, ma soltanto per poco, perché, appena prima che il camion lo urtasse, Wayne lo vide alzare la testa e impennarsi di nuovo. Facendo leva sulle zampe posteriori, si proiettò sopra la griglia del radiatore come se fosse un ostacolo da saltare. Le zampe anteriori atterrarono sul cofano e presero a slittare sollevando scintille, finché uno zoccolo non urtò il parabrezza, disegnandovi una ragnatela di crepe. Dov'era finita la ragazzina? Dio, doveva essere in mezzo alla strada, proprio davanti alle ruote.

Wayne sfondò il parabrezza con un pugno e vide che il cavallo era ancora sul cofano. La zampa anteriore destra si era impigliata nel supporto del deflettore, e l'animale, coperto di schegge di vetro, il muso sporco di schiuma e di sangue, nitriva terrorizzato. Più in là, Wayne scorse l'altro cavallo sul ciglio della strada: cercava di allontanarsi zoppicando, trascinandosi dietro la ragazzina ancora agganciata alla staffa.

E il camion non voleva saperne di fermarsi. Il rimorchio, staccatosi ormai dalla fiancata del ponte, prese a scivolare di lato, formando un angolo acuto con la motrice, avanzando lentamente ma inesorabilmente, falciando lo steccato e sollevando uno spruzzo di neve simile alla scia di un transatlantico.

Mentre la velocità del rimorchio faceva rallentare la motrice, il cavallo sul cofano fece un ultimo sforzo. Il supporto del deflettore si spezzò e l'animale si liberò rotolando via dalla visuale di Wayne. In un istante di calma minacciosa, simile a quella che si avverte nell'occhio di un ciclone, Wayne vide il rimorchio avanzare piano verso di lui. Chiuso nell'angolo sempre più stretto tra la motrice e il rimorchio, il secondo cavallo pareva indeciso sulla via di fuga. A Wayne sembrò di vedere la ragazzina che sollevava il capo e lo guardava, ignara dell'onda che stava per travolgerla. Ma subito scomparve, perché il rimorchio le fu addosso, imprigionando il cavallo come una farfalla tra le pagine di un libro e schiacciandolo in una terribile esplosione di metallo.

«Gracie? Ci sei?»

Robert Maclean si fermò nel corridoio dell'ingresso di servizio reggendo due grossi sacchi della spesa. Non udendo risposta, entrò in cucina e posò i sacchi sul tavolo.

Gli era sempre piaciuto fare la spesa per il fine settimana prima dell'arrivo di Annie. Quando andavano insieme al supermercato vi perdevano almeno un'ora, mentre Annie meditava sulle differenze fra questa e quella marca. Era stupefacente come una donna che in ogni singolo istante della propria vita professionale prendeva decisioni rapide che coinvolgevano migliaia se non milioni di dollari potesse poi sprecare dieci minuti per valutare l'acquisto di un vasetto di pesto. Fare la spesa da solo era anche una soluzione più economica, perché in genere Annie non riusciva a scegliere, e finiva sempre per comprare tutte le marche in vendita.

L'inconveniente di un'iniziativa del genere era naturalmente l'inevitabile coro di critiche che Robert avrebbe dovuto fronteggiare per aver acquistato i prodotti sbagliati. Ma da buon avvocato, Robert aveva soppesato entrambi i piatti della bilancia ed era giunto alla conclusione che fare la spesa senza sua moglie fosse la scelta vincente.

Il biglietto di Grace giaceva accanto al telefono, dove la figlia l'aveva lasciato. Robert controllò l'ora. Erano le dieci passate da poco, e con una giornata del genere era comprensibile che le due amiche stessero fuori a lungo. Premette il tasto per ascoltare la segreteria telefonica, si tolse il giaccone e iniziò a riporre il cibo. C'erano due messaggi. Quello di Annie lo fece sorridere. Doveva aver chiamato mentre lui era uscito da poco per andare al supermercato. Certo, era ora di svegliarsi. Il secondo messaggio veniva dalla signora Dyer alle scuderie. Gli chiedeva soltanto di richiamarla. Ma qualcosa, nel tono della voce della donna, gli gelò il sangue nelle vene.

L'elicottero si librò per qualche istante sul fiume a inquadrare la scena, quindi puntò verso il basso e si raddrizzò sopra gli alberi, riempiendo la valle del martellante battito delle sue pale. Il pilota guardò giù mentre tornava a sorvolare la strada. Era piena di ambulanze, di auto della polizia e di mezzi della squadra di soccorso, le luci rosse lampeggianti, parcheggiati a ventaglio sulla distesa innevata accanto all'enorme camion. Avevano segnato il punto in cui volevano che atterrasse, e un poliziotto stava sbracciandosi inutilmente.

Avevano impiegato soltanto dieci minuti a giungere da Albany, e in quel lasso di tempo gli infermieri non avevano smesso un secondo di darsi da fare, controllando ogni singolo strumento a bordo. Ora erano pronti all'azione, e assistevano in silenzio alla manovra di atterraggio. Il sole si rifletté per un istante sul fiume mentre l'elicottero seguiva la propria ombra, superando il posto di blocco della polizia e un fuoristrada rosso che stava avvicinandosi al luogo del disastro.

Attraverso il finestrino dell'auto della polizia, Wayne Tanner osservò l'apparecchio librarsi sulla radura e scendere dolcemente, sollevando una piccola tormenta di neve attorno al poliziotto che dirigeva l'atterraggio.

Wayne era seduto sul sedile anteriore con una coperta sulle spalle, e reggeva una tazza con qualcosa di caldo che non aveva nemmeno assaggiato. Tutta quell'attività intorno a lui gli sembrava priva di senso, così come l'intermittente gracchiare della radio sul cruscotto. La spalla gli doleva e aveva un taglietto su una mano a cui l'infermiera dell'ambulanza, dopo molte insistenze, aveva applicato un'esagerata fasciatura. In realtà Wayne non ne aveva bisogno: ma forse la donna non aveva voluto che si sentisse escluso da quella carneficina.

Koopman, il giovane vicesceriffo nella cui auto Wayne era seduto, stava accanto al camion e confabulava con la squadra di soccorso. Poco più in là, appoggiato al cofano di un camioncino azzurro e intento ad ascoltare, c'era il piccolo cacciatore con il copricapo di pelliccia che aveva dato l'allarme. Si trovava in mezzo al bosco, aveva udito lo schianto e si era precipitato alla segheria, da dove avevano avvertito lo sceriffo. All'arrivo di Koopman, Wayne era seduto sulla neve in mezzo al campo. Il vicesceriffo era poco più di un ragazzo e non aveva evidentemente mai visto un disastro di quelle proporzioni, ma se l'era cavata bene, ed era persino sembrato deluso quando Wayne l'aveva informato di aver già dato l'allarme sul suo CB. Era il canale su cui era sintonizzata la polizia di Stato, che infatti era giunta pochi minuti dopo. Ora il luogo pullulava di agenti, e Koopman pareva leggermente irritato dall'invasione.

Sotto il camion, la neve rifletteva il bagliore delle fiamme ossidriche che i membri della squadra di soccorso stavano usando per districare la massa contorta del rimorchio e delle turbine. Wayne distolse lo sguardo, lottando invano contro il ricordo di quei lunghi minuti successivi allo schianto.

Non l'aveva sentito subito. Indifferente a tutto, la voce di Garth Brooks continuava a risuonare dall'impianto stereo, e Wayne era ancora così stupito di essere scampato al disastro da non sapere se fosse lui o il suo fantasma quello che smontava dalla motrice. Le gazze stridevano sugli alberi, e in un primo tempo aveva creduto che anche l'altro suono provenisse dal bosco. Ma era troppo disperato, troppo insistito, una sorta di prolungato urlo di dolore, e a quel punto Wayne si era reso conto della verità: era il cavallo agonizzante, imprigionato fra il rimorchio e la motrice. L'uomo si era premuto le mani sulle orecchie ed era fuggito in mezzo al campo.

Gli avevano detto che una delle ragazze era viva, e ora vedeva gli infermieri affaccendarsi attorno alla sua barella e prepararla per il volo in elicottero. Uno di loro stava premendole una maschera sul volto, e un altro tendeva le braccia verso l'alto, reggendo due bottiglie di plastica colme di fluido collegate alle braccia della ragazza con due tubicini. Il corpo dell'altra giovane era già stato portato via.

Un fuoristrada rosso si era appena aggiunto al gruppo. Ne scese un omone barbuto che si portò dietro la macchina e prese una borsa nera dal cofano. Se la caricò in spalla e si avvicinò a Koopman, che si voltò e lo salutò. Parlottarono per qualche minuto, quindi il vicesceriffo lo condusse dietro al camion, dove erano al lavoro gli uomini con le fiamme ossidriche. Quando riapparvero, il tipo con la barba aveva un'espressione tetra. Si avvicinarono al piccolo cacciatore che li ascoltò, assentì ed estrasse dall'abitacolo del suo camioncino quella che sembrava la custodia di un fucile. Quindi, insieme agli altri due, s'incamminò verso Wayne. Koopman aprì la portiera dell'auto.

«Tutto bene?»

«Sì, tutto bene.»

Koopman rivolse un cenno all'uomo con la barba.

«Il signor Logan è un veterinario. Dobbiamo trovare l'altro cavallo.»

Ora, con la portiera aperta, si sentivano sibilare le fiamme ossidriche. Wayne avvertì un senso di nausea.

«Ha idea di dove possa essere andato?»

«No, signore. Ma non credo proprio che abbia fatto molta strada.»

«D'accordo.» Koopman gli posò una mano sulla spalla. «Fra poco la porteremo via, va bene?»

Wayne annuì. Koopman richiuse la portiera. Rimase a parlare con gli altri due a pochi passi dall'auto, ma il camionista non riuscì a sentire ciò che dicevano. Poco più in là l'elicottero stava decollando con la ragazzina ferita. Lo spostamento d'aria fece volare il cappello di uno degli uomini. Ma Wayne non si rese conto di nulla. Tutto ciò che vedeva, e che a lungo avrebbe continuato a vedere nei suoi sogni, erano la bocca schiumante e insanguinata del cavallo e i suoi occhi che lo fissavano sopra il bordo frastagliato di un frammento di parabrezza.

«L'abbiamo in pugno, vero?»

Annie era in piedi accanto alla sua scrivania, e sbirciava da sopra la spalla di Don Farlow, seduto e immerso nell'esame del testo dell'accordo. L'avvocato non rispose, limitandosi a inarcare un sopracciglio biondo e proseguendo nella lettura.

«È così» ripeté Annie. «Lo sento.»

Farlow si posò il foglio sulle ginocchia.

«Sì, credo di sì.»

«Urrà!» La donna alzò un pugno al cielo e attraversò l'ufficio per versarsi un'altra tazza di caffè.

Ci stavano lavorando da mezz'ora. Annie aveva preso un taxi all'incrocio fra la 43ª Strada e la 7ª Avenue, ma era rimasta intrappolata nel traffico e aveva deciso di percorrere a piedi gli ultimi due isolati. Gli automobilisti newyorkesi affrontavano la neve nel modo che era loro più congeniale, dando fiato ai clacson e insultandosi a vicenda. Farlow stava aspettandola nel suo ufficio e aveva già acceso la macchina del caffè. Le piaceva il modo in cui Don faceva sempre come se fosse a casa sua.

«Naturalmente negherà di averlo mai detto» obiettò lui.

«È citato fra virgolette, Don. E guarda come scende nei particolari. Non può negare.»

Annie tornò sui suoi passi con la tazza colma e si sedette alla scrivania, un imponente mobile asimmetrico in olmo e noce disegnato appositamente per lei da un amico inglese quattro anni prima, quando, con grande sorpresa di tutti, aveva smesso di scrivere articoli per assumere la sua prima direzione editoriale. La scrivania l'aveva seguita dall'Inghilterra fino a quella sede pretenziosa, dove si era immediatamente guadagnata il disprezzo dell'arredatore pagato fior di quattrini per rinnovare l'ufficio del direttore deposto. L'architetto si era brillantemente vendicato e aveva deciso che, poiché la scrivania era un pugno nell'occhio, doveva esserlo anche tutto il resto. Ne era risultato un guazzabuglio di forme e colori che lui, senza alcuna traccia di ironia, aveva battezzato Decostruzionismo Eclettico.

L'unico elemento gradevole era una serie di disegni astratti scarabocchiati da Grace all'età di tre anni, che Annie (con l'iniziale orgoglio e poi con l'imbarazzo della figlia) aveva fatto incorniciare. Spiccavano alle pareti fra i premi e le fotografie di una Annie sorridente ritratta guancia a guancia con gli scrittori più alla moda. Sistemati in modo più discreto sulla scrivania, in una posizione in cui soltanto lei poteva vederli, vi erano i primi piani dei suoi cari – Grace, Robert e suo padre.

Oltre il bordo superiore delle cornici, Annie osservò Don Farlow. Era strano vederlo senza giacca e cravatta. Con quel consunto giubbotto di jeans e le scarpe pesanti da escursione, l'aveva sorpresa. Lei l'aveva inquadrato come il classico tipo Brooks Brothers: camicia a righe, mocassini e pullover di cashmere. Don le sorrise.

«Allora, vuoi fargli causa?»

Annie scoppiò a ridere. «Certo che voglio. Firma un accordo garantendo di non parlare con la stampa e poi mi diffama sostenendo che ho falsificato i dati di diffusione?»

«Diffamazione che, se andiamo in tribunale, verrà ripetuta centinaia di volte. E ingigantita.»

Annie si accigliò. «Don, dimmi che non ti stai rammollendo. Fenimore Fiske è un vecchio rospo vendicativo, perverso, maligno e privo di talento.»

Farlow sorrise.

«Annie, mia cara, non censurarti. Dimmi quel che pensi davvero.»

«Quando era qui faceva l'impossibile per creare problemi, e ora che se n'è andato ha intenzione di continuare. Voglio mettergli il fuoco sotto quelle sue vecchie chiappe rugose.»

«È un modo di dire di voi inglesi?»

«No, noi diremmo applicare calore al suo venerando fondoschiena.»

«Be', sei tu che decidi.»

«Ci puoi scommettere.»

Uno dei telefoni sulla scrivania prese a suonare. Annie rispose. Era Robert. In tono pacato le disse che Grace aveva avuto un incidente. Era stata trasportata in elicottero a un ospedale di Albany, dove l'avevano ricoverata in terapia intensiva. Non aveva ancora ripreso conoscenza. Annie poteva arrivare in treno fino ad Albany. Lui l'avrebbe aspettata alla stazione.

2

ANNIE E ROBERT SI ERANO CONOSCIUTI QUANDO LEI AVEVA DI-
ciott'anni. Era l'estate del 1968; invece di cominciare subito l'università a Oxford, Annie aveva deciso di concedersi
un anno sabbatico. Si era iscritta a un'organizzazione di
servizio volontario nei Paesi del Terzo Mondo, dove le era
stato impartito un corso accelerato di due settimane su come insegnare l'inglese, evitare la malaria e respingere le
profferte amorose dei locali: dire di no, a voce alta e convinta.

Con quel bagaglio di conoscenze era partita per il Senegal, e dopo una breve permanenza a Dakar, la capitale,
aveva percorso ottocento polverosissimi chilometri verso
sud in un pullman dalle fiancate aperte stipato di uomini,
donne, polli e capre, fino alla cittadina che per i successivi
dodici mesi sarebbe stata casa sua. La sera del secondo
giorno di viaggio erano giunti sulla riva di un ampio
fiume.

La notte era calda e umida e ronzante d'insetti, e al di
là del fiume Annie vedeva le luci della città scintillare in
lontananza. Ma il traghetto non sarebbe partito che il mattino seguente, e l'autista e gli altri passeggeri, divenuti ormai suoi amici, sembravano preoccupati per lei. In quella
zona non vi erano alberghi, e sebbene loro non avrebbero
avuto alcun problema a trovare un giaciglio, pensavano
che la giovane inglese avesse bisogno di una sistemazione
più decorosa.

Le avevano detto che poco distante viveva un *tubab* che
di sicuro le avrebbe trovato un alloggio. Pur non avendo la
minima idea di che cosa fosse un *tubab*, Annie si era ritrovata ad attraversare la giungla in compagnia di un nutrito

gruppo di improvvisati portantini fino a giungere di fronte a una piccola casa di fango attorniata da papaie e baobab. Il *tubab* che era venuto ad aprire la porta – in seguito avrebbe saputo che la parola significava "uomo bianco" – era Robert.

Era un volontario del Corpo della Pace e si trovava in Senegal da un anno. Insegnava inglese e costruiva pozzi. Aveva ventiquattro anni, si era laureato ad Harvard ed era la persona più intelligente che Annie avesse mai conosciuto. Quella sera le aveva cucinato un magnifico piatto di riso e pesce speziato, innaffiato da alcune bottiglie ghiacciate di birra locale. Avevano continuato a parlare a lume di candela fino alle tre del mattino. Robert veniva dal Connecticut, e sarebbe diventato avvocato. Era come una malattia ereditaria, si era giustificato con una scintilla beffarda nello sguardo dietro gli occhiali dalla montatura dorata. Tutti, in famiglia, erano avvocati, da sempre. La chiamavano la Maledizione dei Maclean.

E proprio come un avvocato l'aveva interrogata sulla sua vita, costringendola a descriverla, ad analizzarla in modo che le apparisse del tutto nuova. Lei gli aveva raccontato della carriera diplomatica del padre e di come, per i primi dieci anni della sua esistenza, si fosse trasferita da un Paese all'altro seguendo gli spostamenti del genitore. Annie e suo fratello erano nati in Egitto, ma avevano vissuto in Malesia e quindi in Giamaica. Poi, all'improvviso, il padre era morto di infarto. Soltanto da poco Annie riusciva a parlarne serenamente, senza interrompersi e costringere i suoi interlocutori a fissarsi le scarpe. La madre si era trasferita in Inghilterra, si era rapidamente risposata e aveva spedito lei e il fratello minore in collegio. Nonostante avesse sorvolato su quella parte del racconto, si era subito resa conto Annie, Robert aveva intuito come le sue parole nascondessero un dolore profondo e irrisolto.

Il mattino seguente, Robert l'aveva accompagnata al traghetto con la sua jeep, consegnandola sana e salva al convento cattolico presso il quale sarebbe vissuta e avrebbe lavorato per l'anno a venire, sotto lo sguardo benevolo e raramente severo della madre superiora, una suora francocanadese gentile e opportunamente miope.

Nel corso dei successivi tre mesi Annie si era incontrata

con Robert ogni mercoledì, quando lui attraversava il fiume per acquistare le provviste in città. Parlava un ottimo *jola*, il linguaggio locale, e le dava lezioni settimanali. Erano diventati amici, ma non amanti. Annie aveva perso la verginità grazie a uno splendido senegalese di nome Xavier, alle cui profferte amorose aveva detto di sì, a voce alta e convinta.

La sera prima che Robert partisse per Dakar, dove era stato trasferito, Annie aveva attraversato il fiume per una cena d'addio. In America c'erano le elezioni presidenziali, e con crescente abbattimento i due giovani avevano ascoltato la radio riferire gracchiando l'inesorabile avanzata di Nixon. Era stato come se qualcuno di molto vicino a Robert fosse scomparso; Annie aveva ascoltato commossa mentre lui le spiegava, con voce rotta dall'emozione, che cosa significasse tutto ciò per il suo Paese e per la guerra che molti dei suoi amici stavano combattendo in Asia. Lei l'aveva abbracciato stringendolo forte a sé, e per la prima volta aveva sentito di essere ormai una donna.

Soltanto dopo la sua partenza, e dopo aver conosciuto altri volontari del Corpo della Pace, Annie si era resa conto di quanto Robert fosse speciale. Erano tutti o strafatti di droga o noiosissimi, e talvolta entrambe le cose insieme. Un tizio con gli occhi perennemente vitrei e arrossati e una fascia sulla fronte sosteneva di essere sballato da un anno.

Aveva incontrato di nuovo Robert il luglio seguente, quando era ripassata da Dakar per prendere il volo di ritorno a casa. Lì la lingua locale era il *wolof*, e lui lo parlava già con disinvoltura. Viveva nei pressi dell'aeroporto, così vicino che si era costretti a interrompersi ogni volta che passava un apparecchio. Facendo buon viso a cattivo gioco, Robert si era procurato un enorme orario che riportava ogni volo in arrivo e in partenza, e dopo averlo studiato per due sere di seguito l'aveva imparato a memoria. Quando passava un aereo, lui recitava il nome della compagnia, la città di partenza, la rotta e la destinazione finale. Annie era scoppiata a ridere, e Robert si era un po' offeso. Dopo averlo salutato, aveva lasciato Dakar la notte in cui l'uomo aveva camminato per la prima volta sulla Luna.

Per i successivi sette anni non si erano più rivisti. A Oxford, Annie aveva superato trionfalmente un ostacolo dopo l'altro, fondando una rivista aggressivamente radicale e nauseando gli amici quando aveva ottenuto il massimo dei voti in letteratura inglese senza alcuno sforzo apparente. Riluttante a farsi inquadrare in qualsiasi tipo di professione, alla fine aveva scelto quella che le era meno odiosa ed era diventata giornalista presso un quotidiano serale dell'estremo nord-est dell'Inghilterra. La madre era andata a trovarla una volta soltanto ed era rimasta così delusa dallo squallore del posto e dalla fumosa topaia nella quale viveva la figlia che aveva pianto per tutto il viaggio di ritorno a Londra. Non aveva tutti i torti. Annie aveva resistito per un anno, quindi aveva fatto i bagagli, era salita sul primo volo per New York e aveva stupito persino se stessa riuscendo a entrare chissà come alla rivista *Rolling Stone*.

Si era specializzata in una serie di pezzi brillanti e caustici su personaggi celebri, in genere coccolati da tutti. I suoi detrattori – ed erano tanti – sostenevano che prima o poi avrebbe esaurito la riserva di vittime, ma le cose non erano andate così. In realtà erano i personaggi stessi a sollecitarle gli articoli. Essere bistrattati o demoliti da Annie Graves (un vezzo iniziato già ai tempi di Oxford) era divenuto in breve una sorta di masochistico segno di distinzione.

Un bel giorno un certo Robert l'aveva chiamata in ufficio, ma in un primo momento il suo nome non le aveva detto nulla. «Ti ricordi il *tubab* che una notte ti ha offerto ospitalità nella giungla?» le aveva rammentato lui.

Dopo di che, erano andati a bere qualcosa insieme, e Annie aveva notato che lui era molto più attraente di come lo ricordava. Le aveva detto di essere un suo lettore fedele, e sembrava conoscere i suoi articoli meglio ancora di lei. Era diventato viceprocuratore distrettuale e collaborava, nel tempo libero dal lavoro, alla campagna elettorale di Carter. Grondava idealismo ed entusiasmo da tutti i pori e, cosa ancora più importante, era spiritoso. Inoltre, aveva abitudini più regolari e capelli più corti di chiunque Annie avesse frequentato negli ultimi sette anni.

Mentre il guardaroba di lei era un trionfo di borchie e pelle nera, quello di Robert era tutto camicie con colletto abbottonato e capi di velluto a coste. Quando uscivano, sembravano una sorta di strano incrocio fra L. L. Bean e i Sex Pistols. E l'anticonformismo di un simile accostamento dava a entrambi un brivido segreto.

A letto, quel momento della loro relazione che così a lungo era stato rinviato e che, se doveva essere onesta con se stessa, Annie aveva tanto paventato, Robert si era dimostrato sorprendentemente libero da inibizioni, molto più fantasioso dei "creativi" intontiti dalle droghe con cui aveva avuto rapporti dal suo arrivo a New York. Quando, diverse settimane dopo, lei gliel'aveva fatto notare, Robert ci aveva riflettuto per qualche istante – proprio come a Dakar, prima di snocciolare i dati riguardanti gli aerei – e con assoluta serietà le aveva risposto di essere sempre stato convinto che il sesso, come la professione legale, dovesse essere praticato con la massima diligenza.

Si erano sposati la primavera successiva; Grace, la loro unica figlia, era nata tre anni dopo.

Annie si era portata il lavoro in treno non tanto per abitudine, quanto nella speranza che potesse distrarla. Di fronte a sé aveva le bozze di quello che sperava fosse un articolo fondamentale sullo "stato della Nazione", commissionato per una cifra da capogiro a un celebre, brizzolato e insopportabile romanziere. Uno dei suoi autori megagalattici, come avrebbe detto Grace. Annie aveva già letto tre volte il primo paragrafo, senza comprenderne una sola parola.

Finalmente Robert la chiamò sul cellulare. Era all'ospedale. Non c'erano novità. Grace non aveva ancora ripreso conoscenza.

«Vuoi dire che è in coma» ribatté Annie, sfidandolo a parlar chiaro.

«Non è così che si esprimono qui in ospedale, ma sì, immagino di sì.»

«C'è altro?» Vi fu un silenzio. «Robert, per l'amor del cielo.»

«La gamba è conciata male. A quanto pare il camion ci è passato sopra.»

Lei mandò un gemito di raccapriccio.

«La stanno esaminando proprio ora. Annie, ascolta, è meglio che io torni di là. Ci vediamo alla stazione.»

«No, non venire. Rimani con lei. Prenderò un taxi.»

«D'accordo. Ti richiamo se ci sono novità.» Fece una pausa. «Andrà tutto bene, vedrai.»

«Sì, lo so.» Annie premette un tasto e ripose il telefono. All'esterno, i campi innevati illuminati dal sole assumevano forme sempre nuove al rapido passaggio del treno. Frugò nella borsa alla ricerca degli occhiali scuri, li inforcò e appoggiò il capo allo schienale.

Il senso di colpa si era scatenato subito dopo la prima telefonata di Robert. Avrebbe dovuto essere con loro. Era stata la prima cosa che aveva detto a Don Farlow quando aveva riagganciato. Lui era stato molto gentile: si era avvicinato, l'aveva abbracciata, le aveva detto le cose giuste.

«Non sarebbe cambiato nulla, Annie. Non avresti potuto farci nulla.»

«Sì, invece. Avrei potuto proibirle di andare. Come ha potuto Robert permetterle di andare a cavallo con una giornata del genere?»

«Il tempo è splendido. Non l'avresti fermata.»

Farlow aveva ragione, naturalmente; ma l'angoscia non l'aveva abbandonata, perché andava ben oltre il rimpianto per non essere partita la sera prima con la figlia e il marito. Era solo la punta dell'iceberg, l'ultimo di una lunga catena di sensi di colpa che risalivano al giorno in cui Grace era nata. In quell'occasione Annie si era presa sei settimane di permesso, assaporandone ogni istante. Certo, molte delle incombenze meno piacevoli erano state delegate a Elsa, la balia giamaicana che era tuttora il perno insostituibile della loro vita domestica.

Come molte altre donne della sua generazione, Annie era decisa a provare al mondo che carriera e maternità non erano incompatibili. Ma mentre diverse sue colleghe usavano il loro lavoro a scopo promozionale per dimostrare la validità di quella tesi, Annie non l'aveva mai ostentato, rifiutando così spesso di posare con la bambina per i servizi fotografici che presto i periodici femminili avevano smesso di interpellarla. Non molto tempo prima, aveva sorpreso Grace intenta a scorrere le pagine di un servizio su una giornalista televisiva che mostrava orgogliosa il suo neonato.

«Perché noi non l'abbiamo mai fatto?» le aveva chiesto sua figlia senza sollevare lo sguardo. Annie aveva risposto con asprezza che lo trovava immorale, come la pubblicità non dichiarata di un prodotto. Continuando a non guardarla, Grace aveva annuito pensierosa. «Già» aveva infine replicato con fare sbrigativo, voltando pagina. «La gente penserà che sei più giovane, se fingi di non avere figli.»

Quel commento, e il fatto che fosse stato formulato senza traccia di malizia, avevano turbato Annie così profondamente che per diverse settimane aveva pensato solo al suo rapporto con Grace, o meglio all'assenza di esso.

Non era stato sempre così. Fino a quando, quattro anni prima, aveva assunto la sua prima direzione editoriale, Annie era sempre stata fiera del legame profondo che la univa a Grace. Nella sua condizione di giornalista famosa, in molti casi più nota di coloro su cui scriveva, le giornate appartenevano soltanto a lei. Poteva lavorare a casa e andare in vacanza quando voleva. Quando viaggiava, spesso portava Grace con sé. Una volta, avevano trascorso quasi un'intera settimana in un elegantissimo albergo parigino, in attesa che una primadonna della moda accettasse di concedere un'intervista ad Annie. Di giorno facevano chilometri a piedi visitando negozi e monumenti, di sera si rilassavano davanti al televisore su un grande letto dorato, gustando i deliziosi piatti portati in camera dal servizio ristorante.

Ma la vita di un direttore editoriale era molto diversa. E nello sforzo appassionante di trasformare una rivista noiosa e poco letta nel periodico più richiesto della città, Annie si era in un primo tempo rifiutata di ammettere che ne avrebbe pagato lo scotto in famiglia. Lei e Grace avrebbero goduto di quelli che lei definiva con orgoglio «momenti speciali». Ma ripensandoci ora, le sembrava che l'unica cosa speciale di quei momenti fosse la sua tirannia.

Passavano insieme un'ora al mattino, nella quale lei costringeva la figlia a esercitarsi al pianoforte, e due ore alla sera, quando la incitava a finire i compiti di scuola. E le sue parole, originate da uno scrupolo materno, sembravano sempre più condannate a essere scambiate per critiche.

Nei fine settimana le cose andavano un po' meglio: l'equitazione aiutava a non spezzare quel fragile filo che ancora le univa. Annie non cavalcava più, ma a differenza di Robert conosceva bene fin dall'infanzia il mondo particolare ed esclusivo dell'equitazione. Le piaceva accompagnare Grace e il suo cavallo ai concorsi. Ma anche nei momenti migliori, tra loro non vi era mai la confidenza che si era creata fra la ragazzina e il padre.

Per i piccoli problemi quotidiani, era sempre a Robert che Grace si rivolgeva per primo. E ormai Annie si era rassegnata all'inesorabile ripetersi di una storia antica. Anche lei era stata essenzialmente figlia di suo padre, poiché sua madre non si era dimostrata disposta o capace di guardare oltre l'alone di luce dorata che circondava il figlio minore. E ora lei stessa, pur sprovvista di una simile scusa, era indotta da un'impietosa legge genetica a ripetere il medesimo errore.

Il treno rallentò affrontando una lunga curva, poi si fermò alla stazione di Hudson. Annie rimase immobile a fissare i piloni di ghisa della piattaforma. Vide un uomo, nel punto esatto in cui di solito l'aspettava Robert. L'uomo fece un passo avanti e allargò le braccia verso una donna e due ragazzini che erano appena scesi dal treno. Annie l'osservò abbracciare la sua famiglia e quindi condurla verso il parcheggio. Il ragazzino insisteva nel voler portare la valigia pesante, e con una risata il padre lo lasciò fare. Annie distolse lo sguardo e con sollievo sentì che il treno aveva ripreso la marcia. Ancora venticinque minuti e sarebbe arrivata ad Albany.

Rintracciarono le impronte di Pilgrim ai margini della strada, a valle dell'incidente. Fra i segni degli zoccoli, alcune gocce di sangue macchiavano ancora la neve. Fu il cacciatore a individuarle, e subito prese a seguirle fra gli alberi, precedendo Logan e Koopman verso il fiume.

Harry Logan conosceva il cavallo che stavano cercando, sebbene non altrettanto bene di quello la cui povera carcassa avevano appena estratto dalle lamiere del camion. Gulliver era uno degli animali di cui lui si occupava al maneggio della signora Dyer, ma Pilgrim era in cura presso un altro veterinario locale. Un paio di volte, tuttavia, Logan aveva notato lo splendido, scalpitante Morgan nel suo box. Dalle tracce di sangue, arguiva che fosse gravemente ferito. Era ancora scosso dallo spettacolo cui aveva appena assistito e rimpiangeva di non essere giunto prima e di non aver potuto risparmiare a Gulliver le sofferenze che aveva subìto. Ma in tal caso sarebbe stato presente mentre il corpo senza vita di Judith veniva portato via, e ciò gli sarebbe risultato insostenibile. Era una così brava ragazza. Era stato già abbastanza terribile vedere la piccola Maclean, che conosceva appena.

Lo scroscio del fiume si faceva sempre più vicino, e all'improvviso Logan lo vide scorrere fra gli alberi più in basso. Il cacciatore si era fermato e li stava aspettando. Logan inciampò su un ramo secco e per poco non finì a terra, mentre l'altro lo osservava con un disprezzo a malapena dissimulato. Stronzo, pensò il veterinario. Fin dal primo momento aveva provato per l'estraneo la forte antipatia che nutriva per tutti i cacciatori. Rimpianse di non avergli intimato di lasciare sul camioncino quel maledetto fucile.

L'acqua scorreva rapida, frangendosi con violenza sulle rocce e formando vortici attorno al tronco argenteo di una betulla caduta da uno degli argini. I tre uomini si fermarono a osservare il punto in cui le impronte scomparivano nel fiume.

«Avrà cercato di attraversare» disse Koopman nel tentativo di rendersi utile. Ma il cacciatore scosse il capo. La riva opposta era ripida e non recava tracce di zoccoli.

S'incamminarono in silenzio lungo l'argine. All'improvviso il cacciatore si bloccò e alzò la mano perché i suoi compagni facessero altrettanto.

«Laggiù» sussurrò, indicando un punto davanti a loro con un cenno del capo.

Erano giunti a una ventina di metri dal vecchio ponte ferroviario. Logan aguzzò lo sguardo, riparandosi gli occhi dal sole, ma non vide nulla. Poi qualcosa si mosse sotto il ponte, e lo scorse. Il cavallo era nel punto più lontano, nell'ombra, e li fissava. Il muso era bagnato, e un rivolo di gocce scure gli sgorgava dal petto cadendo nell'acqua del fiume. Un corpo estraneo sembrava spuntare appena sotto la base del collo, ma da quella distanza Logan non riusciva a capire di che cosa si trattasse. Di quando in quando il cavallo chinava la testa di lato ed emetteva un filo di bava rosata che si dissolveva rapidamente nella corrente. Il cacciatore si sfilò dalla spalla la custodia del fucile e cominciò ad aprirla.

«Spiacente, amico, non è stagione di caccia» intervenne Logan, cercando di non farsi prendere dall'irritazione e superandolo. Senza alzare lo sguardo, il cacciatore estrasse il fucile, un lucente .308 tedesco dotato di mirino telescopico. Koopman lo fissò ammirato. L'uomo estrasse una manciata di cartucce dalla tasca e cominciò tranquillamente a caricare l'arma.

«Sta morendo dissanguato» decretò.

«Ma davvero?» replicò Logan sarcastico. «Fa anche il veterinario?»

L'uomo fece una risatina di scherno e si scostò con l'irritante sicurezza di chi sa di avere ragione. Logan avrebbe voluto strangolarlo. Tornò a voltarsi verso il ponte e cautamente fece un passo avanti. Subito il cavallo arretrò, entrando in una chiazza di sole, e Logan si rese conto che non era un corpo estraneo quello che pendeva dal petto dell'animale. Era un lembo di pelle sanguinante, e penzolava da un orribile squarcio a forma di L. Il sangue continuava a pulsare dalla carne viva scorrendogli sul collo e finendo nell'acqua. Anche il muso era bagnato di sangue e persino da quella distanza era evidente che il setto nasale era sfondato.

Il veterinario si sentì stringere il cuore. Pilgrim era un bellissimo esemplare, e l'idea di sopprimerlo gli era intollerabile. Ma se anche fosse riuscito a bloccare l'emorragia, le ferite sembravano troppo gravi per poterlo salvare. Fece un altro passo e l'animale arretrò di nuovo, voltandosi a monte in cerca di una via di fuga. Alle sue spalle, Logan sentì lo scatto dell'otturatore. Si voltò verso il cacciatore.

«Vuole star fermo?»

L'uomo non rispose, limitandosi a scambiare con Koopman un'occhiata d'intesa. Fra i due si stava sviluppando una complicità che Logan disapprovava. Posò la borsa sulla neve e si accovacciò per estrarne qualcosa, rivolgendosi a Koopman.

«Voglio vedere se riesco ad avvicinarmi. Potrebbe raggiungere l'estremità opposta del ponte e bloccargli la strada?»

«D'accordo.»

«Forse farebbe meglio a procurarsi un ramo o qualcosa del genere da agitare nel caso le venisse incontro. Mi sa che dovrà bagnarsi i piedi.»

«Va bene.» Stava già tornando verso gli alberi.

«Faccia un urlo quando è in posizione» gli gridò Logan. «E non si avvicini troppo!»

Riempì una siringa di sedativo e si infilò nelle tasche del giaccone altre cose. Si sentiva addosso gli occhi del cacciatore, ma non se ne curò. Pilgrim, pur tenendo la testa bassa, seguiva ogni loro gesto. Rimasero in attesa, nel fragoroso rumoreggiare del fiume. Finalmente si udì il grido di Koopman, e, mentre il cavallo si voltava verso il suono inaspettato, Logan raggiunse il corso d'acqua, nascondendo la siringa nella mano come meglio poteva.

Il fiume era disseminato di rocce piatte, sgombre di neve, e il veterinario cercò di usarle a mo' di guado. Pilgrim tornò a voltarsi verso di lui e lo vide. Innervosito dall'assenza di vie di fuga, raspò con lo zoccolo sulla superficie dell'acqua, chiazzandola di rosso. Non v'erano più rocce su cui proseguire, era giunto il momento di bagnarsi. Logan affondò un piede e, sentendo la corrente ghiacciata, rimase senza fiato.

Vide Koopman sull'ansa del fiume al di là del ponte: era nell'acqua fino alle ginocchia, e reggeva un grosso ramo di betulla. Il cavallo spostava di continuo lo sguardo dall'uno all'altro e Logan scorgeva il terrore nei suoi occhi, un terrore misto a qualcos'altro che per un istante gli fece paura. Ciononostante gli parlò con una cantilena dolce e tranquillizzante.

«Va tutto bene, piccolo. Va tutto bene.»

Giunto ormai a meno di venti metri dal cavallo, si chiese come avrebbe risolto la situazione. Se fosse riuscito ad afferrare le briglie, forse avrebbe potuto affondargli la siringa nel collo. A scanso di equivoci, l'aveva caricata con una dose superiore al necessario. Se fosse riuscito a raggiungere una vena del collo, poteva iniettarne solo una parte. Ma in ogni caso avrebbe dovuto fare attenzione a non esagerare. Un cavallo in quelle condizioni non doveva perdere conoscenza. Bisognava iniettargli solo la quantità sufficiente a calmarlo e a condurlo in salvo.

A quella distanza, poteva vedere bene la ferita. Era molto brutta, e Logan si rese conto che non gli restava molto tempo. Dal modo in cui il sangue usciva dalla lacerazione valutò che la povera bestia dovesse averne persi alcuni litri.

«Va tutto bene, piccolo. Nessuno ti farà del male.»

Pilgrim sbuffò, si girò e fece qualche passo verso Koopman, ma subito inciampò, sollevando uno spruzzo d'acqua che tracciò un arcobaleno contro il sole.

«Agiti il ramo!» gridò Logan.

Koopman obbedì e Pilgrim si fermò. Logan ne approfittò per avvicinarsi, ma sprofondò in una buca bagnandosi fino all'inguine. Gesù, era fredda da morire. Il cavallo lo scorse con la coda dell'occhio cerchiato di bianco e subito scattò verso Koopman.

«Ancora!»

Il movimento del ramo bloccò di nuovo l'animale, e con un balzo Logan gli si avvicinò. Afferrò le redini e se le avvolse attorno alla mano, sentendo che il cavallo faceva resistenza e cercava di divincolarsi. Tentò di avvicinarsi, tenendosi alla larga dalle zampe posteriori che stavano per scalciare, e inserì l'ago nel collo dell'animale. Sentendosi pungere, Pilgrim esplose. S'impennò con un nitrito di terrore, e Logan non ebbe che una frazione di secondo per premere il pistone. Proprio in quell'istante il cavallo lo urtò con violenza, facendogli perdere l'equilibrio. Senza volerlo, Logan gli iniettò l'intera dose di sedativo.

Resosi ormai conto di chi fosse più pericoloso fra i due uomini, Pilgrim si lanciò verso Koopman. Con la mano sinistra ancora avvolta nelle redini, Logan fu proiettato in aria e finì nel fiume. Mentre veniva trascinato come un corpo morto, sentì l'acqua gelida penetrargli sotto i vestiti. L'unica cosa da fare era lasciarsi scivolare in superficie. Le redini gli penetravano nella carne e, cozzando con una spalla contro un masso, Logan gridò di dolore. Finalmente riuscì a liberarsi e fu in grado di sollevare il capo e riempirsi d'aria i polmoni. Vide Koopman tuffarsi di lato per evitare il cavallo, che lo superò fra gli spruzzi e si arrampicò sull'argine, la siringa ancora conficcata nel collo. Logan si rialzò, mentre Pilgrim scompariva nel bosco.

«Merda» imprecò.

«Tutto bene?» domandò Koopman.

Lui si limitò ad annuire e cominciò a strizzare il giac-cone fradicio, poi qualcosa sul ponte attirò la sua attenzione. Alzò il capo e vide il cacciatore appoggiato al parapetto. Aveva seguito l'operazione e sorrideva soddisfatto.

«Sparisca dalla mia vista» lo minacciò Logan.

Lo vide non appena ebbe superato le porte del reparto. In fondo al corridoio vi era una sala d'aspetto, arredata con divani grigio pallido e un tavolino basso con un vaso di fiori sopra, e Robert era in piedi davanti a un'alta finestra, inondato dal sole che entrava a fiotti. Si voltò sentendo i passi di Annie e socchiuse gli occhi nella penombra. La sua aria vulnerabile, il suo volto per metà illuminato e così pallido da sembrare trasparente la commossero. Finalmente Robert la vide, e le si avvicinò con un lieve, mesto sorriso. Si abbracciarono e restarono così per qualche secondo, senza parlare.

«Dov'è?» chiese Annie alla fine.

Lui le strinse le braccia e la scostò per guardarla in volto.

«L'hanno portata giù. La stanno operando.» La vide accigliarsi e soggiunse prima che lei potesse replicare: «Dicono che se la caverà. Non ha ancora ripreso conoscenza, ma hanno fatto tutti i controlli possibili e immaginabili, e pare non ci siano danni cerebrali».

S'interruppe e deglutì.

Annie rimase in attesa, fissandolo. Dal terribile sforzo che Robert stava compiendo per mantenere ferma la voce lei capì che c'era dell'altro.

«Prosegui.»

Ma Robert non poté. Si mise a piangere. Chinò il capo, le spalle scosse da un tremito. Annie si liberò dolcemente dalla sua stretta e gli serrò a sua volta le braccia.

«Ti prego. Dimmi tutto.»

Robert trasse un profondo respiro e rovesciò la testa all'indietro, fissando il soffitto prima di tornare a posare lo sguardo su di lei. Fece per parlare, si bloccò, e infine vi riuscì.

«Le amputeranno una gamba.»

In seguito, ripensando al modo in cui quel pomeriggio

aveva reagito alla notizia, Annie avrebbe provato meraviglia e insieme vergogna. Non si era mai considerata particolarmente forte nei momenti di crisi, se si eccettuava il lavoro, nel cui ambito erano il suo pane quotidiano; né trovava difficile, in condizioni normali, dare libero sfogo alle proprie emozioni. Forse la verità era che Robert, cedendo alle lacrime, aveva già deciso per lei. Avrebbe pianto lui, e così lei ne sarebbe stata dispensata. Qualcuno doveva resistere, se non volevano uscirne distrutti.

Ma Annie era certa che sarebbe potuto facilmente accadere il contrario. In realtà, la notizia di ciò che stavano facendo a sua figlia penetrò in lei come una lama tagliente. Subito dopo aver dominato l'impulso di gridare, cominciò a porsi una serie di interrogativi pratici con una freddezza al limite del cinismo.

«Dove?»

Robert si accigliò, confuso. «Come?»

«La gamba. Dove gliela amputano?»

«Sopra il...» S'interruppe, cercando di controllarsi. Dover scendere nei particolari gli sembrava orribile. «Sopra il ginocchio.»

«Quale gamba?»

«La destra.»

«Quanto sopra il ginocchio?»

«Cristo, Annie! Che cosa diavolo importa?»

Robert si liberò dalla sua stretta, asciugandosi le lacrime con il dorso della mano.

«Eccome se importa.» Era stupita di se stessa. Aveva ragione lui, naturalmente. Insistere su quell'argomento significava fare della pura accademia, e di gusto alquanto macabro; ma ormai non poteva più fermarsi. «Appena sopra il ginocchio, oppure perderà anche la coscia?»

«Appena sopra il ginocchio. Non mi hanno dato le misure esatte, ma perché non scendi di persona? Sono sicuro che ti lasceranno dare un'occhiata.»

Robert si voltò verso la finestra e Annie rimase a osservarlo mentre estraeva di tasca un fazzoletto e si asciugava le lacrime, irritato con se stesso per quella dimostrazione di debolezza. Alle sue spalle risuonarono dei passi.

«La signora Maclean?»

Lei si voltò. Una giovane infermiera vestita di bianco

diede un'occhiata a Robert e decise subito che era meglio parlare con Annie.

«C'è una telefonata per lei.»

La precedette percorrendo il corridoio a passetti rapidi e brevi, le scarpe bianche così silenziose sulle piastrelle lucide che per un istante Annie ebbe l'impressione che vi scivolassero sopra. La condusse a un apparecchio vicino al banco dell'accettazione e le passò la comunicazione dall'ufficio.

Era Joan Dyer, dalle scuderie. Si scusò per averla disturbata e in tono nervoso chiese notizie di Grace. Annie rispose che era ancora in coma. Non accennò alla gamba. La donna venne subito al dunque. La ragione per cui aveva chiamato era Pilgrim. L'avevano trovato, e Harry Logan l'aveva interpellata per sapere che cosa dovesse fare.

«In che senso?» chiese Annie.

«Il cavallo è in pessime condizioni. Si è rotto diverse ossa, è ferito e ha perso molto sangue. Anche se dovesse sopravvivere, non sarebbe più lo stesso.»

«Dov'è Liz? Non può venire a vederlo?»

Liz Hammond era il veterinario di Pilgrim, nonché un'amica di famiglia. Era stata lei, l'estate precedente, ad andare in avanscoperta nel Kentucky per esaminare il cavallo. Anche Liz se ne era innamorata.

«È via per un convegno» rispose la signora Dyer. «Sarà di ritorno soltanto il prossimo fine settimana.»

«Logan vuole abbatterlo?»

«Sì. Annie, mi dispiace. Pilgrim è sotto sedativo, e secondo Harry ha poche probabilità di riprendersi. Chiede la sua autorizzazione ad abbatterlo.»

«Gli spareranno?» Aveva commesso di nuovo l'errore di prima: quello di insistere su particolari insignificanti, proprio come aveva appena fatto con Robert. Cosa diavolo poteva importare come l'avrebbero ucciso?

«Con un'iniezione, immagino.»

«E se dico di no?» Silenzio all'altro capo del filo.

«Immagino che dovranno cercare di trasportarlo in un posto dove possano operarlo. A Cornell, forse.» Di nuovo una pausa. «A parte tutto, Annie, un'operazione le costerebbe molto più della cifra per cui Pilgrim è assicurato.»

Fu quell'accenno al denaro che fece scattare qualcosa

nella mente di Annie: ma l'idea che potesse esservi in qualche modo un collegamento fra la vita del cavallo e quella di sua figlia non aveva ancora assunto una forma precisa.

«Non m'importa quanto costa» sbottò. Sentì la sua interlocutrice trasalire. «Dica a Logan che se uccide quel cavallo gli faccio causa.»

E riagganciò.

«Indietro, indietro, bene così.»

Koopman arretrò lungo il pendìo dirigendo le manovre con ampi cenni delle braccia. Il camion procedeva a marcia indietro fra gli alberi, le catene del paranco che tintinnavano a ogni sobbalzo. L'automezzo doveva servire al personale della segheria per scaricare le turbine, ma era stato requisito da Koopman e destinato a quel nuovo compito. Sul posto era arrivato anche un grosso camioncino Ford con rimorchio scoperto. Il vicesceriffo si guardò alle spalle e vide Logan inginocchiato accanto al cavallo con un drappello di assistenti.

Pilgrim giaceva su un fianco in un'enorme chiazza di sangue che via via andava allargandosi sulla neve. Era giunto fin lì prima che il sedativo facesse effetto, poi le zampe anteriori avevano ceduto ed era crollato sulle ginocchia. Per qualche istante aveva cercato di rialzarsi, ma quando Logan l'aveva raggiunto era ormai fuori combattimento.

Il veterinario aveva incaricato Koopman di chiamare Joan Dyer dalla sua auto, lieto che quel cacciatore non fosse nei dintorni e non l'avesse sentito mentre la pregava di chiedere ai proprietari l'autorizzazione ad abbattere il cavallo. Quindi aveva inviato l'agente in cerca d'aiuto, si era inginocchiato accanto all'animale e si era messo al lavoro per fermare l'emorragia. Aveva inserito la mano nella ferita, tastando i tessuti, sprofondando fino al gomito nella carne insanguinata. Aveva cercato pazientemente la fonte dell'emorragia e alla fine l'aveva trovata: un'arteria perforata, grazie a Dio di piccole dimensioni. La sentì pulsare sotto le dita.

Ricordandosi dei morsetti che si era messo in tasca, ne aveva estratto uno con la mano libera e l'aveva applicato all'arteria bloccando il sangue. Ma questo continuava a scorrere da centinaia di vene recise, sicché Logan si era tolto il giaccone fradicio, ne aveva svuotato le tasche e l'aveva strizzato con forza. Quindi l'aveva arrotolato tamponando la ferita. A quel punto gli era sfuggita un'imprecazione. Bisognava somministrare dei liquidi, ma il sacchetto di plasma era rimasto nella borsa in riva al fiume. Era balzato in piedi e vi si era precipitato, inciampando e scivolando sulla neve.

Al suo ritorno, gli infermieri della squadra di soccorso avevano già circondato Pilgrim e l'avevano protetto con alcune coperte. Uno degli uomini gli si era avvicinato con un telefono.

«La signora Dyer» aveva annunciato.

«Ora non posso, per l'amor di Dio» aveva risposto Logan. Si era chinato su Pilgrim, aveva collegato all'ago già in sede la confezione da cinque litri di plasma e gli aveva praticato un'iniezione di steroidi per combattere lo shock. Il respiro del cavallo era debole e irregolare, e i suoi arti inferiori stavano rapidamente raffreddandosi; Logan aveva chiesto altre coperte da mettere sulle zampe.

Uno dei membri della squadra di soccorso aveva portato i teli sterili di un'ambulanza; Logan aveva estratto con estrema delicatezza il suo giaccone dalla ferita, che quindi aveva tamponato con i teli. Infine, a corto di fiato, si era seduto sui calcagni e aveva iniziato a riempire una siringa di penicillina. La sua camicia era rossa e fradicia, e quando aveva sollevato la siringa per liberarla dalle bolle d'aria, il sangue del cavallo aveva preso a gocciolargli dal gomito.

«È una follia» aveva mormorato, iniettando la penicillina nel collo di Pilgrim.

Il cavallo era praticamente morto. Lo squarcio nel petto sarebbe bastato da solo a giustificarne l'abbattimento, ma c'erano altri problemi. Il setto nasale malamente sfondato, diverse costole rotte, un brutto taglio sopra lo stinco sinistro, e chissà quante altre ferite e contusioni minori. Dal modo in cui si era arrampicato sull'argine, Logan aveva inoltre notato che zoppicava dalla zampa destra. Avrebbe dovuto porre fine a quell'agonia. Ma nemmeno per tutto l'oro del mondo avrebbe dato una simile soddisfazione a quello stronzo di cacciatore. Se il cavallo era destinato a morire, pazienza.

Intanto, Koopman aveva fatto avvicinare camion e rimorchio, e il veterinario si accorse che, chissà come, si era procurato un'imbracatura. L'infermiere della squadra di soccorso gli porse di nuovo il telefono affinché rispondesse alla signora Dyer. Logan lo afferrò.

«Sono tutto suo» disse, mentre indicava agli uomini dove applicare l'imbracatura. Nell'udire la signora Dyer riferirgli in versione edulcorata il messaggio di Annie, sorrise e scosse il capo.

«Magnifico» commentò. «È bello essere apprezzati.»

Restituì il telefono e aiutò a far passare le cinghie dell'imbracatura sotto il corpo di Pilgrim attraverso quello che si era ormai trasformato in un mare di poltiglia sanguinolenta.

Tutti si erano rimessi in piedi, ora, e per un istante Logan sorrise vedendo la fila di ginocchia rosse. Qualcuno gli allungò un giubbotto asciutto, e fu allora, per la prima volta da quando era caduto in acqua, che si rese conto di quanto fosse infreddolito.

Koopman e il conducente del camion agganciarono le estremità dell'imbracatura alle catene del paranco e quindi si ritrassero, mentre il corpo inerte di Pilgrim veniva lentamente sollevato e caricato sul rimorchio. Logan vi salì con due infermieri e, afferrando il cavallo per le zampe, lo spostò finché Pilgrim non ebbe ripreso la posizione precedente, disteso su un fianco. Poi Koopman gli passò la borsa e gli uomini tornarono a coprire l'animale.

Logan gli fece un'altra iniezione di steroidi ed estrasse una seconda confezione di plasma. All'improvviso si sentì esausto. Sapeva che le possibilità che il cavallo giungesse vivo al suo ambulatorio erano molto scarse.

«Li avvertiremo del suo arrivo» disse Koopman.

«Grazie.»

«È pronto?»

«Immagino di sì.»

Koopman batté con la mano sul rimorchio dando il via all'autista. Il camion affrontò lentamente la salita.

«Buona fortuna» gridò Koopman, ma Logan non sembrò udirlo. Il giovane vicesceriffo parve vagamente deluso. Era tutto finito: ora ognuno sarebbe tornato a casa. Un sibilo metallico alle sue spalle lo fece voltare. Il cacciatore stava rimettendo il fucile nella custodia.

«Grazie dell'aiuto» disse Koopman. L'altro annuì, si caricò l'arma in spalla e si allontanò.

Robert si svegliò di soprassalto e per un istante credette di essere in ufficio. Lo schermo del computer era impazzito, linee verdi tremolanti si rincorrevano formando una serie di picchi frastagliati. Oh no, si disse, un virus. Qualcuno stava saccheggiando i dati della Dunford Securities. Ma poi vide il letto, le lenzuola sollevate a mo' di tenda sopra ciò che restava della gamba di sua figlia, e ricordò dove si trovava.

Controllò l'orologio. Mancavano pochi minuti alle cinque del mattino. Una lampada sopra il letto rischiarava il buio quasi completo della stanza, avvolgendo il capo e le spalle nude di Grace in un bozzolo di luce. Gli occhi erano chiusi, il volto sereno, come indifferente alla miriade di tubicini di plastica che le invadevano il corpo. Dalla bocca le fuoriusciva la sonda del respiratore, un'altra le scaturiva dal naso ed era collegata allo stomaco, permettendole di nutrirsi. Altri cateteri scendevano a spirale dai flaconi e dai sacchetti appesi sopra al letto, incrociandosi in un furioso groviglio all'altezza del collo, quasi stessero facendo a gara per arrivare primi all'incontro con la valvola inserita nella giugulare. Questa era mascherata da un cerotto color carne, così come gli elettrodi sulle tempie e sul petto e il foro che le avevano praticato allo scopo di inserirle nel cuore un tubo a fibre ottiche.

Se non avesse avuto il berretto rigido da equitazione, avevano dichiarato i dottori, Grace sarebbe potuta morire. All'impatto con il terreno il casco aveva attutito il colpo impedendo al cranio di rompersi, ma un secondo esame aveva rivelato una diffusa emorragia cerebrale, rendendo necessaria la perforazione della calotta cranica e l'inserimento di uno strumento per misurare la pressione interna. Il respiratore, avevano spiegato, avrebbe contribuito a bloccare l'emorragia. Era stato il suo sibilo ritmato, simile all'infrangersi di una marea meccanica su una spiaggia di ciottoli, a far assopire Robert. La mano di Grace, che aveva tenuto tra le sue prima di addormentarsi, giaceva a palma in su nel punto in cui l'aveva involontariamente abbandonata. La riprese fra le sue e ne sentì il calore falsamente rassicurante.

Si sporse sul letto e dolcemente premette un'estremità del cerotto adesivo che le si era staccato dal braccio. Sollevò lo sguardo sulla serie di macchinari di cui si era puntigliosamente fatto spiegare la funzione. Senza alzarsi controllò gli schermi, le valvole, i livelli dei fluidi per sincerarsi che non fosse accaduto nulla mentre dormiva. Sapeva che gli strumenti erano collegati a un computer e che, se fosse accaduto qualcosa, sarebbe entrato automaticamente in funzione un allarme nel vicino ufficio. Ma doveva controllare con i propri occhi. Soddisfatto, continuando a serrare tra le sue la mano di Grace, si sistemò più comodamente sulla sedia. Annie stava dormendo in una stanzetta che l'ospedale aveva messo a loro disposizione in fondo al corridoio. Gli aveva raccomandato di svegliarla a mezzanotte perché potesse dargli il cambio, ma, assopendosi, Robert aveva fatto passare l'ora, e così decise di lasciarla riposare.

Fissò il volto di Grace; circondata da quello sfoggio brutale di tecnologia, sembrava avere la metà dei suoi anni. Era sempre stata sana. Da quando era nata, solo un'altra volta, quando avevano dovuto ricucirle un ginocchio dopo una caduta dalla bicicletta, aveva rimesso piede in ospedale. Il dramma della sua venuta al mondo era stato più che sufficiente.

Annie aveva dovuto subire d'urgenza un cesareo. Dopo dodici ore di travaglio, le avevano praticato un'epidurale e, visto che non succedeva nulla, Robert era andato al bar dell'ospedale a bere un caffè e a mangiare un panino. Quando, mezz'ora più tardi, aveva fatto ritorno in camera, gli era sembrato di entrare in un girone infernale. Come il ponte di una nave da guerra, la stanza pullulava di infermieri in tunica verde che si lanciavano in tutte le direzioni spingendo i carrelli con gli strumenti e abbaiando ordini. Mentre era al bar, gli aveva spiegato qualcuno, i monitor avevano rivelato qualcosa di anomalo nella posizione della nascitura. Come l'eroe di un film di guerra anni Quaranta, il ginecologo si era precipitato al capezzale di Annie annunciandole che occorreva operare immediatamente.

Robert aveva sempre creduto che i cesarei fossero interventi tranquilli. Nessun affanno, nessuna spinta, niente grida di dolore: un semplice taglio lungo una linea prestabilita ed ecco il neonato, portato alla luce senza alcuno sforzo. Nulla lo aveva preparato al dramma terribile che si era svolto dopo la decisione del ginecologo. Era già in atto quando l'avevano fatto entrare, piazzandolo in un angolo da cui aveva assistito sconvolto alla scena. Ad Annie era stata praticata un'anestesia totale, e quegli uomini, quei perfetti sconosciuti, stavano scavando nel suo corpo, immersi fino ai gomiti nel sangue e nella carne viva, allargando lo squarcio con pinze metalliche, ansimando e grugnendo per lo sforzo, finché uno di loro, l'eroe di guerra, non aveva afferrato qualcosa e gli altri si erano immobilizzati mentre estraeva dal ventre il corpicino vischioso della neonata.

Credeva di essere spiritoso, l'eroe di guerra, perché subito dopo si era voltato verso Robert dicendogli: «La prossima volta sarà più fortunato. È una bambina». Robert l'avrebbe ucciso. Ma dopo averla ripulita e aver controllato che tutto fosse a posto, gliel'avevano messa in braccio avvolta in una coperta bianca e lui aveva dimenticato la sua rabbia.

Qualche istante dopo, l'aveva posata sul cuscino di Annie in modo che al suo risveglio la vedesse. "La prossima volta sarà più fortunato." Non c'era stata una prossima volta. Entrambi desideravano un altro figlio, ma Annie aveva avuto quattro aborti spontanei, l'ultimo dei quali pericoloso, a gravidanza avanzata. I medici li avevano sconsigliati di ritentare. Ma né l'uno né l'altra avevano avuto bisogno di sentirselo dire. Poiché a ogni nuova perdita il dolore si rinnovava più crudele di prima e alla fine nessuno dei due si era sentito in grado di affrontarlo ancora. Dopo l'ultimo aborto, quattro anni prima, Annie aveva annunciato di volersi fare sterilizzare. Consapevole che si trattava di una sorta di autopunizione, Robert l'aveva pregata di non farlo. Alla fine, pur riluttante, lei aveva rinunciato optando per la spirale. Con un briciolo di fortuna, aveva detto con macabra ironia, l'effetto poteva essere lo stesso.

Era stato proprio allora che ad Annie era stata offerta per la prima volta la scrivania di direttore. Con grande sorpresa di Robert, l'aveva accettata. In seguito, vedendo quanta rabbia e delusione riversava in quel suo nuovo ruolo, lui aveva capito che lo faceva per dimenticare, oppure ancora una volta per punirsi. Forse si trattava di entrambe le cose. E quando lei aveva collezionato quell'impressionante catena di successi professionali diventando uno dei direttori più corteggiati d'America, Robert non ne era rimasto per nulla stupito.

Del dolore per il comune fallimento nel mettere al mondo un altro figlio ormai non parlavano più, ma esso era silenziosamente penetrato in ogni piega della loro unione.

E si era tacitamente ripresentato anche quel pomeriggio, quando Annie era arrivata in ospedale e lui aveva così stupidamente ceduto alle lacrime. Annie, lui lo sapeva bene, pensava le portasse rancore per non avergli dato un altro figlio. Forse aveva reagito in modo così brusco alle sue lacrime proprio perché aveva creduto di scorgere in esse una traccia di quel rancore. E forse aveva ragione. Perché quella fragile creatura, che ora giaceva nel letto menomata dal bisturi di un chirurgo, era tutto ciò che avevano. Quanto era stata egoista e crudele, Annie, a mettere al mondo soltanto lei. Lo pensava davvero? No di certo. Ma perché, allora, quell'idea gli veniva in mente in modo così spontaneo?

Robert aveva sempre ritenuto di amare sua moglie più di quanto lei amasse e avrebbe mai amato lui. Anche Annie lo amava, non lo metteva in dubbio e, rispetto a molti altri matrimoni, il loro era un successo. Sembravano ancora in grado di procurarsi piacere intellettualmente e fisicamente. E in tutti quegli anni non era quasi trascorso giorno in cui Robert non si considerasse fortunato di averla. Come poteva, una persona così piena di vita, desiderare un uomo come lui?

Non che si sottovalutasse. Obiettivamente – e l'obiettività era una delle sue qualità più spiccate – era uno degli avvocati più brillanti che vi fossero sulla piazza. Era anche un ottimo padre, un buon amico per i suoi pochi, intimi amici e, a dispetto delle battute che circolavano sugli avvocati, un uomo di moralità cristallina. Eppure, pur non giungendo a considerarsi noioso, sapeva di non possedere la vivacità di Annie. No, non tanto la vivacità, quanto la stessa scintilla vitale. Era proprio questo, di lei, che l'aveva sempre affascinato, fin da quella prima notte in Africa, quando aveva aperto la porta e se l'era trovata di fronte con le valigie in mano.

Aveva soltanto sei anni più di lei, ma spesso si sentiva molto più anziano. E con tutti i personaggi affascinanti e potenti che sua moglie frequentava per lavoro, considerava miracoloso che si ritenesse appagata dal loro rapporto. Ma c'era di più: Robert era sicuro, almeno per quanto in simili questioni si poteva esserlo, che lei non lo aveva mai tradito.

Ma sin dalla primavera, ossia da quando Annie aveva assunto il nuovo incarico, le cose tra loro si erano fatte più difficili. I conflitti continui in ufficio l'avevano resa irritabile ed estremamente esigente. Anche Grace e persino Elsa si erano rese conto del cambiamento, e davanti a lei si comportavano con estrema cautela. Negli ultimi tempi, Elsa appariva persino sollevata quando era lui e non Annie a tornare a casa per primo dal lavoro. Gli comunicava chi aveva telefonato, gli mostrava quello che aveva preparato per cena e si eclissava prima dell'arrivo di Annie.

Sentendo una lieve pressione sulla spalla, Robert si voltò e la vide in piedi accanto a sé, quasi fosse stata evocata dai suoi pensieri. Aveva gli occhi cerchiati di scuro. Le prese la mano e se la premette sulla guancia.

«Dormito?» le chiese.

«Come un angioletto. Avevi detto che mi avresti svegliata.»

«Mi sono addormentato anch'io.»

Annie sorrise e si chinò su Grace. «Nessuna novità?»

Robert scosse il capo. Parlavano sottovoce, quasi temessero di svegliarla. Per qualche istante la guardarono entrambi, la mano di lei ancora posata sulla spalla di lui, nel silenzio rotto soltanto dal sibilo del respiratore. All'improvviso Annie fu scossa da un tremito e ritrasse la mano. Si strinse le braccia al petto, chiudendosi i lembi della giacca di lana.

«Pensavo di andare a casa a prendere la sua roba» disse. «Per fargliela trovare qui al suo risveglio.»

«Ci penso io. È meglio che tu non guidi.»

«No, ci tengo, davvero. Mi dai le chiavi?»

Robert si frugò in tasca e gliele consegnò.

«Preparerò anche una borsa per noi. Ti serve qualcosa di particolare?»

«Qualche indumento, magari anche un rasoio.»

Annie si chinò e lo baciò sulla fronte.

«Sta' attenta» si raccomandò lui.

«Certo. Farò presto.»

La guardò allontanarsi. Giunta sulla soglia, Annie si fermò e si voltò, e Robert capì che avrebbe voluto dirgli qualcosa.

«Cosa?» domandò. Ma lei si limitò a sorridere e scosse il capo. Quindi si girò e scomparve.

A quell'ora le strade erano quasi deserte, percorse soltanto da qualche solitario spargisabbia. Annie s'immise sulla 87 verso sud e svoltò a est sulla 90, prendendo la stessa uscita che il camion aveva imboccato il mattino precedente.

Non c'era stato nemmeno un accenno di disgelo e i fari dell'auto illuminavano i mucchi di neve sporca ammassati ai lati della carreggiata. Le gomme da neve fatte montare da Robert producevano un rombo sordo sulla superficie stradale.

Annie abbandonò l'autostrada e imboccò il viale che girava intorno alla collina e portava alla loro casa: l'asfalto era coperto da uno strato compatto di neve scintillante. Procedette con cautela sotto un tunnel di alberi e s'immise nel vialetto che Robert doveva aver spazzato quel mattino. I fari illuminarono la bianca facciata di legno della grande casa, gli abbaini che si perdevano fra gli altissimi faggi. L'interno era immerso nel buio e al passaggio del fascio di luce le pareti e il soffitto dell'atrio si accesero fuggevolmente di azzurro. Un faretto esterno scattò automaticamente mentre Annie girava intorno alla costruzione e si fermava davanti al garage sotterraneo.

La cucina era rimasta come l'aveva lasciata Robert. Le ante degli armadietti erano aperte, e sul tavolo giacevano ancora i due sacchi della spesa. Una confezione di gelato si era sciolta e stava sgocciolando dall'orlo del tavolo, formando una piccola pozza rosa sul pavimento. La spia rossa della segreteria telefonica lampeggiava annunciando messaggi, ma Annie non se la sentiva di ascoltarli. Vide il biglietto lasciato al padre da Grace e lo fissò, incapace per qualche motivo di toccarlo. Quindi si voltò all'improvviso e si mise al lavoro, pulendo la chiazza di gelato e sistemando il cibo che non era ancora andato a male.

Più tardi, mentre al primo piano preparava una borsa per sé e per Robert, ebbe l'impressione che ogni suo gesto fosse meccanico, programmato. Pensò che quello strano intontimento fosse dovuto allo shock oppure a una sorta di rifiuto della realtà.

La cosa certa era che la vista di Grace subito dopo l'operazione le era sembrata così assurda, così estrema, che non era stata in grado di coglierne il significato fino in fondo. Il dolore di Robert, così palpabile ed evidente, le aveva quasi fatto provare invidia. Aveva notato come i suoi occhi scrutassero febbrili il povero corpo della figlia, riempiendosi di disperazione ogni volta che i medici dovevano intervenire. Lei invece si limitava a fissarlo incapace di comprendere la nuova forma sotto cui le avevano restituito Grace.

Si tolse gli abiti che sapevano d'ospedale e si mise sotto la doccia, lasciando che l'acqua scorresse a lungo e quindi aumentandone la temperatura finché non le fu quasi impossibile resistere. A quel punto tese il braccio e regolò il getto, trasformandolo in una pioggia di aculei bollenti. Chiuse gli occhi e sollevò il volto, gridando per il dolore. Ma non si scostò, felice di riuscire a provare almeno quella sensazione.

Uscì dalla doccia ed entrò nella stanza da bagno invasa dal vapore. Passò l'asciugamano sullo specchio e osservò la propria immagine, stentando a riconoscersi. Il suo corpo le era sempre piaciuto, sebbene fosse più pieno e formoso rispetto agli ultimi dettami imposti dalla sua rivista in tema di stile e tendenze. Ma ora lo specchio appannato le restituiva un'astrazione rosea e distorta, qualcosa di simile a un ritratto di Francis Bacon, e Annie ne fu così turbata che si affrettò a spegnere la luce e a rifugiarsi in camera da letto.

La stanza di Grace era ancora nelle condizioni in cui la ragazzina doveva averla lasciata il mattino precedente. La lunga maglietta che indossava per dormire giaceva sul letto disfatto. Annie si chinò e raccolse un paio di jeans abbandonati per terra. Erano quelli con i buchi sulle ginocchia, rattoppati con i ritagli di un suo vecchio vestito a fiori. Annie si era offerta di fare il rammendo, ed era rimasta offesa quando Grace aveva opposto un rifiuto, dichiarando con noncuranza che preferiva lo facesse Elsa. Lei aveva replicato nel suo solito modo, alzando rapidamente un sopracciglio con espressione addolorata, e Grace si era subito sentita in colpa.

«Mamma, mi dispiace» le aveva detto cingendole le spalle con un braccio. «Ma lo sai benissimo che non sei capace di cucire.»

«Certo che sono capace» aveva ribattuto lei, volgendo in scherzo quello che entrambe sapevano essere qualcosa di più serio.

«Be', forse. Ma non sei forte come Elsa.»

«*Brava* come Elsa, vorrai dire.» Annie la riprendeva sempre sul linguaggio, adottando automaticamente il più altezzoso degli accenti inglesi. E provocando immancabilmente la risposta di Grace in tipico gergo giovanile:

«Dai, mamma, insomma. Cioè, voglio dire...».

Annie piegò i jeans e li ripose nel cassetto. Rifatto il letto, si fermò, perlustrando la stanza con lo sguardo e domandandosi che cosa portare in ospedale. Una specie di amaca tesa sopra al letto ospitava decine di animaletti di peluche, un vero zoo, che comprendeva orsi e bisonti, falchi e orche. Regali di parenti e amici, provenienti da ogni angolo del globo, che Grace si portava a letto a turno. Ogni sera, con scrupolosa equità, ne sceglieva due o tre, a seconda della taglia, e li sistemava sul cuscino. L'ultimo turno, notò Annie, era toccato a una puzzola e a un orrendo mostro dalle fattezze di drago che Robert aveva portato da Hong Kong. Annie li ripose sull'amaca e rovistò nel mucchio alla ricerca del più fedele amico della figlia, un pinguino di nome Godfrey che i colleghi di Robert le avevano regalato quando era nata. Un occhio aveva ormai ceduto il posto a un bottone, e i troppi viaggi in lavanderia ne avevano afflosciato e scolorito il corpo. Annie lo afferrò e lo mise in borsa.

Quindi raggiunse la scrivania sotto la finestra e recuperò il walkman e le cassette che Grace portava sempre con sé in ogni spostamento. Il medico aveva consigliato di provare a farle sentire della musica. Sul piano di legno campeggiavano due fotografie incorniciate. Una ritraeva madre, padre e figlia a bordo di una barca. Grace era nel mezzo, le braccia sulle spalle di entrambi i genitori, e rideva. Era stata scattata cinque anni prima, a Cape Cod, durante una delle vacanze più belle che avessero mai trascorso insieme. Annie la infilò nella borsa e sollevò l'altra fotografia. Era un ritratto di Pilgrim, scattato nel campo sovrastante il maneggio l'estate passata, poco dopo il suo acquisto. Non aveva sella né briglie, e nemmeno la cavezza. Il manto scuro risplendeva al sole e il muso era voltato verso l'obiettivo. Annie non aveva mai prestato particolare attenzione a quell'immagine, ma ora lo sguardo fermo e intenso dell'animale la metteva a disagio.

Non aveva idea se Pilgrim fosse ancora vivo. Sapeva soltanto ciò che la signora Dyer le aveva riferito la sera prima chiamandola all'ospedale: il cavallo era stato condotto a Chatham, all'ambulatorio del veterinario, e da lì sarebbe stato trasferito a Cornell. Ora, osservandone il ritratto, Annie ebbe l'impressione che la rimproverasse. Non perché fosse indifferente al suo destino, ma per qualcosa d'altro, qualcosa di più profondo che non riusciva a focalizzare. Mise la fotografia nella borsa, spense la luce e scese al pianterreno.

Dalle alte finestre filtrava già una pallida luce. Annie posò a terra la borsa e andò in cucina. Prima di ascoltare i messaggi lasciati sulla segreteria decise di prepararsi una tazza di caffè. Mentre aspettava che l'acqua bollisse nel vecchio bricco di rame, si avvicinò alla finestra.

Fuori, a pochi metri di distanza, vide un branco di cervi. La fissavano, perfettamente immobili. Stavano cercando del cibo? Non li aveva mai visti così vicini alla casa, nemmeno durante gli inverni più rigidi. Che cosa poteva significare? Li contò. Erano dodici, no, tredici. Uno per ogni anno della vita di sua figlia. Non essere ridicola, si disse.

L'acqua prese a bollire con un sibilo leggero che via via crebbe d'intensità. Anche i cervi lo udirono; si voltarono tutti nello stesso istante e in un lampo fuggirono oltre lo stagno e verso i boschi, le code bianche che danzavano frenetiche nell'aria del mattino. Dio del cielo, pensò Annie all'improvviso. È morta.

3

HARRY LOGAN PARCHEGGIÒ SOTTO L'INSEGNA DELLA CLINICA veterinaria dell'università. Scese dall'auto e arrancò nella poltiglia fangosa formatasi dopo la nevicata del fine settimana. Erano trascorsi tre giorni dall'incidente; superando auto e camioncini, pensava a com'era stupefacente che il cavallo fosse ancora vivo.

L'intervento sulla ferita al petto era durato quasi quattro ore. Aveva dovuto ripulirla dalle schegge di vetro e dalla vernice nera del camion. Quindi aveva pareggiato i lembi laceri, ricucito l'arteria e sistemato i tubi di drenaggio. Infine, mentre i suoi assistenti si occupavano dell'anestesia, dell'ossigeno e della trasfusione, si era messo al lavoro con ago e filo.

Aveva dovuto operare a tre livelli: prima il muscolo, quindi i tessuti fibrosi e infine la pelle. Una settantina di punti per ogni strato, i due più interni realizzati con materiale assorbibile, per un cavallo che forse non si sarebbe mai risvegliato. E invece no, il povero animale aveva riaperto gli occhi. Incredibile. E, cosa ancora più sorprendente, si era rivelato battagliero come qualche giorno prima al fiume. Osservandolo mentre lottava per sollevarsi sulle zampe, Logan aveva pregato che lo sforzo non gli facesse saltare i punti. Non avrebbe potuto sopportare l'idea di rifare tutto daccapo.

Per le successive ventiquattr'ore avevano tenuto Pilgrim sotto sedativi, finché non avevano giudicato le sue condizioni abbastanza stabili da consentire le quattro ore di trasferimento fino a Cornell.

Logan conosceva bene l'università e la clinica veterinaria del posto, sebbene le cose fossero molto cambiate da quando l'aveva frequentata lui, verso la fine degli anni Sessanta. Aveva molti bei ricordi legati a quel luogo, per la maggior parte relativi al gentil sesso. Gesù, quanto si era divertito. Specialmente nelle sere d'estate, quando ci si sdraiava sotto gli alberi a guardare il lago giù a valle. Era il campus più bello che avesse mai visto. Quel giorno invece faceva freddo, stava per piovere e il lago non si vedeva. Come se non bastasse, Logan non si sentiva affatto bene. Era tutta la mattina che sternutiva, colpa senza dubbio del bagno nell'acqua ghiacciata del fiume. Si affrettò a raggiungere il calduccio accogliente dell'accettazione e chiese alla centralinista di chiamare Dorothy Chen, il medico che si stava occupando di Pilgrim.

Sul lato opposto della strada stavano costruendo un nuovo, grande ospedale; mentre attendeva, Logan osservò i volti smunti degli operai e subito si sentì meglio. Riuscì persino a provare un brivido di eccitazione al pensiero di rivedere Dorothy. Il suo sorriso era la ragione per cui i circa trecento chilometri che avrebbe coperto quotidianamente per visitare Pilgrim non pesavano più di tanto. Dorothy era di origine asiatica e sembrava uscita da un raffinato film cinese, uno di quelli che piacevano tanto a sua moglie. E aveva una gran bella figura. Ma era molto più giovane, dunque era inutile farsi illusioni. Scorse l'immagine di lei riflessa nel vetro e si voltò.

«Salve, Dorothy! Come andiamo?»

«Fa freddo. E sono arrabbiata con lei» rispose la giovane donna agitando un dito in segno di rimprovero e accigliandosi con finta severità. Logan alzò le mani al cielo.

«Dorothy, ho guidato per migliaia di chilometri soltanto per vedere un suo sorriso... cos'ho fatto di male?»

«Mi manda un caso disperato come quello e come dovrei accoglierla?» Ma gli sorrise. «Venga. Voglio mostrarle le radiografie.»

Lo condusse attraverso un labirinto di corridoi; ascoltandola, Logan cercò di non fissare il delicato ondeggiare dei suoi fianchi sotto il camice bianco.

C'erano tante lastre che si sarebbe potuta allestire una piccola mostra. Dorothy le agganciò al visore luminoso e insieme presero a studiarle, fianco a fianco. Come lui aveva previsto, vi erano diverse costole rotte, cinque per l'esattezza, e il setto nasale era spezzato. Le costole si sarebbero sistemate da sole, e sul setto nasale Dorothy era già intervenuta chirurgicamente. Aveva dovuto sollevarlo, praticare una serie di fori con il trapano e rimetterlo a posto fissandolo con del filo metallico. L'operazione era andata bene, nonostante rimanessero ancora da estrarre i tamponi inseriti nella cavità nasale ostruita.

«Quando avrò bisogno di una plastica al naso, saprò a chi rivolgermi» commentò Logan. Dorothy scoppiò a ridere.

«Aspetti a dirlo finché non l'avrà visto. Avrà il profilo di un pugile.»

Logan aveva temuto che vi fossero fratture sulla parte alta della zampa anteriore destra o alla spalla, ma non era così. La zona presentava però una serie di brutti ematomi e i fasci di nervi erano seriamente danneggiati.

«Come va il petto?» domandò.

«Bene. Ha fatto un gran bel lavoro. Quanti punti?»

«Oh, più o meno duecento. Allora, andiamo a vederlo?»

Pilgrim si trovava in uno dei box della clinica e cominciarono a sentirlo molto prima di raggiungerlo. Si era messo a protestare subito dopo che l'ultima razione di sedativo aveva cessato di fare effetto e ormai il suo nitrito era roco. Nonostante le pareti del box fossero imbottite, vibravano sotto i tonfi continui degli zoccoli. Alcuni studenti si trovavano nel box vicino e il pony che stavano visitando reagiva con evidente fastidio al baccano.

«Siete venuti a vedere il Minotauro?» chiese uno di loro.

«Già» rispose Logan. «Spero che l'abbiate sfamato.»

Dorothy fece scorrere il catenaccio che assicurava la parte superiore della porta. Immediatamente il fracasso cessò e attraverso uno spiraglio i due videro che l'animale si era rifugiato nell'angolo più lontano. Teneva la testa bassa e le orecchie piegate all'indietro, fissandoli, simile alla figura grottesca di un fumetto dell'orrore. Non vi era centimetro del suo corpo che non fosse coperto da fasciature insanguinate. Soffiò, sollevò il muso e sfoderò i denti.

«Ciao, buona giornata anche a te» disse Logan.

«Ha mai visto una cosa simile?» chiese Dorothy. Harry scosse il capo.

Rimasero immobili a guardarlo. Che cosa diavolo ne avrebbero fatto? si chiese Logan. La signora Maclean l'aveva chiamato il giorno precedente, ed era stata molto gentile, anche se forse imbarazzata per il messaggio che gli aveva fatto pervenire tramite Joan Dyer. Logan non gliene voleva; anzi, era dispiaciuto per ciò che era successo alla figlia. Ma non appena la donna avesse rivisto Pilgrim, probabilmente gli avrebbe fatto causa per averlo tenuto in vita.

«Dovremmo fargli un'altra iniezione di sedativo» disse Dorothy. «Il problema è che non ci sono molti volontari disposti a tentare.»

«Già. Ma non potrà continuare così per sempre. Del resto, ha in corpo abbastanza tranquillanti da affondare una corazzata. Vediamo se riesco a dare un'occhiata al petto.»

Dorothy si strinse nelle spalle. «Spero che abbia fatto testamento.» Aprì cautamente la parte inferiore della porta. Vedendolo sul punto di entrare, Pilgrim prese ad agitarsi, a raspare il terreno, a soffiare. Non appena Logan ebbe fatto il primo passo all'interno, il cavallo ruotò su se stesso, dandogli il posteriore. L'uomo si appiattì contro la parete cercando di raggiungere la spalla dell'animale. Ma Pilgrim non voleva saperne. Si lanciò in avanti, scartò di lato, scalciò con le zampe posteriori. Logan fece un balzo indietro, inciampò, infine batté in umiliante ritirata. Dorothy gli chiuse rapidamente la porta alle spalle. Gli studenti li guardavano sorridendo. Logan diede un fischio sommesso e si ripulì la giacca.

«Salvi la vita a qualcuno e che cosa ottieni in cambio?»

Diluviò per otto giorni filati, senza tregua. Non una pioggerella invernale, sottile e umida, ma una pioggia aggressiva. Il ramo ribelle di un uragano caraibico dal nome grazioso si era spinto a nord, aveva gradito l'ambiente e vi era rimasto. Nel Midwest i fiumi ruppero gli argini, invadendo i telegiornali di immagini di alluvionati appollaiati sui tetti e di carcasse bovine mulinanti nell'acqua come tanti materassini abbandonati in piscina. Nel Missouri una famiglia di cinque persone era annegata nell'auto mentre faceva la coda a un McDonald's. Com'era logico e prevedibile, il presidente degli Stati Uniti accorse sul posto e dichiarò lo stato di calamità naturale.

Ignara di tutto ciò, mentre le sue malconce cellule erano impegnate in un silenzioso lavoro di recupero, Grace Maclean giaceva nell'isolamento del coma. Dopo una settimana le avevano tolto il tubo del respiratore, inserendogliene in gola uno più sottile attraverso un piccolo foro praticato nel collo. La nutrivano con confezioni di un liquido scuro e lattiginoso per mezzo di una sonda che dal naso le scendeva nello stomaco. Tre volte al giorno una fisioterapista le muoveva gli arti come una burattinaia, per scongiurare il deperimento di muscoli e articolazioni.

Dopo la prima settimana, Annie e Robert cominciarono ad alternarsi al suo capezzale. Mentre uno era di turno in ospedale, l'altro andava in città o lavorava a casa. La madre di Annie si offrì di raggiungerli da Londra, ma venne facilmente dissuasa. Fu Elsa a prendersi cura di loro, cucinando, rispondendo alle telefonate, facendo le commissioni. Li sostituì accanto al letto di Grace solo una volta, quando dovettero assentarsi insieme per andare al funerale di Judith.

I soci di Robert si dimostrarono come sempre molto gentili, sollevandolo il più possibile dai suoi impegni. Crawford Gates, il presidente del gruppo editoriale, telefonò ad Annie non appena apprese la brutta notizia.

«Mia cara, cara Annie» disse, sforzandosi di apparire sincero. «Non devi nemmeno pensare di tornare in ufficio prima che tua figlia non si sia ripresa al cento per cento, mi hai sentito?»

«Crawford...»

«No, Annie, dico sul serio. Grace è l'unica cosa che conta. Non esiste nulla di più importante al mondo. Se avremo qualche problema, sapremo dove trovarti.»

Invece di rassicurarla, la conversazione la innervosì e Annie dovette lottare contro l'impulso di prendere il primo treno per New York. Era affezionata a quella vecchia volpe di Crawford – era stato lui, dopotutto, a offrirle quel lavoro –, ma sapeva di non potersene fidare. Era un inguaribile cospiratore, un vizio contro il quale lui stesso non poteva far nulla.

In piedi davanti al distributore del caffè nel corridoio del reparto di terapia intensiva, Annie osservò la pioggia scrosciare sul parcheggio. Un vecchio stava lottando con un ombrello, e il vento pareva sospingere due suore verso la loro auto come altrettante barche a vela sotto le nubi.

Al trillo della macchinetta automatica, recuperò il bicchierino e sorseggiò il caffè. Era pessimo, esattamente come gli altri cento che aveva già bevuto, ma se non altro era caldo, e conteneva caffeina. Tornò lentamente verso la stanza salutando una delle infermiere più giovani che aveva finito il turno.

«Oggi ha una bella cera» disse la donna incontrandola sulla soglia.

«Davvero?» Annie la guardò. Tutti in corsia la conoscevano ormai a sufficienza per non lanciarsi a cuor leggero in simili affermazioni.

«Sì, davvero.» La giovane si fermò, come sul punto di aggiungere qualcosa. Ma ci ripensò e si allontanò in fretta esclamando: «Le faccia muovere quei muscoli!».

Annie rispose con un saluto militaresco. «Sissignora!»

"Una bella cera." Che significato poteva avere quell'espressione, si chiese mentre faceva ritorno verso la stanza di Grace, quando uno era all'undicesimo giorno di coma e le sue membra erano flosce come pesci morti? Un'altra infermiera stava cambiando le medicazioni sul moncone della gamba amputata. La donna alzò gli occhi, le sorrise e riprese il lavoro. Era l'unica cosa che Annie non riusciva a fare. L'ospedale cercava di far partecipare genitori e parenti all'assistenza ai pazienti e sia lei che Robert erano diventati esperti nel praticare gli esercizi di fisioterapia e nell'eseguire piccole operazioni quotidiane, come pulire la bocca e gli occhi di Grace e cambiare il sacchetto dell'urina. Ma al solo pensiero del moncone, Annie si bloccava in preda al panico. Riusciva a malapena a guardarlo. Figurarsi a toccarlo.

«Sta guarendo bene» osservò l'infermiera. Lei annuì e si costrinse a non distogliere lo sguardo. Due giorni prima avevano tolto i punti, e la lunga, curva cicatrice era ancora di un rosa vivido. L'infermiera notò l'espressione dei suoi occhi.

«Credo che la cassetta sia finita» disse, indicando con un cenno del capo il walkman di Grace posato sul cuscino.

Stava offrendole un diversivo e Annie ne approfittò con gratitudine. Estrasse il nastro delle *Suites* di Chopin e cercò nell'armadietto quello con *Le nozze di Figaro*. Lo inserì nel walkman e sistemò gli auricolari sul capo della figlia. Sapeva che quella musica corrispondeva ben poco ai gusti di Grace, che non si era mai lasciata sfuggire l'occasione per dichiarare il suo odio per la lirica. Ma Annie non aveva alcuna intenzione di mettere la musica che sua figlia era solita ascoltare in auto. E se i Nirvana e gli Alice in Chains le avessero provocato altri danni cerebrali? Chissà se sentiva qualcosa, nel coma. E in quel caso, si sarebbe risvegliata con un grande amore per l'opera? No, era più probabile che avrebbe odiato sua madre per quell'ennesimo atto di tirannia.

Le asciugò un rivolo di saliva all'angolo della bocca e le sistemò una ciocca di capelli. Indugiò, sfiorandole il viso, guardandola. Dopo un istante, si avvide che l'infermiera aveva finito di medicare la gamba e la fissava. Si scambiarono un sorriso. Ma subito Annie si riscosse, scorgendo negli occhi della donna qualcosa di molto simile alla compassione.

«È l'ora della ginnastica!» annunciò.

Si rimboccò le maniche e portò una sedia accanto al letto. L'infermiera raccolse le sue cose e se ne andò, lasciandola sola. Annie iniziava sempre con la mano sinistra: la prese fra le sue e cominciò a muovere le dita, prima una a una, quindi tutte insieme, muovendo ogni articolazione, sentendo le nocche schioccare. Passò quindi al pollice, facendolo ruotare, premendo il muscolo e massaggiandolo con le dita. Dalla cuffia di Grace filtravano sommesse le note di Mozart; Annie prese a seguirne il ritmo dedicandosi al polso.

Era stranamente sensuale, quella nuova intimità che si era creata fra loro. Era dai tempi in cui l'allattava che non aveva una confidenza tanto profonda col suo corpo. Fu una sorta di rivelazione, come tornare a una terra molto amata. Scoprì macchioline, nei, cicatrici di cui non sospettava l'esistenza. La parte superiore dell'avambraccio era un firmamento di minuscole lentiggini, coperto da una peluria così soffice che Annie provò il desiderio di strofinarvi contro la guancia. Fece ruotare il braccio ed esaminò la pelle traslucida del polso e il reticolo di vene che vi scorreva sotto.

Quindi si dedicò al gomito, muovendo l'articolazione avanti e indietro e massaggiandone i muscoli. Era un lavoro impegnativo, e alla fine di ogni seduta le mani e le braccia le dolevano per lo sforzo. Giunto il momento di spostarsi dall'altra parte del letto, posò dolcemente il braccio sul materasso. Stava per alzarsi quando le parve di notare qualcosa.

Fu un movimento talmente impercettibile e rapido che dapprima credette di averlo immaginato. Subito dopo aver posato la mano, le era sembrato che una delle dita si muovesse. Restò seduta immobile, fissandole. Ma non successe niente. Le riprese fra le sue e le strinse.

«Grace?» chiamò in tono sommesso. «Gracie?»

Nulla. Il volto sul cuscino rimase privo di espressione. Soltanto il petto si muoveva, alzandosi e abbassandosi al ritmo del respiratore. Forse ciò che aveva visto era un semplice assestamento della mano, causato dal suo stesso peso. Annie distolse lo sguardo dal volto di Grace spostandolo sugli strumenti che ne controllavano le condizioni cliniche. Al contrario di Robert, non aveva ancora imparato a interpretarli. Forse si fidava più di lui dei sistemi automatici di allarme. Ma conosceva i dati più importanti, quelli del battito cardiaco, della pressione sanguigna e della pressione cerebrale. Sul primo schermo pulsava un piccolo cuore elettronico arancione che Annie trovava curioso, persino toccante. Per giorni e giorni le pulsazioni si erano mantenute costanti, settanta al minuto. Ma ora, notò, erano improvvisamente aumentate. Ottantacinque, e subito dopo ottantaquattro. Si accigliò. Si guardò attorno. Non vi era in vista nemmeno un'infermiera. Non doveva allarmarsi, probabilmente non era nulla. Tornò a fissare la figlia.

«Grace?»

Strinse la piccola mano fra le sue e, alzando lo sguardo allo schermo, lo vide impazzire. Novanta, cento, centodieci...

«Gracie?»

Scattò in piedi, continuando a stringerle la mano e scrutandola in viso. Si voltò per chiamare qualcuno, ma vide che non ve n'era bisogno: un'infermiera e un giovane medico erano già accorsi dopo aver notato il cambiamento sugli schermi centrali.

«L'ho vista muoversi» disse Annie. «La sua mano...»

«Continui a stringerla» le ordinò il medico. Estrasse la lampadina tascabile dal camice e scostò le palpebre di Grace. Puntò sull'occhio il sottile fascio di luce e osservò la reazione. L'infermiera controllava gli schermi. Il battito cardiaco si era regolarizzato sulle centoventi pulsazioni. Il medico sfilò la cuffia dal capo di Grace.

«Le parli.»

Annie deglutì. Per un istante, stupidamente, non seppe che cosa dire. Il medico la guardò.

«Le parli e basta. Non importa cosa dice.»

«Gracie? Sono io. Tesoro, è ora di svegliarsi. Svegliati, ti prego.»

«Guardi» disse il giovane, sollevando di nuovo una palpebra. Annie si avvicinò e scorse un tremolìo. Trasalì, spaventata.

«La pressione sanguigna è salita a centocinquanta» annunciò l'infermiera.

«Che cosa significa?»

«Che sta reagendo» rispose il medico. «Posso?»

Continuando a tenere la palpebra sollevata, prese con l'altra mano quella di Grace.

«Grace» disse con voce calma. «Ora ti stringerò la mano. Voglio che tu cerchi di fare lo stesso, se ci riesci. Metticela tutta, d'accordo?»

Serrò le dita, senza distogliere lo sguardo dall'occhio spalancato.

«Brava» commentò. Quindi passò la mano ad Annie. «Fallo di nuovo per la tua mamma.»

Annie trasse un profondo respiro, strinse... e avvertì qualcosa. Fu come il primo, lieve, timido strattone dato dal pesce alla lenza. Nel profondo di quelle acque ferme e scure qualcosa si era mosso luccicando, pronto a risalire in superficie.

Grace si trovava in una galleria. Poteva essere la metropolitana, ma era più buia e piena d'acqua, e lei stava nuotando. Ma l'acqua non era fredda. A dire il vero non sembrava affatto acqua. Era tiepida, densa. In lontananza si scorgeva un cerchio di luce e, chissà come, Grace capiva di dover scegliere: proseguire in quella direzione oppure voltarsi e tornare indietro verso un'altra luce, più offuscata e meno invitante. Non aveva paura. Si trattava semplicemente di fare una scelta. Sarebbe andata bene in ogni caso.

Fu allora che udì le voci. Giungevano dal punto in cui s'intravedeva la luce più soffusa. Grace non riusciva a distinguere di chi si trattasse, ma capiva che una apparteneva a sua madre. C'era anche una voce maschile, ma non era suo padre. Cercò di avvicinarsi, ma l'acqua era troppo densa, simile a colla. Stava nuotando in un mare di colla che le impediva di procedere. La colla non mi lascia passare, la colla... Cercò di chiamare aiuto, ma non riuscì a ritrovare la voce.

Sembravano non sapere dove fosse. Perché non la vedevano? Le loro voci parevano lontane, e all'improvviso ebbe paura che se ne andassero, abbandonandola a se stessa. Ma ora sì, ora l'uomo stava chiamandola per nome. L'avevano vista. E sebbene non fosse ancora in grado di scorgerli, seppe che stavano cercandola, e che, se soltanto fosse riuscita a compiere un ultimo, grande sforzo, la colla avrebbe ceduto e avrebbero potuto tirarla fuori.

4

ROBERT PAGÒ E USCÌ DAL NEGOZIO; QUANDO RAGGIUNSE IL FORD Lariat che aveva acquistato l'estate precedente per trasportare Pilgrim dal Kentucky, vide che i due commessi avevano legato il pino con lo spago e stavano caricandolo sul pianale. Quando, un sabato mattina di buon'ora, aveva imboccato il vialetto di casa alla guida del camioncino con rimorchio, argenteo e splendente, sia Grace che Annie erano rimaste a bocca aperta. Erano accorse sul portico, Grace eccitatissima, Annie decisamente furiosa. Ma Robert si era stretto nelle spalle: andiamo, aveva detto con un sorriso, non si può caricare un cavallo nuovo su un vecchio rimorchio.

Ringraziò i due giovani, augurò loro buon Natale e uscì dal parcheggio fangoso e pieno di buche, immettendosi sulla strada. Non aveva mai aspettato tanto a comprare un albero di Natale. Di solito lui e Grace se lo procuravano la settimana prima delle feste, sebbene poi attendessero fino alla vigilia per portarlo in casa e addobbarlo. Grazie al cielo sarebbe stata con loro. L'indomani era la vigilia, e sarebbe tornata a casa.

I medici non erano affatto entusiasti. Erano passate soltanto due settimane da quando era uscita dal coma, ma lui e Annie avevano insistito sostenendo che le sarebbe giovato tornare a casa, e alla fine i sentimenti avevano trionfato: Grace aveva ottenuto un permesso di due giorni.

Robert parcheggiò di fronte alla panetteria di Chatham ed entrò ad acquistare pane e *muffins*. La prima colazione con le cose prelibate di quel negozio era da tempo un irrinunciabile rito del weekend. A volte, in passato, la giovane donna dietro al bancone aveva fatto da babysitter a Grace.

«Come sta la sua meravigliosa bambina?» domandò.

«Torna a casa domani.»

«Davvero? Ma è fantastico!»

Robert notò che anche gli altri clienti ascoltavano la conversazione. Tutti sembravano al corrente dell'incidente, e due o tre persone che non conosceva gli si avvicinarono, chiedendogli notizie di Grace. Nessuno accennò alla gamba.

«Me la saluti tanto.»

«Grazie, lo farò. Buon Natale.»

Risalendo a bordo del Lariat, Robert vide che dall'interno del negozio stavano osservandolo. Ripartì, superò la fabbrica di mangime, rallentò per attraversare la ferrovia e si diresse verso casa passando per il centro di Chatham. Le vetrine dei negozi affacciati su Main Street traboccavano di decorazioni natalizie e lungo gli stretti e affollatissimi marciapiedi risplendevano le luminarie. Procedendo a bordo del camioncino, Robert salutò i conoscenti con un cenno della mano. Nella piazza centrale era stato allestito un delizioso presepio: segno che era proprio Natale. Soltanto il tempo sembrava non saperlo.

Da quando la pioggia era cessata, il giorno in cui Grace aveva ripreso conoscenza, faceva un caldo anomalo per quella stagione. Reduci dai disastri dell'uragano, che aveva concesso loro di pontificare a piacere, i meteorologi assaporavano il loro Natale più fausto da molti anni a quella parte. Il mondo si era ufficialmente trasformato in una serra, e tutto sembrava andare alla rovescia.

Di ritorno a casa, Robert trovò Annie nello studio, al telefono. Stava dando il solito filo da torcere a qualcuno del suo ufficio, probabilmente uno dei caporedattori. A quanto capì mentre metteva ordine in cucina, il poveretto aveva deciso di pubblicare il profilo di un attore che sua moglie detestava.

«Una star?» disse Annie in tono incredulo. «Una star? È l'esatto opposto di una star. È uno stramaledetto fetente, ecco che cos'è!»

In condizioni normali Robert avrebbe sorriso, ma quel giorno l'aggressività di lei guastava l'atmosfera festosa del

Natale. Robert sapeva quanto fosse frustrante dirigere una rivista chic di Manhattan da una casa di campagna, ma il problema non era soltanto quello. Dal giorno dell'incidente, sua moglie sembrava in preda a una rabbia furibonda, che lo spaventava.

«Cosa? Hai accettato una cifra del genere?» latrò Annie nel ricevitore. «Sei uscito di senno? Poserà nudo, per caso?»

Robert mise il caffè sul fuoco e preparò la tavola per la colazione. Lei adorava i *muffins*.

«John, mi dispiace, ma non posso autorizzarlo. Devi chiamarlo e annullare il servizio... non m'interessa... sì, puoi mandarmi un fax. D'accordo.»

Robert la udì riagganciare. Non l'aveva nemmeno salutato: difficile che si perdesse in formalità del genere. Ma i passi con cui si avvicinò alla cucina suonavano più rassegnati che furiosi. Robert sollevò lo sguardo e le sorrise.

«Fame?»

«No. Ho già mangiato dei cereali.»

Lui cercò di nascondere la propria delusione. Annie vide i *muffins* sul tavolo.

«Mi dispiace.»

«Nessun problema. Ce ne saranno di più per me. Vuoi un po' di caffè?»

Annie annuì, si sedette e prese a scorrere il giornale senza particolare interesse. Passarono diversi secondi prima che uno dei due riaprisse bocca.

«Hai comprato l'albero?»

«Altroché. Non è bello come quello dell'anno scorso, ma non è neanche male.»

Scese un altro silenzio. Robert versò il caffè e si sedette. I *muffins* erano gustosi, la quiete assoluta. All'improvviso Annie sospirò.

«Be', immagino che dovremmo prepararlo stasera» disse, sorseggiando il caffè.

«Come?»

«L'albero. Le decorazioni.»

Robert si accigliò. «Senza Grace? Ma perché? Ci rimarrà male.»

Lei sbatté la tazza sul piattino.

«Non essere ridicolo. Come diavolo pensi che riuscirà a decorare l'albero con una gamba sola?»

Si alzò di scatto, spostando la sedia con gran fracasso, e andò verso la porta. Robert la fissò sconvolto.

«Può farcela» affermò infine in tono deciso.

«Figuriamoci. Pensi che si possa mettere a saltellare? Cristo, riesce a malapena a stare in piedi, con quelle stampelle.»

Lui trasalì. «Senti, Annie...»

«No, "senti" lo dico io» replicò lei. Fece per uscire, ma subito tornò a voltarsi verso di lui. «Vorresti che fosse tutto come una volta, ma non può esserlo. Vuoi capirlo?»

Rimase immobile, nel riquadro incorniciato di azzurro della porta. «Ho da fare» disse quindi, e se ne andò. Con una sorda, lancinante fitta al cuore, Robert capì che aveva ragione lei. Le cose non sarebbero state mai più come prima.

Erano stati abili, si disse Grace, a rivelarle gradualmente ciò che le era successo alla gamba. Perché, ripensandoci, non riusciva a individuare il momento in cui se n'era resa conto. Dovevano aver perfezionato il mestiere facendone un'arte. Sapevano esattamente con quanta droga imbottirti per non farti perdere la testa. Aveva capito che c'era qualcosa che non andava prima ancora che fosse in grado di muoversi o di parlare. Provava una strana sensazione, e aveva notato che le infermiere sembravano più occupate in quel punto che in tutto il resto del suo corpo. E alla fine, quando l'avevano tirata fuori dalla galleria, la "cosa" era andata a posto nella sua mente insieme a tutto il resto.

«Si torna a casa?»

Grace alzò gli occhi. Sulla soglia stava la donna che ogni giorno veniva a chiederle che cosa volesse da mangiare. Era grassa e amichevole, e aveva una risata tonante, che rimbombava. Grace sorrise e annuì.

«Come preferisci» commentò la donna. «Significa che non assaggerai la mia cena natalizia.»

«Puoi conservarmene una porzione? Torno dopodomani.» Aveva ancora la voce rauca: un cerotto copriva il foro che le avevano praticato nel collo per far passare la sonda del respiratore.

La donna ammiccò. «Lo farò, tesoro.»

Si allontanò, e Grace controllò l'orologio. Mancavano ancora venti minuti all'arrivo dei genitori, ma lei era già pronta, vestita e seduta sul letto. Una settimana dopo l'uscita dal coma l'avevano trasferita in quella stanza, liberandola finalmente dal respiratore e consentendole di parlare. Era una stanza piccola, con una magnifica vista sul parcheggio e alle pareti la deprimente sfumatura verde pallido tipica degli ospedali. Ma se non altro aveva il televisore, e il fatto che ogni superficie disponibile fosse ingombra di fiori, biglietti e regali la rendeva sufficientemente allegra.

Grace abbassò lo sguardo sulla gamba destra: l'infermiera aveva ordinatamente ripiegato su se stessa la parte inferiore della tuta, assicurandola con una spilla. Le avevano detto che, quando ti veniva amputato un braccio o una gamba, era possibile continuare a sentirli. Era vero. Di notte il prurito era così forte da farla impazzire, e in quel momento non era da meno. La cosa strana era che, quando lo osservava, quel moncherino non le pareva affatto suo. Sembrava appartenere a qualcun altro.

Le stampelle erano appoggiate alla parete accanto al comodino e dietro faceva capolino la fotografia di Pilgrim. Era una delle prime cose che Grace aveva visto quando era uscita dal coma. Notando la sua occhiata, il padre le aveva assicurato che il cavallo stava bene, e subito la notizia l'aveva sollevata.

Ma Judith era morta, e così pure Gulliver. Aveva saputo anche questo. Ed era stato come per la gamba: non se n'era resa conto fino in fondo. Certo, ci credeva: per quale ragione avrebbero dovuto mentirle? E quando il padre gliel'aveva detto, lei aveva pianto; ma, forse a causa di tutti i farmaci che aveva in corpo, le sue lacrime le erano sembrate irreali. Era come se stesse osservando un'altra persona mentre piangeva. Da allora, ogni volta che tornava a pensarci (ed era incredibile quanto spesso riuscisse a evitarlo), la morte di Judith le sembrava lontana, un evento remoto sospeso in qualche angolo inaccessibile della sua mente.

La settimana prima un agente di polizia era venuto a farle visita: le aveva rivolto alcune domande, prendendo nota di quanto era accaduto. Il poveretto era molto nervoso, e i genitori di Grace non l'avevano certamente facilitato: non si erano allontanati di un millimetro, preoccupati che l'interrogatorio la turbasse. Non c'era pericolo. Lei aveva dichiarato di ricordare tutto, ma solo fino al momento in cui i cavalli erano scivolati lungo il terrapieno. Non era vero: Grace sapeva che, se avesse voluto, avrebbe potuto rammentare molto, molto di più. Ma non voleva farlo.

Il padre le aveva spiegato che avrebbe dovuto rilasciare una specie di testimonianza per l'assicurazione. «Lo farai quando starai meglio» aveva aggiunto. Chissà che cosa aveva voluto dire.

Grace continuò a fissare la fotografia di Pilgrim. Aveva già deciso che cosa fare. Sapeva che un giorno i suoi genitori avrebbero voluto che riprendesse a montare, ma lei era fermamente intenzionata a non provarci mai più. Li avrebbe pregati di restituire Pilgrim ai suoi proprietari, nel Kentucky. Non poteva sopportare l'idea di venderlo a qualcuno che abitasse nei dintorni e che un giorno avrebbe potuto incontrare insieme a lui. Sarebbe andata a trovarlo un'ultima volta, per dirgli addio, ma niente di più.

Anche Pilgrim era tornato a casa per Natale, una settimana prima di Grace, e nessuno all'università di Cornell aveva versato una lacrima per la sua partenza. Molti studenti recavano ancora i segni della sua gratitudine. Uno aveva il braccio ingessato, altri lamentavano tagli e lividi sparsi in varie parti del corpo. Dorothy Chen, che aveva adottato una sorta di tecnica da matador per somministrare al cavallo le iniezioni quotidiane, era stata ricompensata con un morso sulla spalla.

«Posso vederlo soltanto allo specchio» aveva spiegato ad Harry Logan. «Ma so che ha assunto tutte le sfumature di viola.»

Logan immaginò Dorothy intenta a esaminarsi la spalla nuda nello specchio del bagno e deglutì, in estasi.

Joan Dyer e Liz Hammond l'avevano accompagnato a prelevare il cavallo. Nonostante fossero concorrenti, Logan e Liz erano sempre andati d'accordo. Liz aveva più o meno la sua età ed era una donna imponente e cordiale. Logan, che aveva temuto di trovarsi da solo con Joan Dyer, era lieto della sua presenza.

Joan, sulla cinquantina, aveva un volto severo e molto segnato, con occhi penetranti che scrutavano l'interlocutore. Era stata lei a portarli in macchina a Cornell, accontentandosi di ascoltare, mentre guidava, le chiacchiere professionali di Logan e Liz. Giunti a destinazione, con poche esperte manovre aveva accostato il retro del rimorchio al box di Pilgrim. Nonostante Dorothy gli avesse iniettato una dose di sedativo, c'era voluta un'ora abbondante per caricarlo a bordo.

Nelle ultime settimane, Liz si era messa a disposizione dei Maclean. Appena tornata dal congresso medico, era andata su loro richiesta a Cornell. Volevano che prendesse in mano la situazione, cosa di cui Logan sarebbe stato lieto. Ma Liz aveva riferito che il collega aveva fatto un ottimo lavoro, e che era giusto lasciarlo continuare. Perciò era stato raggiunto un compromesso: Liz avrebbe svolto una sorta di supervisione. Logan non si era sentito offeso: anzi, trovava stimolante confrontarsi con lei su un caso tanto difficile.

Joan Dyer, che non vedeva Pilgrim dal giorno dell'incidente, era rimasta sconvolta. Non solo erano orribili le cicatrici che gli deturpavano il muso e il petto, ma era anche la prima volta che lei si trovava ad affrontare una furia del genere, così folle e selvaggia, in un cavallo. Per tutte le quattro ore del viaggio di ritorno, Pilgrim non aveva smesso un istante di tempestare di calci le pareti del rimorchio. Joan era molto preoccupata.

«Dove lo metterò?» rifletté ad alta voce.

«Cosa intendi dire?» aveva chiesto Liz.

«In queste condizioni non posso sistemarlo insieme agli altri. Sarebbe troppo pericoloso.»

Giunti al maneggio, l'avevano lasciato nel rimorchio mentre Joan e i due figli sgombravano uno dei piccoli box situati dietro la stalla. Eric e Tim avevano poco meno di vent'anni, e aiutavano la madre a gestire la scuderia. Entrambi, come aveva notato Logan, avevano il volto lungo di Joan e la sua scarsa loquacità. Approntato il box, Eric, il maggiore e il più ombroso dei due, vi aveva accostato il rimorchio.

Ma il cavallo non ne aveva voluto sapere di scendere.

Alla fine Joan si era vista costretta a incaricare i due figli di entrare nel rimorchio dalla porticina anteriore e incalzare Pilgrim con i bastoni; Logan li aveva osservati mentre colpivano il cavallo, che arretrava terrorizzato quanto loro. Non gli era parso giusto, e per un istante aveva temuto che i colpi potessero far riaprire la ferita sul petto, ma non era stato in grado di trovare una soluzione migliore. Finalmente l'animale era arretrato nella stalla, consentendo ai due giovani di richiudere la porta.

Quella sera, tornando a casa dalla moglie e dai figli, Harry Logan era in preda allo sconforto. Ossessionato dall'immagine del cacciatore che gli sorrideva dal ponte ferroviario, si era detto che aveva ragione: avrebbero dovuto abbatterla, quella povera bestia.

Il Natale in casa Maclean iniziò male e non fece che peggiorare. Tornarono a casa dall'ospedale con l'auto di Robert, con Grace distesa sul sedile posteriore. Non erano ancora arrivati a metà strada che la ragazzina chiese notizie dell'albero.

«Possiamo decorarlo, quando arriviamo?»

Annie fissò lo sguardo davanti a sé e lasciò a Robert il compito d'informarla che l'avevano già fatto, sperando tuttavia che non accennasse al silenzio teso e rabbioso che era perdurato tra loro finché, a tarda notte, non avevano smesso di lavorare.

«Tesoro, credevo che non te la sentissi» rispose Robert. Annie sapeva che avrebbe dovuto provare commozione o almeno gratitudine per la generosità con cui il marito si era assunto una responsabilità non sua, e non riuscirci la turbava. Attese, irritata, l'inevitabile battuta con cui Robert avrebbe cercato di alleggerire la tensione.

«E comunque, signorina, quando saremo a casa avrai lavoro a sufficienza. C'è la legna da tagliare, la casa da pulire, il cibo da preparare...»

Grace rise com'era prevedibile e nel silenzio che seguì Annie evitò l'occhiata furtiva del marito.

Giunti a casa, riuscirono a chiamare a raccolta un minimo di allegria. Grace dichiarò che l'albero nell'atrio era bellissimo. Quindi salì in camera sua, dove rimase per qualche tempo e per tranquillizzarli mise i Nirvana a tutto volume. Si destreggiava bene con le stampelle: riuscì persino ad affrontare le scale e perse l'equilibrio soltanto una volta, quando cercò di scendere con un sacchetto colmo di regali per i genitori che le infermiere avevano acquistato seguendo le sue indicazioni.

«Sto bene» disse a Robert, che era subito accorso. Aveva picchiato la testa contro il muro. Annie, sopraggiunta dalla cucina, scorse una smorfia di dolore sul suo volto.

«Sicura?» Il padre cercò di aiutarla, ma lei si divincolò.

«Sì. Davvero, papà, sto bene.»

Quando si avvicinò all'albero e vi posò sotto i regali, Annie vide che gli occhi di Robert si erano riempiti di lacrime. Furiosa, si voltò di scatto e tornò in cucina.

Da sempre, a Natale, in famiglia c'era l'abitudine di scambiarsi le calze. Il mattino del 25, Grace portava la sua nella stanza dei genitori e si sedeva sul loro letto; a turno iniziavano a scartare i piccoli regali, scambiandosi battute su quanto fosse stato munifico quell'anno Babbo Natale, o su come si fosse dimenticato di togliere il cartellino del prezzo.

Ma quella sera, com'era già accaduto il giorno prima con l'albero, il rito sembrò ad Annie insopportabile.

Grace andò a letto presto; quando fu certo che si fosse addormentata, Robert entrò di soppiatto nella sua camera con la calza. Spogliandosi, Annie udì l'orologio della sala scandire il silenzio. Era in bagno quando lui rientrò in camera: un fruscio le fece capire che stava nascondendo la sua calza sotto il letto. Lei aveva appena fatto lo stesso. Era una farsa.

Robert la raggiunse mentre stava lavandosi i denti. Indossava il suo pigiama inglese a righe. Le sorrise nello specchio. Lei sputò la schiuma del dentifricio e si sciacquò la bocca.

«Devi smetterla di piangere» disse senza guardarlo.

«Come?»

«Ti ho visto, quando Grace è caduta. Devi smettere di compatirla. Non serve a niente.»

Rimase immobile a guardarla, e quando lei si voltò per fare ritorno in camera i loro sguardi s'incrociarono. Robert scosse il capo, accigliato.

«Sei incredibile, Annie.»

«Ti ringrazio.»

«Cosa ti sta succedendo?»

Lei non rispose, sgusciandogli accanto ed entrando in camera. Raggiunse il letto e spense la luce e, quando ebbe finito in bagno, lui fece lo stesso. Rimasero distesi dandosi la schiena, mentre Annie fissava il perfetto quadrato di luce gialla che penetrava dal pianerottolo. Non era la rabbia che le aveva impedito di rispondergli: semplicemente non aveva idea di che cosa dirgli. Come aveva potuto fargli un'osservazione del genere? Forse le sue lacrime la rendevano così furiosa perché ne era gelosa. Dal giorno dell'incidente lei non ne aveva ancora versata una.

Si voltò e lo cinse con le braccia, accostando il corpo al suo.

«Mi dispiace» mormorò, e lo baciò sul collo. Dapprima Robert non si mosse. Poi si girò lentamente sulla schiena, passandole un braccio sotto la testa in modo che lei potesse posargliela sul petto. Lo sentì sospirare profondamente, e per alcuni istanti rimasero immobili in quella posizione. Poi Annie gli fece lentamente scivolare la mano sul ventre, la chiuse dolcemente attorno al suo sesso e lo sentì irrigidirsi. Si sollevò e gli si mise a cavalcioni, sfilandosi la camicia da notte e lasciandola cadere a terra. Lui sollevò le mani, come faceva sempre, e le prese i seni. Lei lo guidò dentro di sé e lo sentì rabbrividire. Nessuno dei due emise un suono. E quando, nel buio della stanza, abbassò lo sguardo su quel dolce compagno che la conosceva ormai da tanto tempo, Annie scorse nei suoi occhi qualcosa che il desiderio non riusciva a offuscare. Una tremenda, irreparabile tristezza.

Il freddo arrivò il giorno di Natale. Nuvole color acciaio si rincorrevano sopra i boschi come un film proiettato a velocità superiore al normale, e il vento da nord spazzava la valle con i suoi vortici di aria polare. Seduti davanti al fuoco e concentrati su una partita di Scarabeo, Grace, Annie e Robert ne ascoltavano gli ululati nel camino.

Quel mattino, aprendo i regali attorno all'albero, si erano sforzati di essere allegri. Mai in tutta la sua vita, neppure quando era molto piccola, Grace aveva ricevuto tanti doni. Quasi tutti i loro conoscenti le avevano mandato un pensiero, e troppo tardi Annie si era resa conto che avrebbe dovuto trattenerne qualcuno. Grace aveva subito intuito le intenzioni pietose ed erano numerosi i pacchetti che non aveva nemmeno sfiorato.

Annie e Robert erano stati in dubbio fino all'ultimo su che cosa regalarle. Negli ultimi anni le avevano sempre fatto regali attinenti all'equitazione, con la conseguenza che ora, qualsiasi fosse stata la loro scelta, l'estraneità dell'oggetto a quel mondo avrebbe inevitabilmente tradito recondite implicazioni. Alla fine Robert si era deciso per un acquario di pesci tropicali. Sapevano che Grace l'aveva sempre desiderato, ma Annie temeva che anche in quel caso vi fosse un messaggio: siediti e osserva, ormai non puoi fare nient'altro.

Robert l'aveva sistemato nel salottino sul retro, avvolto nella carta da regalo. Avevano visto Grace illuminarsi mentre apriva il grosso pacco.

«Oddio!» aveva esclamato. «Ma è fantastico!»

Quella sera, quando ebbe finito di sistemare la cucina, Annie sorprese Grace e Robert di fronte alla vasca, distesi sul divano nel buio. L'acquario era illuminato e attraversato da file di bollicine e, osservandolo, padre e figlia si erano addormentati l'una fra le braccia dell'altro. Le alghe ondeggianti e i profili sfuggenti dei pesci tracciavano ombre spettrali sui loro volti.

Il mattino seguente, a colazione, Grace era molto pallida. Robert posò una mano sulla sua.

«Tutto bene, piccola?»

Lei annuì. Annie tornò al tavolo con una caraffa di succo d'arancia e Robert ritrasse la mano. Annie si rese conto che Grace stava cercando di dire qualcosa d'importante.

«Ho pensato a Pilgrim» esordì la ragazzina in tono sommesso. Era la prima volta che qualcuno nominava il cavallo, dopo l'incidente. Annie e Robert rimasero in silenzio, in attesa. Annie provava vergogna al pensiero che nessuno di loro fosse ancora andato a vederlo, nemmeno dopo il suo arrivo al maneggio della signora Dyer.

«Hmmm» fece Robert. «E allora?»

«Penso che dovremmo rimandarlo nel Kentucky.»

Vi fu una pausa.

«Gracie,» attaccò quindi il padre «non c'è nessuna fretta di decidere. Potrebbe anche succedere...» Lei lo interruppe.

«So già cosa vuoi dire, che chi ha subìto incidenti come il mio può ancora cavalcare, ma è che io...» S'interruppe, cercando di riprendere il controllo. «È che io non voglio. Ti prego.»

Annie guardò Robert, sfidandolo a non cedere alle lacrime, e vide che il marito aveva recepito il messaggio.

«Non so se vorranno riprenderlo» proseguì Grace. «Ma desidero che non lo abbia nessun altro qui.»

Robert annuì lentamente, mostrando che capiva sebbene non fosse d'accordo. Grace ne approfittò subito.

«Voglio salutarlo, papà. Possiamo andare a trovarlo stamattina? Prima che mi portiate in ospedale?»

Annie aveva parlato soltanto una volta con Harry Logan. Era stata una telefonata piena di imbarazzo, e sebbene nessuno dei due avesse accennato alla denuncia adombrata da Annie, essa aveva certamente avuto un peso. Il veterinario si era dimostrato molto gentile e lei, almeno nel tono di voce, era giunta più vicina che mai a chiedere scusa. Ma da quel giorno, le notizie sulle condizioni di Pilgrim erano filtrate di nuovo attraverso Liz Hammond. La quale, per non dar loro altre preoccupazioni, aveva fornito ad Annie una versione del recupero del cavallo tanto rassicurante quanto falsa.

Le ferite stavano rimarginandosi senza problemi. I trapianti cutanei sopra lo stinco erano riusciti. L'intervento al setto nasale aveva dato risultati insperati. Niente di tutto ciò era una vera e propria menzogna, ma niente di tutto ciò poteva preparare Annie, Robert e Grace a quello che avrebbero visto, mentre percorrevano il vialetto d'accesso al maneggio e parcheggiavano di fronte all'abitazione di Joan Dyer.

Questa fece capolino dalla scuderia e li raggiunse attraversando il cortile, pulendosi le mani sulla vecchia giacca blu trapuntata. Sorrise ravviandosi i capelli grigi scompigliati dal vento, ma in modo così strano e poco consono al suo carattere che Annie rimase perplessa. Forse si sentiva a disagio vedendo Grace che veniva aiutata dal padre a uscire dall'auto e ad appoggiarsi alle stampelle.

«Ciao, Grace» esordì la signora Dyer. «Come stai, cara?»

«Sta benissimo, non è vero, piccola?» intervenne Robert. Perché non lasci che risponda da sola? pensò Annie. Grace sfoderò un sorriso coraggioso.

«Sì, sto bene.»

«Hai passato un buon Natale? Tanti regali?»

«Un sacco» rispose la ragazzina. «È stato fantastico, vero?» aggiunse guardando la madre.

«Fantastico» confermò Annie.

Nessuno sembrava sapere come continuare, e per un istante rimasero tutti e quattro fermi nel vento gelido, in preda all'imbarazzo.

In cielo le nubi si rincorrevano a folle velocità e all'improvviso i muri rossi della scuderia sfolgorarono illuminati da un raggio di sole.

«Grace vuole vedere Pilgrim» disse Robert. «È nella stalla?» La signora Dyer sembrò trasalire.

«No. È dietro la scuderia.»

Annie capì che qualcosa non andava, e subito vide che se n'era accorta anche Grace.

«Splendido» fece Robert. «Possiamo andare a vederlo?»

La donna ebbe un attimo di esitazione.

«Naturalmente.»

Si voltò e li condusse verso le vecchie scuderie.

«State attenti. C'è molto fango, qui dietro.»

Si girò a guardare Grace che avanzava, sorreggendosi alle stampelle, e scoccò un'occhiata di avvertimento ad Annie.

«Se la cava bene con questi affari, non trova, Joan?» chiese Robert. «Non riesco a starle dietro.»

«Già.» La donna ebbe un rapido sorriso.

«Perché non è nella stalla insieme agli altri?» le domandò Grace.

Lei non rispose. Giunta in prossimità del box, si fermò di fronte all'unica porta chiusa e si voltò verso i Maclean. Deglutì a fatica e si rivolse ad Annie.

«Non so che cosa vi abbiano detto Harry e Liz.» Annie si strinse nelle spalle.

«Be', sappiamo che è vivo per miracolo» intervenne

Robert. Vi fu un silenzio. Tutti attendevano che la signora Dyer parlasse, ma lei sembrava esitare.

«Grace» disse infine. «Pilgrim non è più come una volta. È molto turbato da quello che è successo.» Di colpo la ragazzina si rannuvolò, preoccupata, e la signora Dyer si volse verso i genitori in cerca di aiuto. «A essere sinceri, non sono sicura che sia una buona idea.»

«Ma perché? Cosa...?» cominciò Robert. Grace lo interruppe.

«Voglio vederlo. Apra la porta.»

La signora Dyer guardò Annie con espressione interrogativa. Convinta che si fossero ormai spinti troppo in là per poter fare marcia indietro, lei annuì con il capo. Riluttante, la signora Dyer fece scorrere il catenaccio. Nel box vi fu un'improvvisa esplosione di suoni che li fece sobbalzare. Quindi scese il silenzio. La signora Dyer aprì lentamente la porta e Grace scrutò all'interno. Alle sue spalle, Annie e Robert si misero in attesa.

Passò qualche secondo prima che i suoi occhi si abituassero all'oscurità. Ma alla fine lo vide. Quando parlò, la sua voce era così flebile che i genitori riuscirono a malapena a sentirla.

«Pilgrim? Pilgrim?»

Poi gridò, distogliendo il viso, e Robert dovette rapidamente sorreggerla perché non cadesse.

«No, papà, no!»

Lui le cinse le spalle con un braccio e la condusse via, mentre il suono dei singhiozzi di Grace si perdeva nel vento.

«Annie,» disse la signora Dyer, «mi dispiace. Avrei dovuto impedirglielo.»

Lei la guardò perplessa, quindi si avvicinò al box. Il tanfo di urina la colpì come un'onda improvvisa e pungente. Vide che il pavimento era lurido di sterco. Pilgrim era arretrato nell'angolo più lontano, e la guardava. Teneva le zampe larghe, e il collo talmente basso che fra la testa e il pavimento non vi era che una trentina di centimetri. Il muso grottescamente sfregiato era sollevato verso di lei, quasi a sfidarla a compiere il minimo movimento, e il fiato gli usciva dalle narici in brevi sbuffi nervosi. Annie avvertì un brivido correrle lungo la schiena e il cavallo parve rendersene conto, perché piegò le orecchie all'indietro e scoprì i denti in un ghigno grottesco, simile alla parodia di una minaccia.

Annie guardò quegli occhi venati di sangue e per la prima volta nella sua vita capì che era possibile credere all'esistenza del demonio.

5

LA RIUNIONE STAVA TRASCINANDOSI DA QUASI UN'ORA, E ANNIE era in preda alla noia. Appollaiati ovunque nel suo ufficio, i suoi collaboratori erano immersi in un acceso e complicato dibattito sulla sfumatura di rosa più adatta a una copertina. Le prove di stampa giacevano sul piano della scrivania e Annie le trovava tutte orribili.

«Non credo che i nostri lettori vadano pazzi per il rosa shocking, tutto qui» protestò qualcuno. L'art director, evidentemente convinto del contrario, assunse un tono difensivo.

«Non è rosa shocking» ribatté. «È rosa elettrico.»

«Be', secondo me al nostro target non piace il rosa elettrico. Fa troppo anni Ottanta.»

«Anni Ottanta? Ma è assurdo!»

In circostanze normali, Annie li avrebbe interrotti molto prima che si giungesse a quel punto. Li avrebbe semplicemente informati di ciò che pensava, e quella sarebbe stata la decisione finale. Ma ora le riusciva quasi impossibile concentrarsi: peggio ancora, ciò che succedeva le importava poco.

Era stato così per tutta la mattina. Aveva avuto una colazione di lavoro per rappacificarsi con l'agente dello "stramaledetto fetente" al quale l'annullamento del servizio aveva fatto venire un diavolo per capello. Quindi era stato il turno dei responsabili della produzione, che per due ore le avevano occupato l'ufficio riferendo allarmanti notizie sull'aumento dei costi della carta. Uno di loro odorava di un'acqua di colonia nauseante a tal punto che dopo la riunione Annie era stata costretta ad aprire tutte le finestre. E poteva ancora sentirne l'odore.

Nelle ultime settimane si era trovata a fare affidamento sempre di più sulla sua amica, nonché vice, Lucy Friedman, massima autorità della rivista per quanto concerneva le questioni d'immagine. La copertina di cui in quel momento stavano discutendo era legata a un servizio che Lucy aveva commissionato sui donnaioli famosi, e mostrava la foto sorridente di un'attempata rockstar le cui rughe, come da contratto, erano state tolte al computer.

Resasi evidentemente conto che i pensieri di Annie erano da qualche altra parte, Lucy stava presiedendo la riunione. Era una donna corpulenta e battagliera, con un graffiante senso dell'umorismo e una voce ruvida come carta vetrata. Adorava cambiare di continuo le carte in tavola, e così stava facendo anche ora, sostenendo all'improvviso che lo sfondo non dovesse essere rosa, ma verde fosforescente.

Mentre la discussione impazzava, Annie tornò a vagare con la mente. Alla finestra di un ufficio sul lato opposto della strada, un uomo con gli occhiali e in giacca e cravatta era impegnato in una serie di movimenti di *tai chi*. Osservando le precise, severe evoluzioni delle braccia e l'immobilità assoluta della testa, Annie si chiese quale beneficio ne traesse.

Un movimento attirò la sua attenzione; al di là della vetrata accanto alla porta, vide che Anthony, il suo assistente, cercava di dirle qualcosa indicando l'orologio. Era quasi mezzogiorno: aveva appuntamento con Robert e Grace alla clinica ortopedica.

«Tu che ne pensi, Annie?» domandò Lucy.

«Scusami, Luce, cosa stavi dicendo?»

«Verde brillante. Con filetti rosa.»

«Mi sembra un'ottima idea.» L'art director mormorò qualcosa che lei si costrinse a ignorare. Si sporse sulla scrivania posandovi sopra le mani. «Sentite, possiamo decidere? Ho un altro impegno.»

Un'auto stava aspettandola; Annie diede l'indirizzo al conducente e si accomodò sul sedile posteriore, stringendosi nel cappotto mentre raggiungevano l'East Side diretti a nord. Le strade e i passanti le parvero grigi e deprimenti. Si era nel pieno di quella malinconica stagione in cui il nuovo anno era ormai abbastanza inoltrato da far capire a tutti di non essere meglio del vecchio. Mentre erano fermi a un semaforo, Annie osservò due derelitti al riparo di un portone: uno declamava qualcosa di solenne rivolto al cielo, l'altro dormiva. Sentì un freddo improvviso alle mani e le sprofondò ancora di più nelle tasche.

Superarono Lester's, il caffè sull'84ª dove a volte, prima dell'inizio delle lezioni, Robert portava Grace a fare colazione. Non avevano ancora parlato della scuola, ma presto vi sarebbe dovuta tornare, affrontando le sue compagne. Non sarebbe stato facile, ma non era certo un problema che si poteva risolvere continuando a rimandarlo. Se la protesi, quella che avrebbero provato di lì a poco alla clinica ortopedica, fosse andata bene, Grace avrebbe ripreso a camminare da sola. E una volta abituatasi all'apparecchio, sarebbe dovuta tornare a scuola al più presto.

Annie arrivò con venti minuti di ritardo: Robert e Grace erano già in seduta con Wendy Auerbach, la protesista. Annie declinò l'offerta della segretaria di ritirarle il cappotto e percorse lo stretto corridoio fino alla sala di prova. Poteva udire le loro voci.

La porta era aperta, e nessuno la notò mentre entrava. Grace, in mutande, era seduta sul lettino. Stava guardandosi le gambe, ma Annie non poteva scorgerle, perché la donna le era inginocchiata esattamente di fronte, intenta a sistemare qualcosa. Robert osservava poco lontano.

«Adesso come va?» domandò Wendy Auerbach. «Meglio?» La ragazzina annuì. «Fantastico. Ora vediamo come ti senti in piedi.»

La donna si scostò e Annie vide la figlia scivolare giù dal lettino con espressione concentrata e poi trasalire mentre caricava il peso del corpo sull'apparecchio. Grace sollevò lo sguardo e la vide.

«Ciao» la salutò, facendo del suo meglio per sorridere. Robert e la dottoressa si voltarono.

«Ciao» rispose Annie. «Come sta andando?»

Grace scrollò le spalle. Com'è pallida, pensò lei. Com'è fragile.

«È bravissima» intervenne la Auerbach. «Ci scusi se abbiamo iniziato senza la mammina.»

Annie si schermì. L'implacabile giovialità della donna la irritava profondamente. Quel "fantastico" era già abbastanza intollerabile. "Mammina" la faceva uscire dai gangheri. Mentre fissava come ipnotizzata la gamba artificiale, si avvide che Grace spiava la sua reazione. La protesi era color carne; a parte la giuntura in corrispondenza del ginocchio, somigliava alla sinistra, quella vera. Annie la trovava terribile, oltraggiosa. Non sapeva che cosa dire. Robert le venne in aiuto.

«La nuova cavità è perfetta.»

Dopo la prima prova, avevano rifatto lo stampo del moncone e su quello avevano rimodellato la cavità della protesi. La passione di Robert per i particolari tecnici aveva reso tutto più facile. Aveva portato Grace nel laboratorio e aveva fatto una quantità tale di domande che probabilmente sarebbe stato in grado di sostituirsi a qualsiasi esperto del mestiere. Annie sapeva che lo scopo era distrarre non soltanto Grace ma anche se stesso dall'orrore di tutto ciò. Ma la cosa aveva funzionato, e lei gliene era grata.

Un'infermiera portò il deambulatore, e rimasero a guardare mentre Wendy Auerbach ne spiegava l'uso a Grace. Ne avrebbe avuto bisogno soltanto per un giorno o due, disse, finché non avesse cominciato ad abituarsi all'apparecchio. A quel punto sarebbe potuta passare al bastone, e molto presto avrebbe scoperto di non avere più bisogno nemmeno di quello. Grace tornò a sedersi sul lettino, e la donna si lanciò in una serie di istruzioni di manutenzione e igiene. Si rivolgeva soprattutto alla ragazzina, ma cercava di coinvolgere anche i genitori. Presto però l'interlocutore privilegiato divenne il padre: era lui a porre le domande, e Wendy Auerbach sembrò accorgersi dell'ostilità di Annie.

«Fantastico» esclamò alla fine battendo le mani. «Abbiamo finito.»

Li accompagnò alla porta. Grace non si era tolta la protesi, ma usava ancora le stampelle. Robert reggeva il deambulatore e un sacchetto di articoli forniti dalla Auerbach per la manutenzione dell'arto artificiale. Giunti sulla soglia, la ringraziò, e indugiarono mentre la donna apriva la porta ed elargiva a Grace un ultimo consiglio.

«Ricordati, c'è ben poco di quello che facevi un tempo

che tu non possa fare anche adesso. Perciò, signorina, rimonta in groppa al tuo cavallino il più presto possibile.»

Grace abbassò lo sguardo. Robert le posò una mano sulla spalla. Annie li sospinse fuori.

«Non vuole affatto rimontare in groppa» sibilò a denti stretti. «E men che meno lo desidera il suo cavallino. Fantastico, no?»

Pilgrim deperiva a vista d'occhio. Le fratture ossee e le ferite sul corpo e sulle gambe erano guarite, ma i nervi danneggiati della spalla l'avevano azzoppato. Soltanto l'isolamento e la terapia fisica avrebbero potuto aiutarlo a migliorare. Ma era tale la violenza con cui il cavallo reagiva ogni volta che qualcuno tentava di avvicinarsi che la seconda comportava dei rischi. Dunque restava soltanto l'isolamento. Nell'oscurità e nel fetore del suo box, dietro il granaio nel quale aveva conosciuto giorni ben più felici, Pilgrim diventava sempre più magro.

Harry Logan non aveva né il coraggio né l'abilità di Dorothy Chen nel praticare le iniezioni. Così i figli della signora Dyer escogitarono una tecnica per aiutarlo. Nella parte inferiore della porta del box ricavarono uno sportellino attraverso il quale davano da mangiare e da bere a Pilgrim. In previsione di un'iniezione, gli tagliavano i viveri. Quindi, mentre Logan si teneva pronto armato di siringa, posavano i secchi con il fieno e l'acqua vicino al box, aprendo poi lo sportello. Spesso ridacchiavano in attesa che Pilgrim, vinto dalla fame e dalla sete, spingesse il muso attraverso il varco. Non appena la povera bestia annusava i secchi, i ragazzi chiudevano lo sportello, imprigionando l'animale quel tanto che bastava perché Logan potesse agire. Il veterinario detestava quel gioco crudele, e ancor più le risatine dei due giovani.

Ai primi di febbraio chiamò Liz Hammond e le diede appuntamento alla scuderia. Attraverso la porta del box lanciarono un'occhiata a Pilgrim e quindi andarono a sedersi nell'auto di Liz. Rimasero a lungo in assoluto silenzio, osservando Tim ed Eric che annaffiavano il prato.

«Liz, ne ho abbastanza» esordì infine Logan. «È tutto tuo.»

«Ne hai parlato con Annie?»

«L'avrò chiamata almeno dieci volte. Già un mese fa le avevo detto che avremmo dovuto abbatterlo. Ma non sente ragioni. Lascia che te lo dica, non ce la faccio più. Quei due cretini mi stanno facendo impazzire. Sono un veterinario, Lizzie. Dovrei impedire agli animali di soffrire, non il contrario. Ne ho abbastanza.»

Per un lungo istante nessuno parlò. Rimasero immobili a fissare i due ragazzi. Eric stava cercando di accendersi una sigaretta, mentre Tim continuava a spruzzarlo con il getto d'acqua.

«Mi ha chiesto se esistono gli psichiatri dei cavalli» riprese Liz. Logan scoppiò a ridere.

«Pilgrim non ha bisogno di uno strizzacervelli, ma di una lobotomia.» Rifletté. «A Pittsfield c'è un chiropratico, ma non si occupa di casi come questo. Non mi viene in mente nessuno. A te?»

Liz scosse il capo.

Non c'era nessuno. Logan sospirò. Era stato tutto un gran pasticcio, fin dall'inizio. E non vi era alcun segno che la situazione potesse migliorare.

PARTE
SECONDA

6

LA LORO TERRA D'ORIGINE ERA L'AMERICA. UN MILIONE DI ANNI prima della comparsa dell'uomo, i cavalli avevano pascolato sulle vaste pianure d'erba e avevano raggiunto gli altri continenti del pianeta attraversando ponti di roccia che in seguito sarebbero stati spazzati via dal ritiro dei ghiacci. Il loro impatto con l'uomo era stato quello della preda di fronte al cacciatore poiché, molto prima di utilizzarli per la caccia, l'uomo li uccideva per mangiarne la carne.

I graffiti sulle pareti delle caverne ne davano testimonianza. I leoni e gli orsi affrontavano l'aggressore per combatterlo, e quello era il momento in cui l'uomo affondava la lancia. Ma il cavallo preferiva la fuga alla lotta, e con una logica semplice e micidiale il cacciatore approfittava proprio di tale fuga per abbatterlo, distruggendo intere mandrie dopo averle spinte oltre l'orlo dei precipizi. I frammenti fossili delle ossa rinvenuti nei depositi lo dimostravano. E sebbene solo di recente l'uomo si fosse riavvicinato al cavallo fingendo amicizia, l'alleanza fra le due specie sarebbe sempre stata fragile, perché il terrore che l'uomo aveva instillato nel cuore del cavallo aveva radici troppo profonde per essere cancellato.

Fin da quel primo istante del Neolitico in cui un cavallo era stato domato, alcuni uomini avevano intuito la verità.

Erano uomini in grado di penetrare nell'anima di quelle creature e di lenirne le ferite. Spesso additati come stregoni, forse lo erano davvero. Alcuni eseguivano le loro magie con le ossa dei rospi catturati al chiaro di luna nei torrenti. Altri, così si diceva, erano in grado con una sola occhiata d'immobilizzare gli zoccoli di un tiro che stesse arando la terra. Erano vagabondi ed esibizionisti, sciamani e ciarlatani. Ma coloro che davvero possedevano il dono lo amministravano con saggezza, poiché correva voce che chi era in grado di scacciare il demonio fosse anche in grado di richiamarlo. Il padrone di un cavallo che avevi appena guarito poteva stringerti la mano e subito dopo mettersi a danzare attorno alle fiamme che ti avvolgevano sul rogo eretto per te nella piazza del villaggio.

A causa delle segrete parole che bisbigliavano alle orecchie inquiete e nervose dei loro amici, erano conosciuti come "gli uomini che sussurravano ai cavalli".

Erano per la maggior parte maschi, notò sorpresa Annie: aveva dato per scontato che in quel genere di cose le donne fossero più portate degli uomini. Si trovava nell'immensa sala di lettura della biblioteca pubblica, seduta a uno dei lunghi, lucidi tavoli di mogano, nascosta dietro pile di libri che avrebbe consultato sino all'ora di chiusura.

Lesse di un irlandese di nome Sullivan vissuto due secoli prima, dei cui interventi sui cavalli selvaggi molti erano stati testimoni. Conduceva gli animali in una stalla buia, e nessuno sapeva con certezza che cosa accadesse una volta che aveva chiuso la porta dietro di sé. Sosteneva di pronunciare le parole di un incantesimo indiano che aveva appreso in cambio di un pasto caldo da un viaggiatore affamato. Nessuno aveva mai scoperto se fosse vero, poiché il suo segreto era morto con lui. Tutto ciò che appuravano i testimoni era che, quando Sullivan portava fuori i cavalli, il loro furore si era placato. Secondo alcuni sembravano ipnotizzati e in preda al terrore.

C'era stato anche un uomo di Groveport, Ohio, un certo John Solomon Rarey, che aveva domato il suo primo cavallo all'età di dodici anni. La fama delle sue doti straordinarie aveva fatto subito il giro del mondo, e nel 1858 Rarey era stato chiamato al castello di Windsor, in Inghilterra, per domare un cavallo della regina Vittoria. La regina e la sua corte avevano assistito a bocca aperta mentre Rarey posava le mani sul corpo dell'animale e lo faceva distendere a terra. Quindi gli si era sdraiato accanto, appoggiandogli il capo sugli zoccoli. Deliziata, la regina l'aveva ricompensato con cento dollari. Il modesto, tranquillo Rarey era diventato una celebrità, e la stampa non se l'era lasciato sfuggire. Si era immediatamente scatenata alla ricerca del cavallo più feroce di tutta l'Inghilterra, e l'aveva puntualmente trovato.

Era uno stallone di nome Cruiser, uno dei più veloci cavalli da corsa del Paese. All'improvviso si era trasformato nell'"incarnazione del demonio", e gli era stata messa una pesante museruola di ferro per impedire che uccidesse altri garzoni di stalla. I proprietari lo tenevano in vita soltanto perché avevano intenzione di farne uno stallone da monta, e per rendere l'operazione più sicura progettavano di accecarlo. Sordo a ogni ammonimento, Rarey era entrato in quel box in cui nessuno aveva più osato mettere piede, chiudendosi la porta alle spalle. Tre ore dopo ne era emerso con Cruiser, senza museruola e docile come un agnello. I proprietari erano rimasti così colpiti che gli avevano regalato il cavallo. Rarey l'aveva riportato con sé nell'Ohio, dove Cruiser era morto il 6 luglio del 1875, ben nove anni dopo il suo nuovo padrone.

Annie uscì dalla biblioteca e scese la scalinata fino ai due imponenti leoni di marmo che si affacciavano sulla strada. Il traffico passava rombando e il vento s'incuneava glaciale nelle gole formate dai grattacieli. L'aspettavano ancora tre o quattro ore di lavoro in ufficio, ma decise di non prendere un taxi. Aveva voglia di camminare. L'aria fredda poteva forse aiutarla a dare un senso a ciò che le turbinava nella mente. Comunque si chiamassero, ovunque fossero vissuti, tutti i cavalli di cui aveva letto le storie avevano lo stesso volto: quello di Pilgrim. Erano le orecchie di Pilgrim che ascoltavano l'incantesimo indiano bisbigliato dall'irlandese, erano gli occhi di Pilgrim che guardavano al di sopra della museruola.

Annie sentiva che stava accadendole qualcosa, qualcosa che non era ancora in grado di definire. Nel corso di quell'ultimo mese aveva osservato la figlia percorrere in lungo e in largo l'appartamento, dapprima servendosi del deambulatore, quindi del bastone. Sia lei sia gli altri in famiglia l'avevano aiutata ad affrontare il terribile, monotono, carico quotidiano di esercizi di fisioterapia, ora dopo ora, finché le loro membra non avevano preso a dolere quanto le sue. Dal punto di vista fisico, Grace aveva accumulato uno dopo l'altro una serie di piccoli trionfi. Ma Annie si era resa conto che, contemporaneamente, con cadenza pressoché identica, qualcosa dentro di lei stava spegnendosi.

Grace cercava di nasconderlo a tutti – ai suoi genitori, a Elsa, alle amiche, persino al piccolo esercito di specialisti strapagati perché si accorgessero di certe sfumature – con una sorta di caparbia allegria. Ma Annie non si lasciava ingannare dalla facciata, vedeva l'espressione del volto di Grace mutare ogni volta che lei credeva di non essere osservata, sentiva il silenzio avvolgerla sempre più in un abbraccio lento e micidiale.

Per quale ragione il dramma di quel cavallo impazzito rinchiuso in una squallida stalla di campagna le apparisse così strettamente legato al destino di sua figlia, lo ignorava. Non c'era alcun nesso logico tra i due fatti.

Rispettava la decisione di Grace di non cavalcare mai più, e anzi era terrorizzata all'idea che potesse anche soltanto provarci. E quando sia Harry Logan che Liz le avevano detto e ripetuto che abbattere Pilgrim sarebbe stato un atto di pietà – tenerlo in vita era straziante per tutti – sapeva che avevano ragione. Ma perché allora aveva continuato a dire di no? Perché, quando i dati sulla diffusione della sua rivista avevano iniziato a consolidarsi, si era presa due interi pomeriggi di vacanza per leggere racconti di pazzi che sussurravano ai cavalli? Era una stupida.

Quando fece ritorno in ufficio, tutti stavano andandosene. Annie si sedette alla scrivania. Anthony le fornì l'elenco delle telefonate e le ricordò che il mattino successivo aveva una colazione di lavoro più volte rinviata e ormai improrogabile. Quindi la salutò e la lasciò sola. Annie sbrigò le due telefonate più urgenti, poi chiamò casa.

Robert la informò che Grace era impegnata con gli esercizi di fisioterapia. Stava bene, la rassicurò, come diceva sempre. Annie gli raccomandò di non attenderla per cena: avrebbe fatto tardi.

«Sembri stanca» osservò lui. «Giornata pesante?»

«No. Ho passato il pomeriggio a documentarmi sugli uomini che sussurrano ai cavalli.»

«Su chi?»

«Ti spiegherò dopo.»

Si dedicò al materiale lasciatole da Anthony, ma i suoi pensieri vagavano e prese a fantasticare su ciò che aveva letto in biblioteca. Forse John Rarey aveva un pronipote che aveva ereditato il suo dono. Forse avrebbe potuto usarlo su Pilgrim. Forse avrebbero potuto pubblicare un'inserzione sul *New York Times*. «Cercasi uomo che sussurra ai cavalli.»

A un certo punto – non seppe mai quanto tempo dopo – si appisolò e, svegliandosi di soprassalto, vide un agente della sicurezza sulla soglia. L'uomo stava facendo un giro d'ispezione; le chiese scusa per averla disturbata. Annie gli domandò che ore fossero e rimase senza parole nel sentire che erano le undici passate.

Chiamò un taxi e si abbandonò depressa sul sedile, mentre l'autista risaliva lungo Central Park West. Sotto la luce fredda dei lampioni, il tendone verde di fronte all'ingresso sembrava sbiadito.

Robert e Grace erano andati a letto. Sulla soglia della camera della ragazzina, Annie attese che gli occhi si abituassero all'oscurità. La protesi era appoggiata in un angolo, simile a una sentinella giocattolo. Grace si agitò nel sonno mormorando qualcosa. E all'improvviso Annie si rese conto che forse l'esigenza di tenere Pilgrim in vita, di trovare qualcuno che fosse in grado di lenirne il cuore sconvolto, non riguardava affatto Grace. Forse era un bisogno suo.

Rimboccò delicatamente le lenzuola sopra la spalla della figlia e andò in cucina. Robert le aveva lasciato un messaggio sul blocchetto giallo posato sul tavolo. Aveva telefonato Liz Hammond. Conosceva qualcuno che forse sarebbe stato in grado di aiutarli.

7

Tom Booker si svegliò alle sei del mattino e ascoltò il giornale radio locale mentre si radeva. Un abitante di Oakland aveva parcheggiato nel bel mezzo del Golden Gate, aveva sparato alla moglie e ai due figli e si era gettato dal ponte. Il traffico in entrambe le direzioni era bloccato. Nei sobborghi orientali della città, una donna era stata sbranata da un puma mentre faceva jogging sulle colline dietro casa.

Al riverbero della luce sopra lo specchio, il suo viso bruciato dal sole sembrava verdognolo in contrasto con la schiuma da barba bianchissima. La stanza da bagno era sudicia e piccola, e Tom era costretto a chinarsi per infilarsi sotto la doccia sistemata nella vasca da bagno. Aveva sempre l'impressione che i motel di quel genere fossero stati costruiti per una razza in miniatura, mai vista sul pianeta, individui dalle dita agili e affusolate che amavano le saponette sottili come carte di credito.

Si vestì e si sedette sul letto per calzare gli stivali, dando un'occhiata ai camioncini e ai fuoristrada dei suoi clienti parcheggiati fuori. La sera prima, gli iscritti erano venti per la classe dei puledri e più o meno gli stessi per quella dei cavalli da equitazione. Erano troppi, ma a Tom non piaceva dire di no. Più per amore dei cavalli che per gli esseri umani. Indossò il giubbotto di lana verde, prese il cappello e uscì nel corridoio che conduceva all'atrio del motel.

Il giovane direttore cinese stava posando accanto alla macchina del caffè un vassoio di ciambelle dall'aspetto poco invitante. Si volse verso Tom con un sorriso radioso.

«Buongiorno, signor Booker! Come andiamo?»

«Bene, grazie» rispose, posando la chiave della camera sul banco. «E lei?»

«Non c'è male. Gradisce una ciambella?»

«No, grazie.»

«Tutto a posto con i cavalli?»

«Credo proprio di sì. A più tardi.»

«Arrivederci, signor Booker.»

L'aria del mattino era umida e fredda mentre Tom attraversava il parcheggio diretto al suo camioncino, ma le nuvole erano alte e lui sapeva che di lì a poco sarebbero scomparse. Il suo ranch nel Montana era ancora immerso in più di mezzo metro di neve, ma la sera prima, entrando nella Marin County, aveva avvertito nell'aria un sentore di primavera.

Sono in California, si disse. Com'è tutto bene organizzato, da queste parti: persino il tempo. Non vedeva l'ora di tornare a casa.

S'immise col Chevy rosso sull'autostrada, poi imboccò lo svincolo che passava sopra la 101. Il maneggio si trovava in una valle boscosa e leggermente in pendenza a circa tre chilometri dalla città.

La sera precedente, prima ancora di andare al motel, Tom vi aveva depositato il rimorchio, lasciando libero Rimrock di pascolare nel prato. Notò che qualcuno aveva già sistemato lungo la strada i cartelli con la scritta CLINICA VETERINARIA BOOKER. Tom avrebbe preferito evitarli. Meglio un posto difficile da raggiungere, così i più stupidi non si sarebbero fatti vedere.

Varcò il cancello e parcheggiò sul prato, accanto alla pista di sabbia innaffiata e rastrellata con cura. Non c'era in giro nessuno. Dall'estremità opposta della radura, Rimrock l'aveva visto arrivare e, quando Tom giunse allo steccato, era lì ad aspettarlo.

Era un robusto animale di otto anni, dal mantello marrone, con una striscia bianca sul muso e quattro perfetti "calzini" bianchi sulle zampe. Tom l'aveva allevato personalmente. Lo accarezzò sul collo lasciando che gli sfiorasse la guancia con il muso.

«Oggi avrai un bel po' da fare, vecchio mio» gli disse. In genere preferiva lavorare con due cavalli, in modo che si suddividessero equamente lo sforzo. Ma Bronty, la sua giumenta, stava per partorire ed era rimasta nel Montana. Un'altra buona ragione che gli faceva desiderare di essere a casa.

Si voltò, appoggiandosi allo steccato, e insieme a Rimrock osservò in silenzio lo spazio ancora deserto che nei successivi cinque giorni avrebbe visto all'opera cavalli nervosi e cavalieri ancora più tesi. Dopo aver fatto pratica con Tom e Rimrock, molti di loro sarebbero tornati a casa più rilassati, questo era ciò che contava. Ma quello era il quinto corso in altrettante settimane, e i problemi che doveva affrontare, il loro ritmo ripetitivo, cominciavano a pesargli.

Per la prima volta in vent'anni si sarebbe concesso una primavera e un'estate di vacanza. Niente lavoro, niente trasferte. Sarebbe rimasto al ranch, avrebbe addestrato qualche puledro, avrebbe dato una mano a suo fratello. Niente di più. Chissà, forse stava diventando vecchio. Aveva quasi quarantasei anni, maledizione. Quando aveva iniziato quell'attività, era in grado di tenere un corso alla settimana per tutto l'arco dell'anno, e la sua passione non era mai venuta meno. Se solo gli uomini fossero come i cavalli, si disse.

Rona Williams, la proprietaria del maneggio che lo ospitava, l'aveva visto dalle scuderie e stava avvicinandosi. Era una donna minuta e vigorosa, con una scintilla di passione negli occhi; sebbene fosse alle soglie dei quaranta, portava i capelli raccolti in lunghe trecce, una civetteria da ragazza contraddetta dall'incedere maschio e risoluto di chi era avvezzo al comando. Tom l'ammirava. Si era impegnata a fondo per trasformare il suo lavoro in un successo. La salutò sfiorandosi il cappello; lei sorrise e alzò lo sguardo verso il cielo.

«Sarà una bella giornata» decretò.

«A quanto pare.» Tom accennò alla strada. «Ho visto che hai messo dei bei cartelli. Hai paura che uno dei quaranta cavalli smarrisca la strada?»

«Trentanove.»

«Qualcuno ha rinunciato?»

«No. Trentanove cavalli e un asino.» Sogghignò compiaciuta. «È di un attore o qualcosa del genere. Viene da Los Angeles.»

Tom sospirò e le scoccò un'occhiata rassegnata. «Rona, sei pazza. Prima o poi mi costringerai a esibirmi nella lotta libera con i grizzly.»

«Buona idea.»

Raggiunsero insieme la pista, discutendo il programma della giornata. Tom avrebbe iniziato a lavorare con i puledri. Erano venti e avrebbe impiegato più o meno l'intera giornata.

L'indomani sarebbe passato ai cavalli da equitazione, dopo di che, se fosse avanzato tempo e qualcuno lo avesse richiesto, si sarebbe dedicato al bestiame.

Aveva portato dei nuovi altoparlanti e voleva provarli; Rona lo aiutò a scaricarli dal camioncino e a sistemarli nei pressi degli spalti sui quali si sarebbero seduti gli spettatori. Una volta accese, le casse sprigionarono un sibilo acuto che dopo qualche istante, mentre Tom attraversava la distesa di sabbia parlando al microfono della cuffia, si trasformò in un ronzìo minaccioso.

«Salve, amici.» La sua voce rimbombò tra gli alberi immobili, infrangendo di colpo il silenzio in cui era immersa la valle. «Questo è il Rona Williams Show, e io sono Tom Booker, il domatore di asini dei divi.»

Quando ebbero finito di controllare ogni particolare, salirono in auto e raggiunsero il ristorante in città dove facevano sempre colazione.

Smoky e T.J., i due giovani che Tom aveva portato con sé dal Montana perché lo aiutassero nei quattro corsi di quel mese, stavano già mangiando. Rona ordinò un piatto di cereali e Tom uova strapazzate, pane integrale tostato e una spremuta d'arancia.

«Avete sentito di quella poveretta sbranata da un puma mentre faceva jogging dietro casa sua?» domandò Smoky.

«Faceva jogging anche il puma?» chiese Tom con aria innocente. Tutti risero.

«Perché no?» fece Rona. «Ricordatevi che siamo in California.»

«Già» convenne T.J. «Pare che portasse una tutina sintetica e gli auricolari.»

Smoky attese pazientemente che la smettessero. Prenderlo in giro era diventato il loro gioco mattutino. Tom gli voleva bene. Il ragazzo non era certo un premio Nobel, ma con i cavalli aveva un rapporto speciale. Un giorno, se si fosse messo d'impegno, sarebbe diventato bravo. Tom allungò il braccio e gli scompigliò i capelli.

«Sei forte, Smoke» disse.

Una coppia di poiane tracciava pigri cerchi nell'azzurro purissimo del cielo pomeridiano. Si lasciavano trasportare verso l'alto dalle correnti che si alzavano dal fondovalle, riempiendo del loro strano verso intermittente la zona tra i boschi e la cima delle colline.

Centocinquanta metri più in basso, in una nuvola di polvere, si stava svolgendo uno dei venti piccoli drammi della giornata. Il sole, e forse anche i cartelli di Rona, avevano attirato una folla di dimensioni inaudite. Gli spalti erano gremiti e la gente continuava ad affluire, pagando dieci dollari d'ingresso agli aiutanti di Rona che stazionavano davanti al cancello. Le donne addette ai rinfreschi stavano facendo affari d'oro, e nell'aria si sentiva il profumo dei barbecue.

Al centro della pista si ergeva un recinto del diametro di una decina di metri, all'interno del quale Tom stava esibendosi in sella a Rimrock. Il sudore già gli imperlava il viso coperto di polvere. Lo deterse con la manica della camicia. Anche i gambali di cuoio che indossava sopra i jeans gli tenevano caldo. Si era già occupato di undici puledri: il bellissimo purosangue nero che aveva di fronte era il dodicesimo.

Nel corso dei colloqui preliminari con ciascun proprietario cercava di scoprire la "storia" del cavallo. Era già stato montato? Aveva qualche problema specifico? Ce n'erano sempre, ma molto spesso era il cavallo, non il proprietario, a fargli capire quali fossero.

Il piccolo purosangue ne era un tipico esempio. La sua proprietaria sosteneva che aveva la tendenza a recalcitrare e che era riluttante a mettersi in moto. Era pigro, scontroso. Ma ora, girando intorno a Tom e a Rimrock lungo lo steccato, l'animale gli stava dicendo qualcosa di molto diverso.

Tom usava costantemente il microfono per commentare ciò che succedeva a beneficio del pubblico. Cercava sempre di non far passare per stupidi i proprietari; non troppo, quantomeno.

«In realtà la questione è un'altra» spiegò, rivolgendosi alla padrona. «È sempre interessante ascoltare la versione del cavallo. Ora, se fosse scontroso o pigro come lei dice, muoverebbe la coda o piegherebbe le orecchie all'indietro. Questo non è un cavallo nervoso, è un cavallo spaventato. Vede com'è contratto?»

Appoggiata allo steccato, la donna stava osservandolo. Annuì. Tom faceva ruotare Rimrock su se stesso, in modo che fronteggiasse il puledro.

«E noti come continua a rivolgermi il posteriore. Credo che la ragione per cui sembra riluttante a partire sia semplice: quando lo fa, ne subisce in qualche modo le conseguenze.»

«Non è bravo nelle transizioni» insistette la donna. «Ha presente, quando cerco di farlo passare dal trotto al passo e così via.»

Tom si morse le labbra. «Quello che vedo io è diverso» le rispose. «Lei pensa di chiedergli di andare al passo, ma il suo corpo in realtà gli comunica qualcos'altro. Gli dà troppe limitazioni: "Va', no, aspetta, non andare". Oppure: "Va', ma non troppo veloce". Il cavallo avverte i movimenti del suo corpo, che non può mentire. Gli ha mai dato di sprone per farlo partire?»

«Se non lo faccio, non mi obbedisce.»

«E quando sente che sta andando troppo veloce, dà uno strattone alle redini?»

«Be', sì. A volte.»

«A volte. Hmmm. E a quel punto, lui recalcitra.» La donna annuì.

Per qualche istante Tom non disse nulla. La padrona del cavallo aveva recepito il messaggio, e cominciava a mettersi sulla difensiva. Era il classico tipo che teneva molto all'aspetto esteriore: bardata come una Barbara Stanwyck, non aveva un particolare fuori posto. Soltanto il cappello doveva esserle costato trecento bigliettoni. E Dio solo sapeva quanto avesse pagato il cavallo. Tom cercò di attirare l'attenzione del purosangue, poi lanciò i venti metri di lazo schiaffeggiandolo sul fianco e facendolo scattare al passo. Recuperò la corda e ripeté l'operazione. E poi ancora e ancora, costringendolo a passare dal trotto al passo, a rallentare e a ripartire di nuovo.

«Voglio che impari a cambiare andatura dolcemente» spiegò. «Sta già iniziando a capire. Non è più teso com'era all'inizio. Vede il posteriore? Sta raddrizzandosi. E la coda non è più rigida come prima. Sta scoprendo di essere in grado di farcela.» Tornò a colpirlo con la corda, e questa volta la transizione si verificò senza strappi.

«Ha visto? Va già meglio. Presto, se lei continuerà a lavorarci, sarà in grado di affrontare le transizioni tenendo la briglia sciolta.»

E forse anche i maiali impareranno a volare, pensò. Si porterà a casa la povera bestia, la monterà come ha sempre fatto e tutto il mio lavoro non sarà servito a nulla. Quel pensiero, come sempre, lo fece concentrare più a fondo sull'obiettivo. Se fosse riuscito ad addestrare bene il cavallo, avrebbe potuto immunizzarlo contro la stupidità e la paura della padrona. Il purosangue stava rispondendo bene, ma Tom aveva lavorato soltanto su un lato; lo fece voltare e ripeté tutta l'operazione.

Ci volle quasi un'ora. Alla fine, l'animale sudava copiosamente, ma quando Tom lo fece rallentare e poi fermare, sembrò deluso.

«Vorrebbe giocare tutto il giorno» disse Tom. Il pubblico rise. «Andrà tutto bene, basta che non lo strattoni.» La donna annuì e cercò di sorridere, ma lui capì di averla umiliata, e all'improvviso se ne dispiacque. Le si avvicinò in groppa a Rimrock e spense il microfono, in modo che soltanto lei potesse sentirlo.

«Agiscono per puro istinto di conservazione» le spiegò gentilmente. «Vede, queste bestie hanno un cuore così grande che la cosa che desiderano di più al mondo è fare esattamente ciò che vogliamo. Ma quando i messaggi diventano confusi, cercano solo di mettersi in salvo.» Le sorrise. «Perché non va a sellarlo, così potrà rendersene conto di persona?»

La donna sembrava sull'orlo delle lacrime. Scavalcò lo steccato e andò verso il cavallo. Il piccolo purosangue la osservò lungo tutto il tragitto e alla fine le consentì di accarezzargli il collo. Tom osservava la scena.

«Non ci ricascherà, a patto che non lo faccia neppure lei» soggiunse. «Sono le creature più indulgenti che Dio abbia creato.»

La proprietaria condusse il cavallo fuori dal recinto e lui riportò Rimrock al centro, lasciando che il silenzio si prolungasse per qualche istante. Si tolse il cappello, strizzando gli occhi al sole e detergendosi il sudore dalla fronte. Le due poiane ancora in volo insistevano nel loro lugubre lamento. Tom si rimise il cappello e accese il microfono.

«Bene, amici. A chi tocca?»

Era il turno del padrone dell'asino.

8

Erano passati più di cento anni da quando Joseph e Alice Booker, i bisnonni di Tom, avevano intrapreso il lungo viaggio verso il Montana, attratti come migliaia di altre famiglie dalla promessa della terra. L'impresa era costata loro le vite di due figli, uno portato via dalla scarlattina, l'altro annegato; ma alla fine erano riusciti a raggiungere il fiume Clark's Fork, dove si erano impadroniti di centosessanta fertili acri.

Quando era nato Tom, la proprietà si estendeva per ventimila acri. La sua prosperità, nonché il modo in cui aveva resistito all'implacabile ciclo di siccità, alluvioni e saccheggi, erano dovuti in larga parte a John, il nonno di Tom. Aveva una sua logica, dunque, il fatto che egli stesso ne avesse provocato la fine.

John Booker, uomo di grande forza fisica e di ancora più grande dolcezza, aveva due figli. Sopra la casa che da tempo aveva rimpiazzato la baracca dei coloni, si ergeva una collina rocciosa dove i ragazzi giocavano a nascondino e cercavano antiche punte di freccia. Dalla cresta si vedeva il fiume piegarsi in una curva decisa e in lontananza i picchi innevati dei monti Pryor e Beartooth. A volte i ragazzi si sedevano lassù senza parlare, l'uno accanto all'altro, e contemplavano le terre del padre. Per il più giovane rappresentavano l'intero universo. Daniel, il padre di Tom, amava il ranch con tutto il cuore, e se a volte i suoi pensieri andavano al di là dei confini, ne usciva rafforzata la sensazione che tutto ciò che desiderava fosse compreso all'interno di quell'universo. Per lui le montagne lontane erano come confortanti pareti, proteggevano tutto quello che gli era più caro dal disordine che esisteva al di là di esse. Per

Ned, il fratello di tre anni più vecchio di lui, erano come i muri di una prigione. Non faceva che pensare al giorno in cui sarebbe fuggito, e a sedici anni ci era riuscito. Era partito per la California in cerca di fortuna, riuscendo invece soltanto a sperperare quelle di una lunga successione di ingenui soci in affari.

Daniel era rimasto alla fattoria, che aveva gestito con il padre. Aveva sposato una ragazza di nome Ellen Hooper, di Bridger, e da lei aveva avuto tre figli, Tom, Rosie e Frank. Gran parte della terra che John aveva aggiunto agli acri originari in riva al fiume era più povera, formata da scabre colline di gombo disseminate di salvia e attraversate da formazioni di nera roccia vulcanica. La mandria era governata da uomini a cavallo, e Tom aveva imparato a montare quasi prima di essere in grado di camminare speditamente. La madre era solita raccontargli di quando, a due anni, l'aveva trovato addormentato sul fieno nella stalla, fra i quattro possenti zoccoli di uno stallone. Sembrava quasi, gli aveva detto, che il cavallo stesse proteggendolo.

In primavera, quando si domavano i puledri con la cavezza, il piccolo Tom si arrampicava sull'asse più alta del recinto e stava a guardare. Sia il padre che il nonno avevano modi gentili con i cavalli, ed era stato soltanto molto più tardi che Tom aveva scoperto l'esistenza di metodi meno delicati.

«È come chiedere a una donna di ballare» amava dire il nonno. «Se non sei sicuro di quello che fai e hai paura, lei finirà per rifiutare; se ti avvicini guardandoti gli stivali, puoi star sicuro che ti respingerà. Certo, a quel punto potresti cercare di costringerla con la forza, ma nessuno dei due si divertirebbe un granché.»

Suo nonno era un gran ballerino. Tom se lo rammentava mentre volteggiava con la nonna sotto gli addobbi di luci colorate, alla festa del 4 luglio. I loro piedi sembravano fluttuare nell'aria. Lo stesso accadeva quando John montava a cavallo.

«Ballare e cavalcare sono la stessa cosa» ripeteva. «È tutta una questione di fiducia e di affiatamento. Si è allacciati. L'uomo conduce ma non trascina: trasmette una sensazione che la donna accoglie decidendo di seguirlo. Si è in completa armonia, ci si muove seguendo l'uno il ritmo dell'altra, scambiandosi la propria sensazione.»

Erano cose già note a Tom, ma come le avesse imparate non lo sapeva. Comprendeva il linguaggio dei cavalli allo stesso modo in cui distingueva i colori, gli odori. In qualsiasi situazione era in grado di interpretare i loro pensieri, e sapeva che per i cavalli era lo stesso. Aveva cavalcato il suo primo puledro (non usava mai la parola "domare") alla tenera età di sette anni.

Quando ne ebbe dodici, i nonni morirono uno dopo l'altra, nel breve spazio di un inverno. John aveva lasciato la fattoria al padre di Tom. Ned era giunto in aereo da Los Angeles per assistere alla lettura del testamento. In precedenza si era fatto vedere raramente, e Tom se lo rammentava soltanto per le vistose scarpe bicolori e per l'espressione tormentata dei suoi occhi. Gli si rivolgeva chiamandolo «amico», e gli portava sempre qualche regalo inutile, cianfrusaglie di moda fra i ragazzi di città. Ma quella volta se n'era andato senza dire una parola. Per lui, più tardi, avevano parlato gli avvocati.

La lite si era protratta per tre anni. Tom sentiva spesso sua madre piangere nella notte, e la cucina gli sembrava sempre pullulare di legali, agenti immobiliari e vicini che avevano annusato l'odore dei soldi. Da tutto ciò aveva preso le distanze, dedicandosi anima e corpo ai cavalli. Pur di stare in mezzo a loro aveva cominciato a marinare la scuola, ma i suoi genitori erano troppo preoccupati per notarlo e curarsene.

Ricordava di aver visto suo padre felice solo una volta, in primavera, quando per tre giorni avevano condotto una mandria sulle colline verso i pascoli estivi. C'erano anche sua madre, Frank e Rosie. Per tre giorni avevano cavalcato dalla mattina alla sera, per tre notti avevano dormito sotto le stelle.

«Se solo questo momento durasse in eterno» aveva detto Frank una notte mentre, distesi sulla schiena, osservavano la mezzaluna sbucare aggressiva dietro il profilo scuro della montagna. Frank aveva undici anni, e non era affatto un filosofo. Per qualche istante erano rimasti immobili a riflettere su quelle parole. In lontananza, un coyote aveva ululato.

«Immagino che sia proprio così la vita» aveva replicato il padre. «Una lunga catena di attimi. E immagino che tutto ciò che si può fare è cercare di viverli uno per uno, senza star troppo a pensare a quelli appena trascorsi o che stanno per arrivare».

A Tom era parsa la miglior filosofia di vita che fosse stata mai elaborata.

Tre anni di battaglie legali avevano mandato il padre in rovina. La fattoria era finita a una compagnia petrolifera e il denaro rimasto, una volta pagati gli avvocati e dopo che il fisco si era ritagliato la sua parte, era stato diviso a metà. Ned non si era mai più fatto vedere né sentire. Daniel ed Ellen avevano preso con sé i figli ed erano partiti verso ovest. Giunti alle Montagne Rocciose, avevano acquistato settemila acri di terreno e una vecchia fattoria. Un luogo di aspra, maestosa bellezza alla congiunzione degli altipiani con pareti calcaree antiche cento milioni di anni, che Tom avrebbe imparato ad amare. Ma allora non era ancora pronto. Quella che lui considerava la sua casa era stata venduta e in quel momento non desiderava che essere indipendente. E così, una volta avviata l'attività della nuova fattoria, se n'era andato.

Aveva raggiunto il Wyoming, dove aveva iniziato a lavorare come bracciante e dove aveva visto cose cui non avrebbe mai creduto di dover assistere: cowboy che frustavano e spronavano i loro cavalli fino a farli sanguinare. In una fattoria nei pressi di Sheridan si era finalmente reso conto con i propri occhi di che cosa significasse "domare" un cavallo. Aveva visto un uomo legare un puledro a uno steccato con un cappio al collo, quindi impastoiargli una zampa posteriore e percuoterlo con un tubo di zinco. Tom non si era mai dimenticato l'espressione di terrore negli occhi della povera bestia, né quella di stupido trionfo nello sguardo dell'uomo quando, molte ore più tardi, il puledro aveva deciso di sopravvivere e si era quindi sottomesso alla sella. Tom aveva insultato il padrone, aveva fatto a pugni ed era stato licenziato sui due piedi.

Trasferitosi nel Nevada, aveva lavorato in alcune grandi fattorie. Ovunque venisse assunto, individuava volutamente i cavalli più problematici e si offriva di montarli. Molti degli uomini con cui cavalcava facevano già quel lavoro quando lui non era ancora nato e, vedendolo mentre tentava di montare in groppa a una bestia che li aveva disarcionati più volte, all'inizio se la ridevano sotto i baffi.

Smettevano non appena si accorgevano della sua abilità, e soprattutto di quanto sembrava cambiato il cavallo. Tom aveva ormai perso il conto degli animali i cui gravi problemi erano causati dall'idiozia o dalla crudeltà degli esseri umani, ma sapeva di non averne mai incontrato uno che non fosse stato in grado di aiutare.

Per cinque anni quella era stata la sua vita. Tornava a casa appena possibile e cercava sempre di essere presente nei periodi in cui il padre aveva più bisogno di aiuto. Per Ellen, le sue visite erano come una serie di istantanee prese lungo il cammino del figlio verso la maturità. Si era fatto alto e slanciato, e dei tre era il più bello. Portava i capelli schiariti dal sole sempre più lunghi, particolare per cui lei faceva finta di rimproverarlo, ma che in segreto apprezzava. Il suo volto era abbronzato anche in inverno, conferendo ancor più intensità ai trasparenti occhi azzurri.

La vita che le descriveva pareva a Ellen dominata dalla solitudine. Tom aveva alcuni amici, ma nessuno particolarmente caro. Frequentava giovani donne, ma con nessuna di esse sembrava avere intenzioni serie. A sentir lui, la maggior parte del tempo che non passava fra i cavalli la trascorreva a leggere e studiare per un corso per corrispondenza a cui si era iscritto.

Era diventato taciturno, e parlava soltanto quando aveva qualcosa di importante da dire. Diversamente da suo padre, tuttavia, nel suo silenzio non vi era alcunché di triste. Era più una sorta di tranquillità riflessiva.

Con il passare del tempo, la fama del giovane Booker aveva fatto il giro delle fattorie, e la gente aveva preso a chiamarlo ovunque si trovasse, chiedendogli di dare un'occhiata a questo o quel cavallo difficile.

«Quanto ti fai pagare?» gli aveva domandato suo fratello Frank una sera di aprile. Tom era tornato a casa per aiutare il padre a marchiare il bestiame, Rosie era all'università e Frank, che aveva ormai diciannove anni, lavorava a tempo pieno alla fattoria. Aveva uno spiccato senso degli affari, e di fronte all'inesorabile stato di prostrazione in cui il padre era caduto a causa della battaglia legale con il fratello, in pratica aveva preso in mano la gestione dell'azienda agricola.

«Niente» aveva risposto Tom. Frank aveva deposto la forchetta, scoccandogli un'occhiata incredula.

«Non chiedi niente? Mai?»

«No» aveva confermato Tom, prendendo un altro boccone.

«E perché? È gente ricca, no?»

Tom aveva riflettuto un istante. Anche i genitori stavano guardandolo. Sembrava che la questione fosse di grande interesse.

«Non lo faccio per la gente. Lo faccio per i cavalli.»

Era sceso il silenzio. Sorridendo, Frank aveva scosso il capo. Anche il padre, a quanto pareva, la considerava una stranezza. All'improvviso Ellen si era alzata cominciando a sparecchiare.

«Be', lo trovo molto bello» aveva dichiarato.

Dopo, Tom aveva riflettuto a lungo sull'episodio, ma erano trascorsi due anni prima che l'idea dei corsi prendesse forma. Nel frattempo, aveva colto tutti in contropiede annunciando di essersi iscritto all'università di Chicago.

Era un corso di studi umanistici e scienze sociali, e l'aveva frequentato per soli diciotto mesi, resistendo così a lungo soltanto perché si era innamorato di una splendida ragazza del New Jersey, violoncellista in un quartetto d'archi studentesco. Prima che si rivolgessero la parola, Tom era andato a sentirla per ben cinque volte. La ragazza aveva folti, lucenti capelli neri che portava sciolti sulle spalle, e cerchietti d'argento alle orecchie come una cantante folk. Tom osservava i suoi movimenti mentre suonava, e gli pareva che la musica le attraversasse il corpo come qualcosa di liquido. Era lo spettacolo più provocante a cui avesse mai assistito.

Al sesto concerto, per tutto il tempo lei non gli aveva staccato gli occhi di dosso, e all'uscita Tom l'aveva aspettata. La ragazza gli si era avvicinata e l'aveva preso sottobraccio senza una parola. Si chiamava Rachel Feinerman. Più tardi, quella stessa notte, mentre era con lei nella sua stanza, Tom aveva creduto di trovarsi in paradiso. L'aveva osservata mentre accendeva le candele e si voltava a fissarlo, scivolando fuori dal vestito. Aveva trovato strano che si fosse tenuta gli orecchini, ma più tardi, quando le fiamme si riflettevano sull'argento mentre facevano l'amore, ne era stato felice. Lei non aveva mai chiuso gli occhi, inarcandosi nel suo abbraccio, guardandolo mentre le mani avide di lui le percorrevano il corpo. I suoi capezzoli erano larghi e del colore della cioccolata, e il lussureggiante triangolo nero sul ventre scintillava come l'ala di un corvo.

Il giorno del Ringraziamento l'aveva portata con sé alla fattoria, e lei gli aveva confessato di non avere mai avuto tanto freddo in vita sua. Era andata d'accordo con tutti, persino con i cavalli, e l'aveva giudicato il luogo più incantevole che avesse mai visto. Tom indovinò quale fosse l'opinione della madre dalla sua espressione. Quella giovane donna con scarpe inadatte e una religione altrettanto inappropriata non avrebbe mai potuto essere la moglie di un allevatore.

Poco tempo dopo, quando Tom aveva confessato a Rachel di averne avuto abbastanza degli studi umanistici e di Chicago e di avere intenzione di tornare nel Montana, lei aveva reagito male.

«Tornerai a fare il cowboy?» gli aveva chiesto in tono caustico. Certo, aveva risposto lui: era esattamente ciò che aveva in mente. Si trovavano nella stanza di Tom; Rachel aveva indicato con un gesto esasperato i libri stipati sugli scaffali.

«E tutto questo?» aveva domandato. «Non te ne importa niente?» Tom aveva riflettuto e infine aveva annuito.

«Certo che me ne importa» aveva risposto. «È una delle ragioni per cui voglio andarmene. Quando lavoravo come bracciante, non vedevo l'ora di tornare a casa per riprendere le mie letture. I libri avevano una specie di magia. Ma questi professori, con le loro chiacchiere... Quando si parla troppo la magia svanisce, e alla fine non rimangono che le parole. Invece nella vita certe cose... esistono e basta.»

Rachel l'aveva fissato, gettando il capo all'indietro. Poi, all'improvviso, l'aveva schiaffeggiato.

«Stupido bastardo» gli aveva detto. «E non mi chiedi neanche di sposarti?»

E così gliel'aveva chiesto. La settimana successiva erano

andati nel Nevada e si erano sposati, benché sapessero entrambi che era uno sbaglio. I genitori di lei erano furibondi, quelli di lui semplicemente frastornati. Per quasi un anno, mentre rimettevano a posto la cadente villetta sul torrente, Tom e Rachel avevano vissuto alla fattoria insieme con tutti gli altri. Accanto a quella che sarebbe diventata la loro casa vi era un vecchio pozzo che Tom aveva rimesso in sesto, sistemando la pompa di ghisa, ricostruendo il bordo di cemento e incidendovi le loro iniziali. Si erano trasferiti appena in tempo perché Rachel mettesse al mondo un figlio. L'avevano chiamato Hal.

Tom aveva ripreso a lavorare con il padre e Frank, e aveva visto la moglie cadere pian piano in preda alla depressione. Rachel parlava per ore al telefono con la madre, piangeva tutta la notte confessandogli di sentirsi sola e soprattutto stupida, poiché amava lui e Hal così tanto che ciò avrebbe dovuto bastarle per essere felice. Continuava a chiedergli se l'amasse davvero, giungendo persino a svegliarlo nel cuore della notte. «Mi ami?» gli domandava, e lui la prendeva fra le braccia e le rispondeva di sì.

La madre di Tom l'aveva rassicurato: a volte alle donne che avevano appena partorito potevano accadere cose del genere. Gli aveva suggerito una breve vacanza. E così i due sposini le avevano affidato Hal ed erano andati a San Francisco, e sebbene la città fosse rimasta immersa in una nebbia gelida per l'intera settimana della loro permanenza, Rachel aveva ripreso a sorridere. Avevano assistito a concerti, erano andati al cinema, avevano cenato nei ristoranti più eleganti, non si erano nemmeno risparmiati le classiche mete turistiche. E quando erano tornati a casa, la situazione era peggiorata.

Era sopraggiunto l'inverno, il più freddo da molti anni nella regione. La neve aveva imbiancato le vallate, trasformando i giganteschi pioppi che costeggiavano il torrente in una processione di pigmei. Una tormenta polare aveva travolto trenta capi di bestiame in una notte, facendoli ricomparire tra i ghiacci una settimana dopo, come statue abbattute di un'antica religione.

Chiuso nella custodia, il violoncello di Rachel giaceva in un angolo della casa a raccogliere polvere; quando Tom le aveva chiesto perché non suonasse più, lei gli aveva risposto che in quel luogo la musica non aveva senso. Si perdeva, gli aveva spiegato, inghiottita da tutto quel cielo. Alcuni giorni dopo, pulendo il caminetto, Tom vi aveva trovato una corda annerita; rovistando fra la cenere, aveva riportato alla superficie i resti carbonizzati del violoncello. Nella custodia era rimasto soltanto l'archetto.

Quando era arrivato il disgelo, Rachel gli aveva annunciato che sarebbe tornata nel New Jersey insieme ad Hal. Tom si era limitato ad annuire, l'aveva baciata e quindi stretta tra le braccia. «Vengo da un mondo diverso» gli aveva spiegato lei. L'avevano sempre saputo entrambi, ma si erano rifiutati di riconoscerlo. Quel luogo aspro e selvaggio, battuto da un vento incessante, le era più estraneo della luna. Non vi era acredine nelle sue parole: soltanto una vuota tristezza. E non vi era stata la minima discussione sul fatto che il figlio dovesse andare con lei. Tom la considerava una rivendicazione giusta.

Il mattino del giovedì precedente la Pasqua, aveva caricato tutti i bagagli della moglie sul camioncino con cui li avrebbe accompagnati all'aeroporto. Le montagne erano incappucciate di nubi e una pioggerella gelida scendeva insistente dagli altipiani. Con in braccio quel figlio che conosceva appena e che mai avrebbe conosciuto veramente, Tom guardò Frank e i suoi genitori schierarsi imbarazzati davanti alla fattoria per l'addio finale. Rachel li aveva abbracciati uno per uno, lasciando la suocera per ultima. Erano entrambe in lacrime.

«Mi dispiace» aveva mormorato la giovane donna. L'altra aveva ricambiato l'abbraccio accarezzandole i capelli.

«No, tesoro. Dispiace a me. A tutti noi.»

Il primo corso di Tom Booker aveva avuto luogo la primavera successiva a Elko, nel Nevada. Era stato, a giudizio unanime, un grande successo.

9

Annie richiamò Liz Hammond dall'ufficio la mattina dopo aver ricevuto il suo messaggio.

«Mi hai trovato un uomo che sussurra ai cavalli?» esordì.

«Un cosa?»

Annie scoppiò a ridere. «Lascia perdere. Leggevo ieri qualcosa al riguardo. Un tempo li chiamavano così.»

«Uomini che sussurrano ai cavalli... Mi piace. No, questo qui sembra più un cowboy. Vive nel Montana.»

Raccontò ad Annie come fosse venuta a sapere della sua esistenza. Era stata una lunga catena: un amico che conosceva qualcuno il quale si ricordava di qualcun altro che aveva detto qualcosa circa un cavallo difficile e un padrone che aveva chiesto l'aiuto di quel cowboy nel Montana. Liz aveva seguito puntigliosamente tutta la trafila, risalendo alla fonte.

«Liz, ti sarà costato una fortuna! Ti pagherò le telefonate.»

«Non c'è problema. A quanto pare da quelle parti ce ne sono un paio, di personaggi simili, ma mi hanno detto che lui è il migliore. In ogni caso, ecco il suo numero.»

Annie ne prese nota e ringraziò l'amica.

«Figurati. Ma se viene fuori che assomiglia a Clint Eastwood, è mio. Siamo d'accordo?»

Annie la ringraziò di nuovo e riagganciò. Quindi fissò il numero di telefono che campeggiava sul blocco di fogli gialli. Non sapeva perché, ma all'improvviso aveva avvertito una fitta di apprensione. Non essere stupida, si disse, decidendosi a sollevare il ricevitore e a comporre il numero.

La prima sera di ogni ciclo di lezioni, Rona organizzava sempre una grigliata. Si guadagnava qualche dollaro in più e il cibo era squisito, perciò Tom non disdegnava mai quelle occasioni, pur non vedendo l'ora di togliersi di dosso la camicia fradicia e impolverata e di concedersi un bagno caldo.

Mangiavano attorno a una serie di lunghi tavoli sulla terrazza davanti all'abitazione di Rona, una costruzione bassa e bianca di mattoni. Tom si trovò seduto accanto alla padrona del purosangue. Sapeva che non era un caso: era tutta la sera che la donna gli lanciava segnali inequivocabili. Si era tolta il cappello e si era sciolta i capelli. Doveva avere poco più di trent'anni, si disse Tom, era attraente e sapeva di esserlo. Lo fissava con gli occhioni neri, ma rischiava di esagerare, rivolgendogli continuamente domande e ascoltandolo come se fosse l'uomo più interessante che avesse mai conosciuto. Si chiamava Dale, lavorava in campo immobiliare, possedeva una villa sul mare nei pressi di Santa Barbara, e naturalmente era divorziata.

«Non potrò mai dimenticare la sensazione che ho provato montando di nuovo in sella dopo che lei aveva finito» stava ripetendo per l'ennesima volta. «Il cavallo era – come dire – sciolto, si era come liberato di qualcosa.»

Tom annuì stringendosi nelle spalle.

«Proprio così» rispose. «Aveva soltanto bisogno di sapere che andava tutto bene; bastava che lei allentasse un pochino la pressione.»

Dal tavolo accanto si levò uno scroscio di risate, che fece voltare entrambi. Il padrone dell'asino stava raccontando un pettegolezzo su due stelle del cinema, che Tom non aveva mai sentito nominare, sorprese a bordo di un'auto mentre facevano qualcosa che non riusciva esattamente a capire.

«Dove ha imparato tutto quello che sa?» gli chiese Dale. Tom tornò a guardarla.

«Tutto cosa?»

«I segreti dei cavalli. Ha avuto, non so, un guru, un maestro o qualcosa del genere?»

Lui la fissò con uno sguardo serio, come se fosse sul punto di elargirle una pillola di saggezza.

«Be', a dire il vero, spesso tutto si riduce a un circo.»

La giovane donna si accigliò.

«Cosa intende dire?»

«Che se il cavaliere è un pagliaccio, il cavallo non obbedisce.»

Dale scoppiò a ridere con entusiasmo eccessivo, posandogli una mano sul braccio. Che diavolo, si disse Tom, non era una battuta così formidabile.

«No» insisté lei fingendosi risentita. «Sul serio.»

«Per la maggior parte si tratta di cose che non si possono insegnare. Tutto ciò che fai è creare delle condizioni che consentano alla gente, se vuole, di imparare qualcosa. Ma i migliori maestri che abbia mai conosciuto sono stati gli stessi cavalli. Per le opinioni puoi rivolgerti a molta gente, ma se sono i fatti che ti interessano, ti conviene andare direttamente dal cavallo.»

La giovane donna gli scoccò un'occhiata carica di ammirazione per la sua profonda saggezza e nel contempo, pensò Tom, decisamente allusiva e sensuale. Era giunto il momento di andarsene.

Si alzò dal tavolo adducendo come debole scusa che doveva andare a controllare Rimrock, di cui in realtà si era già occupato. Quando le augurò la buonanotte, gli parve che la donna tradisse una certa irritazione.

Facendo ritorno al motel, Tom pensò che non era un caso che la California fosse da sempre la culla privilegiata dei culti che mescolavano sesso e religione. Erano tutti maledettamente ingenui. Se quella setta dell'Oregon – i cui seguaci indossavano pantaloni arancione e adoravano il tizio con le novanta Rolls-Royce – avesse attecchito un po' più a sud, forse sarebbe stata ancora in auge.

Nel corso degli anni, Tom aveva incontrato molte donne come Dale. Erano tutte alla ricerca di qualcosa, che per alcune sembrava chissà come associato alla paura. Si erano regalate quei cavalli focosi e costosissimi e ne erano spaventate. Cercavano qualcosa che le aiutasse a vincere quel terrore, o forse la paura in generale. Avrebbero potuto dedicarsi al volo a vela, all'alpinismo o alla lotta libera con gli squali bianchi, e invece avevano scelto l'equitazione.

Si rivolgevano a lui sperando di trovare spiegazioni e conforto. Tom non sapeva quante spiegazioni fosse riuscito a dare, ma il conforto vi era stato, diverse volte e per entrambe le parti in causa. Dieci anni prima, uno sguardo come quello che Dale gli aveva appena scoccato si sarebbe risolto in modo ben diverso.

Non che ormai rinunciasse sempre a certe opportunità. Il problema era che gli sembrava che non ne valesse più la pena. Perché c'era sempre qualche difficoltà. Era raro che le persone s'imbarcassero in un rapporto con le medesime aspettative. Già per comprendere quella verità e per capire quali fossero le sue attese gli ci era voluto un bel pezzo; figurarsi per interpretare quelle delle donne che incontrava.

Dopo che Rachel l'aveva lasciato, per qualche tempo si era addossato la colpa di quanto era successo. Sapeva che il problema non era soltanto nel luogo. Rachel sembrava aver bisogno di qualcosa che lui non era stato in grado di darle. Quando le diceva di amarla, era sincero. E quando lei e Hal se n'erano andati, gli avevano lasciato un vuoto che, per quanto si sforzasse, non sarebbe mai riuscito a colmare con il solo lavoro.

Tom aveva sempre gradito la compagnia femminile, e si era presto reso conto che le occasioni gli si presentavano senza doverle cercare. Quando aveva cominciato i suoi corsi e aveva preso a viaggiare per il Paese, quelle amicizie gli erano state di conforto. Si trattava principalmente di brevi relazioni, sebbene vi fossero ancora un paio di donne che, disinvolte quanto lui sulle questioni di cuore, ogni volta che lo rivedevano lo accoglievano nel loro letto come un vecchio amico.

Ciononostante, il senso di colpa per l'abbandono di Rachel non lo aveva lasciato; finché, finalmente, non si era reso conto che ciò che le era mancato era proprio il sentirsi necessaria. La consapevolezza di essere indispensabile per Tom quanto lui lo era per lei. E Tom sapeva che ciò era impossibile. Non avrebbe mai potuto provare nulla di simile, che si trattasse di Rachel o di qualsiasi altra donna. Perché, senza che vi fosse la necessità di spiegarselo a chiare lettere e senza che ciò gli causasse alcun senso di autocompiacimento, egli sapeva che la sua vita già possedeva un suo innato equilibrio, quel tipo di armonia a inseguire la quale altri sembravano passare la maggior parte della loro esistenza. Non gli veniva in mente che quel dono potesse essere qualcosa di speciale. Si sentiva semplicemente parte di un disegno, di un'unione di elementi animati e inanimati, cui lo collegavano sia lo spirito che la carne.

Tom s'immise nel parcheggio del motel e trovò posto proprio di fronte alla sua stanza.

La vasca era troppo corta per un lungo bagno: ti costringeva a scegliere tra lasciar raffreddare le spalle o le ginocchia. Ne uscì e si asciugò davanti al televisore. La vicenda del puma faceva ancora notizia. Stavano dandogli la caccia. Una squadra di uomini con fucili e giubbotti gialli fluorescenti passavano al setaccio le colline. Tom sorrise, divertito. Il puma li avrebbe avvistati: a cento chilometri di distanza. Si mise sotto le lenzuola, spense il televisore e telefonò a casa.

Rispose Joe, il maggiore dei tre figli di Frank.

«Ciao, Joe. Come stai?»

«Bene. Dove sei?»

«In un motel dimenticato da Dio e in un letto troppo corto di almeno un metro. Immagino che mi dovrò togliere cappello e stivali.»

Joe scoppiò a ridere. Aveva dodici anni ed era un ragazzino silenzioso, come Tom alla sua età. Era anche bravo con i cavalli.

«Come sta la vecchia Bronty?»

«Bene. Sta diventando enorme. Papà pensa che partorirà entro la metà di questa settimana.»

«Ricordati di fargli vedere come si fa.»

«Certo. Gli vuoi parlare?»

«Sì, se è a casa.»

Joe chiamò il padre. Il televisore in salotto era acceso e come al solito Diane, la moglie di Frank, stava sgridando uno dei due gemelli. A Tom sembrava ancora strano che la famiglia del fratello vivesse nella grande fattoria. Continuava a considerarla come la casa dei suoi genitori, sebbene fossero ormai passati quasi tre anni da quando il padre era morto e la madre era andata a vivere con Rosie, a Great Falls.

Subito dopo il matrimonio, Frank e Diane si erano sistemati nella casetta sul torrente, quella che per breve tempo era stata di Tom e Rachel, e l'avevano adattata alle loro esigenze. Ma con tre figli maschi si era presto rivelata troppo piccola e, quando la madre se n'era andata, Tom aveva insistito perché la famiglia si trasferisse nella fattoria. Lui era in viaggio per la maggior parte dell'anno e, quando era a casa, gli sembrava troppo grande e vuota. Sarebbe stato lieto di fare cambio, ma Diane era stata inflessibile: avrebbe accettato solo se fosse rimasto anche lui. C'era spazio a sufficienza per tutti. E così Tom si era tenuto la sua vecchia stanza, e la famiglia si era riunita. I parenti e gli amici che andavano a trovarli sfruttavano la casetta sul torrente, che per la maggior parte del tempo rimaneva chiusa.

Attraverso il ricevitore, Tom sentì i passi di Frank avvicinarsi.

«Ehilà, fratello, come vanno le cose?»

«Non male. Rona sta cercando di battere il record delle iscrizioni e il motel sembra la casa dei sette nani, ma a parte questo sta filando tutto liscio.»

Per qualche minuto parlarono della situazione dell'allevamento. La mandria era in pieno periodo di figliatura: significava alzarsi a ogni ora della notte e salire fino ai pascoli per controllare che tutto andasse bene. Era un lavoro duro, ma fino a quel momento non avevano perso nemmeno un vitello, e Frank sembrava soddisfatto. Informò Tom che avevano telefonato in molti insistendo perché rinunciasse alla decisione di non tenere corsi estivi.

«E tu cos'hai risposto?»

«Ho detto a tutti che stai invecchiando e che sei stufo.»

«Grazie mille.»

«Ha chiamato anche un'inglese che vive a New York. Non ha voluto spiegare di cosa si trattasse, ma ha detto che era urgente. Mi ha fatto sudare sette camicie quando non ho voluto darle il tuo numero. Le ho promesso che ti avrei chiesto di richiamarla.»

Tom afferrò il blocchetto dal comodino e vi trascrisse il nome di Annie e i quattro numeri di telefono che aveva lasciato. Uno di essi era un cellulare.

«Soltanto quattro? Niente villa in Costa Azzurra?»

«Macché. Tutto qui.»

Parlarono un po' di Bronty, quindi si augurarono la buonanotte. Tom osservò il blocchetto per gli appunti. Non conosceva molta gente a New York, soltanto Rachel e

Hal. Forse c'entravano qualcosa; ma, se così fosse stato, quella donna, chiunque fosse, ne avrebbe informato Frank. Controllò l'orologio. Erano le dieci e mezza, l'una e mezza del mattino a New York. Ripose il blocchetto sul comodino e spense la luce. Avrebbe chiamato il mattino successivo.

Non ne ebbe il tempo. Era ancora buio quando il telefono prese a squillare, svegliandolo. Tom accese la luce prima di rispondere e vide che erano soltanto le cinque e un quarto.

«Parlo con Tom Booker?» L'accento gli rivelò immediatamente di chi si trattasse.

«Credo» rispose. «È troppo presto per esserne sicuro.»

«Lo so, mi dispiace. Ma immaginavo che si sarebbe alzato di buon'ora e volevo parlarle. Sono Annie Graves. Ieri ho telefonato a suo fratello, non so se l'ha informata.»

«Certo, me l'ha comunicato. L'avrei contattata io. Frank mi ha detto che non le aveva dato questo numero.»

«È vero. Me lo sono procurato tramite qualcun altro. La ragione per cui la chiamo è questa: so che lei aiuta chi ha dei problemi con un cavallo.»

«No, signora, non è così.»

Vi fu un silenzio all'altro capo del filo. Tom si rese conto di averla disorientata.

«Oh» esclamò la donna. «Mi dispiace, io...»

«In realtà è vero il contrario. Aiuto i cavalli che hanno problemi con gli uomini.»

Non era un buon inizio, e Tom si pentì di aver voluto fare lo spiritoso. Le domandò quale fosse il problema e ascoltò a lungo in silenzio, mentre la donna gli spiegava che cos'era successo a sua figlia e al cavallo. Era un racconto sconvolgente, reso ancora più impressionante dal tono controllato, quasi distaccato con cui veniva riferito. Tom vi avvertì un'emozione, ma capì quanto fosse sepolta nel profondo e tenuta saldamente sotto controllo.

«È terribile» disse quando Annie ebbe concluso. «Mi dispiace davvero.»

La sentì trarre un profondo respiro.

«Certo. Verrà a vederlo?»

«Dove, a New York?»

«Sì.»

«No, signora, temo che...»

«Naturalmente le pagherò il biglietto aereo.»

«Quello che stavo cercando di dirle è che non presto questo genere di servizio. Se anche foste più vicini, non è il mio lavoro. Io tengo corsi collettivi. E in ogni caso ho deciso di smettere per qualche tempo. Questo è stato l'ultimo e riprenderò in autunno.»

«Dunque avrebbe il tempo di venire, se lo volesse.»

Non era una domanda. Alquanto importuna, la signora. Ma forse era soltanto l'accento.

«Quando finisce il suo corso?»

«Mercoledì, ma...»

«Non potrebbe venire giovedì?»

No, non era soltanto l'accento. Quella donna aveva individuato una lieve esitazione nella sua voce e stava cercando di trarne profitto. Come con i cavalli... si disse Tom, si scopre il lato che offre meno resistenza e ci si lavora.

«Mi dispiace, signora» replicò in tono fermo. «Quello che è successo mi addolora. Ma c'è molto lavoro alla fattoria. Non posso proprio aiutarla.»

«Non lo dica. La prego, non lo dica. Ci pensi, se non altro.» Ancora una volta, non era una domanda.

«Signora...»

«Ora è meglio che vada. Mi dispiace di averla svegliata.» E senza lasciarlo rispondere o salutare, riagganciò.

Il mattino seguente, mentre Tom lasciava il motel, il direttore gli consegnò una busta della Federal Express. Conteneva la fotografia di una ragazzina in groppa a un magnifico Morgan e un biglietto aereo per New York.

10

TOM ALLUNGÒ IL BRACCIO LUNGO LO SCHIENALE DEL DIVANETTO e osservò suo figlio al lavoro dietro al banco del piccolo ristorante. Dalla disinvoltura con cui spostava e capovolgeva gli hamburger sulla griglia chiacchierando allegramente con uno dei camerieri, sembrava che lo facesse da sempre. A suo dire, quello era uno dei locali più alla moda del Greenwich Village.

Il ragazzo vi lavorava gratuitamente tre o quattro volte la settimana, in cambio dell'uso di un *loft* del proprietario, un amico di Rachel. Quando non cucinava, era impegnato con un corso di regia cinematografica. Poco prima aveva raccontato a Tom di un "corto" che stava girando.

«È la storia di un tizio che divora la motocicletta della sua compagna pezzo per pezzo.»

«Sembra un film da duri.»

«Lo è. È una specie di *road movie*, ma con un'unica ambientazione.» Tom sperava che si trattasse di uno scherzo. «Quando ha finito la moto,» aveva ripreso Hal «inizia a mangiarsi la ragazza.»

Lui annuì pensieroso. «Evidentemente aveva ancora fame.»

Il figlio rise. Aveva gli stessi capelli corvini e i bei lineamenti della madre, mentre gli occhi erano azzurri. Tom gli voleva molto bene. Non si vedevano spesso, ma si scrivevano, e quando s'incontravano stavano bene insieme. Hal era un ragazzo di città, tuttavia, quando era andato a trovare il padre nel Montana, aveva mostrato di amare il luogo. E montava discretamente, tutto considerato.

Era ormai passato qualche anno dall'ultima volta che Tom aveva incontrato la madre di suo figlio, ma le parlava spesso al telefono, chiedendo notizie di Hal, e senza particolari problemi.

Rachel si era risposata con un mercante d'arte di nome Leo, con il quale aveva avuto altri tre figli, ormai adolescenti. Hal aveva vent'anni, e sembrava un ragazzo felice. Era stata proprio la possibilità di vederlo che aveva indotto Tom ad accettare l'offerta della donna inglese e a volare a New York. Quello stesso pomeriggio sarebbe andato a dare un'occhiata al cavallo.

«Eccoti servito. Hamburger con formaggio e pancetta.»

Hal posò il piatto di fronte al padre e si sedette con un gran sorriso davanti a un semplice caffè.

«E tu non mangi?» domandò Tom.

«Prenderò qualcosa più tardi. Assaggialo.»

Tom prese un boccone e annuì.

«È buono.»

«Alcuni cuochi li mettono sulla griglia e li abbandonano lì. Bisogna lavorarli bene, non lasciare che perdano il succo.»

«Non è un problema se fai una pausa?»

«No. Se viene altra gente, torno al mio posto.»

Non era ancora mezzogiorno, e il locale era tranquillo. In circostanze normali, Tom non mangiava molto a pranzo, e negli ultimi tempi aveva quasi eliminato la carne; ma Hal si era mostrato così ansioso di cucinargli un hamburger che lui aveva fatto finta di averne voglia. Seduti al tavolo accanto, quattro uomini in giacca, cravatta e costosi orologi da polso stavano discutendo un affare appena concluso. Non era quella la clientela abituale, l'aveva informato Hal sottovoce. Tom si divertiva a guardarli. La vitalità di New York l'aveva sempre affascinato, ma era felice di non doverci vivere.

«E tua madre come sta?» chiese al figlio.

«Benissimo. Ha ripreso a suonare. Domenica terrà un concerto: gliel'ha organizzato Leo in una galleria d'arte proprio qui dietro.»

«Buon per lei.»

«Avrebbe voluto essere qui con noi, ma ieri sera c'è stato un colossale litigio e il pianista se n'è andato gettando tutti nel panico. Ha detto di salutarti.»

«E tu ricambia da parte mia.»

Parlarono dei corsi universitari di Hal e dei suoi programmi per l'estate. Il ragazzo disse che gli sarebbe piaciuto raggiungerlo nel Montana per rimanervi un paio di settimane, e a Tom parve che fosse sincero, che non lo dicesse per farlo contento. Gli parlò dei suoi programmi di lavoro con i puledri di un anno e con quelli più cresciuti. Sentì forte il desiderio di cominciare subito. Sarebbe stata la sua prima estate dopo molti anni senza corsi e viaggi: davanti a lui c'erano solo le montagne, la gioia di assistere all'ennesimo risveglio della natura.

Il locale stava affollandosi, e Hal doveva far ritorno dietro il banco. Si rifiutò di fargli pagare il conto e lo accompagnò fuori, in strada. Tom si rimise il cappello e subito notò l'occhiata sfuggente del ragazzo. Sperava che non fosse troppo imbarazzante per lui farsi vedere in compagnia di un cowboy. Il momento dell'addio fu come sempre impacciato: forse Tom avrebbe dovuto abbracciarlo, ma ormai si erano abituati a stringersi la mano e lo fecero anche stavolta.

«Buona fortuna con il cavallo» disse Hal.

«Grazie. E anche a te, per il tuo film.»

«Ti manderò una cassetta.»

«Mi piacerebbe. A presto, Hal.»

«Ciao.»

Tom decise di percorrere a piedi qualche isolato prima di prendere un taxi. La giornata era fredda e grigia, e il vapore s'innalzava in nuvole turbinanti dai tombini in mezzo alle strade. Un giovane a un angolo chiedeva l'elemosina. I suoi capelli sembravano un intrico arruffato di code di ratto e la pelle aveva il colore giallognolo della pergamena consunta. Le dita gli spuntavano da due logore manopole di lana. Non aveva cappotto, e saltellava in continuazione da un piede all'altro per non sentire il freddo. Tom gli diede cinque dollari.

Aveva appuntamento alle quattro alle scuderie, ma quando, giunto alla Penn Station, vide che il treno precedente non era ancora partito, decise di prenderlo. Era meglio sfruttare il più possibile la luce naturale per esaminare il cavallo. Oltretutto, in quel modo sarebbe forse riuscito a dargli un'occhiata da solo. Era tutto molto più semplice quando non si aveva il fiato dei padroni sul collo. In quelle situazioni, il cavallo avvertiva sempre una tensione diversa. Tom era sicuro che per la donna non sarebbe stato un problema.

Annie si era chiesta a lungo se informare o meno Grace dell'arrivo di Tom Booker. Dal giorno in cui la figlia l'aveva rivisto nel suo box, avevano accennato raramente a Pilgrim nelle loro conversazioni. Una volta Annie e Robert avevano cercato di parlarne con la figlia, credendo fosse meglio decidere insieme del suo futuro. Ma Grace aveva reagito molto male, interrompendo la madre all'istante.

«Non ti ascolto neanche» era scattata. «Ti ho già detto quello che voglio. Voglio che torni nel Kentucky. Ma tu la sai sempre più lunga, quindi la decisione è tua.»

Robert aveva provato a replicare qualcosa, posandole una mano sulla spalla con fare tranquillizzante, ma lei se ne era liberata bruscamente. «No, papà!» aveva gridato, e così tutti e due avevano rinunciato a insistere.

Alla fine, tuttavia, avevano deciso di parlarle dell'uomo del Montana. Grace si era limitata a rispondere che non voleva vederlo. Era stato quindi deciso che Annie si recasse a Chatham da sola. Era giunta in treno la sera prima e aveva passato la mattinata in casa, facendo telefonate e cercando di concentrarsi sull'articolo che la redazione le aveva trasmesso via computer.

Era un'impresa impossibile. Il lento ticchettìo dell'orologio del salotto, che normalmente trovava rilassante, quel giorno le risultava quasi insopportabile. E allo scadere di ogni ora, il suo nervosismo aumentava. Cercò di interrogarsi sul perché, ma non riuscì a trovare una risposta che la soddisfacesse. Forse era perché sentiva, in modo tanto acuto quanto irrazionale, che per qualche inesorabile ragione l'arrivo di quello sconosciuto non avrebbe deciso soltanto il destino di Pilgrim, ma quello di tutti loro.

Quando il treno giunse alla stazione di Hudson, il posteggio dei taxi era deserto. Cominciava a piovere, e Tom fu costretto ad attendere per cinque minuti sotto la tettoia gocciolante prima che se ne presentasse uno. Non appena l'auto accostò, Tom vi saltò dentro con la sua borsa e diede al conducente l'indirizzo della scuderia.

Hudson doveva essere stata piacevole un tempo, ma ormai era soltanto triste. Gli edifici in stile coloniale, in passato maestosi, apparivano fatiscenti; molte vetrine lungo quella che Tom supponeva fosse la via principale erano sbarrate con assi, e quelle che non lo erano sembravano esporre prevalentemente robaccia. I passanti vagavano lungo i marciapiedi con le spalle ingobbite per ripararsi dalla pioggia.

Erano da poco passate le tre quando il taxi imboccò il vialetto d'accesso del maneggio della signora Dyer e prese ad arrampicarsi verso la scuderia. Tom guardò i cavalli nei campi fangosi battuti dalla pioggia. Gli animali rizzarono le orecchie e osservarono l'auto passare. L'ingresso al cortile della scuderia era bloccato da un rimorchio. Tom chiese al taxista di aspettarlo e scese.

Mentre s'infilava nel varco fra il muro e il rimorchio, udì alcune voci e uno scalpitare di zoccoli provenire dal cortile.

«Entra! Entra, maledizione!»

I figli di Joan Dyer stavano tentando di spingere due spaventatissimi puledri all'interno del mezzo. In piedi sulla rampa, Tim cercava di trascinare dentro il primo puledro per la cinghia della cavezza. Era un tiro alla fune che avrebbe perso di sicuro se dietro al cavallo non vi fosse stato Eric, intento a farlo avanzare a forza di frustate e a evitarne i calci. Nell'altra mano, il ragazzo reggeva la briglia del secondo puledro, ormai spaventato quanto il primo. A Tom fu sufficiente un'occhiata per rendersi conto della situazione.

«Ehi, ragazzi, cosa sta succedendo?» esordì. Entrambi i giovani si voltarono e lo squadrarono per un istante, ma non risposero. Poi, quasi Tom non fosse esistito, tornarono a dargli le spalle e si rimisero al lavoro.

«Non ne vuole sapere, maledizione» ringhiò Tim. «Proviamo con l'altro.» Con uno strattone fece allontanare il primo puledro dal rimorchio, costringendo Tom ad appiattirsi contro il muro per farlo passare. Finalmente Eric tornò a dedicargli la sua attenzione.

«Posso aiutarla?» C'era un tale disprezzo nel tono di voce e nel modo in cui l'aveva guardato che Tom non poté fare altro che sorridere.

«Sì, grazie. Sto cercando un cavallo di nome Pilgrim. Della signora Annie Graves.»

«E lei chi sarebbe?»

«Mi chiamo Booker.»

Eric indicò la stalla con un cenno del capo. «Le conviene rivolgersi a mia madre.»

Tom lo ringraziò e raggiunse l'edificio rosso. Udì uno dei due giovani ridacchiare e fare un commento su Wyatt Earp, ma non si girò. La signora Dyer fece capolino dalla stalla nello stesso istante in cui lui vi giungeva. Si presentò e le strinse la mano dopo che Joan l'ebbe ripulita strofinandosela sul giubbotto. La donna osservò i due figli e scosse il capo.

«Ci sono metodi migliori» disse Tom.

«Lo so» replicò lei in tono stanco. Ma era chiaro che non intendeva insistere sull'argomento. «È in anticipo. Annie non è ancora arrivata.»

«Sì, ho preso il treno precedente. Mi spiace, avrei dovuto avvertire. Sarebbe un problema se gli dessi un'occhiata da solo?»

La signora Dyer esitò. Tom le rivolse un sorriso da cospiratore, quasi ammiccante, come a dire: "Anche lei conosce i cavalli. Per questo capisce esattamente che cosa intendo".

«Sa bene come a volte sia più semplice risolvere certi problemi quando il padrone non è nei paraggi.»

La donna abboccò e annuì.

«È qui dietro.»

Condusse Tom oltre la stalla fino ai vecchi box. Giunta davanti a quello di Pilgrim, si voltò e lo guardò. All'improvviso sembrava molto turbata.

«Devo avvertirla, questa faccenda è stata un disastro fin dall'inizio. Non so che cosa le abbia raccontato Annie, ma la verità è che tutti tranne lei sono convinti che a quel cavallo dovesse essere risparmiata tutta questa sofferenza. Per quale ragione i veterinari le abbiano dato retta, non ne ho idea. Francamente, continuo a pensare che tenerlo in vita sia crudele e stupido.»

La veemenza di quelle parole lo meravigliò. Annuì lentamente, quindi guardò la porta sbarrata. Aveva già visto il liquido tra il giallastro e il marroncino che ne filtrava, e poteva sentirne il lezzo.

«È lì dentro?»

«Sì. Faccia attenzione.»

Fece scorrere il catenaccio superiore e subito udì uno scalpitare violento. Il fetore era nauseante.

«Dio, ma non lo pulisce nessuno?»

«Abbiamo troppa paura» rispose in tono sommesso la signora Dyer.

Tom scostò dolcemente la parte superiore della porta e sbirciò all'interno. Vide la sagoma del cavallo profilarsi nel buio: l'animale lo fissava con le orecchie appiattite, mostrandogli i denti ormai gialli. All'improvviso fece un balzo in avanti e s'impennò, cercando di colpirlo con gli zoccoli anteriori. Tom arretrò di un passo e gli zoccoli lo mancarono di pochi centimetri, abbattendosi sulla sezione inferiore della porta. Richiuse il battente e sistemò il chiavistello con un colpo rabbioso.

«Se lo vedesse un ispettore, le farebbe chiudere la scuderia» sibilò. La furia sommessa e controllata del suo tono di voce costrinse la signora Dyer ad abbassare lo sguardo.

«Lo so, ho cercato di dirlo...» Tom la interruppe.

«Dovrebbe vergognarsene.»

Le volse le spalle e s'incamminò a passo spedito verso il cortile. Udì il ruggito di un motore spinto al massimo dei giri e il nitrito terrorizzato di un cavallo, subito seguito dal clacson di un'auto. Superato l'angolo della stalla, vide che uno dei puledri era già stato legato sul rimorchio. Una delle zampe posteriori sanguinava. Eric stava cercando di trascinare all'interno l'altro cavallo; lo tempestava di frustate, mentre il fratello, alla guida di un vecchio camioncino, sospingeva la povera bestia con il paraurti suonando insistentemente il clacson. Tom raggiunse di corsa il camioncino, spalancò la portiera e trascinò fuori il giovinastro, afferrandolo per la collottola.

«Ma chi cazzo credi di essere?» esclamò il ragazzo; ma le sue ultime parole, mentre cadeva a terra per la spinta decisa di Tom, vennero fuori in falsetto.

«Wyatt Earp» replicò Tom superandolo e puntando verso Eric, che arretrò spaventato.

«Ehi, senti un po', cowboy...» cominciò il giovane. Tom lo afferrò per la gola, liberò il puledro e strappò il frustino dalle mani del ragazzo, facendolo gridare di dolore. Il cavallo caracollò in salvo in mezzo al cortile. Tom, con il frustino nella sinistra, continuava con la destra a serrare la gola di Eric, i cui occhi terrorizzati sembravano sul punto di uscire dalle orbite. Lo trattenne in quella posizione, i loro volti a pochi centimetri di distanza l'uno dall'altro.

«Se pensassi che ne vale la pena,» ringhiò «ti prenderei a frustate da qui fino alle porte dell'inferno.»

Lo allontanò con una spinta, gettandolo contro il muro con una tale forza da mozzargli il fiato. Guardandosi alle spalle, notò la signora Dyer che stava entrando in cortile. Si voltò e superò il rimorchio.

Proprio mentre sbucava all'esterno, vide una donna scendere da un Ford Lariat color argento, fermo accanto al suo taxi ancora in attesa. Per un istante si trovò di fronte Annie Graves.

«Il signor Booker?» chiese lei. Tom stava ancora ansimando. Tutto ciò che fu in grado di notare furono i capelli color del rame e gli inquieti occhi verdi. Annuì. «Sono Annie Graves. È arrivato in anticipo.»

«No, signora. Sono arrivato troppo tardi.»

Risalì sul taxi, sbatté la portiera e ordinò al conducente di partire. Quando l'auto giunse in fondo al vialetto, Tom si rese conto di avere ancora in mano il frustino. Abbassò il finestrino e lo gettò nel fossato.

11

Fu ROBERT, ALLA FINE, A PROPORLE DI TORNARE A FAR COLAZIO-
ne da Lester's. Ci aveva riflettuto per due settimane. Da
quando Grace aveva ripreso la scuola non vi erano ancora
andati, e quel fatto stava cominciando a pesare. La ragione
per cui non ne avevano mai parlato era che l'eccellente
cucina di Lester's era soltanto una parte della consuetudi-
ne. Il resto, altrettanto importante, consisteva nel prendere l'autobus per arrivarci.

Era una frivolezza iniziata quando Grace era ancora
bambina. A volte si univa anche Annie, ma di solito Robert
e Grace erano soli. Fingevano di imbarcarsi in una grande
avventura, si sedevano sul retro dell'automezzo e iniziavano un gioco di bisbigli in cui facevano a turno a inventare
fantasticherie sugli altri passeggeri. Il conducente era in
realtà un sicario androide, le vecchiette stelle del rock tra-
vestite. Negli ultimi tempi si scambiavano solo pettegolezzi, ma prima dell'incidente nessuno dei due aveva mai
pensato di non prendere l'autobus. Ora invece nessuno sapeva con sicurezza se Grace sarebbe riuscita a salirvi.

Aveva cominciato a tornare a scuola per due mattine la
settimana, poi era passata a tre. Robert l'accompagnava in
taxi ed Elsa andava a prenderla a mezzogiorno con un altro taxi. Quando s'informavano di come andassero le cose
in classe, Robert e Annie cercavano di sembrare il più possibile disinvolti. Benissimo, rispondeva Grace. Andava tutto benissimo. E come stavano Becky, Cathy e la signora
Shaw? Benissimo anche loro. Robert sospettava che la figlia sapesse perfettamente che cosa avrebbero voluto chiederle. Le sue compagne fissavano la gamba? Le facevano
domande? Parlavano di lei?

«Colazione da Lester's?» propose Robert quel mattino, sforzandosi di assumere un tono normale. Annie era già uscita per una riunione. «Va bene» rispose Grace con una scrollata di spalle. «Se ne hai voglia.»

Presero l'ascensore e diedero il buongiorno a Ramón, il portinaio.

«Vi chiamo un taxi?» chiese Ramón.

Robert esitò, ma soltanto per un istante.

«No. Prendiamo l'autobus.»

Percorrendo a piedi i due isolati che li separavano dalla fermata, Robert non smise un attimo di parlare, con l'intenzione di far sembrare normale la loro faticosa andatura. Ma sapeva che Grace non lo ascoltava. Lo sguardo della ragazzina era fisso sul marciapiede alla ricerca di eventuali ostacoli lungo la superficie asfaltata, e tutti i suoi sforzi erano concentrati sulla posizione della punta di gomma del bastone e sul movimento della gamba. Quando arrivarono sotto la pensilina, nonostante il freddo Grace era tutta sudata.

Salì sull'autobus come se lo facesse da anni. Era affollato, e per qualche istante padre e figlia rimasero davanti, in piedi. Vedendo il bastone di Grace, un vecchietto le offrì il suo posto. Lei lo ringraziò e cercò di schermirsi, ma l'uomo non volle saperne. Lasciala in pace, avrebbe voluto gridargli Robert, ma non lo fece; rossa di vergogna, Grace si arrese e si sedette. Guardò il padre con un lieve sorriso di umiliazione che lo commosse.

Entrando nel caffè, Robert fu preso da un panico improvviso: avrebbe dovuto avvertire Lester per evitare scene e domande imbarazzanti. Ma fu presto chiaro che le sue preoccupazioni erano inutili. Forse avvertiti da qualcuno della scuola, Lester e i camerieri si comportarono con la vivacità e l'allegria di sempre.

Padre e figlia presero posto al loro solito tavolo accanto alla finestra e ordinarono quello che avevano sempre ordinato, *bagel* con formaggio e salmone. Mentre attendevano, Robert fece di tutto per mantenere viva la conversazione. Era nuovo, per lui, quel bisogno di riempire i silenzi. Parlare con Grace era sempre stato così facile. Notò come la ragazzina guardasse continuamente fuori, seguendo il viavai dei passanti frettolosi. Lester, un ometto azzimato con un paio di baffetti a spazzola, aveva acceso la radio dietro il banco, e una volta tanto Robert provò gratitudine per il costante, futile cicaleccio delle notizie sul traffico e dei motivetti pubblicitari. Quando giunsero i *bagel*, Grace toccò appena il suo.

«Ti piacerebbe andare in Europa, quest'estate?» le domandò Robert.

«In vacanza?»

«Sì. Pensavo di andare in Italia. Affittare una casa in Toscana o in un posto del genere. Che ne dici?»

Grace si strinse nelle spalle. «Va bene.»

«Nessuno ci costringe.»

«No. Sarebbe bello.»

«Se farai la brava, potremmo anche andare in Inghilterra a trovare la nonna.» Lei si produsse nella smorfia di rito. La minaccia di spedirla dalla madre di Annie era parte di un vecchio scherzo di famiglia. Grace guardò fuori dalla finestra e subito tornò a rivolgersi al padre.

«Papà, io vado.»

«Non hai fame?»

Scosse il capo. Robert comprese. Grace voleva arrivare a scuola in anticipo, prima che l'atrio fosse affollato di coetanee curiose. Lui finì in fretta di bere il caffè e pagò il conto.

Grace lo costrinse a salutarla all'angolo e a non accompagnarla fino all'ingresso della scuola. Robert la baciò e si allontanò, lottando contro l'impulso di voltarsi per vederla entrare. Sapeva che, se l'avesse sorpreso, avrebbe potuto scambiare per pietà la sua preoccupazione. Tornò sulla 3ª Avenue e si diresse verso il centro, in ufficio.

Mentre si trovavano all'interno del caffè, il cielo si era schiarito. La giornata d'inverno si preannunciava gelida e azzurra, una di quelle che lui tanto amava. Il tempo era perfetto per una bella camminata, e Robert l'affrontò di buona lena, cercando di cancellare l'immagine di quella solitaria figurina che zoppicava e di concentrarsi su ciò che doveva fare in ufficio.

Per prima cosa, come sempre, avrebbe telefonato al legale che doveva occuparsi di quell'intricata farsa giuridica in cui sembrava essersi trasformato l'incidente di Grace.

Soltanto una persona ragionevole sarebbe stata tanto

folle da pensare che il caso si sarebbe potuto risolvere individuando le eventuali colpe delle due amiche che erano scese in strada in groppa ai loro cavalli e quelle del camionista che le aveva investite. Invece tutti avevano cominciato a fare causa a tutti: le compagnie di assicurazione delle ragazzine, il camionista e la sua assicurazione, la compagnia da cui aveva ottenuto il camion in leasing e la rispettiva assicurazione, i fabbricanti del camion e quelli dei pneumatici, la contea, la segheria, la ferrovia. Nessuno aveva ancora denunciato Dio perché era caduta la neve, ma non era detta l'ultima parola. Era il solito bailamme di querelanti e avvocati, ed era strano, per Robert, trovarsi dall'altra parte della barricata.

Se non altro, grazie al cielo, erano riusciti a non coinvolgere Grace più del necessario. Dopo la deposizione rilasciata in ospedale, non aveva dovuto fare altro che confermarla sotto giuramento al loro legale, una donna. Grace l'aveva incontrata già in un paio di occasioni, e ciò l'aveva aiutata a tornare sull'incidente senza traumi apparenti. Ancora una volta aveva ripetuto di non rammentarsi nulla di ciò che era accaduto dopo la terribile scivolata lungo il terrapieno.

Nei primi giorni dell'anno, il camionista aveva scritto loro una lettera in cui diceva di essere addolorato. Robert e Annie avevano discusso a lungo se mostrarla o meno a Grace, e alla fine avevano deciso che fosse un suo diritto vederla. Lei l'aveva letta e l'aveva restituita. «Gentile da parte sua» si era limitata a commentare. Robert aveva riflettuto a lungo se mostrarla all'avvocatessa, la quale vi si sarebbe aggrappata con entusiasmo, considerandola un'ammissione di colpa. "Mostragliela" diceva l'avvocato che era in lui; ma qualcosa glielo impediva. Alla fine l'aveva archiviata.

In lontananza, il sole si rifletteva sulle alte vetrate del suo ufficio, facendole scintillare.

La perdita di un arto, aveva letto di recente su un noto periodico legale, poteva valere tre milioni di dollari di risarcimento. Robert rivide mentalmente il pallido volto della figlia intento a scrutare oltre la finestra del caffè. Devono essere validi come esperti, si disse, per essere in grado di stabilire un prezzo.

L'atrio della scuola era più affollato del solito. Grace passò rapidamente in rassegna i volti, sperando di non scorgere quelli delle sue compagne di classe. Vide la madre di Becky, che parlava con la signora Shaw, ma nessuna delle due guardò nella sua direzione, e di Becky non vi era traccia. Probabilmente era già in biblioteca, china su uno dei computer. Ai vecchi tempi anche Grace si sarebbe immediatamente diretta lì. Le due amiche si divertivano a inviarsi messaggi scherzosi via posta elettronica, e vi restavano fino allo squillare della campanella. A quel punto correvano a perdifiato in classe, ridendo e cercando di farsi strada a gomitate.

Ora che Grace non riusciva ad affrontare le scale, si sarebbero tutte sentite in dovere di seguirla nell'ascensore, un trabiccolo vecchio e lentissimo. E così, per risparmiare alle compagne l'imbarazzo, appena entrata a scuola Grace si recava nell'aula da sola, in modo da essere già seduta all'arrivo delle altre.

Raggiunse l'ascensore e premette il pulsante della chiamata, lo sguardo fisso sui comandi per dare alle sue amiche di passaggio la possibilità di evitarla.

Erano state tutte così gentili con lei dal giorno in cui era tornata a scuola. Era proprio quello il problema. Grace voleva soltanto che fossero normali. E c'era qualcos'altro di diverso. Sembrava che durante la sua assenza i rapporti fra di loro fossero cambiati. Becky e Cathy, le sue migliori amiche, erano diventate più intime. Un tempo il loro era un terzetto inseparabile. Spettegolavano, si prendevano in giro, si lamentavano l'una dell'altra e si consolavano a vicenda nel corso di lunghe conversazioni telefoniche serali. Era un triangolo perfettamente bilanciato. Ma ora, sebbene Becky e Cathy facessero di tutto per non escluderla, qualcosa era mutato.

Come poteva essere?

L'ascensore si fermò e Grace vi entrò, lieta di averlo tutto per sé. Ma proprio mentre le porte erano sul punto di richiudersi, due ragazzine vi si precipitarono dentro, ridendo e schiamazzando. Non appena la videro, si zittirono.

«Ciao» disse Grace con un sorriso.

«Ciao.» Lo pronunciarono all'unisono, ma non aggiunsero altro. Mentre l'ascensore arrancava laboriosamente verso i piani superiori, scese un imbarazzato silenzio. Grace vide gli sguardi delle due compagne perlustrare le nude pareti e il soffitto pur di evitare l'unica cosa che avrebbero voluto fissare: la sua gamba. Era sempre la stessa storia.

Ne aveva parlato con una psicologa, l'ennesima esperta da cui i suoi genitori la mandavano una volta la settimana. Era una brava donna e probabilmente un'ottima terapeuta, ma Grace trovava le sedute un'assoluta perdita di tempo. Come poteva quell'estranea – o chi per lei – sapere che cosa si provava?

«Di' loro che possono guardare» le aveva detto la psicologa. «Di' loro che se ne può parlare.»

Non era quello il punto. Grace non voleva che la guardassero, non voleva che ne parlassero. Parlare. Tutti quegli strizzacervelli sembravano convinti che parlando si potesse risolvere ogni cosa, ma non era affatto vero.

Il giorno prima la psicologa le aveva chiesto di Judith, l'ultima cosa al mondo a cui Grace voleva pensare.

«Come ti senti rispetto a Judith?»

Grace avrebbe voluto gridare. «È morta» aveva invece risposto con estrema freddezza. «Come pensa che mi senta?» Lei aveva recepito il messaggio e aveva lasciato perdere.

Lo stesso era accaduto qualche settimana prima, quando la psicologa aveva cercato di farla parlare di Pilgrim. Era menomato e inutile come lei, e ogni volta che Grace ci pensava vedeva i suoi occhi terrorizzati nel buio della maleodorante stalla della signora Dyer. A che cosa poteva servire pensarci o parlarne?

L'ascensore si fermò al piano inferiore a quello di Grace e le due ragazzine più giovani ne uscirono. Non appena furono in corridoio, ripresero a parlare.

Quando Grace entrò in aula, vide con sollievo di essere la prima. Tolse i libri dalla borsa, nascose con cura il bastone sul pavimento sotto il banco e si lasciò lentamente scivolare sulla sedia di duro legno. Era talmente rigida che alla fine della mattinata il moncone le pulsava per il dolore. Ma riusciva a sopportarlo. Quel genere di dolore non era un problema.

Passarono tre giorni prima che Annie fosse in grado di parlare nuovamente con Tom Booker. Si era già fatta un'idea sufficientemente chiara di quanto fosse successo alle scuderie. Dopo averlo visto allontanarsi a bordo del taxi, era entrata nel cortile e aveva capito tutto dai volti dei due ragazzi. La signora Dyer le aveva comunicato freddamente che Pilgrim doveva andarsene entro il lunedì successivo.

Annie chiamò Liz Hammond e insieme a lei decise di andare a parlare con Harry Logan. Quando giunsero alla sua clinica, Harry aveva appena concluso un'isterectomia su una femmina di chihuahua. Uscì dalla sala operatoria con il camice e vedendo le due donne si lasciò sfuggire un'espressione di allarme e finse di nascondersi. Dietro la clinica c'erano alcuni box per la convalescenza, e dopo reiterati sospiri Harry accettò di ospitare Pilgrim.

«Ma soltanto per una settimana» ammonì agitando un dito.

«Due» ribatté Annie.

Harry guardò Liz con un sorriso sconsolato.

«È per caso amica tua? D'accordo, vada per due. Al massimo. Mentre gli cercherà una sistemazione diversa.»

«Harry, sei un tesoro» esclamò Liz. Il veterinario sollevò le mani al cielo.

«Sono un idiota, ecco quello che sono. Quel cavallo mi morde, tira calci, mi trascina lungo un fiume gelato e io cosa faccio? Lo ospito a casa mia.»

«Grazie, Harry» disse Annie.

Il mattino seguente si presentarono tutti e tre alle scuderie. Dei ragazzi non vi era traccia, e Annie vide fugacemente Joan Dyer dietro la finestra del primo piano. Dopo due ore di lotta feroce e una dose di sedativo tre volte superiore a quella che Harry era solito somministrare, riuscirono a caricare Pilgrim sul rimorchio e a portarlo alla clinica.

Il giorno successivo alla visita di Tom Booker, Annie aveva cercato di chiamarlo nella sua fattoria del Montana. La donna che aveva risposto al telefono – probabilmente la moglie – le aveva detto che l'arrivo di Tom era previsto per la sera dopo. Il suo tono di voce era tutt'altro che amichevole, e Annie aveva concluso che la donna dovesse essere a conoscenza di quanto era successo alle scuderie. Ma le aveva promesso di informare Tom della sua telefonata. Annie aveva atteso per due lunghi giorni, ma non era successo niente. La sera del secondo giorno, mentre Robert stava leggendo a letto e Grace dormiva in camera sua, decise di richiamarlo. Ancora una volta rispose una voce femminile.

«Sta cenando» le comunicò.

Annie udì una voce maschile chiedere chi fosse e il suono di una mano che veniva calata sul microfono. «È di nuovo quella donna inglese» sentì dire. Seguì un lungo silenzio. Rendendosi conto di trattenere il respiro, Annie s'impose di calmarsi.

«Signora Graves, sono Tom Booker.»

«Signor Booker, volevo scusarmi per quanto è successo alle scuderie.» C'era silenzio all'altro capo del filo, perciò Annie riprese a parlare. «Avrei dovuto sapere che cosa stava succedendo, ma suppongo di aver voluto chiudere gli occhi.»

«Posso capirla.» Annie si aspettava che proseguisse, ma Tom taceva.

«Comunque, abbiamo trasferito Pilgrim in un posto migliore, e mi stavo chiedendo se lei...» All'improvviso, persino prima di formularla, Annie si rese conto di quanto futile e stupida fosse la sua richiesta. «... se lei non volesse tornare a dargli un'occhiata.»

«Mi dispiace, non posso. E anche se ne avessi il tempo, francamente non so a che cosa potrebbe servire.»

«Nemmeno per un giorno o due? Non m'interessa quanto verrebbe a costare.» Lo udì ridacchiare e subito si pentì di quanto aveva appena detto.

«Signora, spero che la mia franchezza non la offenda, ma deve capire. C'è un limite anche per le sofferenze che quelle creature sono in grado di sopportare. Credo che il suo cavallo abbia vissuto troppo a lungo.»

«Dunque pensa che dovremmo abbatterlo? Come tutti gli altri?» Vi fu una pausa. «Se fosse suo, signor Booker, lei lo abbatterebbe?»

«Non è mio, e sono felice che la decisione non spetti a me. Ma se fossi nei suoi panni, signora, sì, è certamente quello che farei.»

Annie fece un estremo tentativo, rendendosi subito conto che era tutto inutile. Booker fu cortese e pacato, ma assolutamente irremovibile. Allora lei lo ringraziò, abbassò il ricevitore e andò in salotto.

Le luci erano spente, e nell'oscurità il pianoforte diffondeva un lieve bagliore. Annie raggiunse lentamente la finestra e si fermò, fissando lo sguardo sui torreggianti edifici dell'East Side che spuntavano oltre le cime degli alberi. Sembrava il fondale di un palcoscenico: diecimila minuscole finestre costellavano di luci un finto cielo notturno. Era impossibile credere che all'interno di ognuna di esse si svolgesse una vita diversa, con un suo speciale dolore e un suo proprio destino.

Robert si era addormentato. Annie gli sfilò il libro di mano, spense la sua luce e si spogliò nel buio. A lungo rimase distesa al suo fianco, ascoltandone il respiro regolare e fissando le sagome arancioni disegnate sul soffitto dalla luce dei lampioni stradali.

Sapeva già che cosa avrebbe fatto. Ma non ne avrebbe parlato con Robert, né con Grace, finché non avesse organizzato tutto fino all'ultimo particolare.

12

Per il suo talento nel coltivare giovani e spietate reclute destinate a governare il suo fantastico impero, Crawford Gates era conosciuto, oltre che con numerosi altri appellativi molto meno lusinghieri, come l'"Uomo che ha lanciato mille stronzi". Per questa ragione Annie non era mai entusiasta all'idea di essere vista in sua compagnia.

Crawford le sedeva di fronte e mangiava meticolosamente il suo pesce spada senza toglierle un istante gli occhi di dosso. Mentre parlava, Annie non poteva fare a meno di stupirsi della precisione con cui la sua forchetta infilzava ogni boccone, come attirata da una calamita. Si trovavano nello stesso ristorante in cui Crawford l'aveva portata un anno prima, quando le aveva offerto la carica di direttore: un ampio e freddo locale arredato in stile minimalista, con mobili di un nero opaco e un pavimento di marmo bianco che riusciva sempre a evocarle l'immagine di un mattatoio.

Annie sapeva di chiedere molto, ma sentiva di avere diritto a quel mese di permesso. Fino al momento dell'incidente aveva sì e no collezionato un giorno di assenza, e anche dopo aveva cercato di limitarli.

«Avrò telefono, fax, modem e tutto il resto» spiegò. «Non ti accorgerai neanche della mia assenza.»

Imprecò fra sé e sé. Stava parlando da un quarto d'ora e aveva completamente sbagliato il tono. Sembrava che stesse implorandolo. Avrebbe dovuto affrontarlo decisa, limitandosi a informarlo di ciò che aveva intenzione di fare. Niente, nel modo di fare del suo interlocutore, suggeriva la sua disapprovazione. Stava ascoltandola con attenzione, portando alla bocca il pesce spada con gesti automatici.

Quando era nervosa, Annie aveva la stupidissima abitudine di riempire ogni silenzio con la sua conversazione. S'impose di tacere e attendere una qualsiasi reazione. Crawford Gates terminò di masticare, annuì e prese a sorseggiare lentamente la Perrier.

«Porterai anche Robert e Grace?»

«Soltanto Grace. Robert ha troppo da fare, ma Grace ne ha bisogno. Da quando ha ripreso a frequentare la scuola, mi sembra un po' depressa. Il cambiamento le farà bene.»

Quello che non gli aveva detto era che né Grace né Robert avevano ancora la minima idea di ciò che aveva programmato per loro. Informarli era l'ultima mossa che le rimaneva da affrontare. Tutto il resto era stato fatto dall'ufficio, grazie all'aiuto di Anthony.

La casa che aveva preso in affitto si trovava a Choteau, il centro abitato più vicino alla fattoria di Tom Booker. Annie non aveva avuto molta scelta, ma se non altro i locali erano completamente arredati e, a giudicare dal materiale illustrativo che le aveva spedito l'agente immobiliare, la sistemazione sembrava decente. Aveva trovato un fisioterapista per Grace e alcune scuderie che si erano dette disponibili ad accogliere Pilgrim, sulle condizioni del quale Annie era però stata molto vaga. La parte più faticosa sarebbe stata trasportare il rimorchio attraverso sette Stati prima di giungere a destinazione. Ma Liz Hammond e Harry Logan si erano attaccati al telefono e avevano organizzato una catena di stazioni intermedie che le avrebbero accolte lungo il tragitto.

Crawford Gates si pulì le labbra con il tovagliolo.

«Annie, mia cara, te l'ho già detto e lo ripeto. Prenditi tutto il tempo di cui hai bisogno. I nostri figli sono creature preziose di cui dobbiamo ringraziare Dio e, quando qualcosa va storto, abbiamo il dovere di stare al loro fianco e fare tutto ciò che dobbiamo per aiutarli.»

Pronunciata da un uomo che aveva abbandonato quattro mogli e un numero doppio di figli, le parve un'affermazione di notevole sfrontatezza. Crawford sembrava Ronald Reagan alla fine di una giornata negativa e il tono tipicamente hollywoodiano delle sue parole era estremamente irritante. Il giorno dopo, il vecchio bastardo avrebbe probabilmente pranzato a quello stesso tavolo con il suo successore. Annie aveva quasi sperato di ricevere un esplicito benservito.

Facendo ritorno in ufficio a bordo dell'enorme Cadillac nera di Crawford, decise che quella sera avrebbe informato Robert e Grace. Grace si sarebbe infuriata e Robert le avrebbe dato della pazza; ma alla fine avrebbero accettato, perché lo facevano sempre.

C'era un'altra persona che doveva ancora saperlo, ed era quella su cui si reggeva l'intero piano: Tom Booker. Molti avrebbero forse trovato strano, rifletté Annie, che di tutti gli elementi in gioco il coinvolgimento di Booker fosse quello che meno la preoccupava. Era qualcosa che aveva affrontato spesso da giornalista. Si era specializzata in coloro che dicevano di no. Una volta aveva percorso ottomila chilometri fino a un'isola del Pacifico, presentandosi in casa di un famoso scrittore che non rilasciava mai interviste. Aveva finito per rimanervi due settimane, e il risultato era stato un servizio che aveva vinto diversi premi ed era stato pubblicato in tutto il mondo.

Era una cosa semplice e inoppugnabile: quando una donna arrivava al punto di fare l'impossibile per conquistare un uomo, l'uomo non era in grado di rifiutare.

13

LA STRADA, FIANCHEGGIATA DA DUE STECCATI CONVERGENTI, SI allungava in linea retta per molti chilometri fino all'orizzonte avvolto da nubi tempestose e scure. In quel punto lontano, dove la strada asfaltata sembrava arrampicarsi nel cielo, i fulmini balenavano a ripetizione, quasi a volerla polverizzare. Al di là degli steccati, su entrambi i lati, si stendevano le immense, uniformi praterie dello Iowa e i raggi del sole le illuminavano in modo discontinuo, facendosi largo fra le nuvole sospinte dal vento come la torcia di un gigante alla caccia di una preda.

In quel paesaggio che sembrava sfidare le leggi dello spazio e del tempo, Annie avvertì in sé qualcosa che, se lei avesse ceduto, avrebbe potuto trasformarsi in panico. Perlustrò l'orizzonte in cerca di un elemento cui aggrapparsi, di un segno di vita: un silo per il grano, un albero, un uccello solitario, qualsiasi cosa. Non trovando nulla, prese a contare i paletti degli steccati e le bianche strisce parallele che si susseguivano fino in fondo alla strada quasi fossero scaturite direttamente dal temporale. S'immaginò il Lariat color argento e il suo affusolato rimorchio visti dall'alto, intenti a divorare le strisce una dopo l'altra.

In due giorni avevano percorso quasi duemila chilometri, e in tutto quel tempo Grace non aveva praticamente aperto bocca. Aveva dormito quasi sempre, come in quel momento, accoccolata sul sedile posteriore. Quando si svegliava, accendeva il suo walkman e guardava fuori con espressione vuota. Una volta, soltanto una volta, nello specchietto retrovisore, Annie aveva visto la figlia fissarla. Quando i loro occhi si erano incontrati, lei aveva sorriso, ma Grace aveva distolto lo sguardo all'istante.

La sua reazione alla proposta della madre aveva confermato le previsioni. Grace si era messa a gridare, giurando che non ci sarebbe andata: non potevano costringerla, neanche per sogno. Si era alzata di scatto da tavola dirigendosi in camera sua e sbattendo la porta. Annie e Robert erano rimasti in silenzio. Prima di affrontare l'argomento con Grace, Annie ne aveva informato il marito, ed era riuscita a vincere le sue proteste.

«Non può continuare a ignorare la questione» aveva detto. «È il suo cavallo. Non può lavarsene le mani.»

«Annie, pensa a quello che ha passato.»

«Ma far finta di niente non le è di aiuto, sta soltanto peggiorando le cose. Sai benissimo quanto abbia amato quel cavallo. E hai visto come ha reagito quel giorno alla scuderia. Non riesci a immaginare quanto quella scena la stia tormentando?»

Robert non aveva replicato, limitandosi ad abbassare lo sguardo e a scuotere il capo. Annie gli aveva preso una mano fra le sue.

Robert l'aveva guardata negli occhi. «Credi davvero di riuscirci?» Annie aveva esitato, ma così impercettibilmente che il marito non se n'era accorto.

«Sì» aveva poi risposto. Era la prima volta che gli mentiva su quell'argomento. Robert aveva dato per scontato che avesse consultato Tom Booker riguardo al trasferimento di Pilgrim nel Montana. Ma non era vero e Annie aveva sostenuto l'inganno con Grace.

Privata dell'appoggio del padre, Grace aveva finito per cedere, come previsto. Ma il silenzio risentito in cui si era chiusa dopo la rabbia iniziale stava durando molto più di quanto Annie si fosse aspettata. Ai vecchi tempi, prima dell'incidente, non aveva avuto difficoltà a rasserenarla in momenti del genere: era sufficiente prenderla in giro o ignorarla allegramente. Quel silenzio, tuttavia, era qualcosa di molto diverso. Era minaccioso e ineluttabile come l'impresa in cui la ragazzina era stata costretta a imbarcarsi. Chilometro dopo chilometro, tutto ciò che Annie poteva fare era stupirsi della sua perseveranza.

Robert le aveva aiutate a fare i bagagli e il mattino della partenza le aveva accompagnate a Chatham e poi alla clinica di Harry Logan. Agli occhi di Grace, ciò era bastato a renderlo complice della madre. Mentre caricavano Pilgrim sul rimorchio, era rimasta immobile come una statua all'interno del Lariat, la cuffia del walkman sulle orecchie, fingendo di leggere una rivista. I nitriti del cavallo e il tonfo dei suoi zoccoli contro le pareti del rimorchio echeggiavano in tutto il cortile, ma Grace non aveva sollevato lo sguardo nemmeno una volta.

Harry aveva fatto a Pilgrim un'iniezione di sedativo in dose massiccia e aveva consegnato ad Annie una confezione di fialette e alcune siringhe per le eventuali emergenze. Quindi si era avvicinato al finestrino del Lariat per salutare Grace e darle istruzioni su come nutrire il cavallo durante il viaggio. Grace l'aveva subito interrotto.

«È meglio che ne parli con mia madre» aveva detto.

Quando era giunto il momento di partire, la sua risposta al bacio di addio del padre era stata poco più che sbrigativa.

Avevano trascorso la prima notte presso alcuni amici di Harry Logan che abitavano a sud di Cleveland. Il marito, Elliott, aveva frequentato la facoltà di veterinaria insieme a Harry, ed era socio di un importante studio locale. Erano arrivate con il buio, ed Elliott aveva insistito perché madre e figlia andassero a rinfrescarsi mentre lui si occupava di Pilgrim. Anche loro avevano avuto dei cavalli, e avrebbe adibito a stalla il granaio.

«Harry si è raccomandato di lasciarlo nel rimorchio» aveva risposto Annie.

«Ma come, per tutto il viaggio?»

«Così ha detto.»

L'uomo aveva inarcato un sopracciglio e le aveva rivolto il sorriso condiscendente del professionista.

«Entrate pure in casa. Gli darò un'occhiata.»

Stava cominciando a piovere, e Annie non aveva alcuna intenzione di discutere. La moglie del veterinario si chiamava Connie. Era una donna minuta e pacata, e la sua pettinatura faceva credere che fosse appena uscita dal parrucchiere. Le aveva accolte con cordialità, mostrando loro le rispettive stanze. Era una casa grande e silenziosa echeggiante di figli cresciuti e andati per la loro strada. I loro volti sorridevano dalle foto sulle pareti, scattate in occasione di trionfi liceali e di lauree rallegrate dal sole.

A Grace era stata riservata la camera della figlia, ad Annie la stanza per gli ospiti in fondo al corridoio. Dopo aver indicato loro il bagno, Connie aveva tolto il disturbo, informandole che avrebbero cenato quando sarebbero state pronte. Annie l'aveva ringraziata ed era tornata sui suoi passi per controllare Grace.

La figlia di Connie aveva sposato un dentista e si era trasferita nel Michigan, ma a giudicare dalla sua camera sembrava non se ne fosse ancora andata. Gli scaffali erano stipati di libri, trofei di nuoto e decine di minuscoli animaletti di cristallo. Indifferente ai ricordi infantili di quella sconosciuta, Grace era intenta a rovistare nella sua borsa alla ricerca degli articoli da toilette. All'ingresso di Annie non aveva nemmeno sollevato lo sguardo.

«Tutto bene?»

Lei si era limitata a scrollare le spalle. Annie aveva fatto finta di niente, ostentando un falso interesse per le fotografie alle pareti.

«Dio, sono così indolenzita» aveva detto stirandosi.

«Cosa ci facciamo in questo posto?»

La voce era fredda e ostile, e Annie, voltandosi, vide che sua figlia la stava fissando con le mani sui fianchi.

«Cosa intendi dire?»

Grace aveva indicato la stanza con un gesto sprezzante del braccio.

«Questo, intendo dire. Cosa ci facciamo qui?»

Annie aveva sospirato, ma prima che potesse rispondere Grace l'aveva interrotta: «Lascia perdere, non importa». Aveva afferrato il bastone e l'occorrente per la toilette e si era diretta verso la porta. In quell'istante Annie si era resa conto di quanta rabbia dovesse provare sua figlia per non potersi allontanare in modo più deciso.

«Grace, ti prego.»

«Ho detto lascia perdere, va bene?» Ed era sparita.

Annie era in cucina a parlare con Connie quando Elliott era rientrato dal cortile. Era pallido, sporco di fango. Sembrava fare uno sforzo per non zoppicare.

«L'ho lasciato nel rimorchio» aveva detto.

A cena Grace si era limitata a mangiucchiare qualcosa e aveva aperto bocca soltanto quando interpellata. I tre adulti avevano fatto il possibile per mantenere viva la conversazione, ma vi erano stati lunghi momenti riempiti soltanto dal tintinnare delle posate. Avevano parlato di Harry Logan e di Chatham e di una nuova epidemia del morbo di Lyme a causa della quale sembravano tutti molto preoccupati. Una ragazzina dell'età di Grace si era ammalata, aveva raccontato Elliott, e la sua vita ne era stata completamente rovinata. Connie l'aveva fulminato con un'occhiata, ed Elliott, arrossendo, aveva rapidamente cambiato argomento.

Subito dopo cena, Grace aveva dichiarato di essere molto stanca e aveva chiesto il permesso di andare a letto. Annie si era offerta di seguirla, ma Grace si era opposta. Aveva augurato la buonanotte ai padroni di casa e si era allontanata verso la sua stanza, il bastone che risuonava sordo sul pavimento di legno del corridoio. Voltandosi verso i suoi ospiti, Annie non aveva potuto fare a meno di notare l'espressione dei loro sguardi.

Il giorno successivo erano partite di buon'ora e si erano concesse poche brevi fermate, attraversando l'Indiana e l'Illinois e raggiungendo lo Iowa. Per l'intera giornata, mentre le vaste pianure si stendevano tutt'intorno a loro, Grace era rimasta chiusa nel suo silenzio.

La sera si erano fermate a casa di una lontana cugina di Liz che aveva sposato un agricoltore e viveva nei pressi di Des Moines. La fattoria si ergeva solitaria all'estremità di una strada d'accesso lunga almeno otto chilometri. Era come trovarsi al centro di un pianeta di terra scura, arata da un orizzonte all'altro in solchi perfettamente paralleli.

Era gente tranquilla e molto religiosa, probabilmente di fede battista, e del tutto diversa da Liz. Il marito aveva detto di essere al corrente delle condizioni di Pilgrim, ma Annie si era accorta del suo orrore quando l'uomo aveva visto il cavallo con i propri occhi. L'aveva aiutata a dargli da mangiare e da bere e aveva cercato di rastrellare via la maggior quantità possibile di paglia sporca sotto gli zoccoli furenti dell'animale.

Avevano cenato attorno a un lungo tavolo di legno in compagnia dei sei figli della coppia. Avevano tutti i capelli biondi e gli enormi occhi azzurri del padre, e fissavano Annie e Grace con una sorta di educata meraviglia. Il cibo era semplice e sano, e da bere vi erano soltanto boccali di vetro traboccanti di latte cremoso e ancora tiepido.

Il mattino, la moglie aveva preparato una colazione a base di uova, patate e prosciutto casereccio; poco prima della loro partenza, quando Grace era già salita in auto, il marito si era avvicinato ad Annie.

«Volevo darle questo» aveva detto.

Era un vecchio libro dalla consunta copertina di tela. La coppia l'aveva osservata mentre Annie apriva il libro alla prima pagina. Era *Pilgrim's Progress* di John Bunyan. Lei se lo rammentava ancora da quando, all'età di sette anni, gliel'avevano letto a scuola.

«Mi sembra adatto alle circostanze» aveva aggiunto l'uomo.

Aveva deglutito, ringraziandolo.

«Pregheremo per voi» aveva detto la donna.

Il libro giaceva ancora sul sedile del Lariat. E ogni volta che Annie lo scorgeva con la coda dell'occhio, ripensava alle parole della donna.

Sebbene ormai vivesse in America da molti anni, certe ingenuità religiose turbavano la sua intransigenza britannica, mettendola a disagio. Ma ciò che maggiormente la disorientava era il fatto che una perfetta sconosciuta avvertisse il bisogno di pregare per loro. Non soltanto per Pilgrim o Grace – ciò sarebbe stato comprensibile –, ma anche per lei. Nessuno, in vita sua, l'aveva mai considerata sotto quella luce.

All'improvviso, all'orizzonte percorso dai fulmini, qualcosa attirò la sua attenzione. Iniziò come un semplice puntino scintillante, ma progressivamente aumentò di dimensioni, assumendo la forma di un camion. Al di là si scorgevano le sagome torreggianti dei silos e gli edifici più bassi di una piccola città. Da un lato della strada uno stormo di uccellini marroni si alzò in volo nel vento. Il camion le aveva quasi raggiunte; Annie osservò la griglia argentea del radiatore farsi sempre più grande e oltrepassarle, mentre il Lariat e il rimorchio vibravano per lo spostamento d'aria. Alle sue spalle, Grace si svegliò.

«Cos'era?»

«Niente. Soltanto un camion.»

Annie la osservò nello specchietto retrovisore mentre si strofinava gli occhi gonfi di sonno.

«Stiamo arrivando a una cittadina. Dobbiamo fare rifornimento. Hai fame?»

«Un po'.»

La strada tracciava una lunga curva attorno a una chiesa di legno bianco che si ergeva solitaria al centro di un prato di erba secca. Di fronte al portale un ragazzino in bicicletta le osservò passare, e in quel momento la chiesa venne investita da un abbagliante raggio di sole. Mancava solo che dalle nubi sbucasse un dito divino, pensò Annie.

Accanto alla stazione di servizio vi era un piccolo ristorante; dopo aver fatto il pieno, Annie e Grace consumarono in silenzio due panini con uova e insalata. Il locale era frequentato da uomini con berretti da baseball immersi in sommesse conversazioni sul grano seminato nell'autunno e sul prezzo della soia. Per quel che Annie ne sapeva, avrebbero anche potuto parlare una lingua straniera. Pagò il conto alla cassa e tornò al tavolo per informare Grace che sarebbe andata in bagno e per darle appuntamento vicino al Lariat.

«Ti spiacerebbe vedere se Pilgrim ha bisogno d'acqua?» le chiese. Grace non rispose.

«Grace? Mi hai sentito?»

Era in piedi di fronte alla figlia, e all'improvviso si rese conto che i presenti si erano zittiti. Era un confronto voluto, ma Annie era stata troppo impulsiva e rimpiangeva già di averlo provocato in pubblico. Grace non alzò neppure lo sguardo. Terminò di bere la sua Coca-Cola e sbatté forte il bicchiere sul tavolo.

«Fallo da te» rispose.

La prima volta che Grace aveva pensato al suicidio era stata in taxi, tornando a casa dalla clinica ortopedica. L'incavo della gamba artificiale le premeva dolorosamente contro la parte inferiore del femore, ma lei aveva finto che andasse tutto bene, assecondando l'allegria del padre e al tempo stesso chiedendosi quale sarebbe stato il modo migliore di farlo.

Due anni prima, una ragazza della terza media si era gettata sotto la metropolitana. Nessuno era riuscito a capire la ragione del suo gesto, e come tutti anche Grace ne era rimasta sconvolta. Ma in segreto aveva provato una certa ammirazione. Che coraggio doveva aver avuto quella ragazza, in quell'istante finale, decisivo. Grace rammentava di aver pensato di non possedere un simile sangue freddo; e se anche l'avesse avuto, i suoi muscoli si sarebbero rifiutati di tendersi in quell'ultimo sforzo.

Da quel giorno però le cose erano cambiate, e Grace era arrivata a contemplare la possibilità del suicidio, se non il metodo specifico, con una certa freddezza. Il fatto che la sua vita fosse ormai rovinata era assodato, e il modo in cui coloro che la circondavano si sforzavano di dimostrarle il contrario non ne era che la definitiva conferma. Spesso aveva rimpianto di non essere morta nella neve insieme a Judith e a Gulliver. Ma con il trascorrere delle settimane era stata costretta ad ammettere, pur con una punta di delusione, che il suicidio non faceva per lei.

Ciò che la tratteneva era l'incapacità di considerare il gesto soltanto dal proprio punto di vista. Le sembrava così melodrammatico, così esagerato, più vicino all'estremismo di sua madre. Grace non si era resa conto che quella costante tendenza a considerare i problemi con distacco derivava dai Maclean, dai geni maledetti di una famiglia di avvocati. Di solito in famiglia le responsabilità venivano attribuite a una parte sola. La colpa era sempre di Annie.

Grace amava sua madre, ma contemporaneamente, nella stessa misura e spesso per gli stessi motivi, le serbava rancore. Per la sua sicurezza, per esempio, e per il modo in cui finiva sempre per avere ragione. Ma più di tutto perché conosceva lei così bene, perché sapeva come avrebbe reagito, che cosa le sarebbe o non le sarebbe piaciuto, quale sarebbe stata la sua opinione su qualsiasi argomento. Forse apparteneva a tutte le madri, quella perspicacia nel capire le figlie, e a volte era meraviglioso essere compresa così a fondo. Ma più spesso ancora, e in special modo negli ultimi tempi, la cosa si era trasformata in una crudele invasione della sua intimità.

Di questi e mille altri torti meno specifici Grace stava vendicandosi. Finalmente, con quel silenzio, sembrava essere in possesso di un'arma efficace. Poteva vedere l'effetto che aveva su sua madre, e lo trovava gratificante. La tirannia di Annie veniva solitamente esercitata senza nemmeno un'ombra di senso di colpa o incertezza, ma ora Grace intuiva la presenza di entrambi. In sua madre sembrava essersi insinuato il tacito e per lei vantaggioso sospetto che costringerla a seguirla in quel colpo di testa fosse stato un errore. Dal sedile posteriore del Lariat, Grace vedeva la madre come un giocatore d'azzardo che avesse appena puntato la propria vita nell'ultimo, disperato giro della roulette.

Proseguirono a ovest fino al Missouri, quindi presero verso nord, costeggiando il fiume ampio e scuro. A Sioux City fecero ingresso nel South Dakota e tornarono a dirigersi verso ovest sulla Route 90, che le avrebbe condotte direttamente nel Montana. Attraversarono le Badlands settentrionali e scorsero il sole illuminare di un sanguigno arancione il cielo dietro le Black Hills. Viaggiavano in silenzio, e l'ostilità tra loro parve aumentare e intensificarsi fino a fondersi col dolore diffuso che tormentava quel vasto, implacabile paesaggio.

Né Liz né Harry avevano conoscenze in quella parte del Paese, e così Annie aveva prenotato una stanza in un alberghetto presso il monte Rushmore. Non aveva mai visto il monumento, e aveva sempre desiderato visitarlo insieme a Grace. Ma, quando il Lariat s'immise nel parcheggio deserto dell'albergo, era già sceso il buio e pioveva, e Annie si disse che l'unico elemento positivo di quella sosta era non essere costretta a fare conversazione con sconosciuti che non avrebbe mai più rivisto.

Ogni stanza portava il nome di un presidente. Si sistemarono in quella dedicata ad Abraham Lincoln. Le pareti erano tappezzate di stampe con la sua faccia barbuta mentre sopra il televisore, parzialmente coperto da un cartoncino lucido che pubblicizzava una stazione TV via cavo, campeggiava un estratto del discorso di Gettysburg. Vi erano due grandi letti schierati fianco a fianco; Grace si lasciò cadere su quello più lontano mentre Annie tornava sotto la pioggia a controllare Pilgrim.

Il cavallo sembrava essersi abituato ai rituali del viaggio. Chiuso nell'angusto box del rimorchio, non esplodeva più quando Annie entrava. Si limitava a ritirarsi nell'ombra e a osservarla. Annie sentiva il suo sguardo mentre sistemava il nuovo sacco del fieno e spingeva con estrema cautela i secchi del cibo e dell'acqua all'interno del box. Pilgrim non toccava nulla finché lei non se n'era andata. Ne captava la rabbiosa ostilità, e ne era spaventata e al tempo stesso eccitata; nel richiudere la porta, sentì che il cuore le martellava all'impazzata.

Tornata in camera, vide che Grace si era spogliata ed era andata a letto. Le dava la schiena, rendendole impossibile capire se stesse fingendo o si fosse già addormentata.

«Grace?» la chiamò in tono sommesso. «Non vuoi mangiare?»

Non vi fu alcuna reazione. Per un istante Annie prese in considerazione l'idea di andare da sola al ristorante, ma subito capì che non era il caso. Optò per un lungo bagno caldo, nella speranza che le fosse di conforto. L'unico risultato fu che i suoi dubbi aumentarono. Sembravano aleggiare nell'aria insieme al vapore, avvolgendola insinuanti. Cosa diavolo credeva di fare trascinando quelle due anime ferite attraverso un continente in una raccapricciante replica della follia pionieristica? Il silenzio di Grace, unito al vuoto implacabile degli spazi che avevano attraversato, la fece sentire all'improvviso terribilmente sola. Per cancellare quei pensieri, Annie si fece scivolare la mano fra le gambe e prese ad accarezzarsi, insistendo decisa, rifiutandosi di cedere all'iniziale torpore, finché i suoi lombi ebbero un tremito, tendendosi nell'acqua, e lei si perse nel piacere.

Quella notte sognò di camminare con il padre lungo una cresta innevata. Erano legati in cordata come alpinisti, sebbene fossero nuovi a un'impresa del genere. Sotto di loro, su entrambi i versanti della montagna, ripide pareti di roccia e ghiaccio si tuffavano nel vuoto. Si trovavano su un cornicione formato da una sottile crosta di neve che il padre aveva giudicato sicura. Lui la precedeva e le sorrideva come nella sua fotografia preferita, un sorriso di assoluta affidabilità. Sono qui con te, le diceva: andrà tutto bene. All'improvviso, oltre le spalle del padre, Annie scorse una fenditura aprirsi a zig zag verso di loro e l'estremità del cornicione sbriciolarsi e precipitare lungo la parete di roccia. Avrebbe voluto gridare, ma non le riusciva e, nello stesso istante in cui la fenditura li raggiungeva, il padre si voltò e la vide. L'istante successivo era sparito, inghiottito dal vuoto, e nello scorgere la corda seguirlo serpeggiante Annie si rese conto che l'unico modo per salvare la vita di entrambi era saltare nella direzione opposta. Spiccò un balzo verso l'altro versante della montagna. Invece di venire strattonata dalla corda che si tendeva, si sentì precipitare nel vuoto.

Quando si risvegliò, era ormai mattino inoltrato. Fuori pioveva ancor più della sera prima. Il monte Rushmore e i suoi volti di pietra erano nascosti dietro una barriera di nuvoloni che secondo l'impiegata dell'albergo non se ne sarebbero andati. Poco distante, la informò, c'era un'altra scultura che avrebbero potuto ammirare, un gigantesco ritratto di Cavallo Pazzo.

«Grazie» rispose Annie. «Abbiamo già il nostro.»

Fecero colazione, pagarono il conto e tornarono sulla statale. Attraversarono il confine con il Wyoming, proseguirono tenendosi a sud di Devil's Tower e del Thunder Basin, attraversarono il fiume Powder e risalirono fino a Sheridan, dove finalmente la pioggia cessò di perseguitarle.

Alla guida dei furgoni e dei camion che incrociavano lungo la strada videro sempre più spesso uomini con cappelli da cowboy. Alcuni si sfioravano la tesa o sollevavano una mano, seri in volto, in segno di saluto. Al loro passaggio, il sole dipingeva piccoli arcobaleni sugli schizzi sollevati dalle ruote.

Era il tardo pomeriggio quando giunsero nel Montana. Annie non provò né sollievo né esultanza. Aveva cercato con tutte le sue forze di non cedere al silenzio di Grace. Per tutto il giorno era passata da una stazione all'altra sulla radio, ascoltando predicatori fanatici, notiziari sul bestiame e più sottogeneri di musica country di quanti avesse creduto possibili. Non era servito a nulla. Si sentiva ormai schiacciata in uno spazio sempre più angusto, costretta fra la tetraggine della figlia e la sua stessa rabbia montante. Finché, all'improvviso, non fu più in grado di resistere. Superato di una sessantina di chilometri il confine del Montana, senza sapere dove stesse andando e senza che la cosa le importasse, imboccò la prima uscita che si trovò di fronte.

Avrebbe voluto parcheggiare, ma non sapeva dove. Un gigantesco casinò sembrava sorgere dal nulla; proprio mentre ne osservava la sagoma, l'insegna al neon si accese, rossa e fiammeggiante nella debole luce del crepuscolo. Annie proseguì salendo lungo una collina, superò un caffè e una disordinata distesa di negozi prospicienti un parcheggio di terra battuta. Accanto a un malconcio camioncino, due indiani dai capelli lunghi e neri e dai copricapi decorati di piume osservavano il Lariat che si avvicinava. Messa a disagio dalla loro espressione, Annie decise di non fermarsi. Continuò a risalire la collina, quindi svoltò a destra e si fermò. Spense il motore e per qualche istante rimase immobile. Alle sue spalle sentì l'occhiata di Grace. Il tono di voce della figlia, quando si decise a parlare, era circospetto.

«Cosa succede?»

«Scusa?» chiese bruscamente Annie.

«È chiuso, non vedi?»

MONUMENTO NAZIONALE, BATTAGLIA DI LITTLE BIG HORN, indicava un cartello al margine della strada. Grace aveva ragione. A giudicare dagli orari riportati, era chiuso da un'ora. Al pensiero che la figlia potesse sbagliarsi sul suo umore in modo così grossolano da credere che si fosse fermata in quel luogo con l'intenzione di fare del turismo, Annie si sentì sommergere dalla rabbia. Temendo di esplodere, distolse lo sguardo. Si limitò a fissare un punto davanti a sé e trasse un profondo respiro.

«Per quanto ancora andrà avanti, Grace?»

«Andrà avanti cosa?»

«Sai benissimo di cosa sto parlando. Dimmi, ancora per quanto?»

Vi fu un lungo silenzio. Annie osservò una palla di erba rincorrere la propria ombra lungo la strada e superare il camioncino sfiorandone la fiancata. Si voltò verso la figlia, ma Grace scrollò le spalle e distolse lo sguardo.

«Sarà così per sempre?» incalzò Annie. «Abbiamo fatto più di tremila chilometri e non hai mai aperto bocca. Bene, mi sono detta, chiediamoglielo. Tanto per saperlo. Sarà così per sempre, fra noi due?»

Grace aveva abbassato lo sguardo, apparentemente intenta a gingillarsi con il suo walkman. Di nuovo si strinse nelle spalle.

«Che ne so?»

«Senti, vuoi che facciamo marcia indietro e torniamo a casa?»

Grace se ne uscì con una risatina tagliente. «E tu?»

Poi la ragazza alzò gli occhi guardando fuori dal finestrino; fingeva indifferenza, ma Annie sapeva che stava lottando per non piangere. Con un rumore sordo, Pilgrim si agitò nel rimorchio.

«Perché se è questo che vuoi...»

All'improvviso Grace si voltò verso di lei, il volto distorto in un'espressione rabbiosa. Le lacrime le solcavano le guance, e il tentativo inutile di soffocarle raddoppiava l'intensità della sua furia.

«E a te cosa te ne frega?» gridò. «Sei tu quella che decide! Sei sempre tu! Fingi di preoccuparti per gli altri, ma non è vero, sono balle!»

«Grace» disse Annie con dolcezza, allungando una mano verso il suo volto. Ma la figlia gliel'allontanò con uno schiaffo.

«Lasciami in pace!»

La guardò per un istante, quindi aprì la portiera e scese. Prese a camminare alla cieca, contro vento. La strada s'inoltrava in un boschetto di pini fino a un parcheggio e a un edificio basso, entrambi deserti. Annie continuò a camminare, imboccando un sentiero che serpeggiava lungo il fianco della collina, finché non si ritrovò accanto a un cimitero protetto da un recinto di ferro nero. Sulla cresta della collina campeggiava un semplice monumento di pietra. Annie si fermò.

Su quella collina, in un giorno di giugno del 1876, George Armstrong Custer e più di duecento soldati erano stati fatti a pezzi da coloro che avevano tentato di massacrare. I loro nomi erano incisi sulla pietra. Annie si voltò verso il fondovalle e la distesa irregolare di lapidi bianche, che, illuminate dagli ultimi, obliqui raggi del sole, proiettavano lunghe ombre sul terreno. Poi spostò lo sguardo sulle vaste e ondulate distese di erba appiattita dal vento che da quel triste luogo raggiungevano un orizzonte dove il dolore si faceva infinito, e pianse.

Ripensando a quella sera, Annie avrebbe sempre considerato strano il modo in cui il destino l'aveva condotta su quella collina. Se le lacrime che così a lungo aveva arginato si sarebbero liberate in qualsiasi altro luogo, non l'avrebbe mai saputo. Eretto in memoria dei responsabili di un genocidio, mentre gli innumerevoli tumuli delle vittime giacevano nell'anonimato, quel monumento era una sorta di crudele anomalia. Ma il senso di sofferenza e la presenza di un così gran numero di fantasmi trascendevano ogni considerazione. Era semplicemente un luogo adatto alle lacrime. E Annie chinò il capo e vi si abbandonò. Pianse per Grace e per Pilgrim e per i suoi figli mai nati. Ma soprattutto pianse per se stessa e per ciò che era diventata.

Per tutta la sua esistenza era vissuta in luoghi che non le appartenevano. L'America non era casa sua, né ormai lo era più la stessa Inghilterra. In tutti e due i Paesi la trattavano come se provenisse dall'altro. La verità era che si sentiva estranea ovunque. Da quando era morto suo padre non aveva una casa. Era alla deriva, senza radici, senza una tribù.

Un tempo aveva considerato ciò come il suo punto di forza maggiore. Aveva una speciale capacità di adattarsi alle situazioni. Riusciva sempre a inserirsi, a farsi accettare da tutti. D'istinto capiva che cosa bisognava fare o sapere per ottenere il risultato prefissato. E nel lavoro, che per tanto tempo era stata la sua ossessione, quella capacità l'aveva aiutata a ottenere tutto ciò che c'era da ottenere. Ma ora, dopo l'incidente di Grace, le sembrava tutto così inutile.

Negli ultimi tre mesi aveva svolto il ruolo della donna forte, illudendosi che fosse ciò di cui Grace aveva bisogno. La verità era che non sapeva in quale altro modo reagire. Perso ogni collegamento con se stessa, aveva smarrito anche quello con sua figlia, e ciò la tormentava. L'agire era diventato un surrogato dei sentimenti, o almeno della loro espressione. Era per questo, lo capiva soltanto ora, che si era lanciata in quella folle avventura con Pilgrim.

Annie singhiozzò finché le spalle non presero a dolerle, quindi si lasciò scivolare con la schiena sulla fredda pietra del monumento e si sedette, prendendosi la testa fra le mani. Restò così, immobile, finché il sole sprofondò pallido e liquido oltre le lontane creste innevate della catena del Big Horn, finché i pioppi sulla riva del fiume non si fusero in un unico squarcio nero. Quando tornò ad alzare lo sguardo, era sceso il buio e il mondo si era trasformato in una lanterna magica di stelle.

«Signora?»

Era una guardia forestale. Reggeva in mano una torcia elettrica, che le teneva educatamente vicino al volto.

«Tutto bene, signora?»

Annie si asciugò le lacrime e deglutì.

«Sì, grazie» rispose. «Sto bene.» Si alzò.

«Sua figlia cominciava a preoccuparsi.»

«Sì, mi scusi. Ora vado.»

La guardia si sfiorò la tesa del cappello. «Buonanotte, signora. Vada piano, mi raccomando.»

Annie tornò verso il camioncino seguita dallo sguardo dell'uomo. Trovò Grace addormentata sul sedile posteriore. Mise in moto, accese i fari e ripercorse la strada che aveva fatto al crepuscolo. Raggiunse la statale e guidò per tutta la notte finché non giunse a Choteau.

PARTE
TERZA

14

LA TERRA DEI FRATELLI BOOKER ERA ATTRAVERSATA DA DUE torrenti che avevano dato il nome alla fattoria, Double Divide. Scendevano da due gole adiacenti della montagna, e per quasi un chilometro sembravano identici. Il crinale che li separava era basso, in un punto talmente basso da farli quasi unire, ma all'improvviso s'innalzava deciso in una serie di successivi promontori. Costretti a crearsi due letti separati, i corsi d'acqua si erano col tempo notevolmente differenziati.

Quello più a nord scorreva rapido e poco profondo lungo un'ampia e sgombra vallata. I suoi argini, pur ripidi in alcuni punti, offrivano facile accesso al bestiame. Le trote facevano capolino fra i flutti e i mulinelli, e le spiagge di ciottoli erano popolate di aironi. Il percorso che la natura aveva stabilito per il torrente meridionale era più contorto, disseminato di ostacoli e alberi. Scorreva fra le macchie di salici e sanguinella, quindi per un tratto scompariva in un acquitrino. Più a valle, serpeggiando in un prato così piatto che le sue anse giungevano a sfiorarsi, creava un labirinto di pozze scure e immobili e di isole verdeggianti il cui aspetto era continuamente modificato dai castori.

Ellen Booker era solita dire che i torrenti somigliavano ai suoi due ragazzi: Frank era quello settentrionale, Tom quello meridionale. Finché una sera Frank, ai tempi diciassettenne, non aveva fatto notare quanto quel paragone fosse ingiusto: anche a lui, in fondo, piacevano le parti basse. Il padre l'aveva rimproverato, spedendolo immediatamente a letto. Tom non era sicuro che la madre avesse capito il doppio senso, ma alla fine aveva concluso di sì, perché non l'aveva mai più sentita tornare sull'argomento.

La costruzione che identificavano come la casa sul torrente, dove avevano vissuto dapprima Tom e Rachel e quindi Frank e Diane ma che ormai era disabitata, dominava da un promontorio un'ansa del torrente settentrionale. Dalle sue finestre si godeva la vista dell'intera valle, e oltre le cime dei pioppi, a quasi un chilometro di distanza, si scorgeva la fattoria circondata dalle stalle, dai granai e dai recinti di legno imbiancato. Le costruzioni erano collegate da una strada sterrata che proseguiva serpeggiando fino ai pascoli più bassi, dove il bestiame trascorreva l'inverno. Ora, all'inizio di aprile, gran parte della neve sulla proprietà si era sciolta. Resisteva soltanto nelle gole rocciose e immerse nell'ombra e fra i pini e gli abeti che punteggiavano il versante settentrionale della catena montuosa.

Tom guardò la casa sul torrente dal finestrino del vecchio Chevy e pensò, come sempre più spesso faceva, se fosse il caso di trasferirvisi. Lui e Joe erano di ritorno dai pascoli, dove avevano dato da mangiare alla mandria. Il ragazzo guidava il camioncino da vero esperto, evitando le buche sulla strada. Joe era piccolo per la sua età, e per vedere oltre il cruscotto era costretto a stare seduto dritto come un palo. Durante la settimana era Frank a occuparsi dei pasti del bestiame, ma nel corso dei weekend a Joe piaceva assumersene l'incarico, e Tom lo aiutava di buon grado. Avevano scaricato le balle di erba medica e insieme si erano goduti lo spettacolo delle vacche e dei vitelli che vi si lanciavano entusiasti.

«Andiamo a vedere il puledro di Bronty?» chiese Joe.

«Sicuro.»

«Un mio compagno di scuola dice che dovremmo ammaestrarlo subito.»

«Hmmm.»

«Dice che, se lo fai appena vengono al mondo, poi diventa tutto facile.»

«Già. Così dicono.»

«Ho visto una trasmissione in TV su un tizio che fa la stessa cosa con le oche. Ha un aeroplano, e le ochette crescono pensando che l'aereo sia la loro mamma. Lui vola e loro lo seguono.»

«Già, ne ho sentito parlare.»

«Che cosa ne pensi?»

«Mah, non sono molto pratico di oche. Forse a loro va bene crescere pensando di essere aeroplani.» Joe scoppiò a ridere. «Ma con un cavallo, penso che prima sia necessario insegnargli a essere un cavallo.»

Fecero ritorno alla fattoria e parcheggiarono di fronte al vecchio granaio adattato in parte a stalla nel quale Tom teneva alcuni dei suoi cavalli. I fratellini di Joe, Scott e Craig, si precipitarono fuori di corsa per accoglierli. Tom notò che il ragazzo si era incupito. I gemelli avevano nove anni, e poiché erano belli e biondi e facevano ogni cosa in un chiassoso unisono, si trovavano sempre al centro dell'attenzione.

«Andate a vedere il puledro?» gridarono. «Possiamo venire anche noi?» Tom posò una grossa mano su ciascuna delle due teste bionde.

«A patto che stiate tranquilli» disse.

Li condusse all'interno della stalla e si fermò insieme ai gemelli di fronte al box di Bronty, mentre Joe vi scivolava dentro. Bronty era una robusta cavalla di dieci anni, una femmina di baio dal mantello rossiccio. Allungò il muso verso Joe che vi posò una mano mentre con l'altra, dolcemente, le carezzava il collo. A Tom piaceva guardare il ragazzo mentre lavorava con i cavalli: aveva un modo di fare tranquillo e sicuro. In un angolo del box il puledro, poco più scuro della madre, stava cercando di sollevarsi dal suo giaciglio. Raggiunse la protezione del fianco di Bronty con una serie di passi comicamente indecisi, fece spuntare il muso da dietro il posteriore della madre e occhieggiò il nuovo arrivato. I gemelli risero allegri.

«È così ridicolo» commentò Scott.

«Ho una fotografia di voi due alla stessa età» disse Tom. «Volete sapere una cosa?»

«Sembravate due rane toro» intervenne Joe.

Bastarono pochi minuti perché i gemelli, annoiati, togliessero il disturbo. Tom e Joe condussero gli altri cavalli nel recinto sul retro della stalla. Dopo colazione si sarebbero messi al lavoro su alcuni dei puledri di un anno. Mentre facevano ritorno verso casa, i cani cominciarono ad abbaiare e li superarono di corsa. Tom si voltò e scorse un Ford Lariat argentato superare il ciglio della collina e scendere lungo il vialetto nella loro direzione. All'interno vi era soltanto il conducente; quando il camioncino fu più vicino, Tom si rese conto che era una donna.

«Tua madre aspetta visite?» domandò al nipote. Joe si strinse nelle spalle. Fu soltanto quando il Lariat si fermò e venne circondato dalla muta di cani abbaianti che Tom riconobbe la donna al volante. E non credette ai propri occhi. Joe notò la sua espressione.

«La conosci?»

«Credo di sì. Ma non ho idea di cosa ci faccia qui.»

Ordinò ai cani di fare silenzio e raggiunse il camioncino. Annie ne scese e gli si avvicinò con aria nervosa. Indossava jeans, scarponcini da escursione e un enorme maglione color crema che la copriva fino a metà coscia. Il sole alle sue spalle le incendiava i capelli ramati, e in quell'istante Tom si accorse di quanto chiaramente rammentasse i suoi occhi verdi. Annie gli rivolse un timido cenno del capo, senza osare un sorriso.

«Signor Booker, buongiorno.»

«Buongiorno a lei.» Per un istante rimasero in silenzio. «Joe, ti presento la signora Graves. Joe è mio nipote.» Annie strinse la mano al ragazzo.

«Ciao, Joe. Come stai?»

«Bene.»

Si voltò verso la valle e le montagne, quindi tornò a guardare Tom.

«Che posto magnifico.»

«È vero.»

Tom si chiese quando si sarebbe decisa a spiegargli che cosa diavolo ci facesse nel Montana, sebbene lui avesse già una sua idea in proposito. Annie trasse un profondo respiro.

«Signor Booker, lei penserà che io sia pazza, ma credo che abbia già capito la ragione della mia visita.»

«Be', suppongo che non sia esattamente di passaggio.» La donna fu quasi sul punto di sorridere.

«Mi dispiace presentarmi così senza preavviso, ma sapevo che cosa mi avrebbe risposto se avessi telefonato. Si tratta del cavallo di mia figlia.»

«Pilgrim.»

«Sì. So che lei può aiutarlo, e sono venuta fin qui per chiederle... per pregarla di dargli un'altra occhiata.»

«Signora Graves...»

«La prego. Soltanto un'occhiata. Non le porterà via molto tempo.»

Tom scoppiò a ridere. «Cosa, venire di nuovo a New York?» Indicò il Lariat con un cenno del capo. «Oppure pensava di darmi un passaggio?»

«È qui. A Choteau.»

Tom la fissò con espressione incredula.

«L'ha portato fin qui?» Annie assentì. Joe spostava lo sguardo dall'uno all'altra, nel tentativo di capire che cosa stesse succedendo. Diane era uscita sulla veranda, e li osservava tenendo aperta la porta a zanzariera.

«Da sola?» chiese Tom.

«Con Grace, mia figlia.»

«Soltanto perché gli dessi un'occhiata?»

«Sì.»

«Venite a far colazione?» li chiamò Diane. Chi è quella donna? dicevano in realtà le sue parole. Tom posò una mano sulla spalla di Joe.

«Va' a dire alla mamma che arrivo.» Quando il ragazzo si allontanò, Tom tornò a voltarsi verso Annie. Per un istante rimasero in silenzio, guardandosi negli occhi. Poi lei diede una lieve scrollata di spalle e sorrise. Tom notò come gli angoli della bocca le si increspassero senza mutare l'espressione inquieta dello sguardo. Stava mettendolo alle corde, e Tom si chiese per quale ragione la cosa non sembrasse importargli.

«Mi perdoni la franchezza, signora» riprese. «Ma a quanto pare non si può dirle di no.»

«Immagino che abbia ragione» si limitò a rispondere Annie.

Distesa supina sul pavimento dell'umida stanzetta, Grace faceva i suoi esercizi ascoltando lo scampanìo preregistrato della chiesa metodista sul marciapiede opposto. Quelle campane non si limitavano a battere l'ora, suonavano interi motivi. Il suono non le dispiaceva affatto, soprattutto perché sembrava far impazzire sua madre. Annie era in corridoio, al telefono con l'agente immobiliare, e stava affrontando proprio quell'argomento.

«Non sanno che ci sono leggi che lo vietano?» stava dicendo. «È inquinamento acustico.»

Era la quinta volta in due giorni che gli telefonava. Il poveraccio aveva fatto l'errore di darle il proprio numero di casa, e Annie stava rovinandogli il fine settimana, bombardandolo di lamentele: il riscaldamento non funzionava, le camere da letto erano umide, la linea telefonica supplementare che aveva richiesto non era ancora stata installata, il riscaldamento continuava a non funzionare. E per finire, le campane.

«Non sarebbe così terribile se suonassero qualcosa di decente» commentò. «È ridicolo, i canti metodisti sono bellissimi.»

Il giorno prima, quando sua madre era andata alla fattoria, Grace si era rifiutata di seguirla. Dopo la partenza di Annie era invece uscita in esplorazione del paese. Non vi era granché da scoprire. Choteau consisteva in una lunga strada principale con la ferrovia su un lato e un reticolo di stradine sull'altro. Vi erano un salone di bellezza per cani, un negozio di videocassette, una *steakhouse* e un cinema in cui si proiettava un film che Grace aveva visto più di un anno prima. L'unico elemento di spicco era un museo nel quale si potevano ammirare le uova dei dinosauri. I negozianti le erano sembrati gentili ma riservati. Procedendo lentamente lungo la strada con il bastone, Grace si era sentita addosso gli sguardi di tutti. Rientrata a casa, era scoppiata a piangere.

La madre era tornata eccitatissima e l'aveva informata che Tom Booker aveva accettato di vedere Pilgrim il mattino seguente. «Quanto dovremo restare in questo cesso di posto?» era stata la replica di Grace.

La casa era grande e sconnessa, rivestita all'esterno di assicelle azzurre. I pavimenti erano ricoperti da una moquette macchiata e pelosa fra il giallo e il marrone, e i pochi mobili sembravano essere stati acquistati a una svendita di quartiere. Al loro arrivo, Annie ne era rimasta sconvolta. Grace, al contrario, appariva deliziata. Era una vendetta perfetta.

In segreto, Grace non era così contraria al progetto di sua madre. In realtà era un sollievo non dover andare a scuola e non essere costretta a fare continuamente finta di niente. Ciò che provava per Pilgrim, d'altra parte, la confondeva e la spaventava. Sarebbe stato meglio dimenticarlo. Ma grazie a sua madre, la cosa si era rivelata impossibile. Ogni azione di Annie sembrava voler costringere sua figlia ad affrontare l'argomento. Si era lanciata in quell'impresa come se Pilgrim fosse suo, ma non era così: Pilgrim era di Grace. Certo, anche lei desiderava che stesse meglio, solo che... Fu allora, per la prima volta, che si rese conto che forse non era così: forse non voleva affatto che migliorasse. Forse lo incolpava di quanto era successo. No, sarebbe stato stupido. Voleva che restasse menomato per sempre come lei? Per quale ragione lui sarebbe dovuto guarire e lei no? Smettila, si disse. Quei folli pensieri che le turbinavano in testa erano colpa di sua madre, e Grace non se ne sarebbe lasciata sommergere.

Si concentrò sulla ginnastica finché non sentì il sudore imperlarle la nuca. Sollevò il moncone con tutte le sue forze, a ripetizione, contraendo i muscoli della coscia e della natica destra fino a farli dolere. Ormai era in grado di guardarla, quella gamba, e accettare il fatto che appartenesse a lei. La cicatrice si era schiarita, perdendo il rosa carico e fastidioso degli inizi. I muscoli le si stavano rinforzando così notevolmente che la protesi cominciava a stringere. Udì Annie riagganciare il ricevitore.

«Grace? Hai finito? Tom Booker sarà qui tra poco.»

Non rispose, lasciando che le parole della madre aleggiassero nell'aria.

«Grace?»

«Sì. E allora?»

Poteva captare la reazione di Annie, immaginare l'espressione irritata del suo volto subito seguita dalla rassegnazione. La udì sospirare e fare ritorno nella squallida sala da pranzo che naturalmente, per prima cosa, aveva trasformato in ufficio.

15

TOM SI ERA LIMITATO A PROMETTERE DI DARE UN'ALTRA OCCHIA-
ta al cavallo. Dopo tutta la strada che quella donna aveva
percorso, era il minimo che lui potesse fare. Ma aveva posto una condizione: l'avrebbe visitato da solo. Non voleva
sentire il suo sguardo curioso dietro le spalle, non voleva
che gli facesse pressione in alcun modo. Era un'esperta in
quel genere di cose, l'aveva già capito. Era riuscita a fargli
promettere che più tardi sarebbe passato da casa sua per
comunicarle il verdetto.

Conosceva la scuderia di Petersen, alle porte di Choteau, dove la donna aveva lasciato Pilgrim. Erano brave
persone, ma se il cavallo era nelle stesse condizioni in cui
Tom l'aveva visto, non avrebbero resistito a lungo.

Il vecchio Petersen aveva il volto di un fuorilegge,
un'ispida barba di tre giorni e denti neri come il tabacco
che masticava di continuo. Quando Tom arrivò a bordo
del suo Chevy, gli rivolse un sorriso malizioso.

«Com'è che si dice? Se stai cercando guai, sei arrivato
nel posto giusto. Mi ha quasi ammazzato mentre cercavo
di tirarlo fuori dal rimorchio. E da allora non ha smesso
un attimo di scalciare e di nitrire come un ossesso.»

Condusse Tom su un sentiero fangoso, superando le
carcasse arrugginite di alcune auto abbandonate, fino a
una vecchia stalla sui cui lati più lunghi erano state ricava-
te due serie di box. Gli altri cavalli erano fuori. Tom iniziò
a sentire Pilgrim molto prima di arrivare al box.

«Fortuna che la scorsa estate ho sostituito la porta»
commentò Petersen. «Ci fosse stata quella vecchia, a questo punto l'avrebbe già sfondata. La donna dice che glielo
guarirai.»

«Davvero?»

«Già. Un unico consiglio: prima ti conviene andare a trovare Bill Larson e farti fare un abitino su misura.» Esplose in una rauca risata e calò una gran manata sulla schiena di Tom. Bill Larson era il becchino del paese.

Il cavallo era in condizioni ancora peggiori rispetto a quando l'aveva visto la prima volta. La zampa posteriore era così danneggiata che Tom si chiese come Pilgrim riuscisse a reggersi in piedi e a scalciare.

«Doveva essere una gran bella bestia» commentò il vecchio Petersen.

«Già.» Tom si voltò. Aveva visto abbastanza.

Tornò a Choteau e controllò il foglietto di carta sul quale Annie aveva trascritto il suo indirizzo. Quando parcheggiò di fronte alla villetta e percorse i pochi passi che lo separavano dall'ingresso, le campane della chiesa stavano suonando un motivo che Tom non sentiva dai tempi del catechismo. Premette il campanello e attese.

Ciò che vide quando la porta si aprì lo fece trasalire. Non tanto perché si fosse aspettato la madre, ma per l'aperta ostilità dipinta sul volto pallido e lentigginoso della ragazzina. Si rammentò dell'espressione felice con cui la piccola montava il suo cavallo nella fotografia che Annie gli aveva spedito. Il contrasto era sconvolgente. Le sorrise.

«Tu devi essere Grace.» Lei non gli restituì il sorriso; si limitò ad annuire e si fece da parte per lasciarlo entrare. Tom si tolse il cappello e attese che Grace richiudesse la porta. Sentiva la voce di Annie provenire da una stanza affacciata sul corridoio.

«È al telefono. Può aspettare qui.»

Lo condusse in uno spoglio salotto a forma di L. Seguendola, Tom abbassò lo sguardo sulla gamba amputata e sul bastone. Si annotò mentalmente di non fissarla mai più. Il locale era cupo e umido. Vi erano un paio di vecchie poltrone, un divano consunto e un televisore acceso su un vecchio film in bianco e nero. Grace si sedette e riprese a guardarlo.

Tom si appollaiò sul bracciolo di una poltrona. La porta sul lato opposto del corridoio era semiaperta e s'intravedevano un fax, lo schermo di un computer e un intrico di fili. Tutto ciò che si scorgeva di Annie era una gamba accavallata e uno stivale che dondolava impaziente nel vuoto. Dal tono di voce, la donna sembrava alquanto irritata.

«Cosa? Cos'ha detto? Non ci posso credere. Lucy... Lucy, non m'interessa. Crawford non c'entra niente: io sono lo stramaledetto direttore, e io dico che quella sarà la nostra copertina.»

Tom vide Grace sollevare gli occhi al cielo e si chiese se l'avesse fatto a suo beneficio. Nel film, un'attrice di cui non riusciva mai a ricordarsi il nome era in ginocchio, e pregava James Cagney di non abbandonarla. Lo facevano sempre, e Tom non riusciva a capire il perché.

«Grace, ti spiacerebbe offrire un caffè al signor Booker?» gridò Annie dall'altra stanza. «E magari uno anche a me.» Detto questo, tornò alla sua telefonata. Grace spense il televisore e si alzò, chiaramente irritata.

«Non c'è problema, davvero» disse Tom.

«L'ha appena fatto.» Lo fissò come se avesse detto qualcosa di molto maleducato.

«Va bene, allora, grazie. Ma tu continua pure a guardare il film. Vado a prenderlo io.»

«L'ho già visto. È noioso.»

Raccolse il suo bastone e andò in cucina. Tom attese un istante, quindi la seguì. Quando le fu vicino, Grace gli scoccò un'occhiata e continuò a preparare le tazze, facendo più rumore del necessario.

«Che cosa fa tua madre?»

«Come?»

«Tua madre. Mi stavo chiedendo che lavoro facesse.»

«Dirige una rivista.» Gli allungò la tazza. «Latte e zucchero?»

«No, grazie. Dev'essere un lavoro impegnativo.»

La risata sarcastica di Grace lo colse di sorpresa.

«Già. Immagino che si possa dire così.»

Fra loro scese un silenzio imbarazzato. Grace si voltò; stava per versargli dell'altro caffè, quando all'improvviso si fermò, guardandolo. Stringeva forte la cuccuma e la bevanda tremava. Era chiaro che aveva qualcosa di molto importante da dire.

«Nel caso non gliel'abbia detto, non voglio averci nulla a che fare, d'accordo?»

Tom annuì lentamente e attese che lei proseguisse.

Grace l'aveva quasi assalito, e ora pareva sorpresa dalla tranquillità con cui lui aveva reagito. Decise di dedicarsi al caffè, ma lo versò troppo in fretta, rovesciandone qualche goccia. Posò rumorosamente la cuccuma sul tavolo e prese la tazza senza rivolgergli lo sguardo.

«È stata una sua idea. Per me è un'idiozia. Dovrebbero sopprimerlo e basta.»

Lo superò con passo deciso e uscì dalla cucina. Tom la osservò allontanarsi, quindi si voltò e prese a guardare il piccolo, derelitto cortile sul retro. Un gatto era intento a divorare qualcosa di fibroso nei pressi di un bidone dell'immondizia rovesciato.

Tom si trovava in quella casa per dire alla madre della ragazzina, per l'ultima volta, che non avrebbe potuto aiutare il suo cavallo. Sarebbe stata dura da accettare, dopo tutta la strada che avevano fatto. Tom vi aveva riflettuto a lungo dopo la visita di Annie alla fattoria. O più precisamente, aveva pensato a lungo a lei, alla tristezza del suo sguardo. E si era reso conto che, se avesse deciso di occuparsi del cavallo, sarebbe stato non per aiutare l'animale ma la donna. Era una cosa che non faceva mai. Era la ragione sbagliata.

«Mi perdoni. Era importante.»

Si voltò e vide che Annie si stava avvicinando. Indossava un'ampia camicia di jeans e i capelli ancora bagnati erano pettinati all'indietro. Le davano un'aria da ragazzino.

«Non c'è problema.»

Annie prese la cuccuma del caffè e tornò a riempirsi la tazza. Quindi gli si avvicinò e ripeté l'operazione con quella di Tom, senza chiedergli nulla.

«È andato a vederlo?»

Annie posò il recipiente sul tavolo. Profumava di sapone, di shampoo, di qualcosa di costoso.

«Sì. Vengo proprio da lì.»

«E...?»

Tom non sapeva come dirglielo.

«Be', è il cavallo più disgraziato che abbia mai visto.»

Scorse un tremolìo negli occhi di Annie. Quindi sollevò lo sguardo oltre le sue spalle e vide Grace sulla soglia: la ragazzina cercava di fingere indifferenza, ma non vi riusciva. Conoscere Grace era stato, per Tom, come mettere l'ultimo tassello a un mosaico. Il quadro gli si era chiarito nella sua interezza. Madre, figlia e cavallo erano inestricabilmente legati nel dolore. Aiutare il cavallo, anche soltanto in parte, avrebbe significato dare una mano anche a loro. Che cosa poteva esserci di male? E come poteva voltare le spalle a tanta sofferenza?

«Forse si può fare qualcosa» si sorprese a rispondere.

E scorse il sollievo sul volto di Annie.

«Aspetti, signora, la prego. Ho detto forse. Prima che possa anche soltanto pensarci, ho bisogno di sapere una cosa. È una domanda che rivolgo a Grace.»

Vide che la ragazzina s'irrigidiva.

«Vedi, quando lavoro con un cavallo, non posso esserci soltanto io. Non funziona così. Anche il proprietario, colui che lo monterà, deve partecipare. Ecco la mia proposta. Non sono sicuro di riuscire a fare qualcosa per il vecchio Pilgrim, ma se mi darai una mano sono disposto a tentarci.»

Grace si esibì nella stessa risatina sarcastica di poco prima e distolse lo sguardo, come se non avesse mai sentito niente di tanto stupido. Annie abbassò gli occhi a terra.

«È forse un problema?» domandò Tom. Grace lo fissò con un'espressione che avrebbe voluto dimostrargli il suo disprezzo, ma quando aprì bocca la voce le tremò.

«Mi sembra ovvio, no?»

Tom vi rifletté per un istante, quindi scosse il capo. «A me no. In ogni caso, questa è la mia proposta. Grazie del caffè.» Posò la tazza sul tavolo e si diresse verso la porta. Annie guardò Grace, ma la figlia le diede le spalle e tornò in salotto. La madre raggiunse Tom in corridoio.

«Cosa dovrebbe fare?»

«Esserci, aiutare, partecipare.»

Qualcosa gli disse di non accennare alla possibilità che Grace riprendesse a cavalcare. Tom si rimise il cappello e aprì la porta. Gli occhi di Annie erano colmi di disperazione.

«Fa freddo, in questa casa» le disse. «Dovrebbe controllare il riscaldamento.»

Stava per andarsene quando Grace comparve sulla soglia. Senza guardarlo, sussurrò qualcosa con voce così bassa che Tom non riuscì a capire.

«Non ti ho sentito, Grace.»

La ragazzina si mosse a disagio e distolse lo sguardo.

«Va bene, ho detto. Lo farò.»

E si voltò, scomparendo nel salotto.

Diane aveva arrostito un tacchino, e vi si stava accanendo con il coltello. Uno dei gemelli cercò di rubarne un pezzetto e ricevette una pacca sul dorso della mano. Il suo compito era trasportare i piatti dalla credenza al tavolo, attorno al quale erano tutti già seduti.

«E i puledri?» domandò la donna. «Credevo che fossero la ragione per cui avevi rinunciato a viaggiare. Che volessi lavorare con i tuoi cavalli, tanto per cambiare.»

«Avrò tempo anche per loro» rispose Tom. Non riusciva a capire per quale motivo la cognata fosse così irritata.

«Ma chi crede di essere, a presentarsi qui in quel modo? Dando per scontato di poterti costringere. Ha proprio un bel coraggio. Smettila!» Cercò di colpire ancora la mano del figlio, che riuscì a cavarsela di misura. Diane brandì il coltellaccio. «La prossima volta uso questo, capito? Frank, non trovi che abbia avuto una bella faccia tosta?»

«Diavolo, non saprei. La decisione spetta a Tom. Craig, mi passeresti le pannocchie, per cortesia?»

Diane si servì a sua volta e si sedette al tavolo. La famiglia fece silenzio e Frank cominciò a recitare la preghiera di ringraziamento.

«Comunque,» riprese Tom quando il fratello ebbe concluso «Joe mi darà una mano con i puledri. Vero, Joe?»

«Non prima della fine della scuola» intervenne la madre. Tom e Joe si scambiarono un'occhiata. Per qualche istante si dedicarono alle verdure e alla salsa di mirtilli e nessuno aprì bocca. Tom sperava che Diane lasciasse perdere, ma la cognata era tenace come un cane con il suo osso.

«Immagino che vorranno mangiare, stando qui tutto il giorno.»

«Non credo che se lo aspettino» rispose Tom.

«Certo, e si faranno cinquanta e passa chilometri per andare a Choteau ogni volta che avranno voglia di bere una tazza di caffè?»

«Tè» precisò Frank. Diane gli scoccò un'occhiata poco amichevole.

«Cosa?»

«Tè. È un'inglese. Bevono tè. Andiamo, Diane, lascia perdere.»

«Com'è la gamba della ragazzina, strana?» chiese Scott con la bocca piena di tacchino.

«Strana!» Joe scosse il capo. «Tu sei strano, fratellino.»

«No, volevo dire, è tipo... fatta di legno?»

«Scott, mangia e sta' zitto, va bene?» intervenne Frank.

Per qualche istante proseguirono in silenzio. Tom avvertiva con chiarezza l'umore tempestoso della cognata. Era una donna alta e forte, il cui volto e il cui carattere si erano induriti nel luogo in cui viveva. Più si avvicinava alla cinquantina, più avvertiva il rimpianto delle occasioni perdute. Era cresciuta in una fattoria nei pressi di Great Falls, ed era stato Tom a conoscerla per primo. Avevano avuto una sorta di relazione, ma lui le aveva subito fatto capire di non essere pronto a metter su famiglia, e comunque era a casa così di rado che la scintilla si era presto spenta. E Diane aveva sposato il fratello minore. Tom le voleva bene, sebbene a volte, specialmente dopo che sua madre si era trasferita a Great Falls, la trovasse un po' troppo protettiva. Gli pareva perfino che gli prestasse più attenzione di quella che riservava a Frank. Ovviamente Frank non se ne era mai reso conto.

«Quando pensavi di marchiare il bestiame?»

«Alla fine della prossima settimana. Se il tempo si metterà al bello.»

Molti allevatori aspettavano la primavera inoltrata per la marchiatura, ma Frank preferiva eseguirla in aprile: ai ragazzi piaceva dare una mano, e i vitelli erano ancora abbastanza piccoli perché ciò fosse possibile. Per la famiglia era sempre stata un'occasione speciale. Gli amici venivano ad aiutare, e alla fine della giornata Diane offriva da mangiare a tutti. Era una tradizione iniziata dal padre di Tom, una delle tante che suo fratello continuava a rispettare.

Un'altra era l'uso dei cavalli per molte delle operazioni che gli altri allevatori affrontavano a bordo di mezzi meccanici. Radunare una mandria in sella a una motocicletta non era la stessa cosa.

Tom e Frank avevano sempre avuto il medesimo punto di vista su molte cose. Non litigavano mai riguardo alla gestione della fattoria, né, a dire il vero, riguardo a qualsiasi altra questione. Ciò era dovuto in parte al fatto che Tom considerava quel luogo come appartenente di diritto al fratello. Era stato Frank a curarsene in tutti quegli anni, mentre lui passava da un corso all'altro. Frank era sempre stato, dei due, l'uomo d'affari più brillante, e s'intendeva di bestiame più di quanto Tom avrebbe mai potuto imparare. I due fratelli stavano bene insieme, e Frank era sinceramente lieto che Tom avesse deciso di occuparsi più seriamente dei cavalli, anche perché ciò significava che l'avrebbe visto più spesso. Sebbene in realtà il bestiame appartenesse a Frank e i cavalli a Tom, i due affrontavano e risolvevano insieme tutti i problemi. L'anno precedente, mentre Tom era in viaggio, era stato Frank a seguire la costruzione di una pista e di una piscina per i puledri progettate dal fratello.

All'improvviso, Tom si rese conto che uno dei gemelli gli aveva rivolto una domanda.

«Scusami. Dicevi?»

«È famosa?» Era Scott.

«Chi è famosa, per l'amor del cielo?» scattò Diane.

«La donna di New York.»

Diane non gli diede la possibilità di rispondere.

«L'hai mai sentita nominare?» domandò al figlio. Scott scosse il capo. «Allora vuol dire che non è famosa. Finisci di mangiare.»

16

IL CONFINE SETTENTRIONALE DI CHOTEAU ERA SORVEGLIATO DA un dinosauro alto quattro metri. I più pedanti l'avrebbero identificato come un *Albertasaurus*, ma per il resto del mondo era un comune *Tyrannosaurus Rex*. Dominava il parcheggio dell'Old Trail Museum, ed era impossibile non vederlo subito dopo il cartello sulla Route 89 che annunciava: BENVENUTI A CHOTEAU. GENTE DISPONIBILE, LUOGO INCANTEVOLE. Forse consapevole che una statua del genere poteva essere una doccia fredda dopo una simile premessa, lo scultore aveva curvato l'aguzza e minacciosa dentatura del mostro a formare un sorriso sagace. L'effetto era inquietante. Non si riusciva a capire se il dinosauro avesse intenzione di divorarti o di ucciderti a furia di leccate.

Da ormai due settimane Annie passava sotto lo sguardo del rettile quattro volte al giorno, andando avanti e indietro da Double Divide. Partivano a mezzogiorno, dopo che Grace aveva finito i compiti o trascorso un'estenuante mattinata dalla fisioterapista. Annie la lasciava alla fattoria, tornava a casa, si lanciava sul telefono e sul fax, e si presentava a prenderla alle sei.

Era un tragitto di una quarantina di minuti, e Annie lo trovava piacevole. Da quando era giunta la primavera, apprezzava in special modo il viaggio serale. Da cinque giorni a quella parte il cielo era sereno, immenso e azzurro come lei non avrebbe mai creduto possibile. Dopo il frenetico intreccio di telefonate pomeridiane a New York, immergersi in quel paesaggio era come tuffarsi in un'ampia, tranquilla piscina.

La strada si allungava a formare una L, e per i primi trenta chilometri a nord seguendo la Route 89 quello di

Annie era spesso l'unico automezzo in circolazione. Alla sua destra gli altipiani si rincorrevano all'infinito, e mentre alla sua sinistra il sole tracciava un arco avvicinandosi ai profili delle Montagne Rocciose, l'erba logora dell'inverno si tingeva d'oro pallido.

Giunta all'incrocio con la strada sterrata che procedeva ad angolo retto per un'altra ventina di chilometri fino a raggiungere la fattoria e le montagne che la dominavano, Annie svoltò verso ovest. Il Lariat sollevava una nuvola di polvere che la brezza leggera disperdeva lentamente nell'aria della sera. Davanti a lei, alcuni chiurli zampettarono sulla strada e all'ultimo istante spiccarono il volo verso i pascoli. Annie abbassò il parasole per ripararsi gli occhi dal bagliore e sentì che qualcosa, nel profondo, le si risvegliava timidamente.

Negli ultimi giorni aveva preso ad anticipare il viaggio del pomeriggio per poter vedere quell'uomo al lavoro. Tom Booker non aveva ancora cominciato a dedicarsi a Pilgrim nel vero senso della parola. Per il momento il cavallo era impegnato in piscina nella rieducazione dei muscoli della spalla e della zampa anteriore danneggiate. Pilgrim nuotava in cerchi continui, gli occhi spaventati di chi è inseguito da un branco di coccodrilli. Il cavallo era ormai ospite fisso della fattoria: dimorava in un box nei pressi della piscina, e gli unici contatti ravvicinati con Tom si verificavano per il momento soltanto all'ingresso e all'uscita dall'acqua. Ed era già abbastanza pericoloso.

Il giorno prima, Annie si era accostata a Grace e aveva assistito alle manovre con cui Tom tentava di far uscire Pilgrim dalla piscina. Temendo un tranello, il cavallo si rifiutava di risalire, e Tom era stato costretto a immergersi nell'acqua fino alla vita. Pilgrim aveva preso ad agitarsi, bagnandolo del tutto, e si era persino impennato; ma Tom aveva reagito con assoluta calma. Ad Annie era sembrata miracolosa la tranquillità con cui quell'uomo sembrava fronteggiare il pericolo. Aveva valutato correttamente i rischi? Anche Pilgrim era parso perplesso da quell'assenza totale di paura, e poco dopo era uscito zoppicando dalla piscina e si era lasciato condurre nel box.

Al ritorno, Tom si era fermato davanti a madre e figlia sgocciolando dappertutto. Si era tolto il cappello e l'aveva

rovesciato, versando l'acqua dalla tesa. Grace aveva cominciato a ridere, e l'occhiata storta che l'uomo le aveva scoccato non aveva fatto che aumentare la sua ilarità. Tom si
era voltato verso Annie scuotendo il capo.

«Sua figlia è senza cuore» aveva commentato. «Ma non
sa che la prossima volta sarà lei a entrare in piscina.»

Il suono della risata di Grace si era impresso in maniera indelebile nella mente di Annie. Sulla strada del ritorno, la figlia le aveva spiegato gli esercizi fatti con Pilgrim e
le domande che Tom le aveva rivolto. Le aveva raccontato
del puledro di Bronty, di Frank e Diane e dei ragazzi, di
come i gemelli fossero pestiferi e di come invece Joe fosse
un tipo a posto. Era la prima volta da quando erano partite da New York che Grace parlava a ruota libera, e Annie
aveva cercato di non reagire in modo esagerato, dandole
corda come se nulla fosse accaduto. Ma la tregua era stata
di breve durata. Superato il dinosauro, Grace era tornata a
sprofondare nel suo silenzio, quasi il mostro le avesse rammentato come comportarsi con sua madre. Ma era pur
sempre un inizio, si era detta Annie.

I pneumatici del Lariat scrocchiarono sulla ghiaia mentre il camioncino superava la cresta della collina e scendeva a valle, oltrepassando il cartello di legno con la doppia
D che contrassegnava l'inizio della strada d'accesso alla fattoria. Un gruppo di cavalli galoppava sull'ampia pista aperta nei pressi delle stalle; avvicinandosi, Annie vide che
Tom cavalcava fra loro. In una mano reggeva un lungo bastone con una bandiera arancione all'estremità, e lo agitava per allontanarli. Il gruppo era formato da una dozzina
circa di puledri. Si tenevano vicini l'uno all'altro, ma uno
di essi procedeva nettamente separato dagli altri. Annie lo
riconobbe subito: era Pilgrim.

Grace era appoggiata al recinto accanto a Joe e ai gemelli. Tutti e quattro osservavano attenti. Annie parcheggiò e li raggiunse, accarezzando le teste dei cani che non
abbaiavano più al suo arrivo. Joe le sorrise e fu l'unico a
salutarla.

«Cosa succede?» domandò Annie.

«Oh, sta solo facendoli correre.»

Annie si appoggiò alla palizzata accanto al ragazzo e osservò la scena. I puledri si lanciavano da un'estremità al-

l'altra del recinto, proiettando sulla sabbia le loro ombre allungate e sollevando nuvole ambrate di polvere che i raggi obliqui del sole facevano scintillare. Tom li seguiva in groppa a Rimrock senza alcuno sforzo apparente, di quando in quando scostandosi o arretrando per bloccare la strada o aprire un varco ai puledri. Annie non l'aveva mai visto cavalcare. Le zampe bianche del cavallo eseguivano passi intricati come mosse da fili invisibili, quasi che Tom le pilotasse soltanto con i pensieri. Cavallo e cavaliere sembravano un'unica entità. Annie non riusciva a distogliere lo sguardo. Passandole accanto, Tom si sfiorò il cappello e le sorrise.

«Annie.»

Era la prima volta che non la chiamava «signora» o «signora Graves», e nell'udire il suo nome pronunciato spontaneamente lei provò una sensazione di contentezza. Si sentiva accettata. Lo guardò dirigersi verso Pilgrim, che si era fermato come tutti gli altri all'estremità più lontana della pista. Si teneva discosto dal gruppo, ed era il solo a sudare. Agitava la testa, sbuffava, e le cicatrici sul muso e sul petto riflettevano i raggi del sole. Sembrava turbato per la presenza degli altri cavalli e di Tom.

«Quello che stiamo cercando di fare, Annie, è insegnargli a essere di nuovo un cavallo. Gli altri lo sanno già, vedi? Si comportano come farebbero nelle praterie: stanno in branco. Quando si presenta un problema, come posso essere io con la mia bandierina, si guardano a vicenda. Ma il vecchio Pilgrim se n'è dimenticato. Io sono la padella, gli altri puledri la brace. È convinto di non avere un amico al mondo. Se li lasciassi liberi sulle montagne, questi piccoli non avrebbero problemi. Il povero vecchio Pilgrim, invece, diventerebbe all'istante preda degli orsi. Vorrebbe ancora fare amicizia, ma non sa più come.»

Sospinse Rimrock verso il branco e sollevò la bandiera di scatto, facendola schioccare al vento. I puledri si lanciarono tutti verso destra e Pilgrim, questa volta, li seguì. Ma non appena fu a distanza di sicurezza da Tom, si staccò dagli altri e si fermò. Tom sfoderò un sorriso.

«Ci arriverà.»

Quando ebbero riportato Pilgrim nel box, il sole era già tramontato da tempo e faceva più freddo. Diane chiamò i ragazzi per la cena e Grace entrò in casa con loro per recuperare la giacca. Tom e Annie raggiunsero il Lariat. All'improvviso Annie avvertì acutamente il fatto che erano soli. Per qualche istante non dissero nulla. Un gufo volò basso sopra le loro teste verso il torrente, e lei lo guardò confondersi fra le ombre dei pioppi. Sentì su di sé lo sguardo di Tom e si voltò. Lui le rivolse un sorriso tranquillo e privo di imbarazzo. L'occhiata che le scoccò non era quella di uno sconosciuto, ma di chi la conosceva da molto tempo. Annie riuscì a sorridere a sua volta e vide con sollievo che Grace stava raggiungendoli.

«Domani marchieremo il bestiame» disse Tom. «Volete venire a darci una mano?»

Annie scoppiò a ridere. «Credo che saremmo soltanto d'intralcio» rispose.

Tom si strinse nelle spalle. «Forse. Ma finché non intralcerete il ferro da marchio, non succederà nulla. E anche in quel caso, è un bel simbolo. Potreste sfoggiarlo in città.»

Annie si volse verso Grace e vide che la figlia riusciva a malapena a nascondere il proprio entusiasmo. Tornò a rivolgersi a Tom.

«D'accordo, perché no?»

Le disse che avrebbero cominciato attorno alle nove del mattino, ma che potevano raggiungerli quando volevano. Quindi si salutarono. Risalendo il vialetto verso il cancello, Annie guardò nello specchietto retrovisore. Tom non si era mosso, e le osservava allontanarsi.

17

Tom risaliva la valle da una parte, Joe dall'altra. L'idea era di recuperare i capi che si erano allontanati dalla mandria, ma le vacche mostravano di non aver bisogno di alcun incitamento.

Zio e nipote avevano visto il vecchio camioncino Chevy al pascolo più in basso, nel punto in cui era parcheggiato abitualmente all'ora dei pasti, e sentivano le grida e i richiami di Frank e dei gemelli. Si precipitavano giù dalle colline muggendo in risposta alla chiamata, imitate dai vitelli preoccupati di essere lasciati indietro.

Ai tempi del padre di Tom, l'allevamento era formato da capi di pura razza Hereford, ma da qualche anno Frank aveva introdotto un incrocio fra Black Angus ed Hereford. Le vacche di razza Angus erano buone madri e si adattavano meglio al clima: le loro mammelle erano nere e non rosa e non venivano ustionate dai raggi solari riflessi dalla neve.

Tom le osservò allontanarsi lungo il versante della collina, quindi fece voltare Rimrock verso sinistra e raggiunse il corso ombreggiato del torrente, da cui si andavano alzando nubi di vapore che si diffondevano nell'aria tiepida. Davanti a lui un merlo acquaiolo spiccò il volo e proseguì rapido controcorrente, così basso che le sue ali color ardesia giungevano a sfiorare la superficie dell'acqua. I muggiti delle vacche arrivavano smorzati, e l'unico suono che si percepiva era il dolce sciacquìo degli zoccoli che s'immergevano nel torrente mentre cavallo e cavaliere si dirigevano verso l'estremità superiore del pascolo. Poteva succedere che un vitello restasse impigliato nell'intrico dei cespugli e delle radici dei salici, ma quel giorno non sembravano esservi problemi; Tom diresse Rimrock verso l'argine e raggiunse al passo la cresta soleggiata.

Sul versante opposto della valle poteva scorgere Joe in groppa al suo pony chiazzato di bianco e marrone. Il nipote agitò la mano in segno di saluto, e lo zio gli rispose. Sul fondovalle, la mandria stava circondando il Chevy fino a farlo sembrare un'imbarcazione fluttuante nelle nere acque agitate di uno stagno. I gemelli gettavano qualche manciata di mangime per tenere occupate le vacche mentre Frank raggiungeva il posto di guida, accendeva il motore e cercava di allontanarsi lentamente. Attirata dall'esca, la mandria prese a seguirlo.

Dalla cresta su cui si trovava Tom, la vista spaziava indisturbata fino alla fattoria e ai recinti nei quali la mandria stava per essere condotta. E all'improvviso Tom scorse ciò che in quel preciso istante capì di aver atteso fin dall'inizio di quel mattino. Il camioncino di Annie stava procedendo lungo il vialetto sterrato, sollevando una bassa, grigia nuvola di polvere. Quando svoltò di fronte alla fattoria, il sole scintillò sul parabrezza.

Circa due chilometri lo separavano dalle due figure che stavano scendendo dall'automezzo. Erano piccole, quasi indistinguibili. Ma Tom vedeva il volto di Annie come se lei gli fosse accanto.

La vedeva come l'aveva vista la sera precedente mentre osservava il gufo, prima che lei si accorgesse del suo sguardo. Gli era sembrata così smarrita, così bella che aveva desiderato stringerla fra le braccia. È la moglie di un altro, si era detto guardando i fanalini del Lariat allontanarsi lungo il vialetto. Ciononostante non era riuscito a smettere di pensare a lei. Sfiorò Rimrock con i talloni e prese a scendere la collina per seguire la mandria.

L'aria sopra al recinto era satura di polvere e dell'odore di carne bruciata. Separati dalle madri muggenti, i vitelli venivano fatti passare attraverso una serie di piccoli recinti collegati finché non s'incanalavano in uno stretto corridoio dal quale non vi era modo di arretrare. Non appena sbucavano sull'altro lato, una tavola si abbassava a sbarrare loro il cammino. A quel punto quattro paia di mani si mettevano al lavoro, e prima che i vitelli potessero accorgersi di che cosa stesse succedendo, si ritrovavano con un'iniezione in corpo, un cartellino giallo per i parassiti su un orecchio, una pillola per la crescita a innesto sottocutaneo nell'altro orecchio e una bruciatura sul posteriore. Poi la tavola tornava in posizione verticale e la morsa si apriva, liberandoli. Ancora intontiti, si allontanavano barcollando verso le rispettive madri e trovavano conforto fra le loro mammelle.

All'operazione assistevano con pigro e regale disinteresse i padri, cinque enormi tori Hereford che giacevano ruminando in un recinto adiacente. Annie seguiva lo spettacolo con raccapriccio e si rendeva conto che per Grace era lo stesso. I vitelli strillavano come ossessi e si vendicavano defecando sugli stivali dei loro aggressori o scalciando qualsiasi incauto stinco che trovassero sulla loro strada. Alcuni dei vicini giunti ad aiutare avevano portato i figli, ora impegnati a esercitarsi nella cattura e nella marchiatura dei vitelli più piccoli.

Annie osservò l'espressione di Grace e subito si disse che accettare l'invito era stato un terribile errore. Nella sua drammatica fisicità, tutto ciò che succedeva sembrava sottolineare l'invalidità di sua figlia.

Tom si era evidentemente accorto del suo turbamento, perché si avvicinò e le trovò subito un'occupazione. La mise al lavoro nel recinto della mangiatoia, accanto a un gigante sorridente con un paio di occhiali da sole a specchio e una maglietta sulla quale campeggiava la scritta CEREAL KILLER. Il gigante si presentò come Hank, e le diede una stretta di mano così energica che le fece schioccare le nocche. Disse di provenire dalla fattoria vicina.

«Il nostro amichevole vicino psicopatico» commentò Tom.

«Non si preoccupi, ho già mangiato» le confidò Hank.

Mentre si metteva al lavoro, Annie vide Tom avvicinarsi a Grace, posarle una mano sulla spalla e condurla via. Non fece in tempo a capire dove fossero diretti, perché un vitello le calpestò un piede e subito dopo le sferrò un gran calcio sul ginocchio. Annie lanciò un grido di dolore e Hank scoppiò a ridere, passando quindi a mostrarle come spingere le bestie nel passaggio senza correre eccessivi rischi di farsi scalciare o coprire di escrementi. Era un lavoro duro che richiese tutta la sua concentrazione, e presto le battute di Hank e il sole primaverile cominciarono a farla sentire meglio.

Più tardi, quando andò a vedere, si accorse che Tom aveva condotto Grace in prima fila e le aveva affidato il ferro da marchio. All'inizio, Grace teneva gli occhi chiusi; ma in breve tempo Tom riuscì a farla concentrare sull'operazione, aiutandola a superare ogni riserva.

«Non premere troppo» lo sentì raccomandarsi. Era in piedi alle spalle di Grace, le mani dolcemente posate sulle braccia della ragazzina. «Devi calarlo con delicatezza.» Una breve fiammata si levò quando il ferro rovente giunse a contatto con la pelle del vitello. «Brava, decisa ma delicata. Benissimo. Ora solleva. Grace, hai fatto un marchio perfetto. La miglior doppia D della giornata.»

Scrosciarono gli applausi. Il volto di Grace era paonazzo, gli occhi luccicanti di gioia. La ragazzina scoppiò a ridere e si produsse in un accenno di inchino. Tom incrociò lo sguardo di Annie, sorrise e puntò il dito nella sua direzione.

«Ora tocca a te, Annie.»

Nel tardo pomeriggio, rimasti soltanto i vitelli più piccoli da marchiare, Frank annunciò che era giunta l'ora di rifocillarsi. Si diressero tutti verso la fattoria, preceduti dai bambini che vi si precipitarono gridando di gioia. Annie si guardò attorno alla ricerca di Grace. Nessuno le aveva esplicitamente invitate a cena, e sentiva che era giunto il momento di togliere il disturbo.

Vide la figlia qualche metro più avanti: camminava verso la casa insieme a Joe, chiacchierando rilassata. La chiamò e Grace si voltò.

«Dobbiamo andare» le disse.

«Cosa? Ma perché?»

«Già, perché? Non avete il permesso.» Era Tom. L'aveva raggiunta accanto al recinto dei tori. Fino a quel momento, si erano rivolti appena la parola. Annie si strinse nelle spalle.

«Si sta facendo tardi.»

«Già, lo so. E tu devi tornare al tuo fax e a tutte quelle telefonate, giusto?»

Il sole lo investiva alle spalle; Annie reclinò il capo di lato e lo guardò strizzando gli occhi. Non era abituata a sentirsi prendere in giro in quel modo da un uomo. Le piaceva.

«Ma vedi, Annie,» proseguì Tom «quassù abbiamo una specie di tradizione. Chi ha fatto il marchio migliore deve tenere un discorso dopo cena.»

«Cosa?» esclamò Grace.

«Proprio così. Oppure bere dieci caraffe di birra. Dunque, ragazza, ti conviene prepararti.»

Grace guardò Joe per sincerarsi che fosse uno scherzo. Serissimo, Tom indicò la fattoria con un cenno del capo. «Joe, falle strada.» Joe la condusse via, reprimendo a stento un sorriso.

«Se sei sicuro che siamo invitate...» disse Annie.

«Siete invitate.»

«Grazie.»

«Prego.»

Si sorrisero, e per qualche istante il silenzio che scese fra loro venne riempito dai muggiti degli animali. Gemevano più dolcemente, ora che la frenesia della giornata si era calmata. Fu Annie a provare per prima il bisogno di parlare. Guardò i tori intenti a crogiolarsi agli ultimi raggi del sole.

«Chi sceglierebbe di essere una vacca, nel vedere come se la godono tutto il giorno quei bestioni?» commentò. Tom li guardò e annuì.

«Già. Passano tutta l'estate a fare l'amore e l'inverno distesi per terra a mangiare.» Fece una pausa, riflettendo. «D'altro canto, non sono molti quelli che ci arrivano. Se nasci toro, hai novantacinque probabilità su cento di finire castrato e trasformato in hamburger. Tutto considerato, credo che preferirei essere una vacca.»

Erano seduti attorno a un lungo tavolone coperto da una tovaglia bianca inamidata su cui campeggiavano piatti di prosciutto glassato, tacchino, pannocchie bollite, fagioli e patate dolci. Il locale in cui era stato sistemato fungeva chiaramente da salotto, ma ad Annie rammentava un ampio atrio che separasse le due ali della casa. Il soffitto era alto e il pavimento e le pareti erano di un legno scuro e macchiato. Alle pareti erano appesi dipinti di indiani impegnati nella caccia al bisonte e vecchie fotografie color seppia di uomini dai lunghi baffi e donne dagli abiti modesti e dai volti seri. Su un lato, una scala saliva curvando fino a un ampio pianerottolo dal quale si dominava l'intero locale.

Al loro ingresso, Annie aveva provato un forte imbarazzo. Si era resa conto all'improvviso che, mentre lei era all'esterno a marchiare i vitelli, le altre donne si erano dedicate alla preparazione della cena. Ma nessuno era sembrato farvi caso. Diane, che fino a quel giorno non si era dimostrata particolarmente amichevole, l'aveva accolta con calore, giungendo persino a offrirle un cambio d'abiti. Poiché tutti gli uomini erano altrettanto impolverati e sporchi di fango, Annie l'aveva ringraziata ma aveva declinato l'offerta.

I bambini sedevano a un'estremità del tavolo, e facevano un tale fracasso che gli adulti dalla parte opposta avevano serie difficoltà a udire le proprie voci. Di tanto in tanto, Diane gridava loro di abbassare il volume, ma i suoi appelli sortivano ben poco effetto e presto il frastuono, capeggiato da Frank e Hank che sedevano ai due lati di Annie, divenne generale.

Grace aveva preso posto accanto a Joe. Annie sentì che gli raccontava di New York e di un suo amico a cui in metropolitana alcuni borseggiatori avevano strappato dai piedi un paio di nuovissime Nike. Joe l'ascoltava spalancando gli occhi.

Tom sedeva di fronte ad Annie, fra sua sorella Rosie e la madre. Erano giunte in auto da Great Falls nel pomeriggio insieme alle due figlie di Rosie, di cinque e sei anni. Ellen Booker era una donna dolce dai lineamenti delicati, con candidi capelli e occhi dello stesso, vivido azzurro di quelli di Tom. Parlava poco, limitandosi ad ascoltare e a sorridere di tutto ciò che le succedeva attorno. Annie notò come Tom si prendesse cura di lei e le parlasse con dolcezza della fattoria e dei cavalli. Si rendeva conto, dal modo in cui Ellen lo guardava, che era lui il suo prediletto.

«Allora, Annie, scriverai un bell'articolo su di noi per la tua rivista?» domandò Hank.

«Ci puoi contare. E tu sarai nel paginone centrale.»

Il gigante esplose in una risata tonante.

«Ehi, Hank,» intervenne Frank «mi sa che ti conviene farti una bella... come la chiamano?... liposucchione.»

«Si chiama liposuzione, scemo» lo corresse Diane.

«Preferisco il liposucchione» ribatté Hank. «Certo, dipende da chi succhia.»

Annie chiese informazioni sulla fattoria, e Frank le raccontò che vi si erano trasferiti quando lui e Tom erano ragazzini. La condusse a vedere le fotografie appese alle pareti e le spiegò chi fossero i soggetti.

Vi era qualcosa di commovente, pensò lei, in quella galleria di volti solenni. Era come se il solo fatto di riuscire a sopravvivere in quella terra così implacabile fosse uno straordinario trionfo. Mentre Frank le raccontava di suo nonno, Annie si voltò verso il tavolo e vide Tom che la guardava e sorrideva.

Quando tornò a sedersi, Joe stava raccontando a Grace di una hippie che viveva sulle montagne. Qualche anno prima, spiegò, aveva acquistato alcuni mustang di razza Pryor Mountain, che aveva liberato nelle praterie. I cavalli avevano figliato, e ora formavano un bel branco.

«Ha un sacco di bambini, che vanno in giro completamente nudi. Papà la chiama "Granola Gay". È venuta da Los Angeles.»

«Californicazione!» cantilenò Hank. Vi fu una risata generale.

«Hank, per cortesia!» lo rimproverò Diane.

«Sai una cosa, Tom?» disse Frank più tardi, di fronte a una fetta di torta alla zucca con gelato alla ciliegia. «Mentre tu ti dedichi al loro cavallo, Annie e Grace dovrebbero trasferirsi nella casa sul torrente. Mi sembra stupido che continuino a fare tutta quella strada avanti e indietro.»

Annie notò l'occhiata fulminante che Diane scoccava al marito. A quanto pareva non ne avevano ancora parlato. Tom guardò Annie.

«Ma certo» approvò. «È un'ottima idea.»

«Oh, è molto gentile da parte vostra, ma...»

«Diavolo, conosco la vostra baracca giù a Choteau» protestò Frank. «Non mi stupirei se da un giorno all'altro vi crollasse addosso.»

«Frank, per l'amor di Dio, la casa sul torrente non è esattamente una reggia» intervenne Diane. «E poi sono sicura che Annie preferisca un po' di privacy.»

Prima che potesse replicare, Frank si sporse sul tavolo, rivolgendosi a Grace. «E tu cosa ne pensi?»

Grace guardò Annie, ma sul suo volto c'era già la risposta. Frank non aveva bisogno d'altro.

«Allora siamo d'accordo.»

Diane si alzò. «Vado a preparare il caffè» annunciò.

18

Un quarto di luna del colore dell'avorio screziato campeggiava ancora nel cielo rischiarato dall'alba quando Tom superò la porta sul retro e mise piede sulla veranda. Si fermò, infilandosi i guanti e godendo l'aria fresca sul volto. Il mondo era candido e croccante di brina, e non vi era nemmeno un accenno di brezza a disperdere le nuvolette di vapore create dal suo fiato caldo. I cani accorsero a salutarlo, i corpi vibranti all'unisono con le code; Tom ne carezzò le teste e con un semplice cenno del capo li lanciò verso i recinti. Gli obbedirono all'istante, spingendosi e mordicchiandosi eccitati, mentre le zampe punteggiavano di impronte la bianca distesa d'erba. Sollevò il colletto del giaccone di lana verde e scese i gradini.

Le imposte gialle al primo piano della casa sul torrente erano chiuse. Annie e Grace stavano probabilmente dormendo. Tom le aveva aiutate a trasferirsi il giorno prima, dopo che con la collaborazione di Diane aveva ripulito la villetta. La cognata non aveva praticamente aperto bocca per l'intera mattinata, ma Tom si era reso conto del suo stato d'animo dal modo in cui Diane serrava la mascella e dalla foga con cui passava l'aspirapolvere e preparava i letti. Annie avrebbe dormito nella camera principale, quella con la vista sul torrente. Era stata la camera da letto di Diane e Frank e, prima ancora, sua e di Rachel. Grace avrebbe usato la stanza di Joe, sul retro della casa.

«Quanto pensano di restare?» aveva chiesto Diane, finendo di preparare il letto di Annie. Tom era accanto alla porta, intento a controllare il funzionamento di un radiatore del riscaldamento. Si era voltato, ma lei non lo stava guardando.

«Non lo so. Immagino dipenda dal cavallo.»

Diane non aveva aggiunto altro, limitandosi a rimettere il letto in posizione con una spinta delle ginocchia, facendo risuonare la testata contro il muro.

«Se ti dà fastidio, sono certo...»

«Chi ha detto che mi dà fastidio? Non mi dà affatto fastidio.» L'aveva oltrepassato a passi decisi, raggiungendo il pianerottolo e prendendo una pila di asciugamani. «Spero soltanto che sappia cucinare, tutto qui.» E aveva imboccato le scale.

Più tardi, all'arrivo di Annie e Grace, Diane non si era fatta vedere. Tom le aveva aiutate a scaricare le loro cose dal Lariat e aveva trasportato le valigie nelle rispettive camere. I raggi del sole penetravano dalla grande finestra del salotto, dando alla casa un aspetto allegro e arioso. «È deliziosa» aveva commentato Annie. Quindi aveva chiesto il permesso di spostare il lungo tavolo da pranzo sotto la finestra in modo da usarlo come scrivania e godere della vista sul torrente e sui recinti. Tom l'aveva aiutata, così come le aveva dato una mano a trasportare in casa i computer, il fax e qualche altro astruso marchingegno elettronico.

Gli era sembrato curioso che la prima cosa che Annie aveva voluto fare, prima ancora di vedere la stanza in cui avrebbe dormito, fosse stata quella di organizzare lo spazio di lavoro. Ma l'espressione con cui Grace aveva osservato la madre gli aveva fatto capire come per lei ciò non fosse affatto una novità: era così da sempre.

La sera precedente, prima di andare a letto, Tom aveva dato come d'abitudine un'ultima occhiata ai cavalli, e al ritorno, vedendo le luci accese nella casa, si era domandato che cosa stessero facendo madre e figlia, di che cosa parlassero. Guardando la piccola costruzione stagliata contro il cielo notturno, aveva ripensato a Rachel e alla sofferenza che quelle mura avevano racchiuso molti anni prima. Ora il dolore tornava a dimorarvi: un dolore tra i più terribili, ingigantito dal senso di colpa e strumentalizzato da chi era ferito per punire le persone più care.

Tom superò i recinti, l'erba coperta di brina che scricchiolava sotto gli stivali. I rami dei pioppi che costeggiavano il torrente sembravano merlettati d'argento, e sopra le loro cime il cielo a oriente iniziava a tingersi di rosa nel punto dove il sole avrebbe fatto capolino tra poco. I cani lo aspettavano impazienti davanti alla porta della stalla. Sapevano che non li avrebbe mai fatti entrare, ma ci provavano comunque. Tom li allontanò ed entrò.

Un'ora dopo, quando il sole aveva ormai sciolto la brina sul tetto della stalla, uscì con uno dei puledri e montò in sella. Il cavallo, come tutti gli altri che aveva allevato, era rilassato e armonioso, e percorse al piccolo trotto la strada sterrata che conduceva ai pascoli.

Passando sotto la casa sul torrente, Tom notò che le imposte della camera di Annie erano aperte. Poco più in là individuò alcune impronte sulla brina e le seguì finché non si persero fra i salici in riva al corso d'acqua. In quel punto alcune rocce potevano servire da guado e, a giudicare dalle impronte bagnate sulle pietre, qualcuno doveva esservi appena passato.

Fu il puledro a scorgerla per primo; avvertito dal rizzarsi delle sue orecchie, Tom sollevò lo sguardo e vide Annie avvicinarsi di corsa al prato. Indossava una felpa grigia, una calzamaglia nera e un paio di scarpe sportive di marca. Non l'aveva ancora notato; Tom fece fermare il puledro sulla riva e la osservò. Al di sopra del lieve scrosciare dell'acqua il suo respiro si udiva appena. Si era legata i capelli dietro la nuca e aveva il colorito acceso per la corsa all'aria aperta. Fissava il terreno in totale concentrazione cosicché, se il puledro non avesse sbuffato, avrebbe finito per cozzare contro di loro. Il rumore le fece alzare gli occhi: Annie si fermò a una decina di metri di distanza.

«Buongiorno!»

Tom si sfiorò la tesa del cappello.

«Si fa jogging, eh?»

Annie finse un'aria altezzosa. «Io non faccio jogging, signor Booker. Io corro.»

«Meglio così. I grizzly della zona preferiscono chi fa jogging.»

Lei sgranò tanto d'occhi. «Grizzly? Dici sul serio?»

«Be', sai, li nutriamo molto bene.» Vide che si era allarmata e sorrise. «Scherzo. Ce ne sono, ma preferiscono stare più in alto. Puoi stare tranquilla». A parte i puma, avrebbe voluto aggiungere; ma se Annie avesse saputo di quella donna californiana, forse non si sarebbe divertita.

Lei socchiuse gli occhi minacciosa, ma subito dopo sorrise e si avvicinò finché il sole non le illuminò il volto, costringendola a farsi schermo con la mano per poterlo vedere. I seni e le spalle si sollevavano e si abbassavano al ritmo del respiro e una lenta traccia di vapore si sprigionava dal suo corpo, disperdendosi nell'aria.

«Dormito bene?» chiese lui.

«Non dormo bene da nessuna parte.»

«Funziona il riscaldamento? È passato del tempo dall'ultima volta...»

«Va benissimo. È tutto perfetto. E siete molto gentili a ospitarci.»

«È bello che qualcuno occupi quella vecchia baracca.»

«Be', grazie ancora.»

Per un attimo sembrò che nessuno dei due sapesse che cosa dire. Annie allungò la mano per carezzare il puledro, ma il suo gesto fu troppo rapido; il cavallo scostò il muso e fece due passi indietro.

«Scusami» disse Annie. Tom prese ad accarezzare il collo del puledro.

«Allunga la mano. Un po' più bassa, ecco, in modo che possa sentire il tuo odore.» L'animale chinò il muso verso la mano di Annie e l'esplorò, annusandola. Lei lo osservava sorridendo lievemente, e di nuovo Tom notò come gli angoli della sua bocca sembrassero avere una vita propria, rendendo speciale ogni suo sorriso.

«È bellissimo» esclamò lei.

«Già, se la cava. Tu vai a cavallo?»

«Molto tempo fa. Quando avevo l'età di Grace.»

S'incupì per un attimo e Tom si pentì immediatamente di averle rivolto quella domanda. Si sentiva un idiota: era chiaro che in qualche modo Annie si attribuiva la colpa di quanto era accaduto alla figlia.

«È meglio che torni, comincia a fare freddo.» Si scostò, tenendosi a una certa distanza dal cavallo, e passandogli accanto alzò gli occhi a guardare Tom. «Ma non era venuta la primavera?»

«Sai cosa si dice? Se nel Montana il tempo non ti piace, non devi far altro che aspettare cinque minuti.»

Tom si voltò sulla sella e la osservò guadare il torrente, scivolare e imprecare sottovoce quando un piede le sprofondò nell'acqua gelida.

«Vuoi un passaggio?»

«No, va tutto bene.»

«Passerò alle due a prendere Grace» le gridò.

«D'accordo!»

Raggiunta la riva opposta, Annie gli rivolse un cenno di saluto. Tom si portò la mano al cappello e la guardò mentre lei riprendeva a correre, nuovamente concentrata sul terreno.

Pilgrim si proiettò nel recinto come se fosse stato sparato da un cannone. Raggiunse al galoppo l'estremità più lontana e si fermò, sollevando una nuvola di terriccio rosso. La coda era rigida e tremante, le orecchie scattavano di continuo avanti e indietro. Gli occhi fuori dalle orbite fissavano il cancello che aveva appena varcato e dal quale sapeva che sarebbe sbucato l'uomo.

Tom aveva in mano il bastone con la bandiera arancione e un lazo arrotolato. Entrò nel recinto, si chiuse il cancello alle spalle e si portò al centro. Sopra di lui piccole nubi bianche si rincorrevano rapide nel cielo, oscurando irregolarmente la luce abbagliante del sole.

Per quasi un minuto uomo e cavallo rimasero immobili a studiarsi. Fu Pilgrim a muoversi per primo. Sbuffò, chinò la testa e fece qualche indeciso passo indietro. Tom pareva una statua, la punta del bastone appoggiata sulla sabbia. Finalmente fece un passo verso il cavallo e allo stesso tempo sollevò la bandiera e la fece schioccare. Immediatamente Pilgrim si lanciò al galoppo verso sinistra.

Cominciò a percorrere il perimetro del recinto, sollevando nuvole di polvere, sbuffando e agitando la testa. La coda ritta e aggrovigliata si tendeva sibilando nel vento. Galoppava con il posteriore contratto e il collo teso, concentrando ogni singolo muscolo sull'uomo. Teneva la testa costantemente girata e per vedere il nemico doveva strabuzzare l'occhio sinistro. In preda a un terrore profondo continuava a fissarlo anche se il mondo che scorgeva con l'altro occhio era una macchia confusa.

Ben presto i suoi fianchi luccicarono di sudore e gli angoli della bocca presero a schiumare. L'uomo continuava a incalzarlo: a ogni rallentamento dell'animale la bandierina scattava verso l'alto, costringendolo a ripartire.

Grace osservava la scena dalla panchina che Tom le aveva preparato fuori dal recinto. Era la prima volta che lo vedeva lavorare in quel modo; vi era un'intensità, nei suoi gesti, che aveva notato fin dal momento in cui si era presentato a bordo del Chevy per condurla alla fattoria. Perché quel giorno, lo sapevano entrambi, segnava l'inizio del vero lavoro con Pilgrim.

I muscoli della zampa del cavallo si erano rinforzati grazie al nuoto, e le cicatrici sul petto e sul muso miglioravano a vista d'occhio. Erano quelle della mente che dovevano essere guarite. Tom aveva parcheggiato davanti alla stalla, lasciando che Grace facesse strada lungo la fila di box fino alla costruzione che ospitava Pilgrim. Dalle sbarre della sezione superiore della porta potevano vedere che li stava osservando. Al loro arrivo, arretrava sempre nell'angolo più lontano, abbassando il muso e appiattendo le orecchie all'indietro. Ma aveva smesso di caricarli, e negli ultimi giorni Tom aveva permesso a Grace di portargli da mangiare e da bere. Il mantello era arruffato, la criniera e la coda luride e aggrovigliate: Grace non vedeva l'ora di poterlo spazzolare.

Sulla parete posteriore si apriva una porta scorrevole che dava su un atrio di cemento, dal quale si accedeva alla piscina e al recinto. Per fare uscire il cavallo dal box bastava aprire la porta giusta e farsi sotto in modo da costringerlo a scattare in avanti. Ma quel giorno, quasi avesse avuto sentore di qualcosa di nuovo, non si era mosso; Tom era stato costretto ad avvicinarsi e a schiaffeggiargli il posteriore.

Mentre Pilgrim le passava davanti per quella che doveva essere la centesima volta, Grace lo vide ruotare la testa e fissare Tom, quasi si domandasse come mai all'improvviso gli fosse stato concesso di rallentare. Tom lasciò che si mettesse al passo e infine si fermasse. Il cavallo si guardò intorno ansimando. Era confuso. Dopo qualche istante, Tom fece per avvicinarsi. Le orecchie di Pilgrim scattarono in avanti, quindi indietro, infine di nuovo in avanti. I muscoli dei fianchi fremevano.

«Hai visto, Grace? Vedi i muscoli induriti? Hai un cavallo molto determinato. Dovrai bollire per un bel po', vero, vecchio mio?»

Grace sapeva esattamente che cosa Tom intendesse dire. Qualche giorno prima le aveva raccontato del vecchio Dorrance della contea di Wallowa, nell'Oregon, il miglior cavaliere che lui avesse mai conosciuto. Quando cercava di far rilassare un cavallo, Dorrance gli affondava un dito fra i muscoli contratti. «Controlliamo se le patate sono cotte» diceva. Ma Grace si rendeva conto che Pilgrim non avrebbe mai permesso un gesto del genere. Il cavallo aveva spostato la testa di lato, studiando con un occhio terrorizzato l'approssimarsi dell'uomo; quando Tom giunse a cinque metri di distanza, scattò nella direzione dalla quale era venuto. Ma Tom fece un rapido passo avanti, bloccandogli la strada con la bandierina. Pilgrim frenò e deviò verso destra, tentando di allontanarsi, ma Tom riuscì a raggiungerlo e gli schiaffeggiò il posteriore con la bandierina. Pilgrim fece un balzo in avanti, quindi ricominciò a galoppare lungo il perimetro del recinto.

«Vuole star bene» disse Tom. «Ma non sa come fare.»

E se mai riuscirà a star bene, si chiese Grace, cosa succederà a quel punto? Tom non aveva fatto trapelare nulla riguardo ai suoi obiettivi. Affrontava il lavoro giorno per giorno, senza forzare i tempi, lasciando che Pilgrim seguisse un suo ritmo e facesse le sue scelte.

E dopo? Se fosse migliorato, si aspettavano forse che lei riprendesse a cavalcarlo?

Grace sapeva benissimo che si poteva andare a cavallo con menomazioni ben più gravi della sua. Alcuni ricominciavano persino da zero. Li aveva visti ai concorsi, e una volta aveva partecipato a una gara a ostacoli organizzata per raccogliere fondi a favore di un'associazione di equitazione riservata ai mutilati. Aveva riflettuto sul coraggio di quelle persone e ne aveva provato compassione. E ora non poteva sopportare l'idea che altri provassero lo stesso per lei. Non gliel'avrebbe permesso. Aveva deciso che non sarebbe mai più tornata in sella a un cavallo e non avrebbe cambiato idea.

Un paio d'ore più tardi, dopo che Joe e i gemelli ebbero fatto ritorno da scuola, Tom aprì il cancello del recinto e concesse a Pilgrim di rientrare nel box. Grace l'aveva pulito e aveva sparso un nuovo strato di trucioli. Tom la stette a osservare mentre portava il secchio di mangime e agganciava un nuovo sacco di fieno.

Quando la riaccompagnò a casa, il sole era già basso all'orizzonte e dai pendii circostanti le rocce e i pini proiettavano le loro ombre allungate sui prati. Nessuno dei due parlava, e la ragazzina si sorprese a chiedersi come mai il silenzio, con quell'uomo che conosceva da poco tempo, sembrasse sempre così naturale. All'improvviso capì che Tom stava pensando a qualcosa. Girarono con il camioncino dietro la casa, fermandosi di fronte alla veranda. Tom spense il motore, si rilassò sul sedile e la fissò negli occhi.

«Grace, ho un problema.»

Fece una pausa; lei non riuscì a capire se dovesse dire qualcosa, ma Tom riprese a parlare.

«Vedi, quando lavoro con un cavallo mi piace conoscere la sua storia. Spesso è il cavallo stesso a raccontarmela, e molto meglio del suo proprietario. Ma a volte la sua mente può essere così in subbuglio che per andare avanti occorre qualcosa di più. Bisogna scoprire che cosa non ha funzionato. E spesso non è l'elemento più evidente, può trattarsi di un particolare minimo.»

Grace si accigliò, confusa.

«È come se, guidando il mio vecchio Chevy, andassi contro un albero e qualcuno dopo mi chiedesse cos'è successo. Be', non direi: "Sono andato contro un albero". Risponderei, per esempio, di aver bevuto una birra di troppo, oppure che c'era una chiazza d'olio sulla strada, o magari che il sole mi ha accecato. Capisci?»

La ragazzina annuì.

«Bene, non so come ti senti all'idea di parlarne, e posso benissimo capire che tu non ne abbia voglia. Ma se dovrò scoprire cos'è successo a Pilgrim, sapere qualcosa dell'incidente e di quello che è successo quel giorno mi aiuterebbe molto.»

Grace sospirò. Distolse lo sguardo, si voltò verso la casa e notò che dalla cucina si vedeva il salotto, il bagliore azzurrastro del computer e sua madre seduta, al telefono, incorniciata dalla luce del crepuscolo che proveniva dalla finestra.

Non aveva rivelato a nessuno ciò che davvero si ricordava di quel mattino. Con la polizia, con gli avvocati, con i dottori e persino con i suoi genitori aveva finto di avere un vuoto di memoria. Il problema era Judith. Non sapeva se era in grado di parlare di Judith, o anche soltanto di Gulliver. Tornò a voltarsi verso Tom Booker e vide che sorrideva. Nei suoi occhi azzurri non vi era la minima traccia di compassione. In quel momento, Grace si rese conto di essere accettata per quello che era e non giudicata. Forse perché Tom l'aveva conosciuta così, menomata e incompleta, e non prima dell'incidente.

«Non intendo dire subito» riprese lui con dolcezza. «Quando sarai pronta. E soltanto se lo vorrai.» Qualcosa alle spalle di Grace parve attirare il suo sguardo; la ragazza allora si voltò e vide sua madre raggiungere la veranda. Tornò a rivolgersi a Tom e assentì.

«Ci penserò» promise.

Robert si sistemò gli occhiali sulla fronte, si rilassò sulla poltrona e si strofinò a lungo gli occhi. Si era arrotolato le maniche della camicia e la cravatta giaceva abbandonata tra i fogli e i testi di legge accatastati sulla scrivania. Sentiva gli addetti alle pulizie scambiarsi qualche parola in spagnolo nel corridoio, mentre lavoravano negli altri uffici. Tutti i suoi colleghi se n'erano andati da quattro, cinque ore. Bill Sachs, uno dei soci più giovani, aveva cercato di convincerlo ad accompagnarlo al cinema, dove proiettavano l'ultimo film con Gérard Départieu di cui tutti dicevano un gran bene. Ringraziandolo, Robert aveva risposto di avere troppo lavoro arretrato da sbrigare. E poi, aveva aggiunto, il naso di Départieu lo aveva sempre turbato.

«Ha l'aria, come dire, un po' fallica» aveva spiegato.

Bill, che dall'aspetto sarebbe potuto passare per uno psichiatra, l'aveva fissato da sopra gli occhiali di corno e gli aveva chiesto, con un marcato accento tedesco, per quale ragione gli desse fastidio un'associazione del genere. Poi l'aveva fatto ridere, raccontandogli la conversazione di due donne che aveva orecchiato il giorno prima in metropolitana.

«Una delle due ha appena finito di leggere questo libro sull'interpretazione dei sogni e sta spiegando all'amica che, se sogna serpenti, significa che è ossessionata dal pene. L'amica fa un sospiro di sollievo. "Meno male" risponde. "Perché?" chiede la prima. "Perché io sogno soltanto peni."»

Bill non era l'unico dei suoi collaboratori che tentava di rallegrarlo. Robert ne era commosso, ma tutto considerato avrebbe preferito che non lo facessero. Stare qualche settimana da solo non giustificava tutta quella solidarietà; sospettava che i suoi colleghi si fossero accorti di un disagio ben più profondo. Uno si era persino offerto di occuparsi del caso della Dunford Securities. Dio, era l'unica cosa che gli dava una certa carica.

Da quasi tre settimane vi lavorava ogni sera fino a mezzanotte passata. Il disco rigido del suo computer portatile era pieno zeppo di dati e informazioni. Il caso Dunford era uno dei più complessi su cui si fosse mai impegnato: riguardava miliardi di dollari in obbligazioni abilmente manovrati attraverso un labirinto di piccole compagnie distribuite in tre continenti. Quel giorno aveva avuto una telefonata collettiva di due ore con studi legali e clienti di Hong Kong, Ginevra, Londra e Sydney. I diversi fusi orari erano un vero incubo, ma contribuivano stranamente a non fargli perdere la testa, a tenerlo occupato, aiutandolo a non pensare a quanto gli mancavano Grace e Annie.

Aprì gli occhi stanchi e sporgendosi sulla scrivania premette il pulsante su uno dei suoi apparecchi telefonici. Quindi tornò a rilassarsi sullo schienale, fissando lo sguardo sull'estremità illuminata del Chrysler Building. Il numero della casa in cui Annie e Grace si erano trasferite era ancora occupato.

Fu soltanto all'incrocio fra la 5ª Avenue e la 59ª Strada che si decise a fermare un taxi. L'aria fredda della sera era piacevole, e Robert era stato quasi sul punto di attraversare a piedi il parco. L'aveva già fatto diverse volte, sebbene soltanto in un'occasione avesse commesso l'errore di informarne Annie. La quale l'aveva rimproverato per dieci minuti buoni, dandogli del pazzo: voleva forse finire sventrato? Lui si era domandato se per caso non gli fosse sfuggito l'ultimo sanguinoso episodio di cronaca nera, ma non gli era sembrata l'occasione giusta per chiederle chiarimenti.

Dal nome che campeggiava sul cruscotto del taxi, capì che il conducente era senegalese. Ve n'erano parecchi in città, e Robert si divertiva a sorprenderli parlando con aria noncurante nella loro lingua. Il giovane restò così sbalordito che rischiò di finire contro un autobus. Parlarono di Dakar e dei luoghi che conoscevano entrambi, e il senegalese cominciò a guidare in modo spericolato. Robert pensò che avrebbe fatto meglio ad attraversare il parco. Quando si fermarono davanti al suo palazzo, Ramón gli aprì la portiera, mentre il conducente lo ringraziava per la mancia, promettendogli di pregare Allah perché gli concedesse molti figli maschi.

Robert prese l'ascensore ed entrò nell'appartamento buio. Lo scatto della porta che si richiudeva rieccheggiò nel labirinto di stanze vuote e silenziose.

Raggiunse la cucina e trovò la cena preparata da Elsa con il solito biglietto con le istruzioni dei minuti che occorrevano per il riscaldamento a microonde. Come sempre, si avvicinò alla pattumiera e vi rovesciò il contenuto del piatto con gesto colpevole. A sua volta le aveva lasciato diversi messaggi in cui la pregava di non preoccuparsi delle sue cene: sarebbe passato da un *take-away* o avrebbe cucinato da solo. E invece ogni sera trovava un piatto pronto, benedetta Elsa.

La verità era che l'appartamento vuoto lo riempiva di tristezza, al punto che cercava di starci il meno possibile. I fine settimana erano la cosa peggiore. Era andato a Chatham, ma lì la solitudine era totale. Non gli aveva certo giovato scoprire che il termostato dell'acquario di Grace si era rotto e che tutti i suoi pesci erano morti di freddo. La vista dei pallidi corpicini galleggianti sull'acqua lo aveva profondamente turbato. Non aveva detto nulla a moglie e figlia; si era fatto forza, aveva preso accuratissimi appunti e aveva ordinato una serie di sosia al negozio di animali.

Da quando Annie e Grace erano partite, la chiacchierata che faceva con loro al telefono era il momento più atteso della giornata. E quella sera, dopo aver cercato di chiamarle invano per ore e ore, ne provava un bisogno più forte del solito.

Chiuse il sacchetto della spazzatura in modo che Elsa non scoprisse l'ignominioso destino della sua cena. Mentre lo gettava nel condotto dell'immondizia appena fuori dalla porta di servizio, udì squillare il telefono e si precipitò in corridoio. Quando vi giunse, la segreteria era già scattata, e fu costretto a gridare per farsi udire al di sopra della sua stessa voce registrata.

«Un attimo, sono qui.» Trovò il pulsante e spense l'apparecchio. «Ciao. Sono appena rientrato.»

«Hai il fiatone. Dov'eri?»

«Fuori a far baldoria. Bar, discoteche e tutto il resto. Dio, quanto è stancante.»

«Non mi dire.»

«Non te l'avrei detto. Allora, come vanno le cose là dove regnano il cervo e l'antilope? È tutto il giorno che cerco di chiamarvi.»

«Mi dispiace. Abbiamo soltanto una linea, e dall'ufficio stanno cercando di seppellirmi di fax.»

Annie disse che Grace l'aveva cercato in ufficio mezz'ora prima, probabilmente subito dopo che lui era uscito. Ora era a letto, ma lo abbracciava.

Mentre la moglie gli descriveva la sua giornata, lui raggiunse il salotto e, senza accendere le luci, si sedette sul divano di fronte alla finestra. Annie sembrava stanca e abbattuta, e Robert cercò inutilmente di rallegrarla.

«E come sta Gracie?»

Vi fu una pausa. Annie sospirò.

«Non lo so.» Il suo tono di voce si era fatto sommesso, presumibilmente per non farsi sentire dalla figlia. «La vedo parlare con Tom Booker e con Joe, il nipote. Vanno molto d'accordo. Con loro sembra star bene. Ma quando siamo sole, non so. È arrivata al punto che evita di guardarmi.» Sospirò di nuovo. «Comunque...»

Per qualche istante non dissero nulla, e Robert udì in lontananza il lamento di una sirena diretta verso qualche altra anonima tragedia.

«Mi manchi, Annie.»

«Lo so» rispose lei. «Anche tu ci manchi.»

19

ANNIE ACCOMPAGNÒ GRACE ALLA CLINICA PRIMA DELLE NOVE E al ritorno si fermò alla stazione di servizio situata nel centro di Choteau. Fece rifornimento contemporaneamente a un ometto il cui volto color cuoio faceva capolino sotto un enorme cappello. Stava controllando il livello dell'olio di un camioncino Dodge che trasportava alcuni capi di bestiame. Erano Black Angus, come la mandria di Double Divide, e Annie si trattenne a stento dall'abbandonarsi a qualche sagace osservazione basata sul poco che aveva imparato da Tom e Frank il giorno della marchiatura. Fece una prova fra sé e sé. Bel branco. No, branco non era corretto. Gran belle bestie? Animali? Rinunciò. A essere sinceri non aveva la minima idea se fossero belli, brutti o coperti di pulci. Decise di tenere la bocca chiusa e si limitò a rivolgere all'uomo un cenno del capo e un sorriso.

Mentre, dopo aver pagato, faceva ritorno verso il Lariat, si sentì chiamare. Si voltò e vide Diane scendere da una Toyota ferma di fronte all'altra serie di pompe. La salutò con un cenno e le si avvicinò.

«Allora non sei sempre al telefono» esclamò Diane. «Stavamo cominciando a preoccuparci.»

Annie sorrise e le spiegò che tre giorni la settimana doveva accompagnare Grace in paese per la fisioterapia. Dopo essere tornata alla fattoria e aver lavorato per il resto della mattinata, a mezzogiorno sarebbe andata a prenderla.

«Be', posso farlo io» si offrì Diane. «Ho un bel po' di commissioni da sbrigare in paese. È al Bellview Medical Center?»

«Sì, ma sinceramente non vorrei...»

«Non dire stupidaggini. È una follia fare tutti questi chilometri.»

Annie esitava, ma Diane non volle saperne: non era un problema, insistette. Annie fu costretta ad arrendersi e la ringraziò. Parlarono per un po' della casa sul torrente, finché Diane non ripartì in fretta per le sue commissioni.

Tornando alla fattoria, Annie ripensò all'incontro. L'offerta di Diane era amichevole, il modo in cui era stata formulata molto meno. Dal suo tono di voce trapelava l'ombra di un'accusa, quasi pensasse che lei fosse troppo occupata per disturbarsi a fare la madre. Ma forse è una mia paranoia, concluse Annie.

Procedendo verso nord, guardò gli altipiani alla sua destra, dove le sagome nere delle vacche si stagliavano sulla distesa d'erba simili a fantasmi di antichi bisonti. In lontananza, il sole traeva miraggi dall'asfalto. Annie abbassò il finestrino e lasciò che il vento le scompigliasse i capelli. Era la seconda settimana di maggio, e finalmente sembrava che la primavera fosse arrivata con l'intenzione di rimanere. Quando svoltò a sinistra e abbandonò la Route 89, le Montagne Rocciose le si pararono di fronte incappucciate da nubi che sembravano appena uscite da una confezione gigante di panna montata. Mancava soltanto, si disse, una ciliegina e uno di quegli ombrellini di carta da aperitivo. All'improvviso si rammentò di tutti i fax e i messaggi telefonici che stavano aspettandola a casa, e un paio di secondi più tardi si rese conto che aveva inconsapevolmente rallentato.

Era già trascorsa la maggior parte del mese che Crawford Gates le aveva concesso. Avrebbe dovuto chiedergli di poter rinviare il rientro, e ciò la preoccupava. Perché, nonostante tutto, non si faceva illusioni. Negli ultimi giorni, da parte di Gates vi erano stati chiari segnali d'irrequietezza: una serie di piccole interferenze, nessuna delle quali sufficientemente grave da poter protestare, ma nell'insieme molto pericolose.

Aveva criticato il servizio sui donnaioli di Lucy Friedman, che Annie considerava al contrario decisamente brillante; aveva contestato le scelte dello studio grafico per due copertine, non in modo pesante ma certo sufficiente a farsi notare; e le aveva inviato una comunicazione nella quale sosteneva che i loro servizi da Wall Street stavano cedendo il passo alla concorrenza. In sé e per sé non sarebbe stato un problema, se Gates non avesse fatto pervenire la comunicazione a quattro altri amministratori senza nemmeno interpellarla. Bene, si era detta lei, se il vecchio bastardo vuole la guerra, guerra sia. Non gli aveva telefonato. Aveva invece preparato una risposta immediata ed energica, zeppa di dati circostanziati, e l'aveva fatta pervenire agli stessi quattro amministratori più ad altri due che sapeva essere suoi alleati. Ma Dio, quanta fatica le era costata.

Quando superò la collina e scese lungo la strada sterrata superando i recinti, vide i puledri correre fra la polvere ma nessun segno di Tom; ne fu delusa, e subito dopo sorrise di se stessa. Raggiunto il retro della casa sul torrente, notò un camioncino della compagnia dei telefoni. Mentre scendeva dal Lariat, un uomo in tuta blu uscì di casa e si fermò sulla veranda. La salutò e la informò di averle appena installato due nuove linee.

All'interno, Annie trovò i due apparecchi accanto al suo computer. La segreteria telefonica segnalava quattro messaggi e nel cestino vi erano tre fax, uno dei quali di Lucy Friedman. Cominciò a leggerlo, ma subito uno dei nuovi telefoni prese a squillare.

«Ciao.» Era una voce maschile, e per un istante non la riconobbe. «Volevo solo controllare che funzionasse.»

«Chi parla?» chiese.

«Scusami. Sono Tom, Tom Booker. Ho visto l'operaio della compagnia dei telefoni che se ne andava e ho voluto verificare se le nuove linee funzionano.»

Annie scoppiò a ridere.

«Mi sembra tutto a posto, almeno per una delle due. Spero che non ti dia fastidio il fatto che siano entrati in casa.»

«Certo che no. Grazie. Non avresti dovuto.»

«Non c'è problema. Grace mi ha confessato che suo padre ha avuto qualche problema a trovare la linea libera.»

«È molto gentile da parte tua.»

Vi fu una pausa; quindi, tanto per dire qualcosa, Annie gli raccontò di avere incontrato Diane a Choteau e di come questa si fosse offerta di riaccompagnare Grace alla fattoria.

«Se l'avessimo saputo, avrebbe anche potuto accompagnarla.»

Lo ringraziò ancora e si offrì di pagare le spese di installazione, ma Tom non volle saperne; disse che l'avrebbe lasciata lavorare e riagganciò. Annie riprese a leggere il fax di Lucy, ma per qualche ragione trovò difficile concentrarvisi. Decise di prepararsi una tazza di caffè.

Venti minuti più tardi era di nuovo seduta di fronte al tavolo, una delle due linee occupata dal modem, l'altra dal fax. Stava per chiamare Lucy, la quale era agitatissima per qualche nuova iniziativa di Gates, quando udì dei passi sulla veranda posteriore e una serie di lievi colpetti sulla porta. Attraverso la rete metallica scorse Tom Booker. Nell'incrociare il suo sguardo, lui le sorrise. Quando lei aprì la porta, fece un passo indietro, mostrandole i due cavalli sellati, Rimrock e un puledro. Annie incrociò le braccia sul petto e si appoggiò allo stipite della porta, sorridendo con aria scettica.

«La risposta è no» disse.

«Non sai neanche qual è la domanda.»

«Credo di poterla indovinare.»

«Davvero?»

«Penso proprio di sì.»

«Be', ho pensato che, visto che ti sei appena risparmiata quaranta minuti di tragitto verso Choteau e altri quaranta di ritorno, forse avresti accettato di sprecarne qualcuno prendendo un po' d'aria buona.»

«A cavallo...»

«Be', sì.»

Rimasero a guardarsi, sorridendo. Tom indossava una camicia rosa scolorita e, sopra i jeans, i suoi soliti gambali di cuoio. Forse per via della luce, i suoi occhi sembravano azzurri e trasparenti come il cielo alle sue spalle.

«La verità è che mi faresti un favore. Con tutti questi puledri da montare, il povero vecchio Rimrock si sente trascurato. Te ne sarebbe così grato che ti tratterebbe con la massima delicatezza.»

«È questo il prezzo dei telefoni?»

«Nossignora, temo che quello sia extra.»

La fisioterapista di Grace era una donnetta minuta con una gran testa di ricci pepe e sale e due occhi grigi rotondi che le conferivano un'aria di perenne sorpresa. Terri Carlson aveva cinquantun anni ed era della Bilancia; entrambi i suoi genitori erano morti, e i tre figli maschi che aveva partorito in rapida successione erano il ricordo del marito, fuggito una trentina d'anni prima con la reginetta di un rodeo. Era stato lui a insistere di chiamarli John, Paul e George, e Terri ringraziava Dio che se ne fosse andato prima di mettere al mondo il quarto. Tutto ciò Grace l'aveva scoperto alla sua prima visita; da allora, a ogni seduta, Terri aveva ripreso la storia della sua vita dal punto esatto in cui l'aveva interrotta, e Grace sarebbe stata ormai in grado di riempire diversi quaderni con il racconto della donna. La cosa non le dava affatto fastidio; al contrario, le piaceva. Significava distendersi sul lettino degli esercizi e abbandonarsi, come stava succedendo in quel preciso istante, non soltanto alle mani di Terri, ma anche alle sue parole.

Da principio, quando Annie l'aveva informata di averle fissato tre sedute la settimana, aveva protestato. Sapeva benissimo che, dopo tutti quei mesi, non ne aveva bisogno. Ma la terapista di New York aveva detto che più si fosse impegnata, meno probabilità avrebbe avuto di zoppicare in futuro.

«E a chi importa se zoppico?» aveva chiesto Grace.

«Importa a me» aveva replicato Annie, e le discussioni erano finite.

In realtà, Grace preferiva la fisioterapia di Terri a quella di New York. Iniziavano con la ginnastica. Terri le faceva fare di tutto, sistemando con il velcro dei pesi al moncone, facendola sudare sul vogatore, incoraggiandola persino a ballare a tempo di disco - music di fronte agli specchi che tappezzavano le pareti. Il primo giorno, quando aveva cominciato a diffondersi la voce di Tina Turner, l'espressione della ragazzina non le era sfuggita.

«Non ti piace Tina Turner?»

No, aveva risposto Grace, Tina Turner andava benissimo. Era solo un po'...

«Vecchia? Ma cosa stai dicendo? Ha la mia età!»

Grace era arrossita, ma l'altra era scoppiata a ridere, e

da quel momento erano andate d'accordo. La donna le aveva chiesto di portare i suoi nastri, che in breve erano diventati la fonte di una continua serie di battute. Ogni volta che Grace ne portava uno nuovo, Terri lo esaminava, scuoteva il capo e sospirava: «Altri lamenti funebri».

Dopo la ginnastica e qualche minuto di rilassamento, la ragazzina passava a lavorare da sola in piscina. Infine, per l'ultima ora, faceva ritorno davanti agli specchi per esercitarsi a camminare. Grace non si era mai sentita così in forma.

Quel giorno Terri aveva interrotto il romanzo della sua vita e stava raccontandole di un giovane indiano che aveva in cura e che andava a visitare ogni settimana nella riserva dei Piedi Neri. Aveva vent'anni ed era bellissimo e orgoglioso. Finché, un giorno dell'estate precedente, era andato a nuotare in uno stagno con alcuni amici e, tuffandosi, aveva picchiato la testa contro uno scoglio nascosto. L'urto gli aveva spezzato il collo, causandogli una paralisi.

«La prima volta che l'ho visto era furioso» continuò Terri, massaggiandole energicamente il moncone. «Mi disse che non voleva aver niente a che fare con me, e che, se non fossi sparita, se ne sarebbe andato lui. Non aveva nessuna intenzione di starsene lì a farsi umiliare. Non aggiunse "da una donna", ma è quello che intendeva. E io pensai: "Cosa intende dire con andarsene?". Non poteva andare da nessuna parte, tutto ciò che era in grado di fare era giacere lì disteso. Ma sai una cosa? Ci riuscì. Se ne andò. Cominciai a sottoporlo alla terapia; dopo un po' sollevai lo sguardo sul suo volto e vidi che non c'era più.»

Si accorse che Grace non capiva.

«La sua mente – o il suo spirito, come preferisci chiamarlo. Si era volatilizzato. E non stava fingendo. Se n'era andato da qualche altra parte. E quando ebbi finito, vidi che era tornato. Lo fa ogni volta che vado a visitarlo. Bene, tesoro, ora fammi un po' di Jane Fonda.»

Grace si spostò sul fianco sinistro e si produsse in una serie di forbici. «E ti dice dove va?» domandò. Terri scoppiò a ridere.

«Gliel'ho chiesto, ma mi ha risposto che non me l'avrebbe detto perché sono un'impicciona. È così che mi chiama, la Vecchia Impicciona. Finge di non sopportarmi, ma io so che non è vero. È soltanto il suo modo di dimostrare orgoglio. Lo facciamo tutti, in una maniera o nell'altra. Brava, tesoro. Un po' più alta. Bravissima!»

Qualche minuto dopo, Terri l'accompagnò in piscina e la lasciò sola. Era un luogo molto tranquillo, e quel giorno Grace l'aveva tutto per sé. Nell'aria aleggiava l'odore del cloro. La ragazza indossò il costume da bagno e si rilassò per qualche minuto nella piscina più piccola. I raggi obliqui del sole penetravano dal lucernario e illuminavano la superficie dell'acqua. Alcuni rimbalzavano danzando sul soffitto, altri proseguivano verso il fondo della vasca, dove si muovevano ondulando come serpenti azzurri.

Il moncone dolcemente accarezzato dai getti d'acqua, Grace si rilassò e ripensò al giovane indiano. Che bello essere in grado di fare come lui, abbandonare il proprio corpo a piacimento e allontanarsi chissà dove. Rammentò quando era stata in coma. Forse era successa la stessa cosa. Ma dov'era andata, che cosa aveva visto? Non riusciva a ricordare nulla, nemmeno un sogno, se non l'istante in cui ne era uscita, in cui aveva percorso a nuoto quella galleria verso la voce di sua madre.

Era sempre stata in grado di ricordare i sogni che faceva. Era facile, bastava raccontarli subito a qualcuno, anche a se stessi. Quando era più piccola, al mattino scivolava nel letto dei genitori, si accoccolava sotto il braccio del padre e cominciava a raccontare. Lui la tempestava di domande, costringendola talvolta a inventarsi i particolari. Era sempre stato suo padre, perché a quell'ora sua madre era già vestita o nella doccia e gridava a Grace di prepararsi per gli esercizi al pianoforte. Robert le diceva spesso che avrebbe fatto bene ad annotare i suoi sogni, perché un giorno, quando fosse stata adulta, si sarebbe divertita a rileggerli; ma Grace non gli aveva mai dato retta.

Dopo che era avvenuto, aveva temuto che l'incidente la tormentasse in sogno, e invece non era mai successo. Aveva sognato Pilgrim in un'unica occasione, due notti prima. Il cavallo era in piedi sulla riva lontana di un ampio fiume marrone; era strano, perché appariva giovane, poco più di un puledro, eppure era chiaramente lui. Lei l'aveva chiamato; Pilgrim aveva saggiato l'acqua con la zampa, poi si era lanciato, nuotandole incontro. Ma non era abbastanza forte per contrastare la corrente; il fiume l'aveva trascinato via, e lei aveva visto la sua testa farsi sempre più piccola, mentre impotente e piena d'angoscia non poteva che invocare il suo nome. All'improvviso si era accorta di una presenza al suo fianco, si era voltata e aveva visto Tom Booker. Le diceva di non preoccuparsi: Pilgrim non correva rischi perché più a valle il fiume era meno profondo, e lui avrebbe trovato un guado sicuro.

Grace non aveva informato Annie della richiesta di Tom. Temeva che la madre reagisse male o cercasse di decidere per lei. E poi non erano fatti suoi. Era una questione privata fra lei e Tom, riguardava lei e il suo cavallo e la decisione era sua e soltanto sua. All'improvviso si rese conto di aver già deciso. Sebbene la prospettiva la intimidisse, gli avrebbe raccontato tutto. Soltanto dopo, forse, ne avrebbe parlato con sua madre.

La porta si aprì e Terri comparve, chiedendole come procedevano le cose. Poi la informò che aveva chiamato sua madre. Diane Booker sarebbe passata a prenderla a mezzogiorno.

Risalirono il corso del torrente e l'attraversarono al guado presso il quale si erano incontrati alcuni giorni prima. Sul pascolo inferiore, le vacche si scostarono pigramente per lasciarli passare. Le nubi sulle montagne innevate si erano disperse e nell'aria si sentiva un profumo di primavera. Dall'erba spuntavano già i fiori di croco rosa, e sui rami dei pioppi le prime foglie formavano una densa nebbiolina verde.

Tom lasciò che Annie lo precedesse e posò lo sguardo sui suoi capelli agitati dalla brezza. Annie non aveva mai cavalcato in stile western: la sella, disse, le sembrava grande come una barca. Prima di partire aveva costretto Tom ad accorciare le staffe di Rimrock, sostenendo di sentirsi più sicura. Lui notò che aveva un ottimo assetto dal modo in cui si muoveva al ritmo del cavallo.

Quando la vide rilassarsi, le si portò al fianco e continuò a cavalcare insieme a lei. Nessuno dei due parlava, tranne quando Annie chiedeva il nome di una pianta, di un albero o di un volatile. Lo fissava con quei suoi occhi verdi e quindi annuiva, serissima, registrando l'informazione. Superarono boschetti di pioppi che, le spiegò, erano conosciuti come "pioppi tremuli" per il modo in cui le loro foglie si agitavano al minimo soffio di vento; i tronchi mostravano ancora le ferite provocate dagli alci che durante l'inverno si erano sfamati con la loro corteccia.

Risalirono una lunga e ripida cresta disseminata di pini e giunsero sul ciglio di un alto promontorio dal quale si dominavano le valli gemelle che davano il nome alla fattoria. Si fermarono e fecero riposare i cavalli.

«Che bella vista» disse Annie. Tom annuì.

«Appena arrivati qui, a volte Frank e io salivamo quassù e facevamo una corsa fino al recinto. Chi vinceva guadagnava dieci centesimi o, se ci sentivamo particolarmente ricchi, venticinque. Lui seguiva il corso di un torrente, io l'altro.»

«E chi vinceva?»

«Be', lui era più giovane e la maggior parte delle volte correva talmente forte che finiva per cadere, e io ero costretto ad aspettare fra gli alberi per percorrere l'ultimo tratto appaiati. Quando vinceva, Frank era felice, e così il più delle volte andava a finire che mi batteva.»

Lei gli sorrise.

«Cavalchi bene» commentò Tom.

«Con questo cavallo chiunque sembrerebbe un campione» rispose lei con una smorfia. Quindi allungò il braccio accarezzando il collo di Rimrock, e per un attimo l'unico suono che si udì fu il lieve fremito delle narici del cavallo. Annie si raddrizzò e tornò a guardare verso il fondovalle. Fra le cime degli alberi si intravedeva il tetto della casa sul torrente.

«Chi è R.B.?» domandò.

Tom si accigliò. «R.B.?»

«Sul pozzo accanto alla casa ci sono alcune iniziali: T.B., che immagino sia tu, e R.B.»

Tom scoppiò a ridere. «Rachel. Mia moglie.»

«Sei sposato?»

«Lo ero. Abbiamo divorziato. Molto tempo fa.»

«Hai figli?»

«Uno. Ha vent'anni. Vive a New York con sua madre e il suo patrigno.»

«Come si chiama?»

Annie faceva un sacco di domande. Era il suo lavoro, si disse Tom, e a lui non dava fastidio. Gli piaceva, anzi, la sua franchezza, il modo in cui lo guardava negli occhi e procedeva decisa. Le sorrise.

«Hal.»

«Hal Booker. Ha un bel suono.»

«È anche un bel tipo. Mi sembri sorpresa.»

Accorgendosi del rossore imbarazzato di Annie, rimpianse subito di aver fatto quel commento.

«No, niente affatto. È solo che...»

«È nato proprio nella casa sul torrente.»

«Vivevate lì?»

«Già. Ma Rachel non riuscì mai ad abituarsi. Gli inverni possono risultare pesanti, in questo posto.»

Un'ombra passò sulle teste dei cavalli; Tom guardò il cielo, imitato da Annie. Era una coppia di aquile reali, le disse: lo si capiva dalle dimensioni, dalla forma e dal colore delle ali. Insieme, in silenzio, le osservarono librarsi nell'aria e risalire lentamente la valle fino a scomparire dietro la grigia, massiccia parete della montagna.

«Ci sei mai stata?» chiese Diane mentre passavano accanto al museo sotto lo sguardo vigile del dinosauro alle porte del paese. Grace rispose di no. La donna guidava con gesti decisi, trattando l'auto come se avesse bisogno di una lezione.

«Joe l'adora. I gemelli preferiscono i Nintendo.»

Grace scoppiò a ridere. Diane le piaceva. Era un po' ombrosa, ma con lei era stata gentile fin dall'inizio. Lo erano stati tutti, a dire il vero, ma c'era qualcosa di speciale nel modo in cui Diane le parlava, una sorta di fiducia da sorella maggiore. Forse perché aveva avuto soltanto figli maschi, pensava Grace.

«Dicono che i dinosauri venissero in questa regione per la cova» proseguì Diane. «E sai una cosa, Grace? Ce ne sono ancora. Chiedilo alla gente del posto.»

Presero a parlare della scuola e Grace le raccontò come, le mattine in cui non l'accompagnava in paese per la fisioterapia, Annie la obbligasse a studiare. Diane ammise che non doveva essere facile.

«E tuo padre, cosa dice del fatto che siete lontane?»

«A volte si sente un po' solo.»

«Ci credo.»

«Ma al momento è occupatissimo con una grossa causa: anche se fossi a casa non lo vedrei molto.»

«Sono due persone importanti, i tuoi genitori, vero? Brillanti carriere e tutto il resto.»

«No, papà è diverso.» L'aveva detto d'impulso, e il silenzio che seguì contribuì soltanto a peggiorare l'effetto delle sue parole. Grace non aveva voluto insinuare nulla di negativo su Annie, ma dall'occhiata che le rivolse Diane capì subito che la sua frase era stata interpretata proprio in quel modo.

«Tua madre non si prende mai una vacanza?»

Il tono era complice, solidale, e lei avvertì una punta di rimorso, quasi avesse consegnato a Diane l'arma per affondare il colpo. Avrebbe voluto ribattere che non era vero, non era affatto così. «Sì,» rispose invece con una scrollata di spalle «a volte.»

Distolse lo sguardo e per un pezzo non aggiunse nulla. C'erano cose che gli altri non potevano capire, si disse. Per la gente la realtà era bianca o nera, e invece era tutto più complicato. Perché lei era orgogliosa di sua madre. Non si sarebbe mai sognata di farglielo capire, ma da grande avrebbe voluto essere come lei. Le faceva piacere che tutte le sue amiche la conoscessero, che avesse successo e tutto il resto. Non avrebbe potuto desiderare niente di meglio, e nonostante a volte le rinfacciasse di non essere presente come le madri delle sue coetanee, se doveva essere onesta, non si era mai sentita trascurata. Spesso rimaneva sola col padre, ma a volte preferiva così. L'unico problema di sua madre era quella sua sicurezza granitica. Era così intransigente, determinata. Veniva voglia di contraddirla anche quando si era d'accordo con lei.

«Bello, vero?» disse Diane.

«Sì.» Grace stava guardando distrattamente gli altipiani e ora, osservandoli meglio, non le sembrò che "bello" fosse l'aggettivo giusto. Erano desolati.

«Non diresti mai che qui sotto ci sono abbastanza bombe atomiche da far saltare in aria l'intero pianeta, eh?»

Grace la fissò. «Veramente?»

«Altroché.» Diane sorrise. «Rampe missilistiche dietro

ogni angolo. Saremo anche in pochi, quassù, ma a bombe e vacche non ci batte nessuno.»

Tenendo il ricevitore stretto fra la spalla e il collo, Annie ascoltava distratta Don Farlow e intanto si trastullava con la frase che aveva appena scritto sul computer. Stava cercando di finire un editoriale, l'unica attività di scrittura che ancora coltivava. Quel giorno il suo bersaglio era una nuova iniziativa contro il crimine urbano varata dal sindaco di New York; ma Annie stentava a ritrovare la vena di un tempo, quella felice combinazione di arguzia e perfidia che costituiva il suo tratto migliore.

Farlow stava aggiornandola sulle varie questioni legali che doveva sbrogliare con il suo nugolo di avvocati d'assalto, nessuna delle quali suscitava in lei la benché minima ombra d'interesse. Annie rinunciò a correggere la frase e guardò fuori dalla finestra. Il sole stava tramontando, e nel recinto principale Tom, appoggiato allo steccato, parlava con Grace e Joe. Lo vide rovesciare la testa all'indietro e ridere di gusto. Alle sue spalle, la stalla proiettava una lunga ombra sulla sabbia rossa.

Tom aveva passato l'intero pomeriggio a lavorare con Pilgrim, che li osservava dal lato opposto del recinto, luccicante di sudore. Joe era appena tornato da scuola e come sempre li aveva raggiunti. Ogni tanto, nelle ultime ore, Annie aveva dato un'occhiata a Tom e Grace avvertendo dentro di sé qualcosa che, se non si fosse conosciuta bene, avrebbe scambiato per gelosia.

Le cosce le dolevano per la cavalcata mattutina. Muscoli che non usava da trent'anni stavano facendosi sentire, ma lei era soddisfatta di quel dolore. Erano anni che non provava l'entusiasmo che l'aveva animata quel mattino. Era stato come se qualcuno l'avesse liberata da una corazza. Ancora eccitata l'aveva raccontato a Grace appena Diane l'aveva lasciata davanti a casa. Prima di assumere l'espressione di disinteresse con cui accoglieva qualsiasi cosa le dicesse sua madre, la ragazzina aveva tradito un moto di sgomento e Annie si era maledetta per aver parlato. Sei stata insensibile, si era rimproverata fra sé; per quanto più tardi, ripensandoci a freddo, non ne capisse il perché.

«E ha detto di mollare tutto» stava riferendo Farlow.

«Come? Scusami, Don, potresti ripetere?»

«Ha detto di rinunciare alla causa.»

«Chi l'ha detto?»

«Annie! Ti senti bene?»

«Perdonami, Don, ero distratta.»

«Gates mi ha detto di lasciar perdere il caso Fiske. Ricordi? Fenimore Fiske? "E chi sarebbe questo Martin Scorsese?"»

Era una delle memorabili gaffe di Fiske. Alcuni anni dopo aveva peggiorato le cose paragonando a *Taxi Driver* lo squallido filmetto di un regista insignificante.

«Ti ringrazio, Don, lo ricordo benissimo. Ha detto davvero di lasciar perdere?»

«Sì. Sostiene che costa troppo e che fa più male che bene sia a te che alla rivista.»

«Figlio di puttana! Come osa deciderlo senza nemmeno interpellarmi? Cristo!»

«Per l'amor di Dio, non rivelargli che te l'ho detto io.»

«Cristo.»

Annie ruotò sulla sedia e urtò con il gomito la tazza di caffè sul tavolo.

«Merda!»

«Tutto bene?»

«Sì. Senti, Don, devo rifletterci ancora un po'. Ti richiamo, d'accordo?»

«Va bene.»

Annie riagganciò e per un lungo istante si limitò a fissare la tazza rotta e la macchia di caffè che si allargava sul tavolo.

«Merda.»

Andò in cucina a recuperare uno straccio.

20

«CREDEVO FOSSE LO SPAZZANEVE. AVEVO COMINCIATO A SENTIRlo da molto lontano. Avevamo tutto il tempo che volevamo. Se avessimo saputo di che cosa si trattava, avremmo allontanato i cavalli dalla strada, dirigendoli in mezzo al campo. Avrei dovuto avvertire Judith, ma non ragionavo. E poi, quando si andava a cavallo era sempre lei a condurre, capisci? Se c'era una decisione da prendere, era lei a prenderla. Era la stessa cosa con Gulliver e Pilgrim. Gully era il capo, il più maturo.»

Grace si mordicchiò il labbro e distolse il viso che fu accarezzato dalla luce del sole al tramonto. Stava scendendo il buio e una brezza fresca soffiava dal torrente. Avevano riportato Pilgrim nel box e subito dopo Joe, scambiata con Tom un'occhiata d'intesa, li aveva salutati dicendo di dover studiare. Tom e Grace avevano raggiunto il recinto dei puledri. Camminando, lei aveva inciampato in un solco della strada; Tom era stato sul punto di allungare le braccia per sorreggerla, ma la ragazzina si era subito raddrizzata e lui era stato lieto di essersi fermato in tempo. Ora erano entrambi appoggiati allo steccato del recinto, e osservavano i puledri.

Grace gli aveva descritto la prima parte dell'incidente. Come erano salite attraverso i boschi e quanto spassoso era stato Pilgrim per la prima volta a confronto con la neve, come avevano perso il sentiero ed erano state costrette a imboccare la ripida discesa lungo il fiume. Parlava senza guardarlo, fissando i puledri, ma Tom sapeva che i suoi occhi rivedevano quel mattino, il cavallo e l'amica morti. La guardava parlare e si sentiva stringere il cuore per lei.

«Finalmente trovammo il punto che stavamo cercando.

Era un terrapieno scosceso che conduceva al ponte ferroviario. Ci eravamo già passate, e sapevamo dov'era il sentiero. Judith partì per prima, e fu strano, sai, perché all'inizio Gully si rifiutò di obbedire. Era come se sentisse che qualcosa non andava... non fa mai capricci del genere.»

Resasi conto di aver parlato al presente, guardò Tom di sottecchi e vide che le sorrideva.

«E così Judith partì. Le chiesi se andava tutto bene e lei rispose di sì, ma di fare attenzione, e io la seguii.»

«Hai dovuto spronare Pilgrim?»

«No, assolutamente. Era felice di andare.»

Abbassò lo sguardo e per un istante rimase in silenzio. Al'altra estremità del recinto un puledro lanciò un sordo nitrito. Tom le posò una mano sulla spalla.

«Tutto bene?» le chiese. Grace annuì.

«Poi Gully iniziò a scivolare.» Tornò a guardarlo, seria in volto. «Lo sai che hanno scoperto che il ghiaccio era soltanto in quel punto del sentiero? Se l'avesse preso, che so, qualche centimetro più a sinistra, non sarebbe successo niente. Ma deve averci posato sopra una zampa, ed è bastato.» Distolse di nuovo lo sguardo e dal modo in cui le sue spalle si contrassero Tom capì che stava lottando per calmare il proprio respiro.

«Ha cominciato a scivolare. Si sforzava di puntare lo zoccolo a terra perché facesse presa, ma più si agitava più perdeva l'equilibrio. Stavano per piombarci addosso, e Judith mi gridò di scostarmi. Era aggrappata al collo di Gully, e io cercai di far voltare Pilgrim ma fui troppo brusca, lo strattonai. Capisci? Se soltanto non avessi perso la testa e fossi stata più delicata, mi avrebbe obbedito. Ma così devo averlo spaventato ancora di più, e lui... lui non si mosse.»

S'interruppe e deglutì.

«Ci vennero addosso. Come sia riuscita a stare in sella non ne ho idea.» Diede una breve risatina. «Avrei fatto meglio a cadere. Ma Judith rimase imprigionata. Quando scivolò di sella era come... come una bandierina agitata dal vento, tutta molle, fatta di niente. La gamba le era rimasta agganciata alla staffa. Ci vennero addosso e scivolammo giù tutti insieme. Mi sembrò che durasse un'eternità. E sai una cosa? Il fatto più strano è che mi ricordo di avere pensato proprio in quel momento, guardando il cielo azzurro sopra di noi e il sole che splendeva e la neve sugli alberi e tutto il resto, che era davvero una splendida giornata.» Si volse verso Tom. «Non è la cosa più strana che tu abbia mai sentito?»

Tom non la trovava affatto strana. Vi erano momenti in cui il mondo sceglieva di rivelarsi, non tanto, come poteva sembrare, per prendersi gioco della pochezza degli esseri umani quanto semplicemente per affermare, di fronte alle persone e alle cose, il fatto stesso di esistere. Le sorrise e annuì.

«Non so se Judith lo vide subito. Il camion, intendo. Doveva aver picchiato la testa, e Gully era completamente imbizzarrito: la trascinava in tutte le direzioni. Ma non appena lo vidi spuntare dal vecchio ponte mi dissi che non sarebbe mai riuscito a frenare, e pensai che, se avessi potuto afferrare le redini di Gully, ci saremmo messi in salvo. Che stupida. Dio, che stupida!»

Si nascose la testa fra le mani chiudendo gli occhi, ma si riprese in fretta. «Avrei dovuto scendere di sella. Sarebbe stato molto più facile prendergli le briglie. Certo, era imbizzarrito, ma si era anche fatto male a una zampa e non sarebbe fuggito. Avrei potuto spedire via Pilgrim con una pacca sul didietro e condurre Gully lontano dalla strada. Ma non lo feci.»

Inspirò, ricomponendosi.

«Pilgrim fu davvero incredibile. Voglio dire, anche lui era spaventato, ma riprese immediatamente il controllo. Era come se sapesse che cosa volevo. Avrebbe potuto calpestare Judith, ma non lo fece. Capiva. E se il camionista non avesse suonato il clacson, ce l'avremmo fatta. Eravamo così vicini. Le mie dita c'erano quasi, mancava talmente poco...»

Grace si voltò verso di lui e Tom le vide sul volto il dolore per non aver fatto ciò che avrebbe potuto fare. E infine vennero le lacrime. Le cinse le spalle con un braccio e la strinse a sé. Grace gli posò la guancia sul petto e prese a singhiozzare.

«La vidi che mi guardava, fra le zampe di Gully, appena prima di sentire il clacson. Era così piccola, così spaventata. Avrei potuto salvarla. Avrei potuto salvare tutti noi.»

Tom non disse nulla poiché sapeva quanto poco potessero le parole contro una certezza che forse nemmeno il passare del tempo avrebbe scalfito. Rimasero a lungo abbracciati mentre la notte calava attorno a loro. Tom le posò la mano sulla nuca e aspirò il profumo fresco e giovane dei suoi capelli. Quando Grace ebbe finito di piangere e lui sentì che i suoi muscoli si rilassavano, le chiese dolcemente se volesse continuare. Grace annuì, inspirò forte col naso e sospirò.

«Il clacson fu la fine di tutto. Pilgrim si voltò, come per fronteggiare il camion. Era una follia, ma sembrava che volesse impedire la sua avanzata. Non voleva che quel mostro enorme ci piombasse addosso. Lo sfidava. Sfidare un camion da quaranta tonnellate! Ci credi? Ma io sentivo che era quella la sua intenzione. E quando ci giunse proprio davanti, Pilgrim s'impennò. Io caddi e battei la testa. Non ricordo nient'altro.»

Il resto, seppure a grandi linee, Tom lo conosceva già. Annie gli aveva fornito il numero telefonico di Harry Logan; un paio di giorni prima lui lo aveva chiamato e si era fatto raccontare tutto. La fine di Judith e Gulliver, la fuga di Pilgrim e come l'avevano ritrovato vicino al fiume. Tom gli aveva rivolto molte domande, alcune delle quali, forse, sconcertanti. Ma poiché Logan era un uomo di buon cuore, gli aveva pazientemente descritto le ferite del cavallo e i suoi interventi su ciascuna. Gli aveva spiegato di averlo portato a Cornell, di cui Tom conosceva l'ottima reputazione, e quali cure avessero effettuato.

Quando Tom si era complimentato per l'impresa, Logan era scoppiato a ridere e gli aveva risposto di essersene amaramente pentito. Le cose alla scuderia della signora Dyer erano andate male: soltanto il Signore sapeva quale trattamento quei due teppisti avessero riservato al povero Pilgrim. Logan aveva confessato di sentirsi in colpa, soprattutto per il trucco con il quale era riuscito a praticargli le iniezioni.

Grace cominciava a sentire freddo. Si era fatto tardi, e probabilmente sua madre stava preoccupandosi. Tornarono lentamente verso la stalla e l'attraversarono, sbucando dove si trovava il camioncino di Tom. I fari spazzarono la strada col loro fascio di luce, affondando e impennandosi mentre il Chevy procedeva sobbalzando verso la casa sul torrente. Per qualche centinaio di metri, i cani li precedettero, correndo e proiettando sul terreno le loro ombre allungate. Quando si voltavano a guardarli, i loro occhi scintillavano verdi e spettrali.

Grace chiese a Tom se ciò che gli aveva raccontato avrebbe potuto aiutarlo a guarire Pilgrim e lui rispose che ci avrebbe dovuto riflettere, ma lo sperava. Quando giunsero alla villetta, notò con sollievo che sul volto della ragazzina era scomparsa ogni traccia di lacrime. Scendendo dal camioncino Grace gli sorrise, e lui capì che avrebbe voluto ringraziarlo ma era troppo timida per farlo. Guardò verso la casa sperando di vedere Annie, ma inutilmente. Sorrise a Grace sfiorandosi la tesa del cappello.

«A domani.»

«D'accordo» rispose lei, e richiuse la portiera.

Quando Tom rientrò alla fattoria, gli altri avevano già mangiato. Seduto al tavolo del salotto, Frank stava aiutando Joe a risolvere alcuni problemi di matematica e ordinando per l'ultima volta ai gemelli di abbassare il volume del televisore se non volevano che glielo spegnesse. Senza dire una parola, Diane prese la cena che gli aveva conservato e l'inserì nel forno a microonde, mentre Tom proseguiva fino alla stanza da bagno per rinfrescarsi.

«Allora, è contenta dei telefoni nuovi?» Dalla porta aperta Tom scorse la cognata rimettersi a sedere al tavolo e riprendere il suo lavoro di cucito.

«Sì, molto.»

Si asciugò le mani e tornò in cucina. Il campanello del forno tintinnò. Tom prese la sua cena e si sedette. Era pasticcio di pollo con fagiolini verdi e un'enorme patata al forno. Diane era da sempre convinta che fosse il suo piatto preferito, e lui non aveva mai avuto il coraggio di disilluderla. Non aveva appetito, ma non voleva che Diane si preoccupasse, così cominciò a mangiare.

«Quello che non riesco a capire è che cosa se ne faccia del terzo» riprese Diane senza sollevare lo sguardo.

«In che senso?»

«Be', ha soltanto due orecchie.»

«Il fax e gli altri apparecchi occupano le linee; con tutte le telefonate che riceve, ne ha bisogno. Si è offerta di pagare le spese di installazione.»

«Scommetto che hai risposto di no.»

Tom non poté negarlo e subito vide che lei sorrideva fra sé e sé. Quando Diane era di quell'umore, era meglio non mettersi a discutere. Aveva fatto capire a tutti fin dall'inizio di non essere entusiasta della presenza di Annie alla fattoria, e Tom era convinto che bisognasse lasciarla dire. Continuò a mangiare e per qualche istante nessuno dei due parlò. Frank e Joe stavano discutendo su una cifra che doveva essere divisa o moltiplicata.

«Frank mi ha detto che stamattina siete usciti insieme a cavallo.»

«Già. Era la prima volta che montava da quando era ragazza. È brava.»

«Quella povera ragazzina. Che cosa orrenda.»

«Già.»

«Sembra tanto sola. Sarebbe meglio che andasse a scuola, immagino.»

«Mah, non so. Non se la cava così male.»

Dopo che ebbe terminato la cena e controllato i puledri, Tom disse a Diane e a Frank di avere delle cose da leggere e augurò a tutti la buonanotte.

La stanza di Tom occupava l'intero angolo a nord-ovest della fattoria e da una delle finestre si vedeva tutta la valle. Era un locale spazioso, ma disadorno. Il letto era lo stesso in cui avevano dormito i suoi genitori, alto e stretto con una testata di acero intarsiata, coperto da una trapunta bianca e rossa fatta a mano dalla nonna di Tom, ormai sbiadita e consunta dagli anni. C'erano un tavolino di pino con una semplice sedia, un cassettone e una vecchia poltrona di pelle situata sotto una lampada a stelo accanto alla stufa a legna di ferro nero.

Sul pavimento a parquet erano stesi alcuni tappeti messicani che Tom aveva acquistato anni addietro a Santa Fe; troppo piccoli per rendere accogliente la stanza, ottenevano l'effetto contrario, e sembravano isolette sperdute in un oceano di legno scuro. Lungo una parete si aprivano due porte. Una dava su un armadio a muro, l'altra su una piccola stanza da bagno. Sul cassettone erano disposte alcune foto di famiglia, messe in modeste cornici. Ve n'era una ormai sbiadita di Rachel con il piccolo Hal fra le braccia accanto a una più recente di Hal da solo, che sfoggiava un sorriso identico a quello di sua madre. Non fosse stato per quelle immagini, i libri e gli arretrati delle riviste sui cavalli che gremivano le mensole, sembrava la stanza di un uomo che viveva circondandosi di poche cose.

Tom sedette al tavolino e prese a sfogliare una catasta di arretrati del *Quarter Horse Journal*, alla ricerca di un articolo che si rammentava di aver letto un paio d'anni prima. Era stato scritto da un allevatore californiano che aveva conosciuto, e riguardava una giovane giumenta vittima di un brutto incidente stradale. Stavano trasportandola dal Kentucky insieme ad altri sei cavalli quando, in Arizona, il camionista si era addormentato al volante ed era uscito di strada. Il rimorchio si era rovesciato sul lato del portello, costringendo la squadra di soccorso a usare le seghe a motore per penetrare all'interno. Quando vi erano finalmente riusciti, gli uomini del pronto intervento avevano scoperto che i cavalli, dentro i rispettivi box, pendevano appesi per il collo da quello che era diventato il tetto del rimorchio. L'unica ancora in vita era la giumenta.

L'allevatore, ricordava Tom, aveva una sua teoria: sosteneva che per guarire un cavallo si potesse sfruttare la sua risposta naturale al dolore. Era un concetto complesso e Tom non era del tutto sicuro di averlo compreso. Sembrava basato sull'idea che, nonostante il suo istinto primario fosse quello di fuggire, il cavallo tendesse ad affrontare apertamente un dolore fisico.

La teoria veniva corroborata da racconti su cavalli selvaggi attaccati da branchi di lupi. Dopo la fuga iniziale, nel sentire i denti dei lupi affondargli nei fianchi, il cavallo si voltava e fronteggiava la fonte del dolore. Tale comportamento era paragonabile a quello di un bambino che stesse mettendo i denti, il quale non cercava di sfuggire al dolore, ma lo affrontava mordendo. L'allevatore californiano sosteneva che, grazie alla sua teoria, era riuscito a guarire la giumenta terrorizzata dall'incidente.

Trovato l'articolo, Tom lo rilesse nella speranza di trarne indicazioni per risolvere il problema di Pilgrim. Era piuttosto avaro di particolari; a quanto pareva l'allevatore si era limitato a ricominciare da zero con la giumenta, aiutandola a ritrovarsi, rendendole facili le cose giuste e difficili quelle sbagliate. Era tutto sacrosanto, ma a Tom non diceva nulla di nuovo poiché lo stava già facendo. E per quanto riguardava quella teoria sul dolore, ancora non riusciva a capirla fino in fondo. Ma che cosa stava cercando di fare, allora? Di trovare qualche nuovo trucco? Non esistevano trucchi, avrebbe dovuto saperlo. Era una questione che solo lui e il cavallo potevano risolvere, cercando d'intendersi.

Allontanò la rivista e si appoggiò allo schienale della sedia sospirando.

Ascoltando il resoconto di Grace e ancora prima le parole di Logan, vi aveva cercato disperatamente qualcosa a cui aggrapparsi, una chiave, un elemento su cui far leva. E ora finalmente aveva capito ciò che aveva visto negli occhi di Pilgrim fin dall'inizio. Un crollo totale. Tutte le sicurezze dell'animale erano andate in frantumi. Coloro che aveva amato e di cui si era fidato l'avevano tradito. Grace, Gulliver, tutti. L'avevano condotto su quel terrapieno, certi che non vi fosse pericolo, e quando si erano accorti del contrario l'avevano punito e maltrattato.

Forse Pilgrim avvertiva persino un senso di colpa per quello che era successo. Per quale ragione dovevano sentirlo solo gli uomini? Molte volte Tom aveva visto i cavalli proteggere i loro cavalieri, specialmente i più giovani, dai pericoli a cui li esponeva la loro inesperienza. Pilgrim aveva tradito la fiducia di Grace. E quando aveva cercato di sottrarla all'impatto con il camion, ne aveva ricevuto in cambio solo dolore e punizioni. Senza contare tutti quegli sconosciuti che l'avevano ingannato e tenuto prigioniero, che gli avevano conficcato le loro siringhe nel collo e che l'avevano rinchiuso al buio, fra la sporcizia e il lezzo.

Più tardi, mentre giaceva insonne nell'oscurità e nel silenzio assoluto della fattoria addormentata, Tom sentì che qualcosa gli si muoveva dentro e gli pesava come un macigno sul cuore. Il quadro, o quanto di esso gli sarebbe mai stato possibile ottenere, era ormai davanti ai suoi occhi. Ed era il più cupo e disperato che avesse mai conosciuto.

Non vi era alcuna follia o eccentricità nel modo in cui

Pilgrim reagiva all'orrore che l'aveva colpito. Era tutto molto logico, e proprio per questo aiutarlo era così difficile. E Tom desiderava aiutarlo. Lo voleva per il cavallo e per la ragazzina. Ma sapeva – e allo stesso tempo si rendeva conto di quanto fosse sbagliato – che sopra ogni cosa lo desiderava per la donna al cui fianco quella mattina aveva cavalcato, e di cui vedeva gli occhi e il sorriso come se fosse distesa lì accanto a lui.

21

LA SERA IN CUI MATTHEW GRAVES ERA MORTO, ANNIE E SUO fratello si trovavano sulle Blue Mountains della Giamaica, a casa di amici. Le vacanze di Natale erano finite e i loro genitori, costretti a fare ritorno a Kingston, avevano concesso ai ragazzi qualche giorno di divertimento in più. Annie e George condividevano un letto matrimoniale riparato da un'enorme zanzariera che la madre dei loro amici aveva sollevato in piena notte per svegliarli. Aveva acceso la luce sul comodino e si era seduta ai piedi del letto mentre i due ragazzi si strofinavano gli occhi gonfi di sonno. Di là dalla zanzariera, s'intravedeva la sagoma confusa del marito: era in piedi nel suo pigiama a righe, il volto immerso nell'ombra.

Annie non aveva mai dimenticato lo strano sorriso della donna. Molto tempo dopo avrebbe capito che era dovuto al timore di quanto stava per dire, ma in quel momento sospeso tra il sonno e la veglia la sua espressione le era sembrata allegra. E così, quando la donna aveva annunciato di avere brutte notizie e li aveva informati della morte del padre, Annie aveva creduto a uno scherzo. Non molto divertente, ma pur sempre uno scherzo.

Molti anni dopo, nel tentativo di porre rimedio alla sua insonnia (ci riprovava ogni quattro o cinque anni, riuscendo soltanto a spendere montagne di soldi per sentirsi dire cose che già sapeva), si era rivolta a un'ipnoterapista. La donna usava una tecnica "concentrata sugli eventi". Chiedeva ai suoi clienti di raccontarle l'incidente che secondo loro era all'origine del problema. Avrebbe indotto una trance, riportando il paziente alla situazione di partenza e rimuovendo il disagio.

Dopo la prima seduta da cento dollari, l'ipnoterapista era parsa chiaramente delusa dal fatto che Annie non fosse riuscita a evocare un evento particolare, e così per una settimana Annie si era messa d'impegno. Ne aveva parlato con Robert ed era stato proprio lui a individuarlo, identificandolo con la sera in cui, a dieci anni, Annie era stata svegliata con la notizia della morte del padre.

Quando l'aveva riferito alla terapista, la donna ne era stata felice. Anche Annie si era sentita soddisfatta, come una di quelle scolarette che quando era bambina tanto detestava, sempre sedute in prima fila con le mani costantemente sollevate. Non addormentarti perché qualcuno che ami potrebbe morire. Era talmente evidente. L'ipnoterapista non era sembrata particolarmente turbata dal fatto che per i vent'anni successivi all'"incidente" Annie avesse dormito come un ghiro.

Le aveva chiesto che cosa provasse per il padre e quali fossero i suoi sentimenti nei confronti della madre; quindi le aveva domandato che cosa ne pensasse di «un piccolo esercizio di separazione». Annie aveva acconsentito. La donna aveva cercato di ipnotizzarla, ma era talmente eccitata che era partita troppo in fretta, rovinando l'intera operazione. Per non deluderla, Annie aveva fatto del suo meglio per fingere una trance, ma aveva avuto dei grossi problemi a non scoppiare a ridere quando la donna aveva sistemato i suoi genitori su dischi rotanti argentati e li aveva spediti, dopo averli allegramente salutati, nello spazio infinito.

Ma se la morte del padre non aveva alcun rapporto con la sua insonnia, gli effetti su tutti gli altri aspetti della sua esistenza erano incalcolabili.

Nemmeno un mese dopo la morte del marito, sua madre aveva chiuso la casa di Kingston e si era sbarazzata di tutto ciò che i figli avevano di più caro. Aveva venduto la piccola barca sulla quale il padre aveva insegnato loro a veleggiare alla volta di splendide isole deserte di sabbia bianca e palmizi dove pescavano aragoste fra i coralli. Aveva regalato il loro cane, un labrador nero di nome Bella, a un vicino che conosceva a malapena.

Erano partiti per l'Inghilterra, un luogo strano, umido e freddo dove nessuno sorrideva; la madre li aveva lasciati dai suoi genitori nel Devon e aveva proseguito per Londra dove doveva occuparsi, così aveva detto, di alcuni affari del marito. Non aveva esitato a occuparsi anche dei propri, visto che nel giro di sei mesi era già pronta a risposarsi.

Il nonno di Annie era un'anima gentile con la passione della pipa e delle parole crociate, la cui principale preoccupazione era evitare gli strali, anzi ogni seppur minimo malcontento della moglie. La nonna era una donnetta minuta e maligna con i radi capelli bianchi ondulati da una permanente. La sua avversione per i bambini non era né più profonda né più lieve di quella per qualsiasi altra cosa al mondo. Ma al contrario dei nemici astratti, inanimati o semplicemente ignari della sua antipatia, i suoi nipoti le riservavano soddisfazioni insperate. E così si era messa d'impegno per rendere quei mesi i più terribili della loro esistenza.

Mostrava una predilezione spiccata per George, non tanto perché le suscitasse meno avversione, ma perché così trovava il modo di dividere i due fratelli e di aumentare l'infelicità di Annie, nel cui sguardo aveva immediatamente colto una scintilla di sfida. Sosteneva che la vita "in colonia" le aveva conferito modi volgari e sciatti, e si era messa d'impegno per correggerli mandandola a letto senza cena e percuotendole le gambe alla minima occasione con un mestolo di legno dal manico lungo. La madre, che andava a trovarli in treno ogni fine settimana, ascoltava con aria imparziale i racconti dei due ragazzi. Dalle inchieste di dubbia obiettività che venivano condotte in seguito, Annie aveva imparato per la prima volta come i fatti potessero essere sottilmente alterati ai fini di produrre verità diverse.

«La bambina ha un'immaginazione così vivace» diceva la nonna.

Costretta al muto disprezzo e ai più futili atti di vendetta, Annie rubava le sigarette dalla borsetta della strega e le fumava nascosta dietro i rododendri gocciolanti di pioggia, riflettendo precocemente su quanto poco saggio fosse amare qualcuno, perché coloro che amavi finivano sempre per morire e per lasciarti.

Suo padre era stato un uomo generoso e pieno di

gioia. L'unico convinto che lei valesse qualcosa. E da quando era morto, la vita di Annie si era trasformata in un incessante tentativo di dimostrare che il padre aveva avuto ragione. A scuola, all'università, nella vita professionale Annie era stata motivata da un solo proposito: gliel'avrebbe fatta vedere a quei bastardi.

Per un certo periodo, dopo aver messo al mondo Grace, aveva creduto di esserci riuscita. Insieme con quel batuffolo rosso e rugoso, così avido del suo capezzolo, era arrivata la serenità, come se il viaggio fosse finalmente finito. Era stato il momento del chiarimento. Ora, si era detta Annie, posso essere ciò che sono, non ciò che faccio. Ma poi c'era stata la doccia fredda del successivo aborto. E un altro, e un altro ancora, secondo una progressione geometrica di fallimenti, e all'improvviso Annie era tornata a essere la pallida e rabbiosa ragazzina nascosta dietro ai rododendri. Come una volta, gliel'avrebbe fatta vedere.

Ma le cose non erano più come una volta. Fin dai suoi primi giorni al *Rolling Stone*, i media del settore l'avevano definita «brillante e appassionata». Ora che le era stata affidata la guida di un periodico – ruolo che ai vecchi tempi aveva aborrito – era rimasto soltanto il primo dei due aggettivi. La passione, nell'identificarsi con una nuova, fredda determinazione, si era trasformata in spregiudicatezza. Tanto che l'indifferente brutalità con cui affrontava il suo lavoro aveva finito per stupire anche lei.

L'autunno precedente aveva incontrato una vecchia amica inglese, una compagna di collegio; nel sentire come Annie fosse stata spietata con la redazione della rivista, era scoppiata a ridere e le aveva chiesto se si ricordasse di quando aveva interpretato Lady Macbeth nella recita scolastica. Annie aveva risposto di sì e, anche se aveva evitato di dirlo, si ricordava di essere stata piuttosto brava.

«Affondasti le braccia nel secchio di sangue finto durante il monologo "Via, dannata macchia". Eri rossa fino ai gomiti.»

«È vero. Ero già assetata di sangue.»

Annie aveva riso con l'amica, ma, dopo i saluti, l'immagine l'aveva perseguitata per il resto del pomeriggio. Alla fine aveva concluso che non c'entrava nulla con la sua situazione: Lady Macbeth aveva fatto tutto quel che aveva fatto per la carriera del marito, e in ogni caso non aveva tutte le rotelle a posto. Il giorno seguente, forse per provare qualcosa a se stessa, aveva licenziato Fenimore Fiske.

Ora, dall'illusorio privilegio del suo esilio, Annie rifletteva sulle proprie azioni e sulle ragioni profonde che le avevano indotte. Un processo cominciato quella sera a Little Big Horn, quando si era abbandonata sulla pietra incisa con i nomi dei morti e aveva pianto. In quel luogo dominato dal cielo, cominciava a vedere più chiaramente, come se i segreti si stessero rivelando in armonia con la natura stessa. Così, con un senso di dolorosa attesa, Annie osservava il mondo esterno accogliere il tepore e i colori di maggio.

Soltanto quando era con lui si sentiva parte del tutto. Per tre volte, dopo quel primo mattino, era tornato a bussare alla sua porta con i cavalli, e per tre volte avevano cavalcato insieme in luoghi che lui desiderava mostrarle.

Ogni mercoledì, ormai, era Diane che passava a prendere Grace alla clinica, e a volte, quando avevano qualche altra commissione da fare, lei stessa o Frank l'accompagnavano in paese. In quelle occasioni, Annie si sorprendeva ad aspettare Tom, e al suo arrivo cercava in ogni modo di non sembrare troppo in ansia.

L'ultima volta, nel bel mezzo di una telefonata collettiva, aveva guardato verso i recinti e, vedendolo condurre Rimrock e un puledro fuori dalla stalla, aveva perso il filo della conversazione. All'improvviso si era accorta che tutti, a New York, erano ammutoliti.

«Annie?» aveva chiesto uno dei vicedirettori.

«Sì, scusatemi» aveva risposto lei. «La linea è molto disturbata. Ho perso l'ultima parte.»

All'arrivo di Tom la telefonata era ancora in pieno svolgimento. Annie lo chiamò con un cenno. Lui si tolse il cappello, varcando la porta sul retro, e accettando la muta offerta di Annie si versò una tazza di caffè e si sedette sul bracciolo del divano ad aspettarla.

Lì accanto giacevano un paio di numeri della sua rivista; Tom ne prese uno e cominciò a sfogliarlo. Nel vedere il nome di lei sul frontespizio, assunse un'espressione ammirata. Poi, con un sorriso ironico esaminò un servizio di Lucy Friedman intitolato «I nuovi fusti». Avevano portato un paio di modelle in un posto dimenticato da Dio nel cuore dell'Arkansas e le avevano fotografate abbracciate ai bellimbusti locali, uomini dall'aria torva, dagli stomaci gonfi di birra e dalle braccia tatuate, con i fucili che spuntavano dai finestrini dei camion. Annie si chiedeva come avesse fatto a uscirne vivo il fotografo, un brillante provocatore che andava in giro con gli occhi bistrati e i capezzoli orgogliosamente ornati da anellini.

Le ci vollero dieci minuti per concludere la telefonata. Conscia dell'attenzione di Tom, ne aveva provato imbarazzo e per far colpo aveva stupidamente assunto un tono più altezzoso del solito. Nell'ufficio di New York, Lucy e gli altri dovevano essersi chiesti se le avesse dato di volta il cervello. Finalmente riagganciò e si volse verso di lui.

«Scusami.»

«Non preoccuparti. Mi piace ascoltarti mentre lavori. E adesso saprò che cosa indossare per andare in Arkansas.» Gettò la rivista sul divano. «È divertente.»

«È una grana. Molto spesso tremenda.»

Annie era già pronta per cavalcare, e così uscirono senza perdere tempo. Tom le mostrò come allentare le staffe, diverse da quelle a cui era abituata. Lei gli si avvicinò per seguire l'operazione e per la prima volta avvertì il suo odore, una fresca fragranza di cuoio e sapone. Le loro braccia si sfioravano, ma nessuno dei due sentì il bisogno di scostarsi.

Attraversarono la proprietà, raggiungendo il torrente meridionale, di cui risalirono lentamente il corso fino a un punto dove si potevano vedere i castori. Ma scorsero soltanto le loro costruzioni, intricati isolotti in mezzo alla corrente. Smontarono di sella e sedettero sul tronco grigio e scolorito di un pioppo abbattuto, mentre i cavalli bevevano specchiandosi in una pozza.

Un pesce o una rana saltò fuori dall'acqua spaventando il puledro, che fece un balzo indietro. Rimrock gli scoccò un'occhiata infastidita e continuò a bere. Tom scoppiò a ridere, poi si alzò, si avvicinò al puledro e gli posò una mano sul collo e l'altra sul muso. Per qualche secondo rimase immobile in quella posizione. Annie non riusciva a capire se parlasse o meno, tuttavia il puledro sembrava ascoltarlo. Quindi, senza che Tom fosse costretto a blandirlo, il cavallo tornò ad avvicinarsi all'acqua e dopo averla prudentemente fiutata riprese a bere come se nulla fosse successo. Tom fece ritorno al tronco e vide che Annie sorrideva scuotendo il capo.

«Che c'è?»

«Come ci riesci?»

«A far cosa?»

«A fargli capire che va tutto bene.»

«Oh, lo sa già.» Annie attese che proseguisse. «A volte fa solo un po' di scena.»

«E tu come fai a capire quando?»

Lui le scoccò la stessa occhiata divertita di quando Annie gli aveva chiesto di sua moglie e suo figlio.

«Dopo un po' impari.» Si fermò, ma qualcosa nell'espressione di Annie dovette rivelargli la sua delusione, perché subito sorrise e riprese a spiegare.

«Tutto sta nel capire la differenza che passa fra guardare e vedere. Se guardi abbastanza a lungo e lo fai nel modo giusto, finisci per vedere. È la stessa cosa con il tuo lavoro. Sai qual è l'articolo giusto per la tua rivista perché hai passato molto tempo a cercare di scoprirlo.»

Annie scoppiò a ridere. «Già, come i nuovi fusti.»

«Esatto. Non avrei mai pensato che un argomento del genere potesse interessare qualcuno.»

«Infatti non è interessante.»

«E invece sì. È divertente.»

«È stupido.»

Il suo tono aspro, tagliente provocò un lungo silenzio. Tom la fissò, e Annie sorrise come a scusarsi.

«È stupido, pretenzioso e fasullo.»

«Ma c'è qualcosa di serio.»

«Certo. Ma chi ne ha bisogno?»

Tom si strinse nelle spalle. Annie si volse a guardare i cavalli. Avevano terminato di bere e stavano brucando l'erba tenera che cresceva lungo la riva.

«Quello che fai tu è vero» aggiunse.

Sulla via del ritorno, Annie gli raccontò dei libri che aveva consultato in biblioteca sugli uomini che sussurravano ai cavalli, sugli stregoni e tutto il resto. Certo, osservò Tom con una risata, anche lui ne aveva letto, e a volte gli dispiaceva di non essere un mago. Conosceva le storie di Sullivan e J. S. Rarey.

«Alcuni di loro – non Rarey, che amava veramente i cavalli – facevano cose che potevano sembrare magie, ma che in realtà erano soltanto crudeltà. Come inserire un pallino di piombo nell'orecchio di un cavallo in modo che il rumore lo paralizzasse dalla paura e la gente restasse a bocca aperta: "Guardate, ha ammansito quel cavallo selvaggio!". Quello che gli altri non sapevano è che probabilmente l'aveva anche condannato a morte.»

Le spiegò che molto spesso un cavallo difficile peggiorava prima di migliorare, e che bisognava lasciarlo fare, consentirgli di varcare il confine, di scendere all'inferno e tornare. Annie non rispose, perché si rese conto che le sue parole non erano riferite soltanto a Pilgrim, ma a qualcosa di più profondo che li coinvolgeva tutti.

Sapeva che Grace gli aveva parlato dell'incidente. Non gliel'aveva detto lui: aveva sentito la figlia raccontarlo a suo padre qualche giorno dopo il colloquio. Era uno dei trucchi preferiti di Grace, lasciare che Annie scoprisse le cose da sé per farle capire quanto ne fosse esclusa. La sera in questione, Annie era nella vasca da bagno al primo piano e aveva sentito tutto dalla porta aperta. E Grace se n'era accorta, ma non aveva abbassato la voce.

Non era scesa nei particolari, limitandosi a confessare a Robert di essersi ricordata dell'incidente più di quanto si fosse aspettata e di sentirsi meglio dopo averne parlato. Più tardi, Annie aveva atteso che la figlia si confidasse anche con lei, ma presto si era resa conto che non sarebbe successo.

In un primo momento aveva provato irritazione nei confronti di Tom, quasi avesse in qualche modo invaso la loro vita. Il giorno dopo era stata brusca.

«Ho sentito che Grace ti ha parlato dell'incidente.»

«Sì» aveva risposto lui, sbrigativo. E non aveva aggiunto altro. Era chiaro che considerava il fatto come qualcosa che doveva rimanere fra lui e Grace e, una volta sbollita la rabbia, Annie aveva scoperto di rispettare la sua scelta. Non era stato Tom a invadere la loro vita, semmai il contrario.

Tom le parlava raramente di Grace, e quando lo faceva andava sul sicuro affrontando piccole questioni pratiche. Ma Annie sapeva che si era reso conto dei loro problemi. A chi sarebbero potuti sfuggire?

22

I PULEDRI SI ACCALCAVANO ALL'ESTREMITÀ PIÙ LONTANA DEL RECINTO, cercando di nascondersi dietro il compagno più vicino e usando i nasi umidi e neri per sospingersi a vicenda. Non appena uno di loro si ritrovava in prima linea, si poteva scorgere il panico nei suoi occhi; quando il terrore si faceva insostenibile, il puledro tornava verso l'ultima fila, e il processo ricominciava da capo.

Era il mattino del sabato precedente il Memorial Day, e i gemelli stavano dimostrando a Joe e a Grace quanto fossero diventati bravi con il lazo. Scott indossava un paio di gambali nuovi di zecca e un cappello di una misura troppo grande. Già in un paio di occasioni, ruotando il cappio, l'aveva fatto finire a terra. Ogni volta sia Joe che Craig erano scoppiati a ridere e Scott, paonazzo in volto, aveva fatto del suo meglio per fingere divertimento. Faceva ruotare il lazo così a lungo che Grace provava un senso di vertigine.

«Dobbiamo tornare la prossima settimana?» lo provocò Joe.

«Sto scegliendo.»

«Sono laggiù. Neri, con quattro zampe e una coda.»

«D'accordo, spiritosone.»

«Insomma, lancia e basta!»

«Okay! Okay!»

Joe scosse il capo e rivolse un gran sorriso a Grace. Erano seduti fianco a fianco sullo steccato, e lei si sentiva piena d'orgoglio per essere riuscita ad arrampicarsi. L'aveva fatto come se nulla fosse e, sebbene sentisse un male d'inferno perché il legno le premeva contro il moncone, non aveva alcuna intenzione di cedere.

Indossava un nuovo paio di jeans Wrangler che lei e Diane avevano cercato dappertutto a Great Falls; sapeva che le stavano bene, perché quel mattino aveva passato almeno mezz'ora di fronte allo specchio. Grazie a Terri, i muscoli della natica destra li riempivano alla perfezione. Era strano: a New York non si sarebbe mai fatta vedere con un paio di jeans che non fossero Levi's, ma lì tutti portavano i Wrangler. Secondo il commesso del negozio, la ragione era che le cuciture sull'interno della gamba erano più comode per cavalcare.

«Sono più bravo di te» disse Scott.

«Di certo il tuo cappio è più grande.»

Joe saltò all'interno del recinto e attraversò la distesa di fango verso i puledri.

«Joe! Togliti di mezzo!»

«Non agitarti, piccoletto. Ti facilito il compito, li divido.»

Vedendolo avvicinarsi, i puledri si accalcarono nell'angolo. L'unica via di fuga era ormai scattare in avanti; Grace avvertiva la loro inquietudine aumentare, giungere quasi al punto di esplodere in panico. Joe si fermò. Un altro passo e i puledri sarebbero partiti.

«Pronto?» gridò.

Scott prese a mordicchiarsi il labbro inferiore e fece ruotare il lazo più rapidamente, producendo un lieve ronzìo. Annuì e Joe fece un passo avanti. Subito i puledri si proiettarono verso l'angolo opposto. Lanciando, Scott emise un involontario gemito. Il lazo serpeggiò nell'aria e si fermò attorno al collo del primo puledro.

«Sì!» gridò Scott dando uno strattone al lazo.

Il trionfo durò solo un istante: non appena il puledro sentì la corda serrarlo, partì al galoppo, trascinandosi dietro Scott, il quale perse il cappello e si tuffò di testa nel fango come in una gara di nuoto.

«Lascia la presa! Lascia la presa!» si mise a gridare Joe, ma Scott non lo udì o non gli diede retta: aggrappato al lazo quasi vi fosse incollato, partì come un razzo. Piccolo di dimensioni, il puledro non pareva secondo a nessuno quanto a carattere: saltava, recalcitrava e scalciava come un cavallo da rodeo, continuando a trascinare il ragazzo nel fango.

Preoccupata, Grace si portò le mani al volto e quasi perse l'equilibrio. Non appena si resero conto che Scott non mollava la presa per sua precisa scelta, Joe e Craig iniziarono a ridere e fischiare. Da parte sua, Scott non cedeva. Il puledro gli fece attraversare l'intero recinto e lo riportò al punto di partenza sotto gli sguardi sbigottiti degli altri cavalli.

Il fracasso fece uscire di corsa Diane dalla fattoria, ma Tom e Frank, che si trovavano all'interno della stalla, giunsero per primi. Furono accanto a Grace nello stesso attimo in cui Scott lasciava andare il lazo.

Per un istante rimase immobile, disteso nel fango, e sul recinto scese il silenzio. Oh no, si disse Grace. Oh no. In quel momento Diane arrivò e lanciò un grido di spavento, ma subito una mano si sollevò dal fango in una sorta di comico saluto. Quindi il ragazzino si rialzò con gesto teatrale e si voltò verso di loro. Tutti scoppiarono a ridere. E quando Grace vide i denti perfettamente candidi di Scott balenare sul suo viso insozzato di fango, si unì al coro. Risero tutti insieme, sonoramente e a lungo, senza malizia, e Grace si sentì parte di loro e pensò che forse la vita poteva valere la pena di essere vissuta.

Mezz'ora dopo il gruppo si era disperso. Diane aveva portato Scott a lavarsi e Frank, che voleva l'opinione del fratello su un puledro per il quale era preoccupato, si era allontanato verso i pascoli con Tom e Craig. Annie era scesa a Great Falls a fare la spesa per quella che insisteva, con profondo imbarazzo di Grace, a chiamare «la cena» alla quale quella sera aveva invitato i Booker. Erano rimasti loro due, Grace e Joe, e fu Joe a suggerire di andare a trovare Pilgrim.

Pilgrim aveva un recinto tutto per sé accanto a quello dei puledri, che lo occhieggiavano con un interesse che lui restituiva con un misto di sospetto e disprezzo. Scorse avvicinarsi Grace e Joe e cominciò a sbuffare, a nitrire, a percorrere su e giù la nevrotica, fangosa traccia che aveva scavato lungo il bordo del recinto.

Il prato irregolare rendeva difficile camminare, ma Grace si concentrò sul movimento; sebbene sapesse che Joe procedeva più lentamente del normale, la cosa non le dava fastidio. Con lui si sentiva a proprio agio, esattamente come con Tom. Raggiunsero il cancello del recinto di Pilgrim e vi si appoggiarono per osservarlo.

«Era così bello» commentò lei.

«Lo è ancora.»

Grace annuì. Quindi gli raccontò di quel giorno, quasi un anno prima, nel quale lei e i suoi genitori erano andati nel Kentucky. Mentre la sua padrona parlava, sul lato opposto del recinto Pilgrim sembrava inscenare una sorta di parodia degli eventi che lei stava descrivendo. Camminava lungo lo steccato con grottesco sussiego, la coda sollevata ma arruffata, tesa e contratta, Grace lo sapeva, non dall'orgoglio ma dalla paura.

Joe l'ascoltava, e nei suoi occhi Grace scorgeva la stessa calma controllata di Tom. Era sorprendente, a volte, come il ragazzo assomigliasse allo zio, sia nell'aspetto che nei modi. Quel sorriso rilassato, il modo in cui si toglieva il cappello e si lisciava i capelli all'indietro. Grace si era più volte sorpresa a rammaricarsi di non avere un paio d'anni di più. Certo, lui non sembrava mostrare un interesse particolare nei suoi confronti. Non ora, non in quelle condizioni, non con quella gamba. Tuttavia la loro amicizia le bastava.

Grace aveva imparato molte cose osservando Joe occuparsi dei cavalli più giovani, e specialmente del piccolo di Bronty. Non li affrontava mai con la forza, lasciando invece che fossero loro ad avvicinarsi e a offrirsi; a quel punto li accoglieva con una disinvoltura che li faceva sentire bene accetti e sicuri. Giocava con loro, ma non appena li sentiva insicuri si tirava indietro.

«Tom dice che bisogna indicargli una meta» le aveva spiegato un giorno, mentre si occupava del puledro. «Ma senza insistere troppo, altrimenti comincia ad agitarsi. Bisogna lasciare che giunga da solo alle conclusioni. Secondo Tom è puro istinto di sopravvivenza.»

Pilgrim si era fermato e li guardava, tenendosi alla massima distanza possibile.

«Allora, lo monterai?» chiese Joe. Grace si voltò verso di lui, accigliata.

«Cosa?»

«Quando Tom l'avrà rimesso in sesto.»

Grace diede una risata che suonò falsa persino a lei.

«No, non monterò più.»

Joe si strinse nelle spalle e annuì. Dal recinto accanto provenne una serie di tonfi sordi: i puledri parevano impegnati in una sorta di versione equina di nascondino. Joe si chinò, strappò un filo d'erba e prese a succhiarlo pensieroso.

«Peccato» mormorò.

«In che senso?»

«Be', fra un paio di settimane papà condurrà la mandria su ai pascoli estivi. Di solito ci andiamo tutti. È divertente, sai. È un posto molto bello.»

Si avvicinarono al recinto dei puledri e distribuirono alcune noccioline che Joe aveva in tasca. Mentre facevano ritorno alla stalla e Joe era ancora intento a succhiare il suo filo d'erba, Grace si chiese all'improvviso per quale ragione continuasse a fingere di non voler più cavalcare. Non sapeva come, ma aveva finito per mettersi nei guai con le sue stesse mani. E intuiva che, come per molte altre cose, era colpa di sua madre.

Approvando la sua decisione, Annie l'aveva colta talmente di sorpresa da insospettirla. Faceva parte del carattere britannico decretare che dopo una caduta da cavallo fosse necessario tornare immediatamente in sella. E sebbene ciò che le era successo fosse ben più grave di una semplice caduta, Grace sospettava che Annie stesse giocando una sorta di contorto doppio bluff, dicendosi d'accordo con lei al solo scopo di provocare la decisione opposta. L'unico elemento che le suscitava qualche dubbio era il fatto che, dopo tutti quegli anni, sua madre avesse ripreso a cavalcare. Grace invidiava segretamente le passeggiate mattutine di Annie con Tom Booker. Ma la cosa più strana era un'altra: sua madre avrebbe dovuto sapere che, comportandosi in quel modo, non faceva che rafforzare la sua decisione di non cavalcare mai più.

Ma dove la portavano tutte quelle congetture? si chiese. Che senso c'era nel negare a sua madre una vittoria che forse era soltanto nella sua immaginazione, quando ciò significava privarsi di qualcosa che era ormai quasi certa di desiderare?

Grace sapeva che non avrebbe mai più montato Pilgrim. Anche se fosse migliorato, la fiducia che c'era stata fra loro non si sarebbe mai più ricostituita, e l'animale avrebbe avvertito la sua segreta paura. Forse avrebbe potuto tentare con un cavallo più facile. Se soltanto fosse stato possibile farlo senza che ciò diventasse un caso nazionale, evitando di fare la figura dell'idiota se avesse fallito...

Giunti alla stalla, Joe aprì la porta e la precedette all'interno. Il clima mite consentiva ai cavalli di restare tutto il giorno all'aperto, e Grace non aveva idea del perché l'avesse condotta lì dentro. Il ticchettìo del bastone sul pavimento di cemento riecheggiava nel silenzio. Joe svoltò a sinistra nella stanza dei finimenti e Grace si fermò sulla soglia, guardandolo con aria interrogativa.

Il locale odorava di pino e cuoio conciato. Joe raggiunse la fila di selle appese alla parete. Quando le parlò, lo fece da sopra la spalla, il filo d'erba ancora fra i denti, il tono di voce di chi stesse offrendole una bibita presa dal frigorifero.

«Il mio cavallo o Rimrock?»

Annie si pentì dell'invito quasi nel medesimo istante in cui lo fece. La cucina della casa sul torrente non era certo adatta a esperimenti di gastronomia, e in ogni caso i suoi risultati non erano mai stati di alto livello. Più che seguendo le ricette, Annie cucinava d'istinto, in parte perché ciò le consentiva di essere più creativa, ma soprattutto perché era impaziente. Fatta eccezione per quei tre o quattro piatti classici che sapeva preparare a occhi chiusi, aveva pari probabilità di riuscire o di fare fiasco. Ma quella sera, già se ne rendeva conto, il calcolo tendeva decisamente verso la seconda ipotesi.

Aveva optato per la pasta, convinta di andare sul sicuro. L'anno prima l'avevano mangiata fino a non poterne più. Era un piatto semplice e raffinato insieme. I ragazzi l'avrebbero apprezzata e lei avrebbe avuto una seppur vaga possibilità di sorprendere Diane. Annie aveva inoltre notato che Tom cercava di evitare di mangiare carne, e nonostante non volesse ammetterlo con se stessa avrebbe fatto qualsiasi cosa pur di fargli piacere. La ricetta non prevedeva ingredienti strani. Tutto ciò di cui Annie aveva bisogno erano delle penne rigate, mozzarella, basilico e pomodorini seccati al sole. Era sicura che avrebbe trovato tutto a Choteau, ma il commesso del negozio di alimentari l'aveva fissata come se Annie avesse parlato in urdu. Aveva deciso di proseguire fino al supermercato di Great Falls, e nemmeno lì era riuscita a trovare tutto il necessario. Non c'era speranza. Era stata costretta a ripensare la cena dall'inizio e aveva percorso i corridoi del supermercato con irritazione crescente, giurando a se stessa che mai e poi mai avrebbe ceduto alla carne. Aveva detto pasta, e pasta sarebbe stata. Aveva finito per acquistare spaghetti, ragù alla bolognese in scatola e una serie di fidati ingredienti con cui avrebbe potuto ritoccare il sugo e fingere che fosse una sua creazione. Era uscita dal supermercato con due bottiglie di ottimo vino rosso italiano e un orgoglio sufficientemente intatto.

Di ritorno a Double Divide si sentiva già molto meglio. Voleva offrirla, quella cena: sentiva che era il minimo che potesse fare. I Booker erano stati così gentili, sebbene la disponibilità di Diane celasse sempre una sottile acredine. Ogni volta che Annie aveva accennato al pagamento dell'affitto e del suo lavoro con Pilgrim, Tom si era schermito. Ci avrebbero pensato più avanti. La medesima risposta era venuta da Frank e Diane. La cena di quella sera era l'unico modo, seppur provvisorio, con cui Annie poteva ringraziarli.

Ripose il cibo nel frigorifero e sistemò la pila di giornali acquistati a Great Falls sul tavolo, sotto il quale già si ergeva una piccola montagna di carta stampata. Appena entrata in casa, Annie aveva controllato gli eventuali messaggi sulla segreteria e sul computer: ce n'era soltanto uno, inviato da Robert per posta elettronica.

Aveva sperato di raggiungerle per una breve vacanza, ma all'ultimo momento gli avevano fissato una riunione a Londra per il lunedì. Di lì avrebbe dovuto proseguire per Ginevra. La sera prima era stato mezz'ora al telefono con Grace, chiedendole scusa e promettendo che sarebbe venuto molto presto. Il messaggio sul computer era soltanto uno scherzo che le aveva fatto prima di partire dall'aeroporto: era scritto in un linguaggio segreto che lui e Grace chiamavano «cyberlingua» e che Annie comprendeva a stento. Si concludeva con l'immagine digitale di un cavallo sorridente. Annie lo stampò senza nemmeno leggerlo.

Quando Robert, la sera prima, le aveva comunicato di non poterle raggiungere, la sua prima reazione era stata di sollievo. Subito se n'era preoccupata, ma da allora aveva fatto di tutto per evitare di analizzarla.

Si sedette al tavolo e si chiese oziosamente dove fosse Grace. Scendendo lungo la strada sterrata, alla fattoria non aveva visto nessuno. Immaginava che fossero tutti dentro oppure nei pressi dei recinti sul retro. Sarebbe andata a controllare non appena avesse finito di dare un'occhiata ai settimanali, il rituale di ogni sabato che non aveva abbandonato nemmeno lì, sebbene le costasse uno sforzo sempre maggiore. Aprì l'ultimo numero di *Time* e diede un morso a una mela.

Grace impiegò una decina di minuti per superare i recinti, attraversare il boschetto di pioppi e raggiungere il punto che le aveva indicato Joe. Non vi era mai stata, ma quando ebbe oltrepassato gli alberi capì immediatamente perché lui l'avesse scelto.

Sotto di lei, ai piedi di un pendìo, si stendeva un prato dalla perfetta forma ellittica, delimitato da un'ansa del torrente. Era un'arena naturale, circondata soltanto da alberi e cielo. L'erba era alta, verde e rigogliosa, disseminata di fiori di campo che Grace non aveva mai visto.

Si mise in attesa, tendendo l'orecchio. Una brezza leggera carezzava il fogliame dei pioppi che torreggiavano alle sue spalle, e gli unici suoni erano il ronzìo degli insetti e il battito del suo cuore. Nessuno doveva saperlo. L'accordo era quello. Avevano udito il camioncino di Annie e l'avevano seguito con lo sguardo da uno spiraglio della porta della stalla. Scott sarebbe uscito presto dalla fattoria: per evitare che li vedesse, Joe le aveva consigliato di precederlo. Lui avrebbe sellato il cavallo, avrebbe controllato che la via fosse libera e l'avrebbe raggiunta.

Tom, le aveva assicurato, sarebbe stato felice di sapere che aveva montato Rimrock, ma Grace non aveva voluto saperne; avevano scelto Gonzo, il piccolo pezzato di Joe. Come ogni altro cavallo di quella fattoria, era un animale dolce e tranquillo, e Grace lo sentiva già amico. Era anche più adatto come taglia. Grace udì un ramoscello spezzarsi e il respiro sommesso del cavallo. Si voltò e li vide sbucare dagli alberi.

«Non ti ha visto nessuno?»

«No.»

Joe la superò e condusse dolcemente Gonzo lungo il pendìo fino al prato. Grace lo seguì, ma giunta quasi in fondo inciampò e cadde rovinosamente a terra. Joe scese da cavallo e le si avvicinò.

«Tutto bene?» L'aiutò a rialzarsi.

«Merda!»

«Ti sei fatta male?»

«No, sto bene. Merda, merda, merda!»

Joe lasciò che si sfogasse e senza dire una parola le pulì la schiena. Grace notò che i jeans nuovi si erano macchiati di fango. Al diavolo, si disse.

«La gamba è a posto?»

«Sì. Scusami, è che a volte mi fa una tale rabbia!»

Joe annuì e tacque per un istante, lasciandole il tempo di calmarsi.

«Vuoi ancora provare?»

«Sì.»

Joe prese Gonzo per le briglie e insieme a Grace raggiunse il centro del prato. Di fronte a loro, dall'erba alta e profumata si alzavano in volo le farfalle. Il torrente in quel punto scorreva poco profondo su un letto di ghiaia; avvicinandosi, Grace udì lo scrosciare dell'acqua. Un airone spiccò il volo e virò pigramente nel cielo agitando le zampe.

Raggiunto un grosso e contorto ceppo di pioppo ricoperto di vegetazione, Joe si fermò e portò Gonzo sul lato opposto in modo da offrire a Grace una piattaforma per montare.

«Come ti sembra?» le chiese.

«Buona idea. Sempre che riesca a salirci.»

In piedi accanto al cavallo, Joe lo teneva fermo con una mano mentre con l'altra aiutava Grace. Gonzo si mosse e subito il ragazzo lo accarezzò sul collo, mormorandogli parole rassicuranti. Grace gli mise una mano sulla spalla e si sollevò con la gamba buona sul ceppo.

«Tutto okay?»

«Sì. Credo di sì.»

«Le staffe sono troppo corte?»

«No, vanno bene.»

La sua mano sinistra era ancora sulla spalla di Joe. Grace si chiese se il ragazzo sentisse il suo sangue pulsare.

«Bene. Tieniti stretta e quando sei pronta porta la mano destra sul pomo della sella.»

Grace trasse un profondo respiro e seguì le istruzioni. Gonzo mosse leggermente la testa, ma rimase immobile. Quando fu sicuro che Grace fosse salda, Joe la lasciò andare, abbassò la mano e afferrò la staffa.

Era la parte più difficile. Per inserire il piede sinistro, Grace avrebbe dovuto caricare tutto il peso sulla protesi. Temeva di scivolare, ma sentiva che Joe la sorreggeva e qualche secondo dopo il suo piede era nella staffa, come tante volte in passato. Gonzo aveva soltanto accennato a muoversi, e subito Joe l'aveva calmato, sempre in tono tranquillo ma più deciso di prima: il cavallo si era immobilizzato all'istante.

Tutto quello che lei doveva fare a quel punto era portare la protesi sul lato opposto. Era strano non provare alcuna sensazione fisica, e all'improvviso Grace si rammentò che l'ultima volta che aveva fatto quel movimento era stato il mattino dell'incidente.

«Tutto bene?» domandò Joe.

«Sì.»

«Va', allora.»

Grace caricò il peso sulla gamba sinistra e sulla staffa e cercò di sollevare la protesi oltre il dorso del cavallo.

«Non ci arrivo.»

«Appoggiati a me. E sporgiti, in modo da aumentare l'angolazione.»

Grace seguì il consiglio e, chiamando a raccolta tutta la forza che aveva in corpo, sollevò la gamba destra. Nello stesso tempo ruotò con il busto, si sollevò facendo leva sul pomo della sella e, sentendo che Joe la spingeva, fece un ultimo sforzo e si ritrovò in groppa al cavallo.

Si sistemò sulla sella e fu sorpresa nel sentirsi subito a proprio agio. Joe la vide abbassare lo sguardo sull'altra staffa, si portò rapidamente sul lato opposto e l'aiutò a inserire il piede artificiale. Grace sentiva l'interno della coscia destra a contatto con la sella, ma le era impossibile capire dove finisse esattamente la sensazione e dove iniziasse il nulla.

Joe si scostò senza distogliere lo sguardo, temendo qualche imprevisto, ma Grace era troppo concentrata su se stessa per notarlo. Raccolse le redini e fece partire Gonzo. Il cavallo obbedì immediatamente e prese a seguire l'ampia ansa del torrente. Grace non si guardò indietro nemmeno per un istante. Era stupita dalla pressione che era in grado di esercitare con la gamba destra, sebbene la mancanza dei muscoli del polpaccio la costringesse a usare soltanto la coscia e a prestare più attenzione del solito alle reazioni del cavallo. Gonzo procedeva al passo come se sapesse già tutto. Quando ebbero raggiunto l'estremità opposta del prato e si furono voltati senza un errore, cavallo e cavallerizza erano già una cosa sola.

Per la prima volta Grace levò lo sguardo e scorse Joe in mezzo ai fiori ad aspettarla. Percorse la distesa d'erba e lo raggiunse. Lui le rivolse un gran sorriso. Il sole gli scintillava negli occhi, il prato verde splendeva e all'improvviso Grace ebbe voglia di piangere, ma si fece forza mordendosi l'interno del labbro e rispose al suo sorriso.

«Facile come bere un bicchier d'acqua» disse lui.

Grace annuì. «Già» replicò non appena sentì di potersi fidare della propria voce. «Come bere un bicchier d'acqua.»

23

LA CUCINA DELLA CASA SUL TORRENTE ERA UN LOCALE SPARTA-no, freddamente illuminato da lampade al neon le cui plafoniere si erano ormai trasformate in sepolcri per un vasto assortimento di insetti. Quando Frank e Diane si erano trasferiti alla fattoria, si erano portati dietro gli utensili migliori. Le pentole e le padelle rimaste erano spaiate, e per mettere in moto la lavastoviglie occorreva un'energica manata. L'unico elemento di cui Annie non era ancora riuscita a penetrare i segreti era il forno, che sembrava avere una vita propria. La guarnizione del portello era rotta e la manopola per la regolazione ruotava a vuoto, cosicché per cucinare era necessaria una perfetta combinazione di supposizioni azzeccate, attenzione e fortuna.

Cuocere la torta di mele alla francese era stato uno scherzo, tuttavia, in confronto all'impresa di preparare la tavola. Troppo tardi Annie aveva scoperto di non avere abbastanza piatti, posate e persino sedie. In preda all'imbarazzo – poiché in quel modo le era parso di vanificare l'intera iniziativa –, era stata costretta a telefonare a Diane per chiederle in prestito ciò che le mancava.

A quel punto si era resa conto che l'unico tavolo sufficientemente grande era quello che usava come scrivania; aveva dovuto liberarlo, ammassando tutti i suoi congegni elettronici sul pavimento accanto alle cataste di riviste e giornali.

La serata iniziò nel panico. Annie era abituata a un mondo in cui arrivare in ritardo era il massimo della ricercatezza, e non era preparata al fatto che i suoi ospiti sarebbero stati puntuali come orologi. E invece alle sette in punto li vide risalire la collina in formazione. Mancava solo Tom. Diede l'allarme a Grace, si precipitò in camera e indossò un vestito che ormai non aveva più il tempo di stirare.

Riuscì a mettersi qualcosa sugli occhi e sulle labbra, si spazzolò i capelli, si diede una spruzzata di profumo e raggiunse l'ingresso appena in tempo per aprire la porta e trovarli sulla veranda.

Nel vederseli di fronte, si rese conto di quanto fosse stata stupida a invitarli a casa loro. Sembravano tutti a disagio. Frank disse che Tom aveva avuto un problema con una puledra, ma che adesso era sotto la doccia e li avrebbe raggiunti quanto prima. Annie chiese che cosa gradissero da bere e all'improvviso si avvide di essersi dimenticata della birra.

«Per me una birra» fu l'ovvia risposta di Frank.

Con il passare dei minuti, la situazione migliorò. Annie stappò una bottiglia di vino, mentre Grace conduceva Joe e i gemelli di fronte al computer e nel giro di qualche secondo li proiettava affascinati nell'universo di Internet. Gli adulti portarono le sedie in veranda e si misero a chiacchierare nella luce sempre più tenue del tramonto. Frank e Diane risero dell'impresa di Scott con il puledro, dando per scontato che Grace l'avesse riferita a sua madre. Annie finse di esserne al corrente. Quindi Frank si lanciò nel racconto di un disastroso rodeo durante il quale, ancora liceale, aveva fatto una pessima figura cercando di far colpo su una ragazza.

Annie fingeva interesse, in realtà attendeva soltanto l'istante in cui Tom sarebbe sbucato dietro l'angolo della casa. Quando arrivò, il suo sorriso e il modo in cui si tolse il cappello scusandosi del ritardo furono esattamente come lei se li era aspettati.

Annie lo precedette all'interno, scusandosi, ancora prima che lui gliela chiedesse, per la mancanza di birra. Tom rispose che il vino andava benissimo e la osservò mentre lo versava. Offrendogli il bicchiere, per la prima volta quella sera Annie lo guardò negli occhi, e tutto ciò che stava per dire le svanì dalla mente. Vi fu un silenzio imbarazzato, ma Tom le venne in soccorso.

«Che buon profumino.»

«Temo che non sia nulla di eccezionale. Sta bene la tua puledra?»

«Sì. Ha un po' di febbre, ma le passerà. Hai avuto una buona giornata?»

Prima che potesse rispondere, Craig si precipitò nella stanza, chiamando Tom a gran voce: c'era qualcosa sul computer che doveva assolutamente vedere.

«Ehi, sto parlando con la mamma di Grace.»

Con una risata Annie gli diede il permesso di allontanarsi: doveva occuparsi della cena. Diane venne ad aiutarla, e insieme prepararono le ultime cose parlando dei figli. Di tanto in tanto Annie lanciava una furtiva occhiata in salotto. Tom era accovacciato fra i ragazzi, che facevano a gara per attirare la sua attenzione.

Gli spaghetti furono un successo. Diane le chiese persino la ricetta della salsa: Annie stava per rivendicarne la paternità, ma Grace la precedette rivelando a tutta la tavolata che si trattava di un prodotto in vasetto acquistato al supermercato. Annie aveva spostato il tavolo al centro del salotto e l'aveva addobbato con alcune candele comprate a Great Falls. Nonostante le critiche di Grace, che trovava quegli orpelli esagerati, non aveva ceduto e ora ne era felice: le fiammelle illuminavano il locale di una luce calda e accogliente, proiettando sulle pareti le loro ombre tremolanti.

Era bello sentir risuonare risate e chiacchiere nella casa di solito così silenziosa. I ragazzi sedevano a un'estremità del tavolo e i quattro adulti a quella opposta; lei e Frank si trovavano rispettivamente di fronte a Tom e Diane. Un estraneo, si disse Annie, li avrebbe scambiati per due coppie.

Grace stava illustrando le meraviglie di Internet. C'era l'Uomo Visibile, un assassino del Texas che era stato giustiziato e aveva donato il proprio corpo alla scienza.

«L'hanno congelato e tagliuzzato in duemila pezzetti, che poi hanno fotografato» raccontò.

«Che schifo» commentò Scott.

«Dobbiamo proprio parlarne a tavola?» intervenne Annie. Voleva essere una battuta scherzosa, ma Grace decise di darle un'interpretazione diversa. La fulminò con lo sguardo.

«È un documento della Biblioteca Nazionale di Medicina, mamma, non uno di quegli stupidi videogiochi in cui tutti fanno a botte.»

«Certo, qui si usano i coltelli» s'intromise Craig.

«Prosegui, Grace» disse Diane. «È affascinante.»

«Niente, è tutto qui» replicò Grace. Il suo tono privo di entusiasmo era un evidente rimprovero nei confronti della madre. «L'hanno rimesso insieme e lo si può richiamare sullo schermo e sezionare di nuovo, in tre dimensioni.»

«Puoi fare tutto questo su quel piccolo schermo?» chiese Frank.

«Sì.»

La risposta secca e definitiva fece ammutolire i presenti. Il silenzio non durò che un istante, ma ad Annie parve un'eternità; Tom doveva essersi accorto del suo disappunto perché riprese subito la conversazione apostrofando scherzosamente Frank. «È la tua occasione di immortalità, fratellino.»

«Che il Signore misericordioso abbia pietà di noi» intervenne Diane. «Il corpo di Frank Booker mostrato all'intera nazione.»

«E cos'avrebbe di brutto il mio corpo, se mi è consentito?»

«Da che parte vuoi che iniziamo?» domandò Joe, suscitando l'ilarità generale.

«Diavolo» commentò Tom. «Con duemila pezzetti a disposizione, si potrebbe sistemarli in modo diverso e ottenere un risultato un po' più gradevole.»

Tornò il buon umore e, non appena ne ebbe la certezza, Annie rivolse a Tom un'occhiata di sollievo e gratitudine, che lui ricambiò guardandola con dolcezza. Era strano, si disse Annie, come quell'uomo che non aveva avuto modo di conoscere bene il proprio figlio riuscisse a percepire ogni piccola, dolorosa sfumatura del suo rapporto con Grace.

La torta di mele non era un granché. Annie si era dimenticata di aggiungervi la cannella, e non appena affondò il coltello si rese conto che il dolce avrebbe dovuto cuocere per un altro quarto d'ora. Ma nessuno parve farci caso; i ragazzi preferirono il gelato e subito dopo tornarono a sedersi davanti al computer, mentre gli adulti sorseggiavano i loro caffè.

Frank stava lamentandosi degli ecologisti e di come non capissero nulla dei problemi degli allevatori. Si rivolgeva ad Annie poiché era chiaro che Tom e Diane avevano sentito quel discorso centinaia di volte. Quei fanatici, diceva, facevano arrivare i lupi dal Canada e li liberavano nelle foreste, in modo che si alleassero con i grizzly per divorare il bestiame.

Due settimane prima, un allevatore nei pressi di Augusta aveva perso due giovenche.

«E cosa fanno i verdi? Vengono su da Missoula con i loro elicotteri e le loro coscienze pulite. Spiacenti amico, dicono, porteremo via il lupo dai tuoi terreni, ma tu non osare mettere trappole o sparare, se non vuoi finire in tribunale. La maledetta bestiaccia sta probabilmente poltrendo ai bordi della piscina di un albergo a cinque stelle, e a pagare il conto siamo noialtri.»

Tom sogghignò guardando Annie, ma Frank se ne avvide e gli puntò contro un dito.

«Lui è uno di loro, Annie, lascia che te lo dica. Ha l'allevamento nel sangue, eppure è verde come una rana con il mal di mare. Aspetta soltanto che il signor Lupo si dedichi a uno dei suoi puledri, e poi te ne accorgerai. Anche lui deciderà di ricorrere alle tre S.»

Tom scoppiò a ridere, ma Annie era confusa.

«Spara, scava la fossa e sta' zitto» le spiegò. «La risposta dell'allevatore coscienzioso alla natura.»

Mentre rideva a sua volta, Annie si rese improvvisamente conto che Diane stava fissandola. La donna si affrettò a rimediare un sorriso.

«E tu cosa ne pensi, Annie?» le domandò.

«Mah, non è un problema che mi tocchi personalmente.»

«Avrai un'opinione.»

«Non esattamente.»

«Sono sicura di sì. La tua rivista affronterà spesso questo argomento.»

Sorpresa da quell'insistenza, Annie si strinse nelle spalle.

«Immagino che tutte le creature abbiano diritto di vivere su questo pianeta.»

«Anche i ratti portatori di peste e le zanzare trasmettitrici della malaria?»

Diane stava ancora sorridendo, ma il suo tono di voce, pur scherzoso, aveva assunto una sfumatura minacciosa.

«Hai ragione» rispose Annie dopo qualche istante.«Immagino che dipenda da chi mordono.»

Frank scoppiò a ridere e Annie guardò Tom, che sorrise. Anche Diane sorrideva, seppure in modo più misterioso, e sembrò disposta a mollare la presa

All'improvviso risuonò un grido e Scott, il volto paonazzo dalla rabbia, si precipitò dalla madre afferrandole un braccio.

«Joe non mi lascia usare il computer!»

«Non è il tuo turno» gridò Joe dall'angolo in cui i ragazzi erano seduti attorno allo schermo.

«Sì che lo è!»

«Non è il tuo turno, Scott!»

Diane convocò Joe e cercò di mediare. Ma il litigio degenerò rapidamente, coinvolgendo anche Frank.

«Non è mai il mio turno!» si lamentò Scott sull'orlo delle lacrime.

«Non fare il neonato» replicò Joe.

«Ragazzi, ragazzi» intervenne Frank, posando le mani sulle spalle dei figli.

«Credi di essere così bravo...»

«Ma sta' zitto!»

«... solo perché fai cavalcare Grace.»

Nel salotto calò il silenzio più assoluto, rotto soltanto dai suoni acuti provenienti dal computer. Annie si voltò verso Grace, che distolse immediatamente lo sguardo. Nessuno sapeva che cosa dire.

Persino Scott pareva intimidito dall'effetto prodotto dalla sua rivelazione.

«Vi ho visto!» Il tono di voce di Scott si era fatto più provocatorio ma meno sicuro. «Lei era su Gonzo, giù al torrente!»

«Brutto stronzo!» sibilò Joe fra i denti, lanciandosi contro il fratello. La situazione precipitò rapidamente. Scott finì con la schiena contro il tavolo e mandò all'aria tazze e bicchieri. Quindi i due ragazzi caddero a terra in un groviglio di braccia e gambe, mentre sopra di loro Frank e Diane sbraitavano ordini e cercavano di dividerli. Craig, sentendo confusamente di dover partecipare, arrivò di corsa, ma Tom allungò una mano e lo trattenne con delicata fermezza. Annie e Grace fissavano la scena immobili e impotenti.

Un istante dopo Frank portò fuori i ragazzi a passo di marcia; Scott e Craig piangevano a dirotto e Joe si era chiuso in un silenzio rabbioso ben più eloquente delle lacrime dei fratelli. Tom li accompagnò fino alla porta della cucina.

«Annie, mi dispiace» disse Diane.

Circondate dalle stoviglie in frantumi, sembravano le attonite superstiti di un uragano. Grace era ancora immobile, pallida e sola all'estremità opposta del salotto. Quando Annie la guardò, sul suo viso passò un'espressione che non era di paura né di dolore ma un misto di entrambi. Di ritorno dalla cucina, Tom se ne accorse, le si avvicinò e le posò una mano sulla spalla.

«Tutto bene?»

Grace annuì senza guardarlo.

«Vado di sopra.»

Raccolse il suo bastone e attraversò il salotto a passo rapido e impacciato.

«Grace...» disse Annie con dolcezza.

«No, mamma!»

Si allontanò, e i tre adulti rimasero immobili ad ascoltare il battito irregolare dei suoi passi sui gradini. Annie si voltò. Il volto di Diane era il ritratto dell'imbarazzo, ma quello di Tom rivelava una compassione che per poco non la fece scoppiare in lacrime. Inspirò profondamente e cercò di sorridere.

«Lo sapevate?» chiese. «Lo sapevano tutti tranne me?»

Tom scosse il capo. «Credo che non l'abbiano detto a nessuno.»

«Forse voleva farti una sorpresa» disse Diane.

Annie rise suo malgrado.

«Certo, come no.»

Desiderava soltanto che se ne andassero, ma Diane insistette per aiutarla a rimettere ordine. Insieme caricarono la lavastoviglie e ripulirono il tavolo dai cocci. Quindi Diane si arrotolò le maniche e si dedicò a pentole e padelle. Era evidentemente convinta che fosse meglio fingere allegria, e prese a parlare del ballo che Hank aveva organizzato per il lunedì successivo nella sua stalla.

Tom aprì bocca a malapena. Aiutò Annie a trasportare il tavolo accanto alla finestra e attese che lei spegnesse il computer. Quindi le diede una mano a risistemare i suoi strumenti di lavoro.

Senza sapere il perché, all'improvviso Annie gli chiese notizie di Pilgrim. Tom non rispose subito, continuando a sciogliere un intrico di cavi e riflettendo senza guardarla. Quando finalmente parlò, il suo tono era privo di emozione.

«Credo che ce la farà.»

«Davvero?»

«Sì.»

«Ne sei sicuro?»

«No. Ma vedi, Annie, dove c'è dolore c'è sensibilità, e dove c'è sensibilità c'è speranza.»

Inserì l'ultimo cavo.

«Ecco fatto.» Si voltò e la guardò negli occhi.

«Grazie» mormorò lei in tono sommesso.

«È un piacere. Non permetterle di respingerti, Annie.»

Quando la raggiunsero, Diane aveva finito di lavar pentole e, conoscendo la cucina molto meglio di Annie, aveva sistemato tutti gli utensili, tranne quelli che venivano dalla fattoria.

Dopo essersi nuovamente scusata per il comportamento dei suoi figli, le diede la buonanotte e si allontanò insieme a Tom.

In piedi sotto la luce della veranda, Annie li seguì con lo sguardo. E mentre le loro sagome venivano inghiottite dall'oscurità, sentì l'impulso di richiamarlo, di chiedergli di restare, di stringerla, di proteggerla dal gelo che era tornato a calare su quella casa.

Giunto davanti alla stalla, Tom diede la buonanotte a Diane ed entrò a controllare le condizioni della puledra. Scendendo la collina, Diane aveva dato dello stupido a Joe per aver portato la ragazzina a cavalcare senza dir nulla a nessuno. Tom aveva difeso il ragazzo: capiva perfettamente perché Grace avesse voluto mantenere il segreto. Joe aveva semplicemente dimostrato di esserle amico. Ma Diane aveva ribattuto che erano faccende che non dovevano riguardarlo, e che sarebbe stata contenta quando Annie avesse fatto fagotto e fosse tornata con la poverina a New York.

La puledra non era peggiorata, sebbene il suo respiro fosse ancora leggermente affannoso. Tom le accarezzò il collo e le parlò dolcemente, mentre con l'altra mano le controllava le pulsazioni sotto il gomito. Contò i battiti cardiaci per venti secondi, quindi li moltiplicò per tre. Quarantadue al minuto, ancora al di sopra della media. La puledra soffriva chiaramente di un attacco febbrile: se il mattino successivo non vi fosse stato alcun cambiamento, Tom avrebbe dovuto convocare il veterinario.

Quando uscì dalla stalla, le luci della stanza di Annie erano ancora accese, e continuarono a restarlo fino a dopo che Tom ebbe finito di leggere e spento quelle della sua camera. Era diventata un'abitudine, quell'ultima occhiata alla casa sul torrente e alle persiane illuminate che sfidavano il buio. A volte Tom scorgeva la sagoma di Annie attraversare rapida il riquadro della finestra mentre si dedicava a misteriosi rituali notturni. Una sera l'aveva vista fermarsi e iniziare a spogliarsi, e aveva distolto lo sguardo sentendosi all'improvviso un intruso.

Quella sera, tuttavia, le persiane erano aperte. Doveva essere successo qualcosa e forse in quel preciso istante era ancora in atto. Qualcosa che soltanto Annie e Grace potevano risolvere. Forse, riflettè Tom oziosamente, le persiane erano aperte non per lasciar entrare in casa l'oscurità, ma per far sì che ne uscisse per sempre.

Mai, dal giorno in cui molti anni prima aveva incontrato Rachel, aveva desiderato tanto una donna.

Quella sera l'aveva vista per la prima volta con indosso un vestito, un semplice abitino di cotone a fiorellini rosa e neri con una fila di bottoncini di madreperla. Le scendeva fin sotto le ginocchia e aveva maniche corte a sbuffo che le lasciavano quasi del tutto scoperte le braccia.

Quando era arrivato e lei l'aveva invitato in cucina per offrirgli da bere, non era riuscito a toglierle gli occhi di dosso. L'aveva seguita aspirando il suo profumo, e mentre lei gli versava il vino aveva notato come tenesse la punta della lingua fra i denti per concentrarsi. Aveva anche intravisto la spallina satinata del reggiseno. Per tutto il resto della serata aveva cercato di non tornarvi con lo sguardo, ma aveva miseramente fallito. E quando Annie gli aveva offerto il bicchiere, gli aveva sorriso increspando gli angoli della bocca in quel modo speciale che Tom sperava fosse riservato soltanto a lui.

A cena credeva di averne avuto la conferma, perché i sorrisi che Annie rivolgeva a Frank, a Diane e ai ragazzi erano tutt'altra cosa. E forse se lo era immaginato, ma quando Annie parlava, qualsiasi fosse l'argomento, in qualche modo sembrava sempre rivolgersi a lui. Era la prima volta che la vedeva truccata e i suoi occhi verdi sfavillavano, catturando il bagliore delle candele.

Quando la situazione era precipitata e Grace era scappata in camera, era stata soltanto la presenza di Diane a impedirgli di prendere Annie fra le braccia, lasciando che si abbandonasse alle lacrime. Sapeva benissimo che l'impulso non era stato semplicemente quello di consolarla. Voleva stringerla, sentire le sue forme, percepire il suo odore.

E non pensava di fare qualcosa di male a desiderarla sebbene sapesse che altri avrebbero potuto dissentire. Il suo dolore, sua figlia, il tormento di quest'ultima: non erano tutti parte di lei? E chi poteva arrogarsi il diritto divino di stabilire la giusta sfumatura di sentimento per ognuna di quelle componenti?

Tutte le cose facevano parte di un'unità, e come un cavaliere in perfetta armonia con un cavallo, la cosa migliore che un uomo potesse fare era riconoscere e assecondare le proprie inclinazioni, cercando per quanto possibile di restarvi fedele.

Spente le luci al pianterreno, Annie salì le scale e vide che la stanza di Grace era chiusa, immersa nel buio. Raggiunse la propria e accese la luce. Si fermò sulla soglia, conscia che l'atto di superarla avrebbe assunto un significato speciale. Come poteva far finta di niente? Come poteva accettare passivamente che un'altra notte si stendesse fra loro simile allo strato di un inesorabile processo geologico?

Quando aprì la porta, i cardini gemettero e uno spicchio di luce proveniente dal pianerottolo penetrò nella stanza di Grace. Le sembrò di vedere le lenzuola muoversi, ma non poteva esserne certa: il letto si trovava al di là della zona illuminata e i suoi occhi impiegarono qualche istante per abituarsi all'oscurità.

«Grace?»

La figlia era rivolta verso il muro e le spalle immobili sotto le coperte avevano qualcosa di forzato.

«Grace?»

«Cosa?» La ragazza non si mosse.

«Possiamo parlare?»

«Voglio dormire.»

«Lo vorrei anch'io, ma penso che sarebbe meglio parlare.»

«Di cosa?»

Annie raggiunse il letto e si sedette. La protesi era appoggiata alla parete accanto al comodino. Grace sospirò e si voltò sulla schiena, fissando il soffitto. Annie trasse un profondo respiro. Non mandare tutto all'aria, continuava a ripetersi. Non fare l'offesa, non calcare la mano, sii dolce.

«E così hai ripreso a cavalcare.»

«Ho provato.»

«Com'è stato?»

Grace scrollò le spalle. «Così.» Stava ancora guardando il soffitto, sforzandosi di sembrare annoiata.

«È magnifico.»

«Credi?»

«Non sei d'accordo?»

«Non lo so, dimmelo tu.»

Sta' tranquilla, si disse Annie, lottando contro i battiti del proprio cuore, va' avanti così, non reagire. «Non potevi dirmelo?» domandò suo malgrado.

Grace la guardò con una tale espressione di odio e dolore che quasi le tolse il fiato.

«E perché avrei dovuto?»

«Grace...»

«Dimmi, perché? Ti importa qualcosa? O forse soltanto perché devi sapere tutto e avere il controllo su tutto e non permettere a nessuno di fare nulla a patto che non sia tu a stabilirlo? È per questo?»

«Oh, Grace.» All'improvviso Annie sentì il bisogno di accendere la luce. Si protese verso il comodino, ma lei fece scattare il braccio.

«No! Non accendere!»

Il colpo mandò la mano di Annie a sbattere contro la lampada di ceramica, che cadde a terra e andò in frantumi.

«Fingi che ti importi qualcosa, ma tutto quello che ti interessa sei tu e quello che la gente pensa di te. Il tuo lavoro, i tuoi amici importanti.»

Si sollevò sui gomiti, quasi a puntellare una rabbia resa ancora più acuta dalle lacrime che le rigavano il volto.

«E comunque avevi detto che non volevi che tornassi a cavalcare, no? Perché avrei dovuto dirtelo? Perché dovrei dirti qualsiasi cosa? Ti odio!»

Annie cercò di prenderla fra le braccia, ma Grace la respinse con forza.

«Vattene! Lasciami in pace! Va' via!»

Alzandosi, Annie si sentì mancare e per un istante temette di crollare a terra. Quasi alla cieca attraversò la chiazza di luce, diretta alla porta. Non le era chiaro che cosa avrebbe fatto; sapeva solo che stava sottomettendosi a un ultimo, definitivo rifiuto. Ma proprio mentre toccava la maniglia udì Grace dire qualcosa e si voltò di nuovo verso il letto. La ragazza era tornata a girarsi verso il muro, le spalle scosse dai singhiozzi.

«Cosa?» le domandò Annie.

Attese, e per la seconda volta udì confusamente le parole della figlia. Le giunsero come velate dal suo stesso dolore e qualcosa, nel loro suono, la costrinse a tornare sui suoi passi. Raggiunse il letto e si fermò abbastanza vicina alla figlia da poterla toccare, ma non lo fece per paura che la sua mano venisse nuovamente respinta.

«Grace? Non ho capito.»

«Ho detto... che mi sono iniziate.»

Le aveva risposto fra i singhiozzi, e per un istante Annie non comprese.

«Ti sono iniziate?»

«Le mie cose.»

«Stasera?»

Grace annuì.

«Le ho sentite da basso, e quando sono salita ho visto che le mutande erano macchiate di sangue. Ho cercato di lavarle in bagno, ma non ci sono riuscita.»

«Oh, Gracie...»

Annie le posò una mano sulla spalla e lei si voltò. Sul suo viso non vi era più rabbia, solo dolore e rammarico. Annie si sedette sul letto e la prese fra le braccia. Grace si strinse a lei e Annie sentì i singhiozzi scuoterle entrambe come se i loro corpi si fossero fusi in un'unica entità.

«Chi mi vorrà mai?»

«Come, tesoro?»

«Chi mi vorrà? Nessuno.»

«Oh, Gracie, non è vero...»

«E perché dovrebbero?»

«Perché sei tu. Perché sei incredibile. Sei bellissima, sei forte. E sei la persona più coraggiosa che abbia mai conosciuto in vita mia.»

Restarono abbracciate e piansero. E quando furono nuovamente in grado di parlare, Grace le chiese scusa per le cose terribili che le aveva detto e Annie rispose che nelle sue parole c'era del vero, aveva fatto molti, troppi errori. Rimasero sedute sul bordo del letto, il capo di una posato sulla spalla dell'altra, e lasciarono che dai loro cuori sgorgassero pensieri e sentimenti che a stento avevano osato confessare a se stesse.

«Tutti quegli anni in cui tu e papà avete cercato di avere un altro bambino... ogni sera pregavo che riusciste. E non per voi, o perché volessi un fratellino o una sorellina, ma soltanto perché non sarei stata costretta a continuare a essere così... oh, non so.»

«Dimmelo.»

«Così speciale. Ero la vostra unica figlia e sentivo che vi aspettavate che fossi brava in tutto, perfetta, ma non lo ero, ero soltanto me stessa. E adesso ho rovinato tutto per sempre.»

Annie la strinse ancora più forte, le accarezzò i capelli e le disse che non era affatto così. E pensò, ma non lo espresse a parole, a quanto fosse pericoloso l'amore, a quanto la giusta dose di dare e ricevere fosse al di là della portata degli esseri umani.

Per quanto tempo rimasero abbracciate Annie non lo

sapeva: avevano ormai smesso di piangere, e le loro lacrime erano solo una chiazza bagnata sul suo vestito. Grace le si addormentò fra le braccia e non si svegliò nemmeno quando la distese sul letto e le si sdraiò accanto.

Ascoltò il respiro regolare e fiducioso della figlia, e per qualche minuto osservò la brezza agitare dolcemente le tende alla finestra. Infine si addormentò, piombando in un sonno profondo e senza sogni, mentre fuori la terra ruotava vasta e silenziosa sotto il cielo.

24

ROBERT GUARDÒ ATTRAVERSO IL FINESTRINO STRIATO DI PIOGGIA del taxi e fissò la donna sul cartellone, che da dieci minuti gli rivolgeva lo stesso, insistente saluto. Era uno di quegli aggeggi animati elettronicamente nei quali il braccio si muoveva ritmicamente. La donna indossava un paio di Ray-Ban e un costume da bagno rosa acceso; nell'altra mano reggeva un bicchiere di quella che doveva sembrare una *piña colada*. Stava facendo del suo meglio per convincere Robert e centinaia di altri viaggiatori intrappolati nel traffico sotto la pioggia ad acquistare al più presto un biglietto aereo per la Florida.

Era una proposta discutibile. E più difficile da vendere di quanto potesse sembrare: i quotidiani inglesi avevano di recente concesso grande spazio alle disavventure di alcuni turisti britannici che in Florida erano stati derubati, malmenati e uccisi. Quando il taxi avanzò di qualche metro, Robert poté scorgere la scritta aggiunta da qualche spiritoso ai piedi della donna: *Non lasciate a casa il vostro Uzi.*

Si era reso conto troppo tardi che avrebbe dovuto prendere la metropolitana. Ogni volta che si era recato a Londra negli ultimi dieci anni c'era sempre qualche nuovo cantiere sulla strada per l'aeroporto, che provocava rallentamenti. Il volo per Ginevra sarebbe partito fra trentacinque minuti: a quella velocità l'avrebbe mancato di un paio d'anni. Il taxista l'aveva già informato, in tono quasi compiaciuto, che il traffico era «denso come un passato di piselli».

Era vero. Ma Robert non perse l'aereo: il volo venne addirittura cancellato. Sedette nel salottino della business class e per un paio d'ore godette della compagnia di un drappello sempre più nutrito di uomini e donne d'affari frustrati, in varia misura candidati all'infarto. Cercò di chiamare Annie, ma poté soltanto ascoltarne la voce sulla segreteria telefonica. Si chiese dove fossero sua moglie e sua figlia. Si era dimenticato di informarsi sui loro programmi per quel primo Memorial Day che non trascorrevano insieme.

Lasciò un messaggio, quindi diede un'ultima occhiata agli appunti sulla riunione appena avuta (che era andata bene) e ai documenti per quella dell'indomani (che sarebbe potuta andare ugualmente bene se soltanto vi fosse arrivato in tempo). Infine ripose tutto nella valigetta e si allontanò per fare gli ennesimi quattro passi nel terminal delle partenze.

Mentre osservava distrattamente e senza alcuna ragione una vetrina di maglioni di cashmere che non avrebbe rifilato neppure al suo peggior nemico, si sentì salutare da una voce nota, sollevò lo sguardo e vide l'uomo che si avvicinava alla suddetta categoria più di ogni altra persona al mondo.

Freddie Kane era un pesce medio - piccolo del mondo dell'editoria, uno di quelli sulla cui attività non s'indagava mai troppo a fondo per timore di mettere in imbarazzo soprattutto se stessi. Kane compensava le inadeguatezze della sua oscura occupazione vantandosi a ogni piè sospinto di possedere un ingente patrimonio personale e di essere a conoscenza di ogni più piccolo pettegolezzo sul jet - set newyorkese. Nelle quattro o cinque occasioni in cui aveva incontrato Robert, aveva mostrato di non ricordarne il nome sottolineando così con forza di non annoverare il marito di Annie Graves nell'ambiente. Annie, naturalmente, era tutt'altra cosa.

«Ciao! Mi sembrava di averti riconosciuto! Come stai?»

Batté forte una mano sulla spalla di Robert, mentre con l'altra gli offriva una stretta al tempo stesso flaccida ed energica. Robert sorrise e notò che Freddie indossava gli stessi occhiali di cui si adornavano le stelle del cinema nella speranza di assumere un aspetto più intellettuale. Era chiaro che si era nuovamente dimenticato il suo nome.

Per qualche istante chiacchierarono accanto alla vetrina dei cashmere, scambiandosi informazioni sulle rispettive destinazioni, sugli orari d'arrivo previsti e sulla nebbia. Robert rimase sul vago circa le ragioni della sua presenza in Europa, non tanto perché fossero segrete quanto perché si era accorto di come infastidissero il suo interlocutore. Fu forse un istinto di vendetta, dunque, a motivare l'uscita finale di Freddie.

«Ho sentito che Annie ha qualche problemuccio con Gates» disse.

«Scusa?»

Kane si coprì la bocca con la mano e fece una smorfia da scolaro colto sul fatto.

«Ooops. Forse non si dovrebbe sapere.»

«Mi dispiace, Freddie, ma non so di cosa stai parlando.»

«Niente, è solo che un uccellino mi ha detto che Crawford Gates si è rimesso a caccia di teste. Probabile che sia un'invenzione.»

«Cosa intendi dire con "a caccia di teste"?»

«Insomma, sai come vanno le cose in quell'azienda: si divertono a sparare sul pianista e compagnia bella. Avevo sentito dire che Annie ha qualche problema, tutto qui.»

«Be', è la prima volta che...»

«Pettegolezzi. Non avrei dovuto accennartene.»

Ottenuto quello che probabilmente era il suo unico obiettivo, Freddie inalberò un sorriso soddisfatto e disse di dover tornare al banco della compagnia aerea per insistere nelle lamentele.

Tornato nel salottino della business class, Robert si concesse un'altra birra e prese a sfogliare una copia dell'*Economist*, rimuginando su quanto aveva appena sentito. Sebbene avesse finto di cadere dalle nuvole, aveva recepito all'istante il messaggio di Kane. Era la seconda volta in una settimana che qualcuno alludeva alla faccenda.

Il martedì precedente era stato al ricevimento di uno dei più importanti clienti del suo studio. Era il tipo di invito che in circostanze normali si guardava bene dall'accettare, ma in assenza di Annie e Grace si era sorpreso ad accoglierlo con piacere. La serata era stata organizzata in un enorme e sontuosissimo ufficio nei pressi del Rockefeller Center, e offriva montagne di caviale.

Fra i convenuti Robert aveva riconosciuto diversi avvocati appartenenti alla concorrenza, e aveva immaginato

che la ragione della loro presenza fosse la volontà del-
l'ospite di tenere il suo studio legale sul chi vive. C'era anche Don Farlow. Si erano incontrati soltanto una volta prima di allora, ma Robert aveva subito provato simpatia per
lui e sapeva che Annie lo stimava moltissimo.

Farlow l'aveva salutato calorosamente e Robert aveva
scoperto con gioia di condividere con lui non solo una
predilezione per il caviale che sconfinava nell'ingordigia,
ma anche un salutare disprezzo nei confronti di chi lo
elargiva in modo così munifico. Si erano appostati accanto
a uno dei tavoli imbanditi e Farlow aveva ascoltato con
espressione piena di partecipazione il racconto di Robert
sui progressi della causa relativa all'incidente di Grace.
Progressi del tutto teorici, poiché la faccenda stava facendosi così complicata che sembrava destinata a protrarsi per
anni. Quindi erano passati ad altri argomenti. Farlow aveva
chiesto notizie di Annie e di come stessero procedendo le
cose nel lontano Ovest.

«Annie è una donna sensazionale» aveva detto. «La migliore. E la cosa più strana è che quello stronzo di
Crawford lo sa benissimo.»

Robert gli aveva chiesto che cosa intendesse dire e Farlow aveva reagito con sorpresa e imbarazzo. Aveva immediatamente cambiato argomento e si era limitato a racco-
mandargli di dire ad Annie di tornare presto. Robert si era
precipitato a casa e le aveva telefonato, ma lei aveva mini-
mizzato.

«È un posto di paranoici» aveva risposto. Certo, Gates
stava dandole qualche problema, ma non più del solito. «Il
vecchio bastardo sa di avere più bisogno di me di quanto
io abbia bisogno di lui.»

Robert aveva lasciato cadere l'argomento, sebbene
avesse intuito che con la sua spavalderia Annie aveva in
realtà voluto convincere se stessa. Ma ora che lo sapeva anche Freddie Kane, era quasi certo che tutta New York ne
fosse a conoscenza o che ne sarebbe stata informata al più
presto. E nonostante quello non fosse il suo mondo, Robert ne aveva visto abbastanza per sapere che cosa contasse
di più fra le chiacchiere e la verità.

25

IL BALLO NEL GRANAIO DI HANK E DARLENE SI TENEVA DI SOLITO IL
4 di luglio. Ma alla fine di giugno di quell'anno Hank
avrebbe dovuto sottoporsi a un piccolo intervento a una
gamba che non gli avrebbe certo consentito di saltellare a
suon di musica, e così la festa era stata anticipata di circa
un mese e organizzata per il Memorial Day.

La cosa presentava qualche rischio. Pochi anni prima,
in quello stesso fine settimana era caduto mezzo metro di
neve. E alcuni degli invitati di Hank trovavano che una
giornata dedicata ai caduti di guerra non fosse l'ideale per
una festa. Merda, aveva risposto Hank: se era per quello,
anche il fatto che due persone sposate da secoli come lui
e Darlene celebrassero l'indipendenza era un'idiozia; e comunque, non conosceva un veterano del Vietnam che non
apprezzasse una bella festa.

Quasi a dargli una lezione, cominciò a piovere.

Fiumi d'acqua scivolavano lungo i teli gonfiati dal vento gocciolando e sfrigolando sulle griglie fra hamburger,
costine e bistecche, e un fusibile esplose con un lampo
spegnendo i festoni di luci colorate tesi sull'aia. Nessuno vi
fece caso e gli invitati si accalcarono nel granaio. Qualcuno regalò a Hank una maglietta che lui indossò immediatamente: TE L'AVEVO DETTO, recitava a grandi lettere nere la
scritta sul davanti.

Costretto ad aspettare il veterinario fino alle sei passate, Tom giunse in ritardo. Il medico aveva somministrato
un'altra iniezione alla puledra e pensava che sarebbe bastata. Quando gli altri erano partiti per la festa, Tom era
ancora occupato con la cavalla. Dall'interno della stalla
aveva visto i ragazzi salire sul Lariat insieme ad Annie e

Grace. Annie l'aveva salutato e gli aveva chiesto se sarebbe stato dei loro. Tom le aveva risposto che li avrebbe raggiunti più tardi. Aveva notato con piacere che indossava lo stesso vestito di due sere prima.

Né lei né Grace avevano detto una parola su quanto era successo. La domenica, alzandosi prima dell'alba e vestendosi al buio, Tom aveva visto che le imposte di Annie erano ancora aperte e la luce ancora accesa. Avrebbe voluto raggiungerla e chiederle se andava tutto bene, ma, temendo di risultare invadente, aveva deciso di attendere. Quando aveva finito con i puledri ed era rientrato alla fattoria per fare colazione, Diane gli aveva detto che Annie aveva appena telefonato chiedendo se lei e Grace potevano andare a messa con loro.

«Probabilmente ha intenzione di scrivere un articolo per la sua rivista» aveva commentato Diane. Tom l'aveva rimproverata di essere ingiusta, e lei non gli aveva rivolto la parola per il resto della giornata.

Erano andati a messa con due vetture diverse, ed era risultato subito chiaro, per lo meno a Tom, che fra Annie e Grace era cambiato qualcosa. Vi era una tranquillità nuova, nel loro modo di comportarsi. Tom si era reso conto di come, quando Annie parlava, Grace la guardasse negli occhi e di come, dopo che avevano parcheggiato, madre e figlia si fossero dirette insieme verso la chiesa, tenendosi sottobraccio.

Non c'era posto per tutti in un unico banco, e così Annie e Grace si erano sedute nella fila davanti, illuminate da un raggio di sole che scendeva obliquo da una finestra intrappolando lenti vortici di polvere. Tom aveva notato le occhiate con cui i fedeli, tanto gli uomini quanto le donne, osservavano le nuove arrivate. E si era ritrovato a fissare la nuca di Annie ogni volta che lei si alzava per cantare o chinava il capo in preghiera.

Più tardi, tornati a Double Divide, Grace aveva montato di nuovo Gonzo, ma questa volta nel recinto grande davanti a tutti. L'aveva fatto andare al passo, quindi portato al trotto seguendo l'indicazione di Tom. In un primo momento era sembrata un po' rigida, ma non appena si era rilassata e aveva iniziato a "sentire" il cavallo, Tom si era reso conto di quanto cavalcare le venisse naturale. Le aveva dato un paio di consigli su come disporre la gamba e, quando Grace li aveva messi in pratica, le aveva detto di portare Gonzo al passo allungato.

«Al passo allungato?»

«Perché no?»

L'aveva fatto e bene, muovendosi al ritmo dell'anima le, e Tom aveva visto un sorriso illuminarle il volto.

«Non dovrebbe avere qualcosa in testa?» gli aveva chiesto Annie sottovoce. Intendeva uno di quei berretti rigidi che portavano in Inghilterra e sulla costa orientale. «Direi di no,» le aveva risposto lui «a patto che non le venga in mente di cadere.» Sapeva che avrebbe dovuto prendere più sul serio le preoccupazioni di Annie, ma lei si era fidata e non aveva insistito.

Grace aveva rallentato senza alcuna difficoltà, facendo fermare Gonzo di fronte al gruppo, che l'aveva applaudita. Il cavallino si pavoneggiava come se avesse appena vinto il derby del Kentucky. E il sorriso di Grace era ampio e radioso come il cielo del mattino.

Dopo che il veterinario se ne fu andato, Tom si fece la doccia, indossò una camicia pulita e si avventurò nella pioggia verso la fattoria di Hank. Pioveva così forte che i tergicristalli del vecchio Chevy si rivelarono praticamente inutili, costringendolo ad avvicinare il naso al parabrezza per individuare le buche allagate disseminate sulla vecchia strada di ghiaia. Quando arrivò alla fattoria, la quantità di auto già parcheggiate lo obbligò a fermarsi lungo il vialetto; se non si fosse rammentato di indossare l'impermeabile, sarebbe giunto al granaio completamente fradicio.

Appena entrò, Hank lo vide e gli si avvicinò con una birra. Notando la maglietta dell'amico, Tom scoppiò a ridere e subito si sorprese a guardarsi attorno alla ricerca di Annie. Il granaio era enorme, eppure troppo piccolo per la quantità di gente che vi aveva trovato riparo. La musica country era quasi sommersa dal frastuono delle voci e delle risate. La cena era ancora in pieno svolgimento. Di quando in quando il vento soffiava all'interno una nuvola di fumo proveniente dal barbecue. I tavoli ancora fradici d'acqua costringevano la maggior parte degli invitati a mangiare in piedi.

Mentre chiacchierava con Hank e un paio di amici,

Tom perlustrò il locale con lo sguardo. Uno dei box vuoti lungo il lato più lontano era stato trasformato in bar; dietro al banco Frank era impegnato a servire da bere. I ragazzi più grandi, fra cui Grace e Joe, si erano radunati attorno all'impianto stereo: passavano in rassegna la collezione di cassette e gemevano alla prospettiva imbarazzante di assistere alle danze dei genitori sulle note degli Eagles e dei Fleetwood Mac. Poco distante, Diane stava dicendo per l'ultima volta ai gemelli di smetterla di lanciarsi addosso il cibo se non volevano tornare subito a casa. Tom vide molti volti conosciuti e rispose a innumerevoli saluti. Ma vi era una sola persona che stava cercando, e finalmente la trovò.

In piedi nell'angolo opposto, Annie reggeva in mano un bicchiere vuoto e conversava con Smoky, giunto dal New Mexico dove aveva trovato lavoro dopo l'ultimo corso tenuto da Tom. Sembrava che parlasse soprattutto lui. Di quando in quando Annie si guardava attorno e Tom si chiese se stesse cercando qualcuno in particolare e se quel qualcuno potesse essere lui. Ma subito si diede dell'idiota e andò a servirsi da mangiare.

Smoky si era reso conto di chi fosse Annie non appena li avevano presentati. «Lei è quella che ha chiamato mentre eravamo in California!» esclamò. Annie sorrise.

«Esatto.»

«Diavolo, ricordo che Tom mi telefonò al ritorno da New York dicendomi che non avrebbe mai accettato di occuparsi di quel cavallo. E adesso eccovi qui.»

«Ha cambiato idea.»

«Può esserne certa, signora. Mai visto Tom fare qualcosa che non gli andava.»

Annie gli pose qualche domanda sul suo lavoro con Tom e le fu subito chiaro che Smoky lo idolatrava. Il giovane le spiegò che erano in molti, ormai, a offrire lo stesso genere di servizio, ma nessuno era al livello di Tom, neppure lontanamente. Le raccontò di ciò che gli aveva visto fare con cavalli che chiunque altro avrebbe semplicemente abbattuto.

«Nel momento in cui li sfiora con le mani, l'irrequietezza sembra abbandonarli, scivolare via.»

Quando Annie gli fece notare che con Pilgrim Tom

non l'aveva ancora fatto, Smoky rispose che evidentemente il cavallo non era pronto.

«È come una magia» commentò lei.

«No, signora. È molto di più. La magia è fatta soltanto di trucchi.»

Qualsiasi cosa fosse, Annie l'aveva avvertita. L'aveva sentita osservandolo mentre lavorava, cavalcando con lui. A dire il vero, la percepiva quasi a ogni istante quando erano insieme.

Era la stessa magia che aveva avvertito il mattino precedente, quando si era svegliata con Grace ancora addormentata accanto a lei e aveva visto l'alba riversarsi nella stanza attraverso le tende scolorite e immobili. Era rimasta a lungo distesa, cullata dal respiro regolare della figlia. In sogno, Grace aveva mormorato qualcosa che lei aveva cercato invano di decifrare.

Era stato allora che aveva notato, fra i libri e le riviste accatastati accanto al letto, la copia del *Pilgrim's Progress* di John Bunyan regalatale dai cugini di Liz Hammond. Non l'aveva mai aperta, né si era accorta che Grace se la fosse portata in camera. Era scesa dal letto, badando a non far rumore, l'aveva presa e aveva raggiunto la sedia accanto alla finestra, dove la luce le consentiva di leggere.

Si rammentava che da bambina aveva ascoltato la storia con occhi spalancati dalla meraviglia, catturata dalle eroiche avventure di un piccolo cristiano in cammino verso la Città Celeste. Rileggendola ora, l'allegoria le pareva banale e maldestra. Ma quasi alla fine vi era un passaggio che l'aveva fatta indugiare.

Vidi ora nel mio Sogno che i Pellegrini avevano ormai superato il Terreno Incantato ed erano entrati nel Paese di Beulah, dove l'aria era dolcissima e gradevole; e poiché la via lo attraversava tutto, vi si ristorarono per un certo tempo. Qui si udiva continuamente il canto degli uccelli, e vedevano ogni giorno i fiori apparire sulla terra, e sentivano la voce della tortora nella campagna. In questo paese il sole risplende giorno e notte, poiché si trova al di là della Valle dell'Ombra della Morte e fuori dalla portata del Gigante Disperazione; e da questo paese i due Pellegrini non potevano neppure intravedere il Castello del Dubbio. Ormai erano in vista della Città a cui erano diretti, e qui potevano già incontrare alcuni dei suoi abitanti; infatti in questo paese passeggiavano spesso gli Esseri Splendenti, perché è vicino ai confini del Cielo.*

Annie aveva riletto il brano tre volte e non era andata oltre. Era stato quel passaggio che l'aveva spinta, più tardi, a chiedere a Diane il permesso di recarsi in chiesa con loro. Quel bisogno così poco in carattere con la sua personalità non aveva nulla o quasi di religioso. In realtà aveva molto a che fare con Tom Booker.

Annie sapeva che in qualche modo era stato lui l'artefice di quanto era successo. Aveva aperto la porta che aveva consentito a lei e Grace di ritrovarsi. "Non permetterle di respingerti" le aveva detto. E lei non l'aveva fatto. Ora desiderava semplicemente rendere un grazie rituale che non avrebbe imbarazzato nessuno. Quando l'aveva confidato a Grace, la figlia l'aveva presa in giro, chiedendole da quanto tempo non andasse in chiesa. Ma l'aveva detto con affetto, e l'aveva seguita con gioia.

Annie tornò a concentrarsi sulla festa. Smoky non sembrava aver notato la sua distrazione. Era nel bel mezzo di un intricato racconto sul padrone della fattoria del New Mexico presso la quale lavorava in quel periodo. Mentre ascoltava, Annie riprese a dedicarsi a ciò che aveva fatto per la maggior parte della serata: cercare Tom. Forse aveva deciso di non venire.

Hank e gli altri uomini riportarono i tavoli all'esterno e diedero inizio alle danze. La musica era aumentata di volume ma non aveva abbandonato il genere country; seguendo l'esempio dei più smaliziati, i ragazzi continuavano a esprimere il loro disgusto, segretamente sollevati alla prospettiva di non essere costretti a ballare. Ridere dei propri genitori era molto più divertente che essere l'oggetto della loro derisione. Qualcuna delle ragazzine aveva però rotto le righe, unendosi alle danze, e all'improvviso Annie avvertì una fitta di apprensione. Stupidamente, fino

*John Bunyan, *Il Viaggio del Pellegrino*, traduzione di Adriana Schmidt Perrone, © 1985 by Piero Gribaudi Editore.

a quell'istante non aveva pensato che ciò avrebbe potuto turbare Grace. Si scusò con Smoky e andò alla ricerca della figlia.

Grace era seduta nei pressi dei box insieme a Joe. Vide la madre avvicinarsi e subito bisbigliò qualcosa all'orecchio dell'amico, facendolo sorridere. Quando Annie gli fu di fronte, il ragazzo la guardò con espressione seria e si alzò.

«Signora, permette questo ballo?»

Grace scoppiò a ridere e Annie le scoccò un'occhiata sospettosa.

«È una richiesta del tutto spontanea, immagino» disse.

«Naturalmente, signora.»

«E non si tratta per caso di una scommessa?»

«Mamma! Che maleducata!» esclamò Grace. «Hai detto una cosa terribile!» Joe manteneva un'espressione perfettamente seria.

«No, signora. Nel modo più assoluto.»

Annie tornò a guardare Grace, che le lesse nel pensiero.

«Se credi che abbia intenzione di ballare con questa musica, ti sbagli di grosso.»

«In tal caso, Joe, ti ringrazio. Accetto l'invito.»

E così danzarono. Joe fu bravissimo, e nonostante le risate di scherno degli altri ragazzi non fece una piega. Fu allora che Annie vide Tom. Stava osservandola dal bar. La salutò, e la sola vista di lui le provocò un brivido adolescenziale che lei stessa trovò imbarazzante.

Quando la musica terminò, Joe le rivolse un inchino e la riaccompagnò da Grace, che non aveva smesso un istante di ridere. Annie si sentì sfiorare la spalla e si voltò. Era Hank. Le chiese il ballo successivo e non volle sentire ragioni. Alla fine, Annie rideva tanto che i fianchi le dolevano. Ma non vi fu tregua. Giunse il turno di Frank, quindi quello di Smoky.

Voltandosi verso Grace e Joe, Annie li vide impegnati in una sorta di danza scherzosa insieme ai gemelli e a qualche altro ragazzo: sufficientemente scanzonata, almeno, da dare a entrambi l'illusoria impressione di non ballare insieme.

Guardò Tom volteggiare con Darlene, con Diane e infine con una donna giovane e piacente che lei non conosceva e non desiderava conoscere. Forse una fiamma di cui non aveva sentito parlare. Ma ogni volta che la musica s'interrompeva, Annie lo cercava con lo sguardo e si chiedeva per quale ragione non le si avvicinasse.

Tom la vide dirigersi verso il bar dopo aver ballato con Smoky e non appena gli fu possibile ringraziò educatamente la sua compagna e s'incamminò verso di lei. Era la terza volta che tentava di raggiungerla ed era la terza volta che veniva intercettato.

Si districò fra la massa di corpi accaldati e la vide passarsi le mani sulla fronte sudata e ravviarsi i capelli all'indietro con lo stesso gesto che aveva fatto il mattino in cui l'aveva incontrata mentre faceva jopgging. Il vestito bagnato di sudore le aderiva alla schiena. Avvicinandosi, Tom aspirò il suo profumo, misto a un aroma più sottile, potente e segreto.

Frank era tornato al banco; la vide spuntare dietro una marea di teste e le chiese che cosa volesse bere. «Un bicchier d'acqua» rispose lei. «Mi dispiace,» replicò Frank «abbiamo soltanto Dr Peppers.» Gliene allungò una bottiglietta. Annie lo ringraziò, si voltò e si trovò di fronte Tom.

«Ciao!» esclamò.

«Ciao. Dunque ad Annie Graves piace ballare.»

«A dire la verità proprio per nulla. È solo che qui non hai scelta.»

Tom scoppiò a ridere e in quel momento decise che non l'avrebbe invitata, sebbene non avesse desiderato altro per tutta la sera. Qualcuno si fece largo fra loro, separandoli per un istante. La musica era ricominciata, costringendoli a gridare per farsi sentire.

«A te invece piace» disse Annie.

«Cosa?»

«Ballare. Ti ho visto.»

«Immagino di sì. Ma nemmeno tu mi sei sfuggita, e mi sembra proprio che ti diverta più di quanto tu non voglia ammettere.»

«A volte. Quando sono dell'umore giusto.»

«Hai sete?»

«Muoio dalla voglia di un po' d'acqua.»

Tom chiese un bicchiere pulito a Frank e gli restituì la

bottiglietta di Dr Peppers. Quindi posò delicatamente una mano sulla schiena di Annie e la guidò attraverso la folla. «Vieni.»

Mentre la pilotava fuori, tutto ciò a cui Annie riusciva a pensare era il contatto della sua mano sulla schiena, appena sotto le scapole e la chiusura del reggiseno.

Girando attorno alla pista da ballo, si rimproverò per avergli detto che non le piaceva danzare: se avesse taciuto, Tom l'avrebbe invitata, e non c'era nulla, quella sera, che lei desiderasse di più.

Il grande portone del granaio era spalancato e le luci da discoteca illuminavano la pioggia battente, trasformandola in una tenda di perline colorate. Il vento aveva smesso di soffiare, ma l'acqua cadeva così fitta da provocare uno spostamento d'aria. Altri invitati avevano raggiunto la soglia per godere del fresco che anche Annie sentì all'improvviso sul volto.

Si fermarono e scrutarono entrambi attraverso la pioggia il cui rombo sovrastava la musica alle loro spalle, facendola sembrare distante. Con disappunto, Annie sentì che Tom le toglieva la mano dalla schiena. Sul lato opposto del cortile si scorgevano le luci della fattoria, simili a quelle di una nave dispersa in mezzo al mare. Annie immaginò che fosse la loro destinazione.

«Ci bagneremo fino alle ossa» disse. «Non sono così assetata.»

«Credevo morissi dalla voglia di bere un po' d'acqua.»

«Sì, ma non di affogare. Sebbene dicano che sia il modo migliore di andarsene. Mi sono sempre chiesta come facciano a saperlo.»

Tom scoppiò a ridere. «Pensi sempre molto, vero?»

«Già, ho sempre qualche rotella che gira. Non posso farci niente.»

«Ma a volte è un po' un intralcio, no?»

«Già.»

«Come adesso.» Tom vide che lei non aveva capito. Indicò la fattoria. «Siamo qui a fissare la pioggia e tu stai pensando che peccato, non c'è acqua.»

Annie gli scoccò un'occhiata di traverso e gli prese il bicchiere di mano. «È un po' come la storia degli alberi e della foresta, intendi dire.»

Tom si strinse nelle spalle con un sorriso e lei allungò il bicchiere nella notte. Il martellare delle gocce sul suo braccio nudo fu sorprendentemente violento, quasi doloroso. Il rombo della pioggia escludeva il mondo attorno a loro. E mentre il bicchiere si riempiva, più in fretta di quanto entrambi avessero desiderato, i loro sguardi s'intrecciarono in un'unione soltanto apparentemente scherzosa.

Quando Annie gli offrì da bere, Tom scosse il capo e non smise di guardarla. Dissetandosi, lei lo guardò a sua volta oltre l'orlo del bicchiere. L'acqua era fresca, pura e così insapore che le fece venire voglia di piangere.

26

Grace si rese conto che Tom le nascondeva qualcosa fin dal momento in cui gli salì accanto sul Chevy. Il suo sorriso lo smascherava, come quello di un ragazzino che avesse rubato il vaso delle caramelle. Chiuse la portiera e Tom ripartì dirigendosi verso i recinti. Grace era appena tornata da una seduta mattutina con Terri e stava mangiando un panino.

«Cosa c'è?» gli chiese.

«In che senso?»

Lo squadrò socchiudendo gli occhi, ma lui assunse un'espressione di pura innocenza.

«Be', tanto per cominciare sei in anticipo.»

«Davvero?» Tom scosse l'orologio da polso. «Maledetto catorcio.»

Visto che era una causa persa, Grace si rilassò sul sedile e si dedicò al suo panino. Tom tornò a rivolgerle quel suo strano sorriso e continuò a guidare.

Il secondo indizio fu il lazo che prese nella stalla prima di raggiungere il recinto di Pilgrim. Realizzato con un complicato intreccio di fili viola e verdi, era molto più corto e sottile di quello che usava di solito.

«E questo cos'è?»

«È un lazo. Bello, vero?»

«Volevo dire, a cosa serve?»

«Grace, non puoi sapere quante cose si possano fare con un lazo come questo.»

«Tipo dondolarsi da un albero, legarsi...»

«Esattamente.»

Quando giunsero al recinto, Grace si appoggiò come sempre allo steccato e Tom entrò con il lazo. Nell'angolo opposto, rispettando anch'esso un copione stabilito, Pilgrim iniziò a soffiare e a trotterellare avanti e indietro, quasi volesse segnare i confini di un ultimo, inutile rifugio. La coda, le orecchie e i muscoli dei fianchi sembravano in preda a una continua scarica di convulsioni. I suoi occhi erano fissi su Tom.

Ma Tom non lo guardava. Dando la schiena a Grace, procedeva armeggiando con il lazo, impegnato in qualcosa che lei non riusciva a capire. Qualsiasi cosa fosse, stava ancora armeggiando quando raggiunse il centro del recinto.

Grace vedeva che Pilgrim era incuriosito quanto lei. Aveva smesso di agitarsi e guardava l'uomo. E sebbene di quando in quando scuotesse la testa e raspasse il terreno, le sue orecchie erano tese verso Tom quasi fossero tirate da un elastico invisibile. Grace si spostò lentamente lungo lo steccato in modo da guadagnare una visuale migliore. Non dovette fare molta strada, perché Tom si voltò verso di lei, nascondendo a Pilgrim ciò che stava facendo con le mani. Sembrava semplicemente impegnato a formare una serie di nodi lungo il lazo. Alzò gli occhi per un istante e le sorrise da sotto la tesa del cappello.

«Curioso il nostro amico, non trovi?»

Grace guardò Pilgrim. Era più che curioso. Non riuscendo a vedere le mani di Tom, aveva seguito l'esempio della ragazzina e stava avanzando timidamente. Tom lo udì e subito fece due passi nella direzione opposta, rivolgendo la schiena al cavallo. Pilgrim si fermò e si voltò di lato, valutando la situazione. Quindi tornò a guardare Tom e fece qualche altro passo indeciso nella sua direzione. Udendolo, Tom si allontanò di nuovo, lasciando fra sé e il cavallo una distanza impercettibilmente inferiore alla precedente.

Grace notò che aveva finito la serie di nodi ma che continuava a maneggiare la corda, e all'improvviso capì. Era una rudimentale cavezza. Grace non credeva ai propri occhi.

«Hai intenzione di infilargliela?»

Tom le rivolse un gran sorriso. «Soltanto se mi prega» rispose in un bisbiglio.

Lo strano balletto assorbì totalmente l'attenzione di Grace, facendole perdere la nozione del tempo. Ogni volta che Pilgrim si avvicinava, Tom si spostava, rifiutandosi di rivelargli il segreto e alimentando il suo desiderio di scoprirlo. Fermandosi, riduceva progressivamente la distanza fra sé e il cavallo. Quando ebbero percorso per due volte il perimetro e Tom ebbe riguadagnato il centro del recinto, erano ormai a non più di una dozzina di passi l'uno dall'altro.

Tom si voltò fino a trovarsi ad angolo retto rispetto a Pilgrim. Riprese ad armeggiare con il lazo con grande tranquillità, sorridendo a Grace ma evitando di guardare il cavallo. Sentendosi ignorato, Pilgrim soffiò e si voltò prima a destra, poi a sinistra. Quindi fece due o tre passi avanti. Si aspettava che l'uomo si allontanasse, ma Tom non si mosse. Il cambiamento lo sorprese: si fermò e si guardò attorno per vedere se qualsiasi altra cosa, compresa Grace, potesse aiutarlo a capire ciò che stava succedendo. Non trovando alcuna risposta, fece un altro passo avanti. Quindi un altro ancora, soffiando e tendendo il collo per annusare il pericolo che quell'uomo poteva nascondere, vincendo il terrore per il bisogno ormai insopprimibile di sapere che cosa tenesse fra le mani.

Alla fine gli andò così vicino che le narici giunsero quasi a sfiorare la tesa del cappello. Sentendo il fiato dell'animale sul collo, Tom si allontanò di un paio di passi. Sebbene l'uomo si fosse spostato tutt'altro che bruscamente, Pilgrim scattò come un gatto spaventato e lanciò un nitrito. Ma non si allontanò. E quando vide che Tom lo stava fronteggiando, si calmò. Ormai il lazo era lì, davanti ai suoi occhi. Tom lo reggeva con entrambe le mani e glielo stava mostrando. Ma al cavallo non bastava guardare. Doveva annusarlo.

Ora Tom stava fissando l'animale e gli stava dicendo qualcosa, sebbene Grace fosse troppo distante per udirlo. La ragazzina si mordicchiò il labbro osservando la scena, incitando Pilgrim fra sé e sé. Coraggio, non ti farà del male. Ma al cavallo era più che sufficiente la propria curiosità. Con passi inizialmente esitanti, poi sempre più sicuri, si avvicinò a Tom e accostò le narici al lazo. E quando l'ebbe annusato con cura, si dedicò alle mani dell'uomo, che restò immobile e lo lasciò fare.

In quell'istante, grazie a quel tremante contatto, Grace

sentì sciogliersi molti nodi. Era una sensazione che non avrebbe potuto spiegare, nemmeno a se stessa. Sapeva semplicemente che una sorta di sigillo era stato apposto su tutto ciò che era successo in quegli ultimi giorni. Aveva ritrovato sua madre, era montata a cavallo, e la sera della festa aveva provato una nuova fiducia in se stessa. Erano tutte cose di cui non aveva osato fidarsi fino in fondo, quasi qualcuno gliele avesse potute strappare da un momento all'altro. Ma quell'esitante atto di fiducia di Pilgrim rivelava una speranza, una promessa tali che Grace sentì qualcosa muoversi nel profondo e seppe che quel qualcosa non sarebbe scomparso.

Col benestare del cavallo, Tom gli posò delicatamente una mano sul collo. Pilgrim tradì un tremito e per un istante parve immobilizzarsi. Ma era soltanto circospezione: non appena si fu accorto che la mano non gli aveva arrecato dolore, si rilassò e permise che Tom lo accarezzasse.

La cosa proseguì a lungo. Lentamente, Tom risalì il collo fino al muso e Pilgrim lo lasciò fare. Quindi l'uomo si spostò sul fianco opposto del cavallo e giunse persino a passargli le dita nella criniera, arruffata e rigida come un intrico di chiodi. Infine, delicatamente e senza fretta, gli infilò al collo la cavezza. E Pilgrim non recalcitrò né accennò a protestare.

L'unico timore di Tom era che Grace si illudesse troppo. L'equilibrio che i cavalli acquisivano con quell'ultimo passo era sempre fragile e nel caso di Pilgrim si rivelava ancora più delicato. Il suo sguardo e il tremito dei suoi fianchi gli facevano capire quanto fosse vicino al rifiuto. E se l'avesse respinto, la prossima volta – se mai vi fosse stata una prossima volta – sarebbe stato tutto più difficile.

Per giorni e giorni vi si era dedicato nelle prime ore del mattino, all'insaputa di Grace. Nel pomeriggio, quando lei assisteva, faceva cose diverse, concentrandosi più che altro sulla bandierina, sulle direzioni e sull'abitudine al contatto con il lazo. Ma portare Pilgrim ad accettare la cavezza era qualcosa che voleva affrontare da solo. E fino a quel mattino non sapeva se sarebbe mai successo, se la scintilla di speranza di cui aveva parlato ad Annie esistesse davvero. Nello scorgerla si era fermato, perché voleva che

Grace fosse presente quando vi avesse soffiato sopra per farla brillare.

Non ebbe bisogno di guardarla in volto per rendersi conto di quanto fosse commossa. Ciò che Grace non sapeva, e che forse lui avrebbe dovuto dirle invece di mostrarsi tanto spavaldo, era che da quel momento in avanti non sarebbero state tutte rose e fiori. Avrebbero dovuto affrontare un lavoro duro, e in certi momenti Pilgrim sarebbe ricaduto nel baratro della follia. Ma c'era tempo. Quel momento apparteneva a Grace, e Tom non glielo voleva rovinare.

E così, rendendosi conto che la ragazzina non desiderava altro, la chiamò. La vide appoggiare il bastone al cancello e attraversare circospetta il recinto, quasi senza zoppicare. La fece fermare a qualche metro da Pilgrim. Era meglio che fosse il cavallo ad avvicinarsi. Diede un lieve colpetto alla cavezza e Pilgrim si mosse.

Tom vide che Grace si mordeva il labbro, sforzandosi di non tremare mentre tendeva le mani sotto il muso del cavallo. Vi era paura da entrambe le parti, e l'incontro doveva essere senza dubbio meno lieto di quelli che Grace poteva rammentare. Ma nel modo in cui Pilgrim le annusò le mani e qualche istante dopo il volto e i capelli, Tom credette di scorgere l'ombra fuggevole di ciò che cavallo e ragazzina erano stati insieme e sarebbero forse tornati a essere.

«Annie, sono Lucy. Ci sei?»

Annie lasciò che la domanda aleggiasse nell'aria per qualche istante. Era impegnata nella stesura di un promemoria da distribuire ai suoi più importanti alleati su come reagire alle interferenze di Crawford Gates. Il messaggio diceva in sostanza: mandatelo al diavolo. Aveva inserito la segreteria telefonica per trovare con calma un modo leggermente meno brutale di esprimere il concetto.

«Merda. Sarai fuori a tagliare le palle alle vacche o qualsiasi altra cosa si faccia lassù. Senti, io... niente, richiamami, ti dispiace?»

Il suo tono di voce sembrava preoccupato e Annie si sentì obbligata a rispondere.

«Le vacche non hanno le palle.»

«Parla per te, ragazza. Dunque, ti nascondevi nell'ombra?»

«Filtravo le telefonate. Lucy, cosa succede?»

«Mi ha licenziata.»

«Come?»

«Il figlio di puttana mi ha licenziata.»

Annie se l'aspettava ormai da diverse settimane. Lucy era stata la prima persona che lei aveva assunto, la sua alleata più fidata. Licenziandola, Gates stava inviandole un chiaro messaggio. Con un senso di vuoto allo stomaco, ascoltò il racconto dell'amica.

Il pretesto era stato un servizio sulle camioniste. Annie aveva letto il testo e, sebbene preoccupata dal risvolto sessuale, l'aveva giudicato divertente. Anche le fotografie erano magnifiche. Lucy voleva un titolo ammiccante, ma Gates si era opposto, accusandola di essere «ossessionata dalle porcate». Avevano litigato di fronte a tutti e Lucy gli aveva rivolto a chiare lettere l'invito per il quale Annie stava cercando di trovare un eufemismo.

«Non glielo permetterò» disse Annie.

«Ragazza mia, l'ha già fatto. Sono acqua passata.»

«No, non è vero. Non può farlo.»

«Certo che può, Annie. Sai benissimo che può farlo, e in ogni caso ne avevo abbastanza. Non è più come una volta.»

Vi fu qualche istante di silenzio mentre entrambe riflettevano su quell'ultima frase. Annie sospirò.

«Annie?»

«Sì?»

«Ti conviene tornare in ufficio. E in fretta.»

Grace rientrò tardi, entusiasta di quello che era successo con Pilgrim. Aiutò Annie ad apparecchiare e mentre mangiavano le raccontò ciò che aveva provato toccandolo e sentendolo tremare. Pilgrim non le aveva permesso di accarezzarlo come aveva fatto con Tom e l'aveva tollerata per un tempo così breve che lei era rimasta un po' male. Ma Tom le aveva detto che sarebbe migliorato con il passare dei giorni, che bisognava procedere gradualmente, un passo per volta.

«Era strano. Non mi ha voluto guardare, come se provasse vergogna.»

«Per quello che è successo?»

«No. Non lo so. Forse per essere diventato così.»

Proseguì raccontandole come Tom l'avesse ricondotto nella stalla e come insieme l'avessero accudito. Pilgrim aveva consentito a Tom di ripulirgli almeno in parte gli zoccoli dalla sporcizia e, sebbene si ritraesse ogni volta che gli sfioravano la criniera e la coda, aveva accettato che gli strigliassero il mantello. All'improvviso Grace s'interruppe e scoccò alla madre un'occhiata preoccupata.

«Stai bene?»

«Sì, perché?»

«Non so. Mi sembravi un po' pensierosa.»

«Sarà un po' di stanchezza.»

Avevano quasi finito di mangiare quando giunse la telefonata di Robert. Grace si sedette alla scrivania e, mentre Annie lavava i piatti, raccontò al padre l'intera storia.

In piedi davanti al lavello, Annie sciacquava le pentole, ascoltando il frenetico ronzìo di un insetto intrappolato nella plafoniera di una delle lampade al neon. La telefonata di Lucy l'aveva fatta sprofondare in un umore cupo, dal quale nemmeno le buone notizie di Grace erano riuscite a risollevarla del tutto.

Per un istante si era rianimata nel sentire il Chevy frenare con stridore di gomme davanti alla casa. Lei e Tom non si erano più parlati dalla sera della festa, ma il pensiero di lui non l'aveva quasi mai abbandonata. Sperando che sarebbe entrato, Annie si era rapidamente specchiata nel portello di vetro del forno, ma Tom si era limitato a rivolgerle un cenno di saluto ed era ripartito.

Lucy l'aveva violentemente riportata a quella che, con acuta consapevolezza, Annie riconosceva come la sua vera vita, e lo stesso, anche se in modo diverso, stava facendo la telefonata di Robert. Ma che cosa significava "vera"? Nulla, in un certo senso, era più vero della vita che avevano trovato in quel luogo. Qual era dunque la differenza tra quelle due esistenze?

Una, pensava Annie, era fatta di doveri, l'altra di possibilità. Da ciò, forse, derivava il concetto di realtà. Perché i doveri erano palpabili, solidamente radicati nelle azioni e nei rapporti con gli altri, mentre le possibilità non erano che chimere, fragili e inutili, persino dannose. Invecchiando e rinsavendo te ne rendevi conto e le allontanavi. Era meglio così. Molto meglio.

L'insetto nella plafoniera aveva adottato una nuova tattica. Si riposava e quindi si lanciava contro la plastica con energia raddoppiata. Grace stava dicendo a Robert che presto avrebbe aiutato gli altri a condurre la mandria ai pascoli estivi e si sarebbe fermata a dormire all'aperto. Certo, rispose, sarebbe andata a cavallo. Quali altri mezzi credeva che vi fossero?

«Non preoccuparti, papà. Gonzo è bravo.»

Annie terminò il riassetto in cucina e spense la luce per concedere un po' di riposo al povero insetto. Raggiunse lentamente il salotto e si fermò dietro alla sedia di Grace, accarezzandole oziosamente i capelli.

«No, lei non viene» stava dicendo Grace. «Sostiene di aver troppo da fare. È qui, le vuoi parlare? Okay. Anch'io ti voglio bene, papà.»

Liberò la sedia per Annie e salì al primo piano per fare un bagno. Robert era ancora a Ginevra; probabilmente sarebbe tornato a New York il lunedì successivo. Due sere prima aveva riferito ad Annie il pettegolezzo di Freddie Kane, e ora lei in tono stanco gli raccontò del licenziamento di Lucy. Robert ascoltò in silenzio e quindi le chiese che cosa pensava di fare. Lei sospirò.

«Non lo so. Tu cosa dici?»

Vi fu un silenzio, ed Annie si rese conto che il marito stava soppesando con molta cura la propria risposta.

«Be', non credo ci sia molto da fare.»

«Intendi dire che dovremmo tornare?»

«No, non sto dicendo questo.»

«Proprio adesso che le cose vanno così bene?»

«No, Annie. Non ho detto questo.»

«Mi sembrava di aver capito così.»

Lo udì trarre un profondo respiro e all'improvviso si sentì in colpa: lo stava volutamente fraintendendo e allo stesso tempo non era sincera riguardo alle ragioni per cui desiderava restare. Quando Robert riprese a parlare, il suo tono di voce era controllato.

«Mi dispiace di averti dato questa impressione. Quello

che sta succedendo a Grace e a Pilgrim è meraviglioso. È importante che restiate lassù fin quando sarà necessario.»

«Intendi dire che è più importante del mio lavoro?»

«Cristo, Annie!»

«Scusami.»

Passarono ad argomenti meno spinosi e quando giunse il momento di salutarsi Annie sentì che si era ristabilita l'armonia di sempre, sebbene stavolta Robert non le avesse detto che l'amava. Riagganciò e rimase seduta alla scrivania. Non sapeva perché l'avesse aggredito in quel modo. Forse in realtà stava punendo se stessa per la propria incapacità – o riluttanza – a districare il groviglio di sentimenti che le si agitava nel profondo.

In bagno Grace aveva acceso la radio. Una stazione che trasmetteva vecchie canzoni stava mandando in onda quella che il disc-jockey definiva «una grande retrospettiva dei Monkees». Dopo le note di *Daydream Believer* risuonarono quelle di *Last Train to Clarksville*. Grace doveva essersi addormentata o avere le orecchie sott'acqua.

All'improvviso, con micidiale chiarezza, Annie seppe che cosa avrebbe fatto. Avrebbe comunicato a Gates che, se non avesse riassunto Lucy Friedman, lei si sarebbe dimessa. L'indomani gli avrebbe inviato l'ultimatum via fax. Se i Booker avessero accettato, avrebbe accompagnato la mandria ai pascoli estivi. E al suo ritorno, che avesse un lavoro o meno avrebbe fatto poca differenza.

27

LA MANDRIA RISALIVA VERSO DI LUI LUNGO IL FIANCO DELLA MON-
tagna come un fiume nero in piena. In quel punto, la conformazione stessa del terreno faceva da guida creando un percorso obbligato che, sebbene non fosse protetto né segnato, rappresentava l'unica scelta possibile per il bestiame. Tom amava precedere la mandria e fermarsi in cima al pendìo per osservarne il fluire.

Gli altri cavalieri la seguivano mantenendo le proprie posizioni strategiche: Joe e Grace sulla destra, Frank e Annie sulla sinistra e in coda Diane e i gemelli, che stavano comparendo alla vista proprio in quell'istante. Dietro di loro, l'altopiano che avevano appena attraversato si stendeva come un mare fiorito in cui il loro passaggio aveva tracciato una scia verde scuro. Ai margini di quella landa lontana si erano riposati sotto il sole di mezzogiorno osservando la mandria abbeverarsi.

Dal punto in cui Tom aveva fermato il suo cavallo si poteva scorgere soltanto il fievole luccichìo dello stagno, ma non si intravedeva nulla della valle che più in là scendeva verso i prati, i torrenti e i pioppi di Double Divide. Sembrava quasi che la distesa di fiori digradasse senza ostacoli verso le vaste pianure e l'orizzonte a oriente.

Le vacche procedevano forti e vivaci, e i loro mantelli brillavano al sole. Tom sorrise nel rammentare i gracili esemplari che avevano condotto ai pascoli la primavera di una trentina d'anni prima, appena arrivati a Double Divide. Alcune erano così magre che si sentivano sbatacchiare le costole.

I duri inverni che Daniel Booker aveva affrontato nella proprietà vicino al Clark's Fork si erano rivelati una bazzecola in confronto a ciò che gli avevano riservato le Montagne Rocciose. In quel primo anno aveva perso un numero di capi quasi pari a quelli che era riuscito a salvare, e il freddo e le preoccupazioni avevano inciso solchi ancora più profondi sul suo volto già provato dalla vendita della fattoria. Ma sulla cresta che Tom aveva appena raggiunto, suo padre aveva sorriso e per la prima volta si era reso conto che in quel luogo la famiglia sarebbe sopravvissuta e forse avrebbe persino prosperato.

Di tutto ciò Tom aveva parlato con Annie durante la traversata dell'altopiano. Nel corso della mattinata e persino quando si erano fermati per rifocillarsi c'era stato troppo da fare per potersi abbandonare alle chiacchiere. Avevano ripreso la marcia a ritmo più lento. Tom le si era messo al fianco e Annie gli aveva chiesto i nomi dei fiori, ascoltandolo con quella sua espressione seria e facendo tesoro di quanto imparava come se un giorno potesse essere interrogata.

Era una primavera calda, la più calda che Tom ricordasse. L'erba umida e rigogliosa frusciava a contatto con gli zoccoli dei cavalli. Tom aveva indicato ad Annie la cresta della catena che s'innalzava davanti a loro, raccontandole di quel giorno lontano in cui insieme al padre l'aveva raggiunta per controllare se stessero procedendo nella direzione dei pascoli alti.

Tom cavalcava una delle sue giovani giumente, un bell'esemplare di roano dal mantello rossiccio. Annie era in sella a Rimrock. Per tutto il giorno Tom non aveva potuto fare a meno di notare quanto fosse bella sul suo cavallo. Sia Annie che Grace indossavano i cappelli e gli stivali che avevano acquistato con Tom il giorno prima, dopo aver saputo che Annie sarebbe stata della partita. Specchiandosi nella vetrina del negozio, madre e figlia erano scoppiate a ridere all'unisono. Annie aveva chiesto se la divisa comprendeva anche le pistole, e Tom le aveva risposto che dipendeva da chi aveva intenzione di prendere di mira. Forse sarebbe stato meglio un missile Tomahawk, aveva risposto lei, visto che l'unico bersaglio che avrebbe voluto colpire era il suo capo a New York.

La traversata dell'altopiano era stata tranquilla. Ma nel raggiungere la base della catena montuosa, la mandria era sembrata intuire che da quel punto in avanti il percorso si sarebbe trasformato in una lunga scalata e aveva accelerato, muggendo ripetutamente come per incitarsi all'impresa. Tom aveva chiesto ad Annie di cavalcare in testa insieme a lui, ma lei gli aveva risposto con un sorriso che avrebbe fatto meglio a raggiungere Diane per vedere se aveva bisogno di aiuto. E così Tom si era ritrovato da solo sulla cima.

La mandria l'aveva quasi raggiunto. Fece voltare il cavallo e superò la cresta. Un piccolo branco di cervi muli si allontanò a grandi balzi. Giunti a distanza di sicurezza, si fermarono e presero a fissarlo. Le femmine erano gravide, e lo studiarono con le grosse orecchie piegate prima che il maschio le spingesse a ripartire. Oltre le loro teste, Tom scorse il primo degli stretti passi disseminati di pini che conducevano ai pascoli alti, e ancora più a monte i massicci picchi innevati.

Avrebbe voluto godersi quello spettacolo insieme ad Annie, e quando lei aveva declinato il suo invito era rimasto deluso. Forse aveva intuito, nella proposta, un'intimità che non era nelle sue intenzioni, un desiderio che esisteva ma che lui si era ben guardato dal manifestare.

Quando gli altri lo raggiunsero, il passo era già immerso nell'ombra proiettata dalle montagne. Salendo fra macchie sempre più scure di alberi, si guardarono alle spalle e videro l'ombra stendersi verso oriente come una macchia e lambire le pianure lontane ancora immerse nella luce del sole. Oltre le cime degli alberi, le ripide pareti grigie del passo sembravano circondarli, riecheggiando delle grida dei ragazzi e dello scalpiccìo della mandria.

Frank gettò un altro ramo sul fuoco e l'impatto proiettò nel cielo scuro un'eruzione di scintille. Il legname proveniva da un albero caduto; era così secco che sembrava bramare le fiamme che serpeggiavano nell'aria come se fossero dotate di vita propria.

Annie osservava i volti illuminati e ridenti dei ragazzi, gli occhi e i sorrisi sfavillanti nel buio. Stavano giocando agli indovinelli, e Grace aveva attirato l'attenzione di tutti i presenti con uno dei preferiti di suo padre. I suoi capelli, scendendo a cascata sotto il cappello, catturavano la luce del falò in un caleidoscopio di sfumature rossastre, ambrate e dorate. Annie pensava di non averla mai vista così bella.

Avevano finito di consumare una semplice cena a base di fagioli, braciole, pancetta salata e patate al cartoccio cotte nella cenere. Tutto aveva un sapore meraviglioso. Mentre Frank si occupava del fuoco, Tom era andato a prendere l'acqua per il caffè al ruscello sul lato opposto del prato. Diane stava facendosi coinvolgere dall'indovinello. Tutti sembravano dare per scontato che Annie sapesse la risposta. Sebbene l'avesse dimenticata, Annie era più che lieta di potersi rilassare con la schiena appoggiata alla sella, osservando la scena in silenzio.

Erano giunti a destinazione poco prima delle nove, mentre il sole tramontava anche sulle pianure lontane. L'ultimo passo, fiancheggiato da montagne ripide come pareti di una cattedrale, era stato impegnativo. Alla fine avevano seguito la mandria attraverso un antico passaggio di pietra e avevano visto i pascoli spalancarsi di fronte a loro.

Alla luce tenue della sera l'erba sembrava più scura. Vi erano meno fiori, e Annie immaginava che ciò fosse dovuto al ritardo con cui la primavera giungeva a quelle altitudini. Ora si stagliava davanti a loro soltanto il picco più alto della catena. Era possibile intravedere il versante occidentale, sul quale una lingua di neve rifletteva i raggi dorati del sole al tramonto.

Il pascolo era circondato dagli alberi; su un lato, in un punto in cui il terreno era leggermente rialzato, sorgeva una piccola baita di legno con un semplice recinto per i cavalli. Sul lato opposto il ruscello serpeggiava fra gli alberi. Vi si erano diretti come prima cosa e avevano lasciato che i cavalli si abbeverassero insieme alla mandria. Tom li aveva avvertiti che di notte la temperatura sarebbe potuta scendere sotto lo zero, e tutti si erano premuniti di abiti pesanti. Ma la serata era mite e piacevole.

«Come andiamo, Annie?» Frank aveva riattizzato il fuoco e le si sedette accanto. Tom comparve nel cerchio di luce proiettato dalle fiamme, oltre il quale echeggiavano gli sporadici muggiti del bestiame.

«A parte il sedere, tutto il resto va bene.»

Frank scoppiò a ridere. Ma non erano soltanto le natiche. Anche le caviglie le dolevano, e la parte interna delle cosce era così indolenzita da farla trasalire al minimo movimento. Negli ultimi tempi Grace aveva cavalcato ancora meno di lei, ma quando Annie le aveva chiesto come andava l'aveva rassicurata: no, la gamba non le dava il minimo fastidio. Annie ne dubitava, ma non aveva insistito.

«Tom, ricordi gli svizzeri dell'anno scorso?»

Impegnato a versare l'acqua nel bricco per il caffè, Tom rispose di sì con una risata. Quindi mise il recipiente sul fuoco e si sedette accanto a Diane.

Frank prese a raccontare. Sul passo delle Pryor Mountains, il loro camioncino era stato bloccato da una mandria che aveva invaso la strada. Subito dopo erano arrivati alcuni cowboy vestiti di tutto punto.

«Uno di loro indossava un paio di gambali fatti a mano che dovevano essergli costati un migliaio di dollari. La cosa strana è che non erano in sella. Camminavano reggendo le briglie dei cavalli e avevano un'aria davvero depressa. Io e Tom abbassiamo il finestrino e chiediamo se tutto va bene, ma questi non capiscono una parola di quello che diciamo.»

Annie guardò Tom oltre il falò. L'uomo stava osservando il fratello, il volto illuminato da un quieto sorriso, e parve accorgersi della sua occhiata, perché spostò lo sguardo su di lei e la fissò con un'espressione che non rivelava la minima sorpresa, ma soltanto una serena tenerezza che per un istante le arrestò il cuore. Annie sostenne il suo sguardo finché poté, quindi sorrise e tornò a voltarsi verso Frank.

«Nemmeno noi conosciamo la loro lingua, e così ci limitiamo a salutarli e lasciarli passare. Ripartiamo, e dopo un po' incontriamo un vecchietto appisolato al volante di un nuovissimo Winnebago superattrezzato. Il vecchio solleva il cappello e io lo riconosco. È Lonnie Harper. Ha un gran bel terreno da quelle parti, ma non è mai stato capace di gestirlo. Comunque, Lonnie ci saluta, e io subito gli chiedo se la mandria è sua. Già, risponde lui, la mandria è mia, ma i cowboy vengono dalla Svizzera. Sono qui in vacanza. Ci spiega di aver aperto la sua fattoria ai turisti, che lo riempiono di dollari per svolgere lo stesso lavoro per cui lui aveva sempre dovuto pagare. Ma perché sono a piedi? gli chiediamo. Lonnie scoppia a ridere. È la cosa più divertente, ci dice: dopo il primo giorno avevano delle piaghe così dolorose che non hanno nemmeno sellato i cavalli.»

«E bravi gli svizzeri» esclamò Diane.

«Già. Quei poveracci dormivano per terra e si cucinavano i fagioli sul fuoco mentre Lonnie faceva sogni d'oro sul Winnebago, guardava la TV e mangiava come un re.»

Quando l'acqua cominciò a bollire, Tom preparò il caffè. I gemelli si erano annoiati degli indovinelli, e Craig chiese con insistenza a Frank di mostrare a Grace il trucco dei fiammiferi.

«Oh no» gemette Diane. «Un'altra volta!»

Frank estrasse due fiammiferi dalla scatoletta che teneva nel gilè e ne posò uno sulla palma della mano destra. Quindi, serissimo in volto, si sporse verso Grace e le strofinò la capocchia dell'altro fra i capelli. Lei rise, lievemente disorientata.

«Grace, immagino che a scuola ti facciano studiare fisica» esordì Frank.

«Sì.»

«Dunque saprai tutto sull'elettricità statica. Il segreto è soltanto questo. Sto solo caricando.»

«Già, certo» intervenne Scott in tono sarcastico. Joe lo zittì. Reggendo il fiammifero fra indice e pollice della mano sinistra, Frank lo accostò alla capocchia del primo. Non appena si sfiorarono, si udì uno schiocco secco e il primo fiammifero venne proiettato nel vuoto. Grace strillò sorpresa e tutti scoppiarono a ridere.

Dopo aver costretto Frank a ripetere più volte l'esperimento, Grace tentò da sola e naturalmente fallì. Frank scosse teatralmente il capo, come se fosse sconcertato. I bambini sembravano incantati. Diane, che doveva avervi assistito un centinaio di volte, rivolse ad Annie un sorriso di stanca indulgenza.

Le due donne sembravano andare d'accordo, molto più di quanto Annie avesse previsto, sebbene soltanto il giorno prima si fosse resa conto della freddezza con cui l'altra aveva accolto la sua improvvisa decisione di unirsi al gruppo. Cavalcando insieme, avevano parlato del più e del meno. Eppure, dietro la sua cordialità, Annie intuiva ancora in Diane una circospezione che era qualcosa di meno dell'avversione ma anche qualcosa di più della semplice diffidenza. Soprattutto aveva notato il modo in cui Diane la guardava quando lei si avvicinava a Tom. Era stato proprio quel pensiero che poche ore prima l'aveva spinta, contro ogni suo desiderio, a declinare l'invito di lui a precedere la mandria sulla cresta.

«Che ne dici, Tom?» chiese Frank. «Proviamo con un po' d'acqua?»

«Direi proprio di sì.» Con un sorriso di complicità allungò al fratello il recipiente che aveva appena riempito al ruscello, e Frank ordinò a Grace di arrotolarsi le maniche e immergere le braccia fino ai gomiti. La ragazzina rideva tanto che si rovesciò metà del recipiente sulla camicia.

«Tutto questo aiuta la carica, capisci?»

Dieci minuti più tardi, ancora ignara del trucco ma molto più bagnata di prima, Grace si arrese. Sia Tom che Joe erano riusciti a far saltare il fiammifero, e Annie ci aveva provato ma aveva fallito. Nemmeno i gemelli avevano avuto successo. Diane aveva confidato ad Annie che, la prima volta che Frank l'aveva sperimentato su di lei, era finita completamente vestita in un trogolo.

Fu allora che Scott chiese a Tom di fare il trucco della corda.

«Non è un trucco» obiettò Joe.

«Certo che lo è.»

«No, non lo è. Vero, Tom?»

Tom sorrise. «Be', dipende da cosa s'intende per trucco.» Estrasse qualcosa dalla tasca dei jeans. Era un semplice pezzo di corda lungo una sessantina di centimetri. Ne allacciò le estremità formando un cerchio. «Bene» cominciò. «Questo è per Annie.» Si alzò e le si avvicinò.

«Non voglio saperne, se fa male» si premunì Annie.

«Te lo assicuro, non sentirai nulla.»

Le si inginocchiò accanto e le chiese di sollevare l'indice della mano destra. Annie obbedì e Tom le fece passare la corda attorno al dito e le disse di guardare attentamente. Tendendo con la mano sinistra l'estremità opposta del cerchio, accostò un lato della corda all'altro con il dito medio della mano destra. Rovesciò la mano in modo da portarla sotto al cerchio e quindi la riportò sopra, finendo con l'accostare il polpastrello a quello di Annie.

Il cerchio sembrava circondare i loro polpastrelli e apparentemente poteva essere sciolto soltanto separandoli. Tom si fermò e Annie alzò lo sguardo sul suo volto. Lui le sorrise, e lei quasi si perse nei suoi chiari occhi azzurri così vicini. «Ora guarda» le disse in tono sommesso. Annie tornò ad abbassare lo sguardo sulle loro mani; Tom tirò dolcemente la corda, che scivolò via, lasciando libere le dita senza separarle.

Dopo essersi fatta mostrare più volte l'operazione, Annie vi si cimentò, seguita da Grace e dai gemelli; ma nessuno ebbe successo. Joe fu l'unico a riuscirci, sebbene il sorriso di Frank suggerisse ad Annie che anche lui era a conoscenza del segreto. Diane era invece impenetrabile: si limitava a sorseggiare il suo caffè, osservandoli con divertito distacco.

Quando tutti ebbero provato, Tom si alzò, si avvolse la corda attorno alle dita e la offrì ad Annie.

«È un regalo?» chiese lei allungando la mano.

«No. Potrai tenerla soltanto finché non avrai capito il trucco.»

Quando Annie si svegliò, per un istante non capì che cosa stesse guardando. Poi si ricordò dove si trovava e si rese conto che stava fissando la luna. Sembrava così vicina da poter allungare le mani e toccare con le dita i suoi crateri. Si voltò e vide il volto di Grace addormentata accanto a lei. Frank aveva proposto di dormire nella baita, anche se di norma veniva usata soltanto in caso di pioggia. Annie ne era tentata, ma Grace aveva insistito per rimanere all'aperto insieme agli altri. Giacevano nei rispettivi sacchi a pelo attorno al bagliore morente del fuoco.

Annie aveva sete, ed era sveglia al punto che cercare di riaddormentarsi sarebbe stato inutile. Si mise a sedere e si guardò attorno. Non riusciva a scorgere il recipiente dell'acqua, ed era sicura che, cercandolo, avrebbe svegliato tutti. Nella radura le sagome nere del bestiame si stagliavano nette contro il pallore dell'erba illuminata dalla luna. Annie scivolò fuori dal sacco a pelo e ancora una volta sentì nei muscoli le conseguenze disastrose della cavalcata.

Si erano coricati senza svestirsi, togliendosi soltanto stivali e calze. Annie indossava i jeans e una maglietta bianca. Si alzò e a piedi nudi si diresse verso il ruscello.

L'erba fradicia di rugiada le carezzava i piedi, trasmettendole una piacevole sensazione di frescura, sebbene Annie dovesse fare attenzione a non calpestare qualcosa di molto meno romantico. Il verso di un gufo, proveniente dai rami più alti di un albero, la indusse a chiedersi se fosse stato quel richiamo a svegliarla oppure la luna o una semplice abitudine. Le vacche sollevarono la testa al suo passaggio e lei le salutò con un bisbiglio, dandosi subito dopo dell'idiota.

L'erba sull'argine era stata calpestata dagli zoccoli della mandria. L'acqua scorreva lenta e silenziosa, e la sua superficie vetrosa rifletteva soltanto la massa scura della foresta che si stendeva al di là. Annie ne risalì il corso fin dove la corrente si divideva attorno a un isolotto. Con due lunghi passi attraversò il ruscello e camminò seguendo la sponda per raggiungere una sporgenza sulla quale poteva inginocchiarsi e bere.

Da quella posizione, l'acqua rifletteva soltanto il cielo. Il disco della luna vi si stagliava così perfetto che Annie esitò a spezzarlo. Quando si decise, trasalì. L'acqua era gelida, quasi scorresse direttamente dall'antichissimo cuore pleistocenico della montagna. Annie vi immerse le candide mani spettrali rinfrescandosi il volto. Quindi ripeté l'operazione e si dissetò.

Lo vide riflesso nell'acqua. La sua ombra si profilò all'improvviso davanti alla luna, quella luna ammaliante che le aveva fatto perdere il senso del tempo. Non ne fu spaventata. Ancor prima di sollevare lo sguardo, sapeva che era lui.

«Tutto bene?» le chiese Tom.

Era fermo sull'argine opposto, più in alto, e per guardarlo Annie fu costretta a socchiudere gli occhi per difenderli dall'abbagliante chiarore lunare. Vide la preoccupazione sul suo volto. Gli sorrise.

«Benissimo.»

«Mi sono svegliato e ho visto che non c'eri.»

«Avevo sete.»

«La pancetta.»

«Suppongo di sì.»

«È buona come il bicchiere di pioggia dell'altra sera?» domandò Tom indicando il corso d'acqua.

«Quasi. Assaggiala.»

Tom abbassò lo sguardo sul ruscello e si accorse che dal punto in cui si trovava Annie sarebbe stato più semplice dissetarsi.

«Ti dispiace se vengo lì? Ti disturbo?» le chiese.

Lei fu quasi sul punto di scoppiare a ridere. «Niente affatto. Accomodati.»

Tom raggiunse l'isolotto e attraversò il ruscello, e mentre lo osservava Annie si rese conto all'improvviso che ciò che stava varcando era ben più di un corso d'acqua. Tom le sorrise e quando le fu vicino s'inginocchiò e senza dire una parola immerse le mani nella corrente e bevve. I rivoli che gli scorrevano fra le dita brillavano argentei ai raggi della luna.

Le sembrò, e sempre le sarebbe sembrato, che in ciò che accadde in seguito non vi fosse possibilità di scelta. Vi erano cose il cui corso non poteva essere cambiato. Tremò, mentre accadevano, allo stesso modo in cui in futuro, ripensando a quella sera, avrebbe avvertito un fremito di emozione, mai di rimorso.

Tom smise di bere e si voltò. Stava per asciugarsi il volto quando Annie allungò la mano e lo fece per lui. Il freddo dell'acqua sulle dita avrebbe potuto farle credere di essere stata respinta e indurla a ritrarre la mano, se appena al di sotto non avesse sentito il calore rassicurante della sua pelle. Con quel tocco, il mondo si fermò.

Gli occhi di Tom riflettevano il pallore uniforme della luna. Privi di colore, sembravano possedere una profondità senza limiti, e Annie vi si smarrì con un senso di meraviglia. Tom sollevò lentamente la mano e la posò su quella di lei, che ancora indugiava sul suo volto. La prese, la rovesciò e se la portò alle labbra, quasi a suggellare un benvenuto atteso da tempo.

Guardandolo, Annie trasse un lungo, tremante respiro. Quindi alzò l'altra mano e gli accarezzò il viso, dalla ruvida guancia non rasata ai morbidi capelli. Sentì la mano di Tom percorrerle il braccio e raggiungerle il volto. Chiuse gli occhi e lasciò che tracciasse con le dita un delicato percorso dalle tempie agli angoli della bocca. Quando raggiunse le labbra, lei le dischiuse e gli permise di perlustrarle dolcemente.

Non osava riaprire gli occhi, timorosa di vedere in quelli di lui un'ombra di reticenza, di dubbio, persino di pietà. Ma quando si decise vi scorse soltanto una grande tranquillità, una sicurezza e un bisogno evidente quanto il suo. Tom le posò le mani sui gomiti e le fece scivolare sotto le maniche della maglietta. Annie rabbrividì. Con entrambe le mani fra i suoi capelli lo attirò a sé, e sentì che lui stava facendo lo stesso.

Appena prima che le loro labbra si toccassero, Annie provò l'improvviso bisogno di chiedergli scusa, di fargli capire che non aveva previsto che le cose andassero in quel modo. Tom scorse il pensiero prendere forma nel suo sguardo, perché prima che lei potesse proferirlo la zittì dolcemente con un lieve movimento delle labbra.

Quando si baciarono, ad Annie parve d'essere tornata a casa. In qualche modo conosceva da sempre il suo sapore, le sensazioni che egli le regalava. E sebbene il contatto dei loro corpi le procurasse un fremito, non riuscì più a capire in quale punto terminasse la propria pelle e iniziasse quella di lui.

Tom non sapeva quanto a lungo fosse durato quel bacio. Poté soltanto immaginarlo, scorgendo un mutamento nell'ombra che egli stesso proiettava sul volto di Annie. Si scostarono per guardarsi negli occhi. Lei gli rivolse un sorriso triste, levando lo sguardo alla luna che, dalla nuova posizione assunta nel cielo, le si rifrangeva negli occhi. Tom poteva ancora avvertire sulle labbra l'umida dolcezza della sua bocca e sul volto il tepore del suo alito. Le accarezzò le braccia e la sentì rabbrividire.

«Hai freddo?»

«No.»

«È la notte di giugno più calda che abbia mai passato quassù.»

Annie abbassò lo sguardo, gli prese una mano fra le sue e se la posò in grembo a palma in su, seguendone il tracciato con la punta delle dita.

«Hai una pelle così dura.»

«Già. Una gran brutta mano.»

«Non è vero. Riesci a sentire le mie dita?»

«Altroché.»

Annie non sollevò lo sguardo. Oltre la curva scura dei suoi capelli Tom scorse una lacrima rigarle il volto.

«Annie?»

Lei scosse il capo senza guardarlo. Tom le prese le mani fra le sue.

«Annie, va tutto bene. Davvero, va tutto bene.»

«Lo so. Così bene che non so come affrontarlo.»

«Siamo due persone, tutto qui.»

Annie assentì. «Che si sono incontrate troppo tardi.»

Finalmente lo guardò, sorridendo e asciugandosi gli occhi. Tom ricambiò il suo sorriso, ma non rispose. Se anche quanto aveva detto Annie fosse stato vero, lui non l'avrebbe sottoscritto. Le ripeté invece ciò che molti anni prima, in una notte simile a quella ma illuminata da una luna ben più tenue, aveva detto suo fratello. Le spiegò come Frank avesse espresso il desiderio che il presente durasse in eterno e come il padre avesse risposto che l'eternità non era che una lunga catena di istanti, che andavano vissuti sino in fondo.

Gli occhi di Annie non lo abbandonarono neppure un attimo e, quando terminò il racconto, lei rimase così a lungo in silenzio che all'improvviso Tom ebbe timore che avesse frainteso le sue parole, leggendovi una sorta di egoistica esortazione. Dietro di loro, fra i pini, il gufo ripeté il suo richiamo cui fece eco un richiamo identico dal lato opposto.

Annie gli si avvicinò e tornò a posare le labbra sulle sue con un'urgenza nuova. Tom assaporò le lacrime salate agli angoli della sua bocca, in quel punto che da tanto tempo desiderava toccare ma che non avrebbe mai sognato di baciare. E mentre la stringeva a sé, accarezzandola e sentendo premere contro il petto i suoi seni, non pensò che quello che facevano era sbagliato, ma si rammaricò all'idea che lei potesse crederlo. Ma se questo era sbagliato, allora cosa c'era di giusto nella vita?

Alla fine Annie staccò le labbra da quelle di lui e si scostò, il respiro affannoso, quasi fosse spaventata dal proprio desiderio e dalle sue inevitabili conseguenze.

«È meglio che torni» disse.

«È meglio.»

Gli diede un ultimo, tenero bacio e gli posò la testa sulla spalla in modo che lui non potesse vederla in volto. Tom le sfiorò il collo con le labbra e aspirò il suo profumo come volesse conservarlo per sempre.

«Grazie» sussurrò lei.

«Di cosa?»

«Di quello che hai fatto per noi.»

«Non ho fatto niente.»

«Oh, Tom, sai bene quello che hai fatto.»

Annie si alzò e per un istante rimase in piedi davanti a lui, le mani delicatamente posate sulle sue spalle. Gli sorrise accarezzandogli i capelli. Lui le prese la mano e la baciò, e subito dopo lei si staccò, raggiunse l'isolotto e attraversò il ruscello.

Si girò a guardarlo soltanto una volta, ma la luna alle sue spalle non consentì a Tom di leggere l'espressione del suo volto. Poi l'uomo seguì con lo sguardo la maglietta bianca che attraversava la radura. La figura di Annie disegnava una scia di sagome scure sull'erba grigia e stillante di rugiada, mentre la mandria si aggirava cupa e silenziosa come una flotta di navi.

Quando fece ritorno al campo, l'ultimo bagliore del fuoco si era ormai spento. Diane si mosse nel sonno. Annie tornò a infilare i piedi bagnati nel sacco a pelo. Dopo qualche istante i gufi smisero il loro dialogo e il silenzio fu rotto soltanto dal sommesso russare di Frank. Più tardi, quando la luna era ormai calata, Annie sentì che Tom tornava al suo giaciglio, ma non osò sollevare lo sguardo. Rimase a lungo distesa a fissare le stelle nel cielo, pensando a lui e a come la dovesse giudicare. Era l'ora dei dubbi, e Annie attese di sentirsi in colpa per quello che aveva fatto. Ma non accadde.

Il mattino dopo, quando finalmente trovò il coraggio di guardarlo negli occhi, non vi scorse nulla che rivelasse ciò che era avvenuto. Non vi furono sguardi furtivi né sottintesi in quello che diceva. L'atteggiamento di Tom, come quello di tutti gli altri, era rimasto gioiosamente immutato rispetto al giorno prima tanto che Annie, che invece avvertiva in sé un radicale cambiamento, ne fu quasi delusa.

Mentre facevano colazione, cercò con gli occhi il luogo dove si erano inginocchiati per bere l'acqua del ruscello, ma la luce del sole sembrava aver alterato la geografia della radura e le impedì di trovarlo. Persino le impronte dei loro passi, calpestate dalla mandria, erano scomparse con i primi raggi del sole.

Quando ebbero mangiato, Tom e Frank si allontanarono per ispezionare i pascoli vicini, mentre i ragazzi giocavano in riva al ruscello ed Annie e Diane lavavano i piatti e chiudevano le sacche. Diane le confidò che insieme a Frank aveva preparato una sorpresa per i figli. La settimana seguente sarebbero andati a Los Angeles.

«Disneyland, gli studi della Universal e tutto il resto.»

«Splendida idea. E loro non lo sanno?»

«No. Frank ha cercato di coinvolgere anche Tom, ma deve andare a Sheridan a occuparsi del cavallo di non so chi.»

Spiegò che quello era più o meno l'unico periodo dell'anno in cui potevano lasciare la fattoria. Smoky si sarebbe occupato delle faccende quotidiane, ma tranne lui non vi sarebbe rimasto nessuno.

Per Annie fu una notizia scioccante, e non soltanto perché Tom non l'aveva avvertita. Forse lui si aspettava di concludere il suo lavoro con Pilgrim la settimana successiva. Più sorprendente ancora era il messaggio implicito nelle parole di Diane. Le stava chiaramente dicendo che era giunto il momento di tornare a casa. All'improvviso Annie si rese conto di aver lungamente e deliberatamente evitato di affrontare l'argomento, di aver lasciato trascorrere i giorni nella speranza che il tempo le restituisse il favore, ignorandola.

A metà mattina avevano già superato il passo più a valle. Il cielo si era coperto. Senza la mandria la loro avanzata era più veloce, sebbene nei punti più ripidi la discesa presentasse più difficoltà della salita e mettesse duramente alla prova i muscoli indolenziti di Annie. Non era rimasto nulla dell'eccitazione del giorno prima, e persino i gemelli erano taciturni come gli altri. Annie rifletté a lungo su quanto le aveva detto Diane e ancora di più sulle parole di

Tom. Sul fatto che fossero due persone, e che il presente apparteneva solo e soltanto al presente.

Quando giunsero in cima alla catena che Tom aveva proposto di mostrarle all'andata, Joe indicò un punto e tutti si fermarono a guardare. A sud, al di là dell'altopiano, vi era un branco di cavalli. Erano i mustang della donna hippie, le spiegò Tom, quella che Frank chiamava Granola Gay. Fu quasi l'unica frase che le rivolse in tutto il giorno.

Quando raggiunsero Double Divide, era scesa la sera e stava cominciando a piovere. Dissellarono i cavalli, troppo stanchi per parlare.

Annie e Grace augurarono la buonanotte ai Booker davanti alla stalla e salirono sul Lariat. Tom disse che sarebbe andato a vedere Pilgrim e il saluto che rivolse ad Annie non sembrò diverso da quello che riservò a Grace.

Sulla strada di casa, Grace confidò alla madre che il manicotto della protesi le sembrava stretto. Decisero che l'indomani avrebbero chiesto consiglio a Terri Carlson. Mentre la figlia faceva il bagno, Annie si dedicò al lavoro.

La posta elettronica ronzava, il fax aveva riversato un nuovo rotolo di carta sul pavimento e la segreteria telefonica traboccava di messaggi. Questi manifestavano gradi diversi di sorpresa, indignazione e commiserazione. Ve n'erano soltanto due che Annie si prese la briga di leggere e ascoltare per intero. Uno le diede sollievo, l'altro un misto di confuse emozioni.

Nel primo, Crawford Gates diceva che con grande rammarico era costretto ad accettare le sue dimissioni. Il secondo era di Robert. Le avrebbe raggiunte nel Montana per passare con loro il fine settimana successivo. Concludeva dicendo di amarle entrambe moltissimo.

PARTE QUARTA

28

TOM BOOKER OSSERVÒ IL LARIAT SCOMPARIRE OLTRE LA CRESTA della collina e pensò, come aveva già fatto innumerevoli volte, all'uomo che Annie e Grace stavano andando a prendere. Ciò che sapeva di lui lo doveva principalmente a Grace. Quasi per una sorta di muto accordo, Annie aveva accennato di rado al marito, e il più delle volte in tono distaccato, riferendosi più al suo lavoro che alla sua personalità.

Nonostante le numerose doti che Grace gli aveva descritto (o forse proprio a causa di esse), pur sforzandosi Tom non riusciva a superare del tutto una preconcetta avversione che, lo sapeva, non era nella sua natura. Aveva cercato di razionalizzarla, sperando di trovare un motivo più accettabile. Dopo tutto, era pur sempre un avvocato. E quanti avvocati aveva mai avuto modo di apprezzare? Ma il motivo non era quello. Il fatto puro e semplice era che quel particolare avvocato aveva sposato Annie Graves. E nel giro di qualche breve ora l'avrebbe raggiunta, riprendendone apertamente possesso. Tom si voltò e rientrò nella stalla.

Le briglie di Pilgrim erano ancora nello stesso punto in cui le aveva lasciate il giorno in cui Annie glielo aveva portato. Tom le prese e se le caricò sulla spalla. Nemmeno la sella inglese era stata più toccata. Tom la ripulì dallo strato di polvere che vi si era posato sopra, quindi la sollevò e s'incamminò lungo il corridoio di box vuoti verso la porta sul retro.

Fuori, il mattino era caldo e senza vento. Nel recinto più lontano, alcuni puledri stavano già cercando rifugio all'ombra dei pioppi. Proseguendo verso il recinto di Pilgrim, Tom alzò gli occhi a guardare le montagne. La comparsa delle prime nuvole gli fece capire che più tardi sarebbe scoppiato un temporale.

Per tutta la settimana l'aveva evitata, sottraendosi a quei momenti che finora aveva sempre cercato, le occasioni in cui si sarebbero potuti ritrovare da soli. Grace l'aveva informato dell'arrivo di Robert. Ma anche in precedenza, fin dal giorno in cui erano tornati dai pascoli estivi, aveva capito di doverlo fare. Non era trascorsa una singola ora in cui non avesse rievocato le sensazioni che aveva provato con lei, il suo profumo, la sua pelle, il modo in cui le loro labbra si erano unite. Era un ricordo troppo intenso, troppo fisico perché potesse essere soltanto un sogno, ma Tom aveva deciso di fingere che lo fosse. Cos'altro poteva fare? Robert era in viaggio e presto, nel giro di qualche giorno, Annie se ne sarebbe andata. Per entrambi, per tutti, era meglio che si tenesse a distanza, che la vedesse soltanto in presenza di Grace. Perché soltanto così sarebbe stato in grado di rispettare la propria decisione.

Già la prima sera era stato messo duramente alla prova. Quando aveva fermato il Chevy sul retro della casa per far scendere Grace, aveva visto Annie in attesa sulla veranda. Si sarebbe limitato a salutarla con un cenno e a ripartire se lei non si fosse avvicinata al camioncino mentre la figlia entrava in casa.

«Diane mi ha detto che la settimana prossima andranno tutti a Los Angeles.»

«Già. È un segreto.»

«E tu parti per il Wyoming.»

«Esatto. È una vecchia promessa. Un amico mi ha chiesto di occuparmi di un paio di puledri.»

Lei aveva annuito, e per un istante l'unico suono era stato il borbottìo impaziente del Chevy. Si erano scambiati un sorriso, e Tom aveva capito che anche Annie si sentiva a disagio. Aveva cercato con tutte le forze di far sì che i suoi occhi non tradissero nulla che potesse metterla in difficoltà. Con ogni probabilità, si era già pentita di quanto era successo. E forse un giorno ci sarebbe arrivato anche lui. La porta si era spalancata e Annie si era girata verso la figlia.

«Mamma, posso chiamare papà?»

«Certo.»

Grace era rientrata. Quando Annie era tornata a guardarlo, Tom aveva letto nei suoi occhi il desiderio di dire qualcosa, ma non voleva sentire nessuna parola di rimorso, e così l'aveva preceduta.

«Ho saputo che vi verrà a trovare durante questo fine settimana.»

«Sì.»

«Grace non ha smesso un secondo di parlarne.»

Annie aveva assentito. «Le manca.»

«Ci credo. Dobbiamo cercare di rimettere in forma Pilgrim per il suo arrivo. Far sì che Grace lo possa cavalcare.»

«Dici sul serio?»

«Non vedo perché no. Questa settimana dovremo impegnarci, e se le cose vanno come spero, farò un tentativo. Se Pilgrim mi accetterà, vorrà dire che Grace potrà cavalcare di fronte a suo padre.»

«E a quel punto potremo riportarlo a casa.»

«Naturalmente.»

«Tom...»

«È chiaro che potete restare fino a quando volete. Il fatto che noi non ci saremo non significa che dovete andarvene.»

Annie si era fatta coraggio e gli aveva sorriso. «Grazie.»

«Figurati, soltanto per caricare tutti quei computer e quei fax ci vorrà una settimana o due.» Annie era scoppiata a ridere, e Tom aveva dovuto distogliere lo sguardo per nasconderle il turbamento che gli aveva provocato il pensiero della sua partenza. Aveva inserito la marcia e con un ultimo sorriso le aveva augurato la buonanotte.

Da quella sera, aveva fatto il possibile per non trovarsi da solo con lei. Si era dedicato a Pilgrim con la stessa energia dei primissimi tempi della sua attività.

Il mattino affrontava il cavallo in sella a Rimrock, facendogli percorrere il perimetro del recinto finché non passava dal passo al passo allungato con l'armonia di un tempo, finché gli zoccoli posteriori non ricalcavano perfettamente le impronte di quelli anteriori. Il pomeriggio entrava a piedi nel recinto, gli infilava la cavezza e lo faceva camminare in cerchio, incalzandolo e costringendolo a cambiare di continuo direzione.

A volte Pilgrim cercava di opporre resistenza e arretrava, e Tom replicava mettendosi a correre con lui, mantenendo la stessa posizione finché il cavallo capiva che era inutile scappare, che l'uomo si sarebbe sempre trovato al suo fianco e che forse obbedirgli non sarebbe stato poi così terribile. A quel punto s'immobilizzava. Per qualche secondo uomo e cavallo si fronteggiavano, fradici di sudore, appoggiandosi l'uno all'altro come due sparring partner intenti a riprendere fiato.

In un primo momento Pilgrim era rimasto perplesso dalla nuova insistenza dell'uomo, poiché nemmeno Tom era in grado di fargli capire che avevano poco tempo. Gli riusciva già impossibile spiegare a se stesso il perché di quella sua determinazione, visto che un successo avrebbe significato rinunciare per sempre a ciò che più desiderava. Ma comunque l'avesse interpretato, Pilgrim pareva gradire quel nuovo e inesauribile vigore, e presto prese a dedicarsi all'impresa con il medesimo entusiasmo di Tom.

E quel giorno, finalmente, Tom l'avrebbe cavalcato.

Pilgrim lo guardò chiudere il cancello e raggiungere il centro del recinto con la sella in mano e le briglie in spalla.

«Proprio così, vecchio mio, proprio così. Ma non prendermi in parola.»

Tom posò la sella sull'erba e si scostò. Pilgrim si voltò di lato, fingendo disinteresse. Ma non riusciva a impedirsi di guardare l'oggetto, e dopo qualche istante vi si avvicinò.

Tom lo seguì con lo sguardo senza muoversi. Il cavallo si fermò a circa un metro dalla sella e tese comicamente il collo per annusarla.

«Cosa ne pensi? Ti morderà?»

Pilgrim gli scoccò un'occhiata minacciosa e subito tornò a guardare la sella. Portava ancora la cavezza di corda annodata da Tom. Raspò un paio di volte il terreno con lo zoccolo, quindi si fece sotto e diede un colpetto alla sella con il muso. Con un gesto esperto, Tom si sfilò le briglie dalla spalla e le tese fra le mani, districandole. Pilgrim le udì tintinnare e sollevò il muso.

«Non fare quella faccia sorpresa. Sapevi benissimo che sarebbe arrivato questo momento.»

Tom attese. Era difficile credere che Pilgrim fosse lo

stesso animale che aveva visto in quell'infernale stalla nei pressi di New York, tagliato fuori dal resto del mondo e da se stesso. Il suo mantello scintillava, i suoi occhi erano radiosi e le cicatrici sul muso gli conferivano un aspetto quasi nobile, simile a quello di un antico guerriero romano. Mai, si disse Tom, aveva visto un cavallo subire una trasformazione così profonda. E neppure trasformare tante esistenze attorno a sé.

Pilgrim gli si fece sotto, come Tom aveva previsto, e cominciò ad annusare le briglie con la stessa concentrazione mostrata nei riguardi della sella. E quando Tom gli slacciò la cavezza e gliele infilò al collo, non accennò alla minima reazione. I suoi muscoli erano ancora lievemente contratti e tremanti, ma lasciò che Tom gli accarezzasse il collo e il dorso, e non arretrò né scrollò la testa nel sentirsi il morso in bocca. Per quanto fragili, la sicurezza e la fiducia che Tom aveva cercato di infondergli erano ormai radicate.

Tom strinse le briglie e gli fece percorrere un cerchio, come aveva fatto per la cavezza, muovendosi attorno alla sella e fermandovisi esattamente di fronte. Senza fretta, e sincerandosi che Pilgrim fosse in grado di seguire ogni suo movimento, la sollevò e gliela sistemò sul dorso senza smettere di accarezzarlo e di parlargli. Gli allacciò lo straccale senza stringerlo e gli fece fare qualche passo perché si abituasse.

Le orecchie di Pilgrim non avevano mai smesso di agitarsi, ma gli occhi non mostravano traccia di bianco, e finalmente dalle sue narici fuoriuscì quello sbuffo sommesso che Joe definiva «lasciar uscire le farfalle». Tom si chinò e serrò lo straccale, quindi si mise di traverso sulla sella e lasciò che il cavallo facesse qualche passo per rendersi conto del peso, continuando nel frattempo a rabbonirlo. E quando finalmente gli parve che Pilgrim fosse pronto, sollevò la gamba e si tirò su a sedere.

Pilgrim procedette al passo e in linea retta. E sebbene i suoi muscoli tremassero ancora per qualche profonda, insondabile paura che forse non l'avrebbe mai abbandonato, avanzò con grande coraggio e Tom capì che, se il cavallo non avesse sentito il proprio terrore specchiarsi in quello della ragazzina, anche Grace avrebbe potuto cavalcarlo.

E quando ciò fosse successo, né lei né sua madre avrebbero più avuto alcun bisogno di restare.

Robert aveva acquistato una guida turistica del Montana nella sua libreria preferita sulla Broadway; quando si allacciò la cintura di sicurezza e l'aereo iniziò la sua discesa verso Butte, probabilmente conosceva più a fondo la città della maggior parte dei suoi 33.336 abitanti.

Dopo qualche minuto la vide. "La collina più ricca del pianeta" si ergeva a 1.754 metri di altitudine. Intorno al 1880 era la miniera di argento più importante del Paese, e nel trentennio successivo aveva mantenuto il primato per il rame. La città moderna, recitava la guida, non era che la pallida immagine di quella di un tempo, ma «non aveva perso nulla del suo incanto», sebbene ciò non risultasse affatto evidente da quello che si scorgeva dal finestrino. Sembrava che qualcuno avesse accatastato un mucchio di valigie sul versante di una collina e si fosse dimenticato di riprenderle.

Secondo il programma originale di Robert, la sua destinazione avrebbe dovuto essere Great Falls o Helena, ma il classico impegno di lavoro dell'ultimo momento l'aveva costretto a modificare i suoi piani. Butte era la soluzione migliore che fosse riuscito a trovare. Sebbene sulla piantina la distanza sembrasse enorme, Annie aveva insistito per andare a prenderlo all'aeroporto.

Robert non aveva idea di come sua moglie avesse reagito alla perdita del lavoro. I quotidiani di New York erano andati a nozze per l'intera settimana. GATES SILURA LA GRAVES, aveva sparato uno di essi a caratteri cubitali, mentre gli altri avevano dato fondo a tutto il loro repertorio di battute. Era strano vedere Annie nella parte della vittima o della martire, come la descrivevano negli articoli più solidali. Ma ancora più strano sentirla così indifferente al telefono quando era tornata a casa dopo aver giocato ai cowboy.

«Non me ne frega niente» aveva detto.

«Davvero?»

«Davvero. Sono felice di essermene liberata. Farò qualcosa di nuovo.»

Per un istante Robert si era chiesto se non avesse sbagliato numero. Ma forse Annie stava soltanto cercando di farsi forza. Gli aveva confidato di essere stanca di giochi di potere e di intrighi: voleva rimettersi a scrivere, fare ciò per cui si sentiva più portata. Aveva aggiunto che Grace era entusiasta della notizia. A quel punto Robert le aveva chiesto della gita ai pascoli estivi e Annie gli aveva semplicemente risposto che era stata magnifica. Quindi gli aveva passato Grace, perché gli raccontasse i particolari. Sarebbero andate a prenderlo insieme all'aeroporto.

Nell'attraversare la striscia d'asfalto della pista scorse un piccolo gruppo di persone sbracciarsi nei saluti, senza riconoscere i volti di Annie e di Grace. Ma quando osservò più attentamente le due donne in jeans e cappelli da cowboy che lo indicavano ridendo in modo sguaiato, trasalì.

«Dio mio» esclamò avvicinandosi. «Pat Garrett e Billy the Kid!»

«Ehilà, straniero» gli fece di rimando Grace con accento strascicato. «Qual buon vento ti porta in città?» Si tolse il cappello e gli gettò le braccia al collo.

«Bambina mia, come stai? Come stai?»

«Benissimo.» Grace lo strinse così forte che Robert restò senza fiato dall'emozione.

«Lo vedo. Ma fatti guardare.»

Scostandola, rivide per un attimo quel corpicino debole e spento su cui aveva vegliato in ospedale. Era difficile capacitarsene. I suoi occhi erano splendenti di vita e il sole le aveva cosparso il volto di lentiggini che sembravano quasi illuminarlo di luce propria. Annie li guardò e sorrise leggendogli nel pensiero.

«Non noti niente?» chiese Grace.

«Intendi dire: a parte tutto?»

La figlia si produsse in una piccola piroetta e all'improvviso Robert capì.

«Senza bastone!»

«Senza bastone.»

La baciò e allo stesso tempo tese un braccio verso Annie. Anche lei si era tolta il cappello. A contrasto con l'abbronzatura, i suoi occhi sembravano trasparenti e più verdi che mai. Robert non l'aveva mai vista così bella. Lei gli si avvicinò, lo cinse con un braccio e lo baciò. Robert la strinse finché non sentì di aver ripreso il controllo e di poter evitare scene imbarazzanti.

«Dio, sembra sia passato così tanto tempo» disse infine. Annie assentì. «Lo so.»

Il viaggio di ritorno durò quasi tre ore, ma sebbene ardesse dalla voglia di mostrare il luogo al padre, di portarlo da Pilgrim e di presentarlo ai Booker, Grace ne assaporò ogni istante. Prese posto sul retro del Lariat e posò il cappello sulla testa di Robert. Era troppo piccolo e gli dava un aspetto ridicolo, ma lui non se lo tolse e subito le fece ridere raccontando le sue disavventure sul volo per Salt Lake City.

Una buona metà dei posti era occupata da un coro religioso in tournée, che non aveva smesso un minuto di cantare. Robert si era seduto fra due voluminose contralto tuffando il naso fra le pagine della guida, mentre attorno a lui i suoi compagni di viaggio intonavano *Nearer My God to Thee*. A novemila metri di altitudine, aveva pensato, si ritenevano sicuramente più vicini a Dio.

Più tardi, Robert permise a Grace di estrarre dalla borsa i regali che aveva portato da Ginevra. Per la figlia aveva un'enorme scatola di cioccolatini e un orologio a cucù in miniatura con il cuculo più strano che Grace avesse mai visto. Il verso, ammise Robert, assomigliava a quello di un pappagallino con le emorroidi. Ma era assolutamente autentico, glielo garantiva: sapeva per certo che a Taiwan i cuculi, in special modo quelli affetti da problemi emorroidali, gracchiavano esattamente così. I regali di Annie, che Grace si offrì di scartare, erano la solita confezione del suo profumo preferito e una sciarpa di seta che, tutti e tre lo sapevano, non avrebbe mai indossato. Annie disse che era deliziosa, si sporse e baciò il marito sulla guancia.

Vedendo i suoi genitori uno di fianco all'altro, Grace era felice. I frammenti della sua vita spezzata stavano a poco a poco tornando al loro posto. Ora non le restava che cavalcare Pilgrim; ma anche quel vuoto, se tutto fosse andato bene, sarebbe stato presto colmato. Finché non ne avessero avuto la certezza, né lei né Annie ne avrebbero accennato a Robert.

L'idea la eccitava e la preoccupava al tempo stesso. Più che desiderarlo davvero, lo sentiva come un dovere. Da quando aveva ricominciato a cavalcare Gonzo, nessuno sembrava mettere in dubbio che vi sarebbe riuscita. Sempre che, naturalmente, Tom avesse acconsentito. Soltanto lei, in segreto, nutriva dei dubbi.

Non avevano a che fare con la paura, almeno non direttamente. Grace sapeva che al momento fatidico l'avrebbe provata, ma era anche abbastanza sicura che sarebbe stata in grado di controllarla. A preoccuparla di più, invece, era il timore di deludere Pilgrim. Di non dimostrarsi all'altezza.

La protesi le era diventata così stretta che le causava un dolore costante. Verso la fine della gita ai pascoli estivi era diventato quasi insostenibile, ma non l'aveva confidato a nessuno. Annie aveva notato che si toglieva spesso l'apparecchio quando erano sole, ma Grace l'aveva messa sul ridere. Aveva avuto più problemi a fingere con Terri Carlson. La donna si era resa conto che il moncone si era infiammato e le aveva detto che aveva bisogno di una nuova allacciatura al più presto. Il problema era che all'Ovest nessuno produceva quel tipo di protesi. La si poteva trovare soltanto a New York.

Grace avrebbe resistito. Si trattava di pazientare una settimana, due al massimo. Sperava soltanto che il dolore non la distraesse troppo e non la ostacolasse nel momento decisivo.

Quando abbandonarono la Route 15 e puntarono a ovest, stava calando il crepuscolo. Grosse nubi temporalesche si affastellavano lungo le pareti delle Montagne Rocciose e sembravano incombere sempre più basse nel cielo grigio.

Attraversarono Choteau perché Grace voleva mostrare al padre la baracca nella quale avevano vissuto le prime settimane e il dinosauro di fronte al museo. Per qualche strana ragione ora sembrava meno gigantesco e feroce di quando erano arrivate. Grace si aspettava quasi di vederlo ammiccare.

Quando raggiunsero l'uscita dalla Route 89, il cielo era ormai coperto di nubi scure e il sole faceva capolino solo a intervalli irregolari. Procedendo lungo la strada sterrata che conduceva a Double Divide padre, madre e figlia ammutolirono, e Grace tradì un certo nervosismo. Desiderava con tutta l'anima che suo padre s'innamorasse di quel luogo. Annie sembrava volerlo quanto lei, perché non appena il camioncino ebbe superato la cresta della collina e Double Divide si rivelò in tutto il suo splendore, si fermò per lasciare che Robert godesse la vista.

La nuvola di polvere che si era sollevata al loro passaggio li avvolse e proseguì lentamente il suo cammino, tingendosi d'oro nell'incontrare un raggio di sole. Alcuni cavalli che brucavano fra i pioppi lungo l'ansa più vicina del torrente sollevarono il muso e li guardarono.

«Caspita» esclamò Robert. «Adesso capisco perché non volete più tornare a casa.»

29

ANNIE SI PENTÌ DI AVER FATTO LA SPESA ALL'ANDATA. CINQUE ore nel Lariat surriscaldato non avevano certo giovato al salmone. Il supermercato di Butte era il migliore in cui si fosse imbattuta nel Montana. Aveva persino i pomodori essiccati e le piantine di basilico, ma queste erano avvizzite durante il viaggio. Annie le aveva innaffiate e sistemate sul davanzale. Forse si sarebbero riprese. Lo stesso non si poteva dire del salmone. Lo mise sotto il rubinetto del lavello nella speranza di eliminare l'odore di ammoniaca.

Lo scroscio dell'acqua copriva il costante borbottìo dei tuoni. Annie fece ruotare il salmone e osservò le scaglie tremare, mulinare e scomparire sotto il getto d'acqua. Quindi allargò lo squarcio sul ventre e ne fece uscire tutto il sangue finché la carne non assunse un colore rosa pallido. L'odore era meno pungente, ma la sensazione delle sue dita a contatto con il corpo flaccido del pesce le provocò una tale ondata di nausea che fu costretta a posarlo e a uscire in fretta sulla veranda.

L'aria calda e afosa non le fu di alcun sollievo. Era quasi buio, sebbene non fosse ancora sera. Le nuvole formavano una cappa nera venata di giallo ed erano così basse che sembravano schiacciare la terra.

Robert e Grace erano fuori da quasi un'ora. Annie avrebbe preferito aspettare fino al mattino dopo, ma Grace non aveva sentito ragioni. Voleva presentare Robert ai Booker e fargli vedere Pilgrim. Gli aveva a malapena lasciato il tempo di dare un'occhiata alla casa e subito l'aveva costretto a mettersi alla guida del Lariat. Avrebbe voluto che anche Annie fosse della partita, ma lei aveva declinato l'offerta: doveva preparare la cena e avrebbe atteso il loro ritorno. In realtà non voleva assistere all'incontro fra Tom e Robert. Non avrebbe saputo dove guardare. Il solo pensiero le faceva tornare la nausea.

Nonostante si fosse fatta un bagno e cambiata, aveva ripreso a sudare. Avanzò sulla veranda, aspirando un'inutile boccata d'aria calda. Quindi si avviò lentamente verso la parte anteriore della casa, da dove li avrebbe visti arrivare.

Aveva scorto Tom, Robert e i ragazzi salire a bordo del Chevy per andare ai pascoli. Da quel punto aveva potuto vedere Tom soltanto di sfuggita, al volante del camioncino. Passando sotto la casa, non si era voltato a guardarla. Stava parlando con Robert, seduto accanto a lui. Annie si chiese che cosa pensasse del marito. Si sentiva come se fosse lei stessa sotto esame.

Per tutta la settimana Tom l'aveva evitata e, sebbene Annie credesse di sapere il perché, quel tenersi a distanza le spalancava una voragine nel cuore. Mentre Grace era in palestra a Choteau, Annie aveva atteso che Tom le telefonasse per chiederle di andare a cavallo, pur sapendo che non l'avrebbe fatto. Quando era andata con la figlia a vederlo lavorare con Pilgrim, era sembrato talmente concentrato da notarla a malapena. E alla fine la loro conversazione era stata banale, quasi distaccata.

Annie avrebbe voluto parlargli, dirgli che era dispiaciuta per quello che era successo, sebbene non fosse vero. La notte, sola nel suo letto, aveva ripensato a quel dolce, reciproco esplorarsi, scatenando la fantasia finché il suo corpo non aveva avuto un fremito di desiderio. Ma non voleva che Tom si facesse una cattiva opinione di lei. L'unica occasione che aveva avuto di parlargli era stata quella prima sera, quando Tom aveva riaccompagnato a casa Grace; non appena aveva aperto bocca, lui l'aveva interrotta, come se sapesse ciò che stava per dire. L'espressione dei suoi occhi quando era ripartito per poco non l'aveva indotta a rincorrerlo.

Si strinse le braccia al petto osservando i fulmini dardeggiare sopra le montagne incappucciate dalle nubi. Scorse i fari del Chevy fare capolino fra gli alberi nei pressi del guado. Quando imboccarono la strada sterrata per poi proseguire dritti verso casa, Annie sentì una grossa goccia di pioggia bagnarle la spalla. Alzò la testa e subito una seconda goccia la colpì in piena fronte e prese a colarle sul volto. L'aria si era fatta all'improvviso più fresca e carica dell'odore di terra bagnata. Annie vide una nube di pioggia scendere lungo la valle e avvicinarsi simile a una parete in movimento. Si voltò e rientrò rapida in cucina.

Era una brava persona. Che cos'altro si aspettava Tom? Era allegro, simpatico, brillante e soprattutto interessato. Robert si sporse in avanti, socchiudendo gli occhi per scorgere qualcosa attraverso l'inutile arco creato dai tergicristalli. La pioggia tamburaggiava con tale violenza sul tetto del camioncino che per farsi sentire erano costretti a gridare.

«Se il tempo nel Montana non ti piace, aspetta cinque minuti» commentò Robert. Tom scoppiò a ridere.

«Gliel'ha detto Grace?»

«L'ho letto sulla mia guida.»

«Papà è il classico turista con la guida sempre in tasca» gridò Grace dal sedile posteriore.

«Grazie, tesoro, anch'io ti voglio bene.»

Tom sorrise. «Be', è un diluvio coi fiocchi.»

Li aveva condotti fino al punto più alto a cui si potesse accedere in auto. Avevano avvistato alcuni cervi, un paio di falchi e un branco di alci in fondo alla valle. I piccoli, alcuni dei quali non avevano più di una settimana, si riparavano dai tuoni dietro al corpo delle madri. Erano rimasti a guardarli per più di dieci minuti con il binocolo di Robert, che i ragazzi non avevano smesso di strapparsi a vicenda. Tom aveva cercato di richiamare l'attenzione di un grosso maschio dalle enormi corna, ma non aveva avuto successo.

«Quanto peserà un esemplare del genere?» aveva domandato Robert.

«Tre quintali e mezzo, forse anche di più. Ora di agosto, soltanto le corna arriveranno ai venticinque chili.»

«Li ha mai cacciati?»

«Mio fratello Frank sì, ogni tanto. Per quanto mi riguarda, preferisco vederli quassù che appesi a un muro.»

Robert l'aveva tempestato di domande anche al ritorno, e Grace non aveva smesso di prenderlo in giro. Tom aveva ripensato ad Annie e alla curiosità che aveva dimostrato le prime volte che avevano cavalcato insieme, e si era chiesto se Robert avesse preso da lei, o lei da lui, o se fossero entrambi così fin dalla nascita e si fossero trovati a vicenda. Doveva essere così, aveva deciso: erano anime gemelle. Aveva cercato di pensare ad altro.

Quando raggiunsero la strada che conduceva alla casa sul torrente, la pioggia si era ormai trasformata in un vero e proprio diluvio. Sul retro, l'acqua zampillava a fiotti da ogni angolo del tetto. Tom disse che avrebbe riportato il Lariat dalla fattoria più tardi con l'aiuto di Joe. Accostò il più possibile il camioncino alla veranda per evitare che Robert e Grace s'inzuppassero. Robert scese per primo. Non appena ebbe richiuso la portiera, dal sedile posteriore giunse l'affrettato bisbiglio di Grace. Voleva sapere da Tom come fosse andata con Pilgrim. Sebbene l'avessero mostrato a Robert, non avevano avuto il tempo di parlarsi da soli.

«È andata bene. Ce la farai.»

Grace lo guardò con un sorriso radioso e Joe le diede un lieve, gioioso pugno sul braccio. Non ebbero tempo di dirsi altro, poiché Robert aprì la portiera posteriore per farla scendere.

Tom avrebbe dovuto immaginare che la pioggia aveva reso scivoloso il terreno di fronte alla veranda, ma se ne rese conto soltanto quando Grace scese dal camioncino e sdrucciolò. Cadendo mandò un gridolino. Tom si precipitò fuori e accorse sul lato opposto del Chevy.

Robert era chino sulla figlia, la fronte aggrottata.

«Dio, Gracie, ti sei fatta male?»

«Sto bene.» Più imbarazzata che dolorante, la ragazzina stava già cercando di rimettersi in piedi. «Davvero, papà, è tutto a posto.»

Annie giunse di corsa e per poco non fece la stessa fine della figlia.

«Cos'è successo?»

«Tutto bene» la tranquillizzò Robert. «È solo scivolata.»

Anche Joe era sceso dal camioncino. Insieme aiutarono Grace a rialzarsi. Nel portare il peso sulla gamba mutilata, il volto della ragazzina tradì una smorfia di dolore. Robert continuava a sorreggerla.

«Sicura che vada tutto bene, tesoro?»

«Papà, ti prego, non farne una tragedia. Non è successo niente.»

Mentre l'accompagnavano a casa, Grace si accorse di zoppicare e cercò di nasconderlo. Non volendo perdersi il dramma, anche i gemelli si erano uniti al gruppo, ma Tom li rispedì subito sul camioncino. Dall'espressione mortificata di Grace comprese che era giunto il momento di andarsene.

«Ci vediamo domattina, allora.»

«D'accordo» rispose Robert. «E grazie per la gita.»

«Si figuri.»

Ammiccò all'indirizzo di Grace raccomandandole di farsi una bella dormita. La ragazzina si sforzò di sorridergli. Tom uscì con Joe dalla porta sul retro e voltandosi per congedarsi incrociò lo sguardo di Annie. Nella rapida occhiata che si scambiarono vi era tutto ciò che i loro cuori avrebbero potuto esprimere.

Tom si sfiorò la tesa del cappello, augurò la buonanotte e se ne andò.

Aveva capito di essersi rotta qualcosa nell'istante in cui era atterrata sul bordo della veranda, e per un attimo di terrore aveva temuto che fosse il femore. Soltanto quando si era rialzata si era accorta di essere tutta intera. Era spaventata e Dio solo sapeva quanto imbarazzata, ma non si era fatta nulla.

Il problema era un altro, e molto più grave. Il manicotto della protesi si era lacerato.

Grace era seduta sul bordo della vasca da bagno con i jeans abbassati sulla caviglia e la protesi in mano. L'interno del manicotto era tiepido, umido e odorava di sudore. Forse avrebbero potuto ripararlo con la colla o col nastro adesivo. Ciò significava informare del guaio i suoi genitori; nel caso non avesse funzionato, mai e poi mai le avrebbero permesso di cavalcare Pilgrim l'indomani mattina.

Dopo che i Booker se n'erano andati, Grace aveva fatto tutto il possibile per minimizzare l'accaduto. Fra un sorriso e una battuta, aveva dovuto giurare di star bene almeno una decina di volte. Alla fine i suoi genitori erano sembrati convinti. Non appena la situazione si era normalizzata, aveva annunciato di volersi fare un bagno e si era rifugiata di sopra per esaminare il danno. Attraversando il salotto aveva sentito la protesi larga sul moncone, e salire le scale era stata una vera impresa. Se non riusciva nemmeno a far quello, come poteva pensare di cavalcare Pilgrim? Merda! Era stata così stupida, a cadere in quel modo. Aveva rovinato tutto.

Rimase seduta a lungo, cercando di riflettere. Dal pianterreno le giungeva la voce eccitata del padre che raccontava l'incontro con gli alci; stava cercando di imitare il richiamo di Tom, ma non ci andò nemmeno vicino. Udì lo scoppio di una risata. Era fantastico che suo padre fosse finalmente con loro. Se lei avesse svelato l'accaduto, avrebbe rovinato la serata.

Aveva deciso. Si alzò, si avvicinò al lavandino e prese una confezione di cerotti dall'armadietto dei medicinali. Li avrebbe usati per una riparazione di emergenza e l'indomani mattina avrebbe provato con Gonzo. Se fosse andato tutto bene, non ne avrebbe fatto parola con nessuno finché non avesse cavalcato Pilgrim.

Annie spense la luce del bagno e percorse in silenzio il pianerottolo fino alla camera di Grace. La porta era socchiusa e, quando l'aprì, cigolò leggermente sui cardini. La lampada da notte che avevano acquistato a Great Falls per sostituire quella rotta era ancora accesa. La notte in cui era caduta per terra sembrava ormai appartenere a un'altra vita.

«Gracie?»

Nessuna risposta. Annie si avvicinò al letto e spense la luce. Notò che la protesi non era appoggiata alla parete come al solito – giaceva sul pavimento, immersa nell'oscurità fra il letto e il comodino –, ma non vi diede troppo peso. Grace dormiva, e il suo respiro era così lieve che Annie dovette tendere l'orecchio per udirlo. I capelli ondulati erano sparsi sul cuscino come un fiume scuro. Annie la osservò per qualche istante.

Grace era stata bravissima dopo la caduta. La gamba doveva farle male, Annie lo sapeva. A cena e per tutto il resto della serata sua figlia aveva scherzato, allegra e vivace. Era una ragazzina incredibile. Prima di mettersi a tavola, in cucina, mentre Robert faceva il bagno, le aveva riferito le parole di Tom. Avrebbe potuto cavalcare Pilgrim. Sprizzava entusiasmo, e aveva preparato nei minimi particolari la sorpresa che avrebbe fatto a suo padre. Joe l'avrebbe portato a vedere il puledro di Bronty e l'avrebbe ricondotto al recinto nel momento giusto. A essere sinceri Annie nutriva qualche timore, e immaginava che per Robert sarebbe stato lo stesso. Ma se Tom aveva dato il suo assenso, significava che non c'era pericolo.

«Mi sembra un tipo simpatico» aveva commentato Robert servendosi una seconda porzione di salmone, il cui sapore era sorprendentemente gradevole.

«È stato molto gentile con noi» aveva replicato Annie nel tono più disinvolto possibile. Vi era stato un breve silenzio, e le sue parole erano parse aleggiare nell'aria. Grazie a Dio, subito dopo Grace si era messa a descrivere gli esercizi che Tom aveva fatto fare a Pilgrim nel corso dell'ultima settimana.

Annie si chinò sul letto e baciò la figlia. Da chissà quale luogo lontano, Grace mormorò una risposta.

Robert era già a letto. Era nudo. Quando Annie entrò in camera e iniziò a spogliarsi, lui ripose il libro e la guardò, aspettandola. Era un segnale che usava da anni, e spesso in passato Annie aveva provato piacere, quasi eccitazione a spogliarsi di fronte a lui. Ora, tuttavia, il suo sguardo silenzioso la metteva a disagio, riuscendole quasi insopportabile. Si era resa conto, naturalmente, che dopo tanto tempo il marito avrebbe voluto fare l'amore, e per tutta la sera aveva paventato quel momento.

Si tolse il vestito, l'appoggiò sulla sedia e all'improvviso si sentì così acutamente consapevole dello sguardo di lui e dell'intensità del silenzio tra loro che si avvicinò alla finestra e scostò la tenda.

«Ha smesso di piovere.»

«Da circa mezz'ora.»

«Oh.»

Guardò la fattoria. Sebbene non fosse mai entrata nella camera di Tom, sapeva qual era la sua finestra e ne vedeva la luce accesa. Dio, si disse, perché non ci sei tu qui con me? Perché non posso essere con te? Quel pensiero le suscitò un'ondata di desiderio così simile alla disperazione che dovette richiudere subito la tenda e dare le spalle alla finestra. Si sfilò frettolosamente reggiseno e mutandine e si mosse per prendere la lunga maglietta che indossava di notte.

«Non metterla» le disse Robert con un filo di voce. Annie si voltò e lui le sorrise. «Vieni qui.»

Tese le braccia verso di lei. Annie deglutì e fece del proprio meglio per ricambiare il suo sorriso, pregando che Robert non riuscisse a leggerle negli occhi ciò che temeva potessero tradire. Posò la maglietta e si avvicinò al letto, terribilmente imbarazzata dalla propria nudità. Gli si sedette accanto e non riuscì a impedirsi di rabbrividire quando lui le fece scivolare una mano dietro al collo e l'altra sul seno.

«Hai freddo?»

«Un po'.»

Con una lieve pressione, Robert le fece chinare la testa e la baciò come l'aveva sempre baciata. E Annie cercò, con tutte le forze che aveva in corpo, di cancellare dalla mente ogni paragone, di perdersi nei contorni familiari delle sue labbra, nel suo sapore e nel suo odore, nel tocco della sua mano che le accarezzava il seno.

Chiuse gli occhi, ma non riuscì a vincere una sensazione sempre più forte di tradimento. Aveva ingannato quell'uomo buono e pieno d'amore non tanto per quel che aveva fatto con Tom, quanto per quel che desiderava fare. Ma in modo ancora più intenso, sebbene si rendesse conto di quanto assurdo fosse quel pensiero, sentiva di essere sul punto di tradire Tom.

Robert scostò le lenzuola e le fece posto. Annie scorse il familiare ciuffo di peli rossicci sullo stomaco del marito e la sua erezione rosea e fremente. La sentì premere contro la coscia quando gli si distese accanto e riprese a baciarlo.

«Dio, Annie, mi sei mancata.»

«Anche tu.»

«Davvero?»

«Sss. Certo.»

Annie sentì la mano di Robert percorrerle il fianco e raggiungerle il ventre. Si rese conto che, quando avesse iniziato ad accarezzarla fra le gambe, si sarebbe accorto di quanto poco fosse eccitata. Non appena le dita sfiorarono la sua peluria, si scostò di qualche centimetro.

«Prima voglio farti una cosa» mormorò. Si abbassò fra le sue gambe e lo prese fra le labbra. Era passato molto tempo, forse anni, dall'ultima volta che l'aveva fatto, e Robert si sentì mozzare il respiro.

«Dio, Annie. Non so se posso resistere.»

«Non importa. Lo voglio.»

Quanto ci rende bugiardi l'amore, pensò Annie. Che sentieri oscuri e intricati ci fa percorrere. E mentre il marito raggiungeva l'acme, lei si rese conto con un'improvvisa, triste certezza che fra loro nulla sarebbe stato mai più come prima, e che quel suo gesto colpevole era una sorta di segreto regalo d'addio.

Più tardi, a luce spenta, lo accolse dentro di sé. Protetta dal buio, un buio così fitto che impediva loro di guardarsi negli occhi, Annie sentì finalmente un brivido di eccitazione. Si abbandonò al ritmo dell'accoppiamento e trovò, al di là della propria pena, una sorta di oblìo passeggero.

30

DOPO COLAZIONE, ROBERT ACCOMPAGNÒ GRACE ALLA FATTORIA. La pioggia aveva reso l'aria fresca e trasparente, e il cielo tracciava un'ampia, perfetta curva azzurra. Notando quanto Grace fosse più seria e silenziosa della sera prima, non appena il Lariat si mise in moto, Robert le chiese come stava.

«Papà, devi smetterla di farmi domande. Sto bene. Ti prego.»

«Scusami.»

Grace sorrise e gli diede un buffetto sul braccio, e lui non insistette. Prima di uscire di casa, Grace aveva avvertito Joe. Quando scesero dal Lariat, il ragazzo li accolse con un gran sorriso.

«Buongiorno, giovanotto» lo salutò Robert.

«Buongiono, signor Maclean.»

«Robert, ti prego.»

«Va bene, signore.»

Condussero Gonzo all'interno della stalla. Robert si accorse che Grace sembrava zoppicare più del giorno prima. La vide addirittura perdere l'equilibrio e aggrapparsi al cancelletto di un box. Restò in disparte mentre i due giovani sellavano Gonzo, e rivolse a Joe ogni genere di domande sul pony. Quanto tempo aveva? Quanto era alto? I pezzati erano forse dotati di un temperamento particolare? Joe gli rispose con grande cortesia, ma Grace non aprì bocca. Dall'espressione dei suoi occhi, Robert capì che qualcosa l'angustiava. Le occhiate furtive che le scoccava Joe sembravano far presumere che se ne fosse accorto anche lui, ma sia l'amico che il padre conoscevano Grace a sufficienza per non farle domande.

Condussero Gonzo nel recinto sul retro della stalla. Grace si preparò a montare in sella.

«Niente berretto?» domandò Robert.

«Intendi dire quello rigido?»

«Be', sì.»

«No, papà. Niente berretto.»

Robert si strinse nelle spalle e sorrise. «Sei tu l'esperta.»

Grace gli rivolse un'occhiata di rimprovero. Joe guardò padre e figlia con un gran sorriso. Quindi Grace afferrò le redini e, appoggiandosi alla spalla di Joe, inserì il piede sinistro nella staffa. Quando spostò il peso sulla protesi, qualcosa sembrò cedere. Robert notò la sua smorfia di disappunto.

«Merda» mormorò la ragazzina.

«Cosa succede?»

«Niente. Tutto bene.»

Gemendo per lo sforzo, Grace sollevò la gamba oltre l'arcione posteriore e prese posto sulla sella. Robert si accorse subito che qualcosa non andava, e, quando alzò gli occhi sul volto della figlia, vide che stava piangendo.

«Gracie, cosa c'è?»

Grace scosse il capo. In un primo momento Robert credette che le lacrime fossero dovute al dolore, ma, quando la ragazzina parlò, comprese. Era un pianto di rabbia.

«Non funziona, maledizione» ringhiò Grace. «Non funziona.»

Robert impiegò il resto della giornata per mettersi in contatto con Wendy Auerbach. La clinica aveva una segreteria telefonica con un numero di emergenza che, guarda caso, era costantemente occupato. Forse tutte le protesi di New York si erano rotte per solidarietà o perché era giunto il loro momento. Quando finalmente Robert trovò libero, l'infermiera di turno rispose che era spiacente, ma la clinica non forniva i numeri di casa dei medici. Se tuttavia il caso era davvero urgente come Robert sosteneva (cosa di cui, a giudicare dal tono della sua voce, la donna sembrava dubitare), avrebbe cercato di rintracciare la dottoressa Auerbach e l'avrebbe richiamato. Si rifece viva un'ora dopo. La dottoressa Auerbach non era in casa e non sarebbe tornata che nel tardo pomeriggio.

Mentre attendevano, Annie chiamò Terri Carlson, il cui numero, a differenza di quello di Wendy Auerbach, figurava sull'elenco telefonico. Terri disse di conoscere qualcuno a Great Falls che forse sarebbe stato in grado di preparare un altro modello di protesi di emergenza, ma glielo sconsigliò. Quando ci si abituava a un certo tipo di gamba artificiale, spiegò, cambiare poteva essere un problema e richiedeva tempo.

Sebbene le lacrime e la frustrazione di Grace l'avessero turbato, Robert si sentiva segretamente sollevato all'idea di non dover assistere alla sorpresa che gli era stata riservata. La visione di Grace che montava in sella a Gonzo era stata già abbastanza snervante. Il pensiero della figlia in groppa a Pilgrim, della cui riacquistata docilità si fidava solo fino a un certo punto, lo terrorizzava.

Si guardò bene, tuttavia, dal dirlo a chiare lettere. Era un problema suo, lo sapeva. Gli unici cavalli con i quali si fosse mai sentito a proprio agio erano quei piccoli esemplari che dondolavano quando gli si inseriva una moneta in testa. E così, quando capì che l'idea della figlia aveva l'appoggio non solo di Annie ma anche di Tom Booker, si decise a realizzarla come se vi avesse dato la sua piena approvazione.

Alle sei in punto avevano già un piano.

Wendy Auerbach aveva finalmente richiamato e si era fatta descrivere da Grace dove si era rotta la protesi. Quindi aveva promesso a Robert che, se Grace si fosse presentata per un nuovo calco lunedì nel tardo pomeriggio, mercoledì avrebbero potuto fare una prova e per il fine settimana le avrebbero consegnato una protesi nuova di zecca.

Riuniti nel salotto della casa sul torrente, i tre studiarono un programma. Annie e Grace sarebbero partite per New York con Robert; il weekend successivo sarebbero tornate nel Montana, e Grace avrebbe finalmente cavalcato Pilgrim. Robert non avrebbe potuto essere presente poiché era atteso a Ginevra. Cercò di fingere rammarico.

Annie telefonò ai Booker e parlò con Diane, che poche ore prima, informata dell'accaduto, si era dimostrata premurosa e disponibile. Diane le assicurò che non vi erano problemi: avrebbero potuto lasciare Pilgrim alla fattoria. Se ne sarebbe occupato Smoky. Lei e Frank sarebbero rientrati sabato dal loro viaggio a Los Angeles, ma non era sicura di quando Tom sarebbe tornato dal Wyoming. Li invitò a un barbecue per quella sera. Annie accettò con vero piacere.

Quindi Robert chiamò la compagnia aerea. C'era un problema. Sul volo da Salt Lake City a New York era disponibile un solo posto. Robert lo prenotò.

«Prenderò il volo successivo» disse Annie.

«Per quale ragione?» obiettò Robert. «Ti conviene restare.»

«Non può tornare da sola.»

«Perché no?» intervenne Grace. «Mamma, quando avevo dieci anni sono andata fino in Inghilterra!»

«No. C'è da prendere una coincidenza. Non voglio che giri tutta sola in aeroporto.»

«Annie» intervenne Robert. «È Salt Lake City. Ci sono più cristiani per metro quadrato che al Vaticano.»

«Mamma, non sono più una bambina.»

«Certo che lo sei.»

«La compagnia aerea si prenderà cura di lei» disse Robert. «Ascolta: se sarà necessario, farò venire anche Elsa.»

Tacquero, e sia Robert che Grace fissarono Annie. C'era qualcosa di nuovo, in lei, un indefinibile cambiamento che Robert aveva notato per la prima volta durante il tragitto da Butte alla fattoria. All'aeroporto aveva creduto che si trattasse semplicemente del suo aspetto esteriore, del modo in cui la sua pelle risplendeva di salute. Sul Lariat, Annie aveva ascoltato le chiacchiere fra lui e Grace con una sorta di divertita serenità. Ma più tardi, sotto la superficie della sua tranquillità, Robert aveva creduto di scorgere una sfumatura di malinconia. E a letto, quello che gli aveva fatto era stato meraviglioso eppure sconvolgente. Sembrava originato non tanto dal desiderio, quanto da un intento più profondo e doloroso.

Robert attribuiva quel mutamento al trauma e al sollievo causati dalla perdita del lavoro. Ma in quel momento, mentre aspettava che Annie prendesse una decisione, ammise con se stesso che sua moglie gli sfuggiva.

Annie stava contemplando il magnifico pomeriggio primaverile al di là della finestra. Tornò a voltarsi verso la figlia e il marito e fece un'ironica smorfia di tristezza.

«Mi lasciate sola.»

Grace e Robert scoppiarono a ridere. La figlia le cinse le spalle con un braccio.

«Povera mamma.»

Robert le sorrise. «Riposati. Goditela. Dopo un anno di Crawford Gates, se c'è al mondo qualcuno che si merita una vacanza, quella sei tu.»

Chiamò la compagnia aerea per confermare la prenotazione per Grace.

Avevano acceso il fuoco per il barbecue in un'ansa riparata del torrente a valle del guado, dove due tavolacci di legno grezzo e quattro panchine fissate a terra aspettavano tutto l'anno, le superfici deformate, consunte e sbiadite dalle intemperie. Annie li aveva visti durante la sua corsa mattutina, alla cui tirannica routine sembrava ormai essersi sottratta senza apparenti conseguenze negative. Dopo la gita ai pascoli estivi era andata a correre soltanto una volta, e facendolo si era sorpresa ad avvertire Grace che stava andando a fare jogging. Se sono diventata una donna che fa jogging, si era detta, allora è meglio che smetta.

Gli uomini erano andati in avanscoperta per accendere il fuoco. L'ansa era troppo distante perché Grace potesse raggiungerla a piedi con la protesi incerottata e il bastone, sicché era salita sul Chevy insieme a Joe e l'aveva aiutato a trasportare il cibo e le bevande. Annie e Diane seguivano a piedi con i gemelli. Camminavano senza fretta, godendosi gli ultimi raggi del sole. Il viaggio a Los Angeles non era più un segreto, e i bambini ne parlavano eccitati.

Diane era più amichevole che mai. Sembrava sinceramente lieta che avessero risolto il problema di Grace e non si dimostrò affatto contrariata, come aveva temuto Annie, all'idea che lei restasse alla fattoria.

«A dirti la verità, Annie, sono felice che tu rimanga. Smoky è un giovane a posto, ma non è che un ragazzo e non sono sicura di quante rotelle girino in quella sua testolina.»

Continuarono a camminare mentre i gemelli le precedevano correndo. Interruppero la conversazione soltanto una volta, quando passò in volo una coppia di cigni. Guardarono il sole riflettersi sui loro colli tesi mentre risalivano la valle e ascoltarono il battito delle loro ali perdersi nell'aria immobile della sera.

Giunte ormai vicine all'ansa, Annie udì il crepitìo del fuoco e vide un pennacchio di fumo bianco innalzarsi fra i pioppi.

Gli uomini avevano acceso il falò in una lingua d'erba rasata che si protendeva sul torrente. Lungo una riva, Frank stava mostrando ai ragazzi come far rimbalzare i sassi sull'acqua, ma sembrava soltanto in grado di suscitare il loro scherno. Robert, birra in mano, si occupava delle bistecche. Si accingeva al compito con la solita serietà, chiacchierando con Tom e nel contempo tenendo d'occhio la carne sulla griglia. Non smetteva di tormentarla, riaggiustandola di continuo con un forchettone. Vedendolo accanto a Tom con la sua camicia scozzese e i mocassini, Annie pensò con affetto a quanto fosse fuori posto.

Fu Tom a scorgerle per primo. Le salutò con un cenno e si avvicinò per offrir loro qualcosa da bere. Diane prese una birra, Annie un bicchiere di vino bianco. Quando Tom glielo porse, le fu difficile guardarlo negli occhi. Le loro dita si sfiorarono e la sensazione la fece trasalire.

«Grazie» gli disse.

«Sicché la prossima settimana sarai tu a occuparti della fattoria.»

«Certo.»

«Almeno ci sarà qualcuno in grado di usare il telefono in caso di emergenza» intervenne Diane.

Tom sorrise e rivolse ad Annie un'occhiata d'intesa. Non portava il cappello, e quando riprese a parlare si scostò dalla fronte una ciocca di capelli.

«Diane è convinta che il povero vecchio Smoke non sappia contare fino a dieci.»

Annie sorrise a sua volta. «Siete molto gentili. Ci stiamo trattenendo molto più del dovuto.»

Tom non rispose. Si limitò a scambiare con lei un altro sorriso, e questa volta Annie riuscì a sostenere il suo sguardo. Se si fosse abbandonata, lo sentiva, avrebbe potuto perdersi nell'azzurro dei suoi occhi. In quell'istante, Craig giunse di corsa accusando Joe di averlo spinto nel torrente. I suoi pantaloni erano fradici fino alle ginocchia. Diane chiamò Joe a gran voce e partì in quarta verso il torrente.

Rimasta sola con Tom, Annie si sentì attanagliare dal panico. Avrebbe voluto dire tante cose, ma nessuna era abbastanza banale per quella situazione. Non riusciva a capire se Tom condividesse o almeno capisse il suo disagio.

«Mi dispiace per Grace» le disse.

«Già. Ma abbiamo risolto il problema. Sempre che tu sia d'accordo, potrà montare Pilgrim quando sarai di ritorno dal Wyoming.»

«Certo.»

«Grazie. Robert non ci sarà, ma capisci, arrivati a questo punto...»

«Non c'è problema.» Fece una pausa. «Grace mi ha detto che ti sei dimessa.»

«Se così si può dire.»

«A suo parere, non ci sei rimasta troppo male.»

«No. Anzi, è una bella sensazione.»

«Bene.»

Annie sorrise e sorseggiò il vino, sperando di rendere meno palpabile il silenzio che era sceso fra loro. Abbandonato a se stesso, Robert aveva continuato a rivolgere la propria attenzione alla carne. Sarebbe stata cotta alla perfezione, si disse Annie.

«Tuo marito è un esperto di bistecche.»

«Sì, gli piace.»

«È una gran brava persona.»

«È vero.»

«Stavo cercando di capire chi fosse il più fortunato.» Annie lo guardò. Tom stava ancora fissando Robert. Il sole gli illuminava il volto. Si girò verso di lei e le sorrise. «Tu per avere lui, o lui per avere te.»

Si sedettero e mangiarono, i bambini a un tavolo, gli adulti all'altro. Le loro risate riempirono la radura fra i pioppi. Il sole tramontò e fra le sagome scure degli alberi Annie vide la superficie del torrente riflettere i rosa, i rossi e i gialli del cielo. Quando scese il buio, accesero alcune candele con bulbi di vetro a ripararle da una brezza che non si alzò mai e osservarono le falene svolazzarvi intorno.

Ora che la prospettiva di montare Pilgrim era tornata a farsi concreta, Grace sembrava di nuovo felice. Quando tutti ebbero terminato di mangiare, chiese a Joe di mostrare a Robert il trucco dei fiammiferi e insieme ai suoi amici si avvicinò al tavolo degli adulti per assistere alla scena.

Quando il fiammifero schizzò in aria la prima volta, tutti esplosero in un boato di esultanza. Robert sembrava affascinato. Chiese a Joe di rifarlo una seconda volta e quindi una terza, più lentamente. Era seduto di fronte ad Annie, fra Diane e Tom. Annie vide la luce della candela danzargli sul volto mentre lei si concentrava su ogni movimento delle dita di Joe alla ricerca di una soluzione razionale, e si sorprese a sperare, quasi a pregare che non la trovasse o che decidesse di non rivelarla.

Robert fece un paio di tentativi e fallì. Con consumata perizia Joe gli fornì la solita spiegazione sulla statica. Era sul punto di chiedergli di immergere le mani nell'acqua per «dare la carica», quando Annie vide che il marito sorrideva e capì che aveva smascherato il trucco. Non rovinare tutto, si disse. Ti prego, non rovinare tutto.

«Ci sono» esclamò Robert. «Lo strofini con l'unghia, giusto? Aspetta, fammi fare un altro tentativo.»

Si passò il fiammifero fra i capelli e quindi lo avvicinò lentamente al secondo sulla palma della mano. Quando le capocchie si toccarono, il secondo fiammifero volò in aria con uno schiocco. I ragazzi esultarono. Robert sorrise come un bambino che avesse appena preso all'amo il pesce più grosso. Joe cercava di mascherare il proprio disappunto.

«Troppo furbi, questi avvocati» commentò Frank.

«Che ne dite del trucco di Tom?» domandò Grace. «Mamma, hai ancora quel pezzo di corda?»

«Certo» rispose Annie. Non se l'era mai tolto di tasca. Le era molto caro. Era l'unica cosa che possedesse di lui. Senza riflettere se lo sfilò dalla tasca e lo passò a Grace. Se ne pentì immediatamente. Ebbe un'improvvisa, angosciosa premonizione, così potente che per poco non urlò. Sapeva che, se gliel'avesse permesso, Robert avrebbe svelato anche quella piccola magia. E se l'avesse fatto, qualcosa di immensamente, misteriosamente prezioso sarebbe andato perduto.

Grace consegnò la corda a Joe, che disse a Robert di tendere un dito. Tutti osservavano la scena, eccetto Tom. Era seduto leggermente in disparte, e guardava Annie al di sopra della candela. E all'improvviso lei si rese conto che Tom le aveva letto nel pensiero. Joe aveva ormai avvolto la corda attorno al dito di Robert.

«Non farlo!» esclamò di colpo Annie.

Tutti si voltarono verso di lei, ammutoliti dal tono della sua voce. Le sue guance si fecero paonazze. Si aggrappò a un sorriso, cercando aiuto fra i volti che la scrutavano. Ma era sempre lei il centro dell'attenzione.

«Io... volevo provarci ancora una volta.»

Joe esitò, non riuscendo a capire se dicesse sul serio. Quindi sfilò la corda dal dito di Robert e la porse ad Annie. Dall'espressione dei suoi occhi, ad Annie parve che anche lui, come Tom, avesse capito. Fu Frank a venirle in soccorso.

«Fai bene, Annie» disse. «Non mostrare niente a un avvocato finché non hai firmato un contratto.»

Tutti risero, compreso Robert. Ma allorché i loro sguardi s'incontrarono, Annie lo vide perplesso e forse persino ferito. Più tardi, quando la conversazione aveva ormai ripreso il suo corso, fu soltanto Tom a vederla arrotolare in silenzio la corda e rimetterla in tasca.

31

LA DOMENICA SERA, DOPO AVER CONTROLLATO I CAVALLI UN'ULtima volta, Tom rientrò in casa per fare i bagagli. Sul pianerottolo, Scott subiva i rimproveri di Diane, niente affatto convinta che il figlio non riuscisse a dormire. Il volo per Los Angeles partiva alle sette del mattino, e i ragazzi erano a letto già da ore.

«Se non la smetti, non vieni; ci siamo capiti?»

«Mi lasceresti qui da solo?»

«Ci puoi scommettere.»

«Non lo faresti.»

«Vuoi vedere?»

Giunto in cima alle scale, Tom scorse una confusione di vestiti e valigie aperte. Ammiccò all'indirizzo Diane e senza dire una parola condusse Scott nella camera dei gemelli.

Craig dormiva tranquillo. Tom si sedette sul letto di Scott e lo fece parlare delle meraviglie di Disneyland finché gli occhi del ragazzino non si chiusero.

Quando passò davanti alla camera di Frank e Diane, lei lo vide e, ringraziandolo, gli augurò la buonanotte. Tom infilò in una borsa le poche cose di cui aveva bisogno per la settimana e cercò di leggere. Ma non riusciva a concentrarsi.

Mentre era fuori con i cavalli, aveva visto Annie arrivare con il Lariat dopo aver accompagnato il marito e Grace all'aeroporto. Andò alla finestra e guardò verso la casa sul torrente.

Le imposte gialle della stanza erano illuminate. Attese qualche secondo, sperando di scorgere la sua ombra, ma non successe nulla.

Si lavò, si spogliò, andò a letto e cercò inutilmente di riprendere la lettura. Spense la luce e rimase disteso supino, le mani allacciate dietro la nuca. S'immaginò Annie nella casa vuota. Sarebbe rimasta sola per tutta la settimana.

Tom aveva previsto di partire per Sheridan attorno alle nove, e prima sarebbe andato a salutarla. Sospirò, si girò e si costrinse a dormire, ma fu un sonno che non portò alcuna pace.

Annie si svegliò alle cinque e rimase distesa a fissare il giallo luminescente delle imposte. La casa era immersa in un silenzio così fragile che temeva di spezzarlo con il minimo movimento del corpo. Si riaddormentò, e venne destata dal rumore lontano dell'auto dei Booker. Si chiese se Tom si fosse svegliato per salutarli. Era sicura di sì. Scese dal letto e aprì le imposte. L'auto era sparita, e davanti alla fattoria non c'era anima viva.

Scese al pianterreno in maglietta e si preparò un caffè. Si fermò accanto alla finestra del salotto, stringendo la tazza fra le mani. Il torrente e le valli erano immersi nella foschìa. Forse Tom era già fuori con i cavalli. Se fosse andata a correre, probabilmente l'avrebbe incontrato. Ma se fosse venuto a salutarla, come le aveva promesso, proprio mentre lei non c'era?

Tornò di sopra e riempì la vasca da bagno. Senza Grace, la casa sembrava vuota, invasa solo da un silenzio opprimente. Trovò della musica sopportabile sulla radiolina della figlia e s'immerse nell'acqua calda senza illudersi che riuscisse a calmarla.

Un'ora dopo era vestita. Aveva impiegato la maggior parte del tempo a decidere che cosa indossare; aveva provato questo e quello e alla fine, irritata per la propria idiozia, si era messa i soliti jeans e la solita maglietta.

Cosa poteva importare, per l'amor del cielo? Veniva soltanto a salutarla.

Finalmente, controllando per la ventesima volta, lo vide uscire dalla fattoria e lanciare la borsa sul pianale del Chevy. Quando Tom si fermò al bivio, per un attimo terribile temette che fosse sul punto di dirigersi verso l'uscita di Double Divide. Ma subito lo vide puntare il muso del camioncino verso la casa sul torrente. Corse in cucina.

Tom avrebbe dovuto trovarla occupata, concentrata sulle cose di ogni giorno come se non stesse accadendo nulla di particolare. Si guardò intorno allarmata. Non le restava più niente da fare. Aspettando il suo arrivo aveva già svuotato la lavastoviglie, portato fuori la spazzatura, e persino, che il cielo l'aiutasse, lucidato il lavello. Decise di preparare dell'altro caffè.

Udì lo scrocchiare delle gomme del Chevy sulla ghiaia e seguì la manovra del camioncino che stava facendo un giro completo in modo da puntare il muso verso valle. Tom la vide e la salutò con un cenno.

Entrando in casa, si tolse il cappello e bussò delicatamente sul montante della porta.

«Ciao.»

«Ciao.»

Si fermò, facendo ruotare la tesa fra le mani.

«Tutto bene con il volo di Grace e Robert?»

«Sì, grazie. Ho sentito partire Frank e Diane.»

«Davvero?»

«Sì.»

Per un lungo istante l'unico suono fu quello del caffè che sgocciolava nel bricco. Nessuno dei due riusciva a parlare o a guardare l'altro negli occhi. Appoggiata al lavello, Annie cercava di sembrare rilassata, ma era tesa come una corda di violino.

«Vuoi un caffè?»

«Ti ringrazio, ma mi conviene andare.»

«Okay.»

«Bene.» Tom estrasse di tasca un foglietto di carta, fece un passo avanti e glielo consegnò. «È il numero di Sheridan. Nel caso succedesse qualcosa.»

«D'accordo, grazie. Quando sarai di ritorno?»

«Credo intorno a sabato. Smoky arriverà domani. Si occuperà dei cavalli. L'ho avvertito che tu avresti dato da mangiare ai cani. Puoi montare Rimrock quando vuoi.»

«Grazie. Forse lo farò.» Si guardarono. Annie gli sorrise e Tom annuì.

«Bene» ripeté. Si voltò e aprì la porta, e lei lo seguì sulla veranda. Era come se una mano le avesse raggiunto il cuore e lo torcesse fino a prosciugarlo di ogni traccia di vita. Tom si rimise il cappello.

«Ciao, Annie.»

«Ciao.»

Immobile, Annie lo seguì con lo sguardo mentre saliva sul camioncino. Tom accese il motore, si sfiorò il cappello in un ultimo saluto e partì.

Guidò senza sosta per quattro ore e mezza, e ogni chilometro parve accrescere il dolore che gli opprimeva il petto. A ovest di Billings, immerso nei suoi pensieri, rischiò di tamponare un carro bestiame. Decise di imboccare l'uscita successiva e di procedere a sud seguendo la strada più lunga, che toccava Lovell.

Passò vicino al Clark's Fork, attraversando una regione che da ragazzo conosceva bene ma che gli era ormai sconosciuta. Ogni traccia della vecchia fattoria era scomparsa. Ottenuto ciò che le serviva, la compagnia petrolifera se n'era andata, rivendendo la terra in appezzamenti troppo frazionati perché qualcuno potesse sfruttarli. Tom superò il piccolo cimitero isolato nel quale erano sepolti i nonni e bisnonni.

In una giornata diversa si sarebbe fermato con un mazzo di fiori, ma non quel mattino. Soltanto le montagne sembravano offrire una pallida speranza di conforto. A sud di Bridger svoltò a sinistra e prese a risalire le strade di terriccio rosso verso il Pryor.

Ma la stretta al cuore non fece che accentuarsi. Abbassò il finestrino e sentì sul volto il refolo d'aria calda profumata di salvia. Si maledisse, dandosi dello studentello innamorato. Decise di fermarsi finché non avesse riacquistato un minimo di lucidità.

Sul Big Horn Canyon avevano creato un nuovissimo belvedere, con un ampio parcheggio, mappe e cartelli informativi sulle caratteristiche geologiche del luogo. Forse è un bene, si disse Tom. Due gruppi di turisti giapponesi stavano fotografandosi a vicenda, e una giovane coppietta gli chiese di scattare un'istantanea. Tom acconsentì, i due giapponesi sorrisero, lo ringraziarono per ben quattro volte e raggiunsero gli altri a bordo delle auto, lasciandolo finalmente solo.

Tom si appoggiò alla balaustra di metallo e guardò la gola di calcare striato di giallo e rosa, poi il verde acceso del fiume che serpeggiava trecento metri più in basso.

Perché non l'aveva presa fra le braccia? Si era accorto che lei lo desiderava: perché non l'aveva fatto? Da quando era diventato così maledettamente corretto? Fino a quel momento aveva gestito i rapporti sentimentali con la semplice convinzione che, se un uomo e una donna provavano qualcosa l'uno per l'altra, dovevano agire di conseguenza. D'accordo, era sposata. Ma ciò in passato non l'aveva mai fermato, a meno che il marito non fosse un amico o un potenziale assassino.

E allora che cos'era? Cercò di darsi una risposta, ma non la trovò. Riuscì soltanto a concludere di non avere alcun precedente a cui rifarsi.

Sotto di lui, a metà della gola, vide i dorsi neri di alcuni uccelli sconosciuti librarsi contro il verde del fiume. E all'improvviso si rese conto di ciò che provava. Era il bisogno. Il bisogno che molti anni prima Rachel aveva avuto di lui e che lui non aveva saputo ricambiare, il bisogno che prima di allora non aveva mai provato. Finalmente Tom capì che cosa gli era accaduto. Non era più completo come un tempo. Era come se il tocco delle labbra di Annie gli avesse rubato una parte vitale di se stesso, di cui soltanto ora capiva di essere privo.

Era meglio così, si disse Annie. Gli era grata – o così credeva – per essersi dimostrato più forte di lei.

Dopo la partenza di Tom era passata all'azione, dandosi una serie di compiti per quel giorno e per i successivi. Avrebbe risposto ai fax di solidarietà degli amici, avrebbe telefonato al suo avvocato per stabilire i noiosi particolari della liquidazione e sistemato tutte le faccende che nel corso dell'ultima settimana aveva tralasciato. Quindi avrebbe goduto della propria solitudine: avrebbe camminato, cavalcato, letto, forse persino scritto, sebbene non sapesse che cosa. E per il ritorno di Grace la sua mente, e forse anche il suo cuore, avrebbero riacquistato il vecchio equilibrio.

Ma non era così facile. Le nuvole alte del mattino si dissolsero in fretta, lasciando il posto a un'altra splendida giornata di sole. Sebbene tentasse in ogni modo di farne parte, svolgendo diligentemente ogni compito che si era prefissa, Annie non riuscì a vincere la sensazione di vuoto che provava nel profondo.

Alle sette, si versò un bicchiere di vino e lo posò sull'orlo della vasca mentre si faceva un bagno e si lavava i capelli. La radio di Grace trasmetteva un brano di Mozart. Pur gracchiando, la musica riuscì a scacciare parte della strisciante solitudine che si era impadronita di lei. Come ulteriore consolazione, Annie indossò il suo vestito preferito, quello con i fiorellini rosa e neri.

Quando il sole tramontò dietro le montagne, salì sul Lariat e si recò alla fattoria per dar da mangiare ai cani. Spuntarono dal nulla e le si avvicinarono a grandi balzi, scortandola come vecchi amici all'interno della stalla.

Aveva appena finito di riempire le ciotole quando udì avvicinarsi un'auto e subito trovò strano che i cani non vi prestassero attenzione. Posò a terra le ciotole e raggiunse la porta.

Fu lei a vederlo per prima.

Era in piedi davanti al Chevy. La portiera del camioncino era aperta, e i fari alle sue spalle brillavano nel crepuscolo. Quando Annie si fermò sulla soglia della stalla, anche lui la vide.

Si tolse il cappello, ma non lo fece ruotare nervosamente come quel mattino. Il suo volto era serio. Restarono entrambi immobili, a non più di cinque metri di distanza, e per un lungo istante nessuno dei due parlò.

«Ho pensato...» Tom deglutì. «Ho pensato di tornare.»

Annie assentì. «Sì.» La sua voce era più lieve dell'aria.

Avrebbe voluto avvicinarglisi, ma non riusciva a muoversi. Tom se ne accorse, posò il cappello sul cofano del camioncino e fece un passo avanti. All'improvviso Annie si sentì sopraffare da un'ondata di emozione profonda ed ebbe paura di venirne travolta prima che lui la raggiungesse. Tese le braccia come se fosse in procinto di annegare e Tom entrò nel loro cerchio, la cinse con le sue, la strinse, la portò in salvo.

L'ondata la colpì, e Annie prese a singhiozzare con violenza, tremando e aggrappandosi a lui. Tom continuò a stringerla forte, accostando il volto al suo, raccogliendo con le labbra le lacrime che le scorrevano sulle guance. E quando Annie sentì che il tremore l'abbandonava, sollevò il volto bagnato di pianto finché non trovò le sue labbra.

Tom la baciò come l'aveva baciata sulla riva del ruscello, ma con una passione a cui nessuno dei due aveva ormai intenzione di sfuggire. Le prese il volto fra le mani per baciarla più a fondo e lei gli fece scivolare le sue lungo la schiena, lo strinse a sé e sentì i muscoli sodi e il contorno deciso delle costole. Quando lui ricambiò la sua stretta, un brivido le percorse le membra.

Si separarono per riprendere fiato e guardarsi.

«Non riesco a credere che tu sia qui» disse lei.

«Non riesco a credere di essermene andato.»

La prese per mano e la condusse oltre il Chevy, la cui portiera era ancora aperta e i cui fari rischiaravano la semioscurità del crepuscolo. La cupola arancione del cielo s'incontrava con i profili neri delle montagne in un'esplosione di carminio e vermiglio. Annie attese sulla veranda mentre Tom apriva la porta.

Attraversarono il salotto al buio, accompagnati dal suono cigolante dei loro stessi passi sul pavimento di legno e seguiti dagli sguardi dei volti seppiati appesi alle pareti e protetti dalla penombra.

Il desiderio di Annie era così intenso che, mentre salivano le scale, le sembrò quasi di sentirsi male. Raggiunsero il pianerottolo e superarono mano nella mano le porte aperte su stanze disseminate di vestiti e giocattoli come cabine di una nave abbandonata. Giunti davanti alla sua camera, Tom si fece da parte per farla passare, quindi la seguì e si richiuse la porta alle spalle.

La stanza le sembrò subito ampia e spoglia, diversa da come se l'era immaginata nelle innumerevoli notti in cui aveva fissato la finestra illuminata.

Attraverso la stessa finestra ora scorgeva la sagoma nera della casa sul torrente. La stanza era immersa in un debole bagliore che colorava di corallo e grigio tutto ciò che sfiorava.

Tom tese la mano, l'attirò a sé e la baciò. Quindi, senza una parola, cominciò a slacciarle la lunga fila di bottoni sul davanti del vestito. Annie lo guardava, seguendo il lavoro delle dita e fissando il volto assorto. Tom alzò gli occhi a guardarla a sua volta, ma non sorrise, limitandosi a osservarla mentre slacciava l'ultimo bottone. Il vestito le si aprì sul petto, e quando lui fece scivolare le mani sotto il tessuto e le sfiorò la pelle Annie rabbrividì, trattenendo il respiro. Posandole le mani sui fianchi come poco prima, Tom si chinò e le baciò dolcemente i capezzoli ancora coperti dal reggiseno.

Annie rovesciò la testa all'indietro, chiuse gli occhi e pensò: Non esiste nulla al di là di questo. Non c'è altro tempo, luogo o condizione che non sia ora, qui, insieme a lui. E non ha alcun senso pensare alle conseguenze, al futuro, a ciò che è giusto o sbagliato, poiché tutto, ogni altra cosa, scompare. Doveva succedere, e sta succedendo.

Tom la condusse verso il letto. Vi si fermarono accanto mentre Annie si toglieva le scarpe e cominciava a slacciare i bottoni della camicia di lui. Tom la osservava, consapevole dell'eccezionalità del momento.

Mai prima di allora aveva fatto l'amore in quella stanza. Né l'aveva fatto negli altri luoghi dove aveva abitato dopo che Rachel se n'era andata. Era entrato nel letto di molte donne, ma non aveva mai permesso che loro si avvicinassero al suo. Aveva trasformato il sesso in qualcosa di occasionale, aveva creato una distanza per garantirsi la libertà e proteggersi da quel bisogno che aveva avvertito in Rachel e che ora provava lui stesso. La presenza di Annie in quel suo santuario assumeva per lui un significato al tempo stesso temibile e meraviglioso.

La luce proveniente dalla finestra le incendiava la pelle laddove era rivelata dal vestito aperto. Annie gli slacciò la cintura e il primo bottone dei jeans e gli sollevò la camicia per consentirgli di sfilarsela dalle spalle.

Nella cecità dell'istante in cui si toglieva la maglietta, Tom sentì le mani di lei sfiorargli il petto. Chinò il capo, la baciò fra i seni e aspirò profondamente il suo profumo, quasi vi volesse annegare. Poi le sfilò dolcemente il vestito.

«Oh, Annie.»

Lei aprì le labbra ma non disse nulla, limitandosi a sostenere il suo sguardo mentre portava le mani dietro la schiena e si slacciava il reggiseno. Si sfilò le spalline e lo lasciò cadere a terra. Il suo corpo era magnifico. La pelle lattea, tranne che sul collo e sulle braccia dove il sole l'aveva dorata e ricoperta di lentiggini. I seni erano più pieni di quanto lui si fosse aspettato, ancora sodi. Tom vi posò le mani e subito dopo si chinò per baciarli, sentendo i capezzoli irrigidirsi al contatto delle sue labbra. Le mani di Annie raggiunsero la cerniera dei suoi jeans.

«Ti prego» sussurrò.

Tom scostò la trapunta scolorita e le lenzuola ed Annie si distese, osservandolo mentre finiva di spogliarsi. Lui non provò alcuna vergogna, né la scorse sul volto di lei: perché mai, si chiese, avrebbero dovuto vergognarsi di ciò che veniva da una forza profonda, una forza che aveva risvegliato tanto i loro corpi quanto le loro anime e che non conosceva né rimorsi né altra complicazione mentale?

Le s'inginocchiò accanto sul letto, e lei tese la mano e la strinse attorno al suo sesso. Chinò il capo e lo sfiorò con le labbra in modo così meraviglioso che Tom rabbrividì e fu costretto a serrare le palpebre per riprendere il controllo.

Gli occhi di Annie, quando lui osò guardarla di nuovo, erano scuri e offuscati dallo stesso desiderio che Tom riconosceva in se stesso. Annie si scostò dal suo membro, si distese sul letto e sollevò i fianchi perché lui le sfilasse le mutandine. Tom fece scivolare la mano sul morbido rigonfiamento di peluria sotto il tessuto e quindi le abbassò con dolcezza.

Gli si rivelò un triangolo ambrato scuro, folto e profondo. Le sue estremità ricciute catturavano gli ultimi bagliori del crepuscolo. Appena sopra si allungava la pallida cicatrice di un cesareo. Pur non sapendo perché, Tom ne fu commosso; si chinò e la percorse con le labbra. Il contatto della peluria con le sue guance e il caldo, dolce profumo di lei lo stordirono, costringendolo a sollevare il capo e ad appoggiarsi sui talloni per riprendere fiato e vederla nella sua interezza.

Si guardarono, completamente nudi, lasciando che gli sguardi vagassero e si nutrissero del proprio incredulo, reciproco, sospeso desiderio. Il silenzio era invaso dall'appassionata sincronia dei loro respiri, e la camera sembrava seguirne il ritmo come un gigantesco polmone.

«Ti voglio» sussurrò lei.

«Non ho niente da...»

«Non importa. È sicuro. Ti voglio.»

Aggrottando la fronte per l'intensità del proprio desiderio, Annie tese la mano verso il suo sesso, e quando vi serrò attorno le dita Tom ebbe la sensazione che si fosse impadronita della radice stessa del suo essere. Tornò a inginocchiarsi davanti a lei, lasciandosi guidare dalla sua mano.

Nell'istante in cui vide Annie aprirsi per riceverlo e sentì la delicata collisione dei loro corpi, tornò a scorgere nella propria mente quello stormo di uccelli neri e sconosciuti che sorvolava il nastro verde del fiume. Capì che stava tornando da una lontana terra d'esilio e che lì, e soltanto lì, avrebbe riconquistato la sua perduta interezza.

Accogliendolo in sé, Annie sentì sorgere dai lombi un'ondata calda e intensa che le percorse lentamente le membra fino a lambirle il cervello. Avvertì il suo gonfiore dentro di sé, la fluida unione delle loro due metà. Rabbrividì alle carezze di quelle mani callose sui seni e aprì gli occhi per vederlo abbassarsi e baciarli. Seguì il percorso della sua lingua, avvertì i suoi denti stringersi attorno al capezzolo.

La pelle di Tom era pallida quasi quanto la sua, e sul petto la peluria era più scura dei capelli schiariti dal sole. Il corpo rivelava una sorta di flessuosa spigolosità dovuta al lavoro che faceva, e che Annie aveva in qualche modo previsto. Tom si muoveva con la solita sicurezza; concentrata esclusivamente su di lei, era ancora più manifesta, più intensa. Annie si meravigliò di come quel corpo che non aveva mai visto prima di allora, quella pelle, quelle parti di lui che non aveva mai toccato potessero sembrarle così noti, così congeniali.

Le labbra di lui presero a percorrerle la cavità sotto il braccio. Annie sentì la lingua lisciare la peluria che aveva lasciato ricrescere. Si voltò e vide la fotografia incorniciata sul cassettone. E per un fuggevole istante, il ritratto di quella famiglia fu sul punto di collegarla con un altro mondo, un universo che in quel momento lei stava alterando e che sarebbe sempre stato macchiato dal senso di colpa. Non ora, non ancora, si disse prendendo il volto di Tom fra le mani e cercando alla cieca l'oblìo delle sue labbra.

Quando le loro bocche tornarono a separarsi, Tom si ritrasse, la guardò e finalmente si abbandonò a un sorriso.

«Ricordi la prima volta che abbiamo cavalcato insieme?» domandò Annie.

«Ogni singolo istante.»

«Quella coppia di aquile reali? Te la ricordi?»

«Sì.»

«Siamo noi. Adesso. Siamo noi.»

Tom annuì. I loro sguardi si allacciarono e si fecero seri, carichi di una crescente intensità, e finalmente Annie scorse la scintilla sul volto di lui, lo vide tremare e si sentì inondare dal suo seme. S'inarcò nella sua stretta e allo stesso tempo avvertì nei lombi una sconvolgente, lunga implosione che la percorse fino in fondo all'anima e raggiunse come un'ondata i recessi più lontani del suo corpo, riempiendo di lui ogni fibra del suo essere e trasformandoli in un'unica, indistinguibile entità.

32

Tom si svegliò all'alba e subito avvertì il calore di lei. Gli era distesa accanto, rannicchiata al riparo del suo braccio. Poteva sentirne l'alito tiepido e il dolce movimento dei seni a contatto con la sua pelle. La gamba destra di Annie era posata di traverso sulla sua, e la peluria del ventre gli solleticava la coscia. La palma della mano destra gli giaceva sul petto, appena sopra al cuore.

Era allora, in quel momento di ritrovata lucidità, che di solito gli uomini se ne andavano e le donne li pregavano di restare. L'aveva provato spesso anche lui, quell'impulso di scivolarsene via come un ladro. Sembrava provocato non tanto dal senso di colpa quanto dalla paura, dal timore che il conforto e la compagnia che spesso le donne sembravano desiderare dopo una notte di piaceri carnali fossero in qualche modo troppo compromettenti. Forse entrava in funzione una qualche forza primordiale, un istinto che ti spingeva ad andartene una volta che avevi sparso il tuo seme.

Ma quel mattino Tom non provava nulla del genere.

Rimase immobile per non svegliarla. E all'improvviso si rese conto che forse ne aveva paura. Mai, nel corso della notte, nemmeno una volta nelle lunghe ore del loro instancabile desiderio, Annie aveva mostrato la minima traccia di rimorso. Ma Tom sapeva che l'alba avrebbe portato, se non il pentimento, quanto meno una nuova, più distaccata prospettiva. E così rimase disteso nel mattino sempre più chiaro e fece tesoro del calore rilassato e innocente del suo corpo.

Si riaddormentò e venne risvegliato dal rumore di un'auto. Annie si era voltata, e Tom giaceva seguendo i contorni della sua schiena, il volto immerso nel profumo della sua nuca. Quando si staccò da lei, Annie mormorò qualcosa ma non si svegliò. Tom scese dal letto e si vestì in silenzio.

Era Smoky. Si era fermato fra i due camioncini e stava ispezionando il cappello di Tom, che per tutta la notte era rimasto sul cofano del Chevy. L'espressione preoccupata del suo volto si trasformò in un gran sorriso quando udì aprirsi la porta sul retro e vide Tom sbucare sulla veranda.

«Ciao, Smoke.»

«Credevo che fossi partito per Sheridan.»

«Già. C'è stato un cambiamento di programma. Mi dispiace, avrei dovuto avvertirti.» Aveva telefonato al padrone dei puledri da una stazione di servizio di Lovell, ma si era completamente dimenticato di Smoky.

Il giovane gli allungò il cappello. Era umido di rugiada.

«Per un attimo ho temuto che ti avessero rapito gli alieni.» Guardò il Lariat di Annie. Tom si accorse che stava cercando di capirci qualcosa.

«Annie e Grace non sono partite?»

«Grace sì, ma Annie non è riuscita a trovar posto sull'aereo. Trascorrerà qui la settimana fino al ritorno di Grace.»

«Giusto.» Smoky annuì lentamente, ma Tom capì che non era affatto sicuro di che cosa stesse succedendo. Lanciò un'occhiata al Chevy, vide la portiera ancora aperta e si ricordò che i fari dovevano essere rimasti accesi per tutta la notte.

«Ho avuto qualche problema con la batteria» disse. «Mi puoi aiutare a metterlo in moto?»

Era una spiegazione tutt'altro che esauriente, ma sembrò bastare: la prospettiva di un intervento pratico parve cancellare ogni traccia di dubbio dal volto di Smoky.

«Certo» rispose il giovane. «Ho qui i cavetti.»

Annie aprì gli occhi e impiegò soltanto un istante per ricordare dove si trovasse. Si voltò convinta di vedere Tom e provò un lieve attacco di panico nel ritrovarsi sola. Subito dopo udì due voci e lo sbattere di una portiera, e il panico si fece più intenso. Si drizzò a sedere e districò le gambe dalle lenzuola. Si alzò e si avvicinò alla finestra;

camminando, fu costretta a tamponarsi il seme di Tom che aveva preso a colarle lungo le gambe. Il sesso indolenzito le dava una sensazione deliziosa.

Da uno spiraglio tra le tende vide il camioncino di Smoky ripartire dalla stalla. Tom lo salutò con un cenno, quindi si voltò e fece ritorno verso casa. Annie sapeva che, anche se avesse alzato gli occhi, non l'avrebbe vista; guardandolo si chiese quanto quella notte li avesse cambiati. Che cosa avrebbe pensato di lei, dopo averla vista così impudica e appassionata? E lei, che cosa pensava di lui?

Tom socchiuse gli occhi verso il cielo, da cui le nubi stavano già scomparendo. I cani gli si precipitarono incontro; lui li salutò accarezzandoli, e in quell'istante Annie seppe che, almeno per lei, non era cambiato nulla.

Si fece la doccia nella piccola stanza da bagno, aspettando di sentirsi travolta dal senso di colpa o dal rimorso, ma provava soltanto trepidazione al pensiero di quali potessero essere i sentimenti di Tom. Nel vedere i suoi pochi, semplici articoli da toilette accanto al lavandino, provò una strana commozione. Usò il suo spazzolino da denti. Appeso alla porta vi era un grande accappatoio azzurro; lo indossò, avvolgendosi nel suo odore, e fece ritorno in camera.

Tom aveva aperto le tende e si stava affacciando alla finestra. La udì e si voltò, come Annie gli aveva visto fare il giorno in cui era sceso a Choteau per darle il suo verdetto su Pilgrim. Sul tavolino accanto aveva posato due tazze di caffè fumante. Il suo sorriso era venato di apprensione.

«Ho preparato del caffè.»

«Grazie.»

Annie gli si avvicinò e prese una tazza, stringendola fra le mani. Soli nell'enorme stanza vuota, sembravano all'improvviso formali, come due sconosciuti arrivati in anticipo a una festa. Tom accennò all'accappatoio.

«Ti sta bene.» Lei sorrise e sorseggiò il caffè. Era nero, forte e bollente.

«In corridoio c'è un altro bagno, se...»

«Il tuo va benissimo.»

«È passato Smoky. Avevo dimenticato di avvertirlo.»

Vi fu un silenzio. Dal torrente lontano giunse il nitrito di un cavallo. Tom aveva un'espressione turbata e Annie ebbe timore che fosse sul punto di dire che gli dispiaceva, che era stato uno sbaglio, che avrebbero dovuto dimenticarsene.

«Annie?»

«Sì?»

Tom deglutì. «Volevo solo dirti che qualsiasi cosa provi, qualsiasi cosa pensi o vuoi fare, non c'è problema.»

«E tu cosa senti?»

«Che ti amo» rispose lui. Quindi sorrise e si strinse brevemente nelle spalle con un gesto che quasi le spezzò il cuore. «Tutto qui.»

Annie posò la tazza sul tavolino e gli si avvicinò. Si abbracciarono come se il mondo avesse già deciso la loro separazione, e lei gli coprì il volto di baci.

Restavano quattro giorni prima del ritorno di Grace e dei Booker. Quattro giorni e quattro notti. Un istante prolungato lungo il sentiero del presente. Il solo istante della sua vita, decise Annie, in cui avrebbe vissuto, respirato e pensato: prima e dopo non vi sarebbe stato nient'altro. E comunque fosse andata, qualunque brutale soluzione fosse stata loro imposta, nelle loro menti e nei loro cuori quell'istante sarebbe stato sempre presente.

Fecero ancora l'amore mentre il sole sorgeva dietro la fattoria e stendeva su di loro i suoi raggi complici. E dopo, fra le sue braccia, Annie gli disse che cosa desiderava. Voleva cavalcare con lui fino ai pascoli estivi dove si erano baciati per la prima volta, dove sarebbero stati soli e dove soltanto il cielo e le montagne avrebbero potuto giudicarli.

Guadarono il torrente appena prima di mezzogiorno.

Mentre Tom sellava i cavalli e caricava un pezzato da soma con tutto il necessario, Annie era tornata alla casa sul torrente per cambiarsi e preparare una borsa. Avrebbero portato entrambi da mangiare. Nonostante lei non avesse detto nulla e lui non gliel'avesse chiesto, Tom sapeva che Annie avrebbe telefonato al marito e avrebbe giustificato in qualche modo la sua prossima assenza. Tom aveva fatto lo stesso con Smoky, che sembrava sempre più confuso dai continui cambiamenti di programma.

«Vai su a controllare la mandria?»

«Sì.»

«Da solo, o...?»

«Viene anche Annie.»

«Ah. Capisco.» Vi era stata una pausa, e Tom aveva capito che Smoky stava facendo due più due.

«Smoke, apprezzerei se restasse fra noi.»

«Ma certo, Tom. Ci puoi contare.»

Gli aveva assicurato che sarebbe passato a vedere i puledri. Tom sapeva di potersi fidare per entrambe le cose.

Prima di partire, era sceso ai recinti e aveva fatto uscire Pilgrim sul prato in compagnia di alcuni dei puledri più giovani. Di solito Pilgrim si lanciava immediatamente al galoppo con il branco, ma quel mattino non si era allontanato dal cancello e aveva seguito Tom con lo sguardo mentre faceva ritorno ai cavalli sellati.

Tom avrebbe montato la stessa giumenta con cui aveva condotto la mandria, il roano dal mantello rossiccio. Procedendo verso la casa sul torrente seguito da Rimrock e dal piccolo pezzato da soma, si era voltato e aveva visto che Pilgrim era ancora fermo accanto al cancello, e lo guardava. Era come se sapesse che qualcosa nelle loro vite era cambiato.

Tom aveva fermato i cavalli lungo la pista sotto la casa sul torrente e aveva osservato Annie raggiungerlo a passo deciso.

L'erba sul prato al di là del guado era folta e lussureggiante. Presto sarebbe giunto il momento della falciatura. Tom e Annie l'attraversarono fianco a fianco in un silenzio spezzato soltanto dal regolare cigolìo delle loro selle.

Nessuno dei due sembrava sentire l'esigenza di parlare. Annie non fece domande sul paesaggio, e Tom pensò che ciò non fosse dovuto al fatto che ormai conosceva i nomi di ogni cosa, ma che quei nomi non importavano più. Ciò che contava era il loro semplice esistere.

Si fermarono nella calura del primo pomeriggio e fecero abbeverare i cavalli al solito stagno. Consumarono il frugale pasto portato da Annie: pane secco, formaggio e arance. Annie sbucciò la sua in un unico ricciolo e scoppiò a ridere quando Tom tentò di imitarla e fallì.

Attraversarono l'altopiano dove i fiori avevano già iniziato ad appassire e cavalcarono insieme fino alla cresta della catena montuosa. Non incontrarono cervi, ma scorsero, a circa un chilometro di distanza verso le montagne più alte, un piccolo branco di mustang. Tom fece segno ad Annie di fermarsi. Erano sottovento, e i cavalli non si erano ancora accorti di loro. Era una famiglia di sette giumente, cinque delle quali affiancavano i rispettivi puledri. Vi erano anche un paio di maschi ancora troppo giovani per essere allontanati. Tom non aveva mai visto prima lo stallone.

«Che animale stupendo» commentò Annie.

«Già.»

Era davvero magnifico. Aveva un ampio torace e zoccoli forti, e pesava forse più di cinque quintali. Il suo mantello era perfettamente bianco. Non si era ancora accorto della presenza di Annie e Tom perché era troppo impegnato a scacciare un intruso più fastidioso. Un giovane stallone baio che stava tentando di avvicinarsi alle giumente.

«In questo periodo dell'anno l'atmosfera si fa un po' bollente» spiegò Tom sottovoce. «È la stagione degli amori, e quel giovanotto pensa che sia giunto il momento di ottenere qualcosa. Forse segue il branco da giorni, probabilmente in compagnia di qualche altro giovane maschio.» Tom allungò il collo e si guardò intorno. «Infatti, eccoli laggiù.» Li indicò ad Annie. Erano nove o dieci, e attendevano un chilometro più a sud.

«È quello che chiamano un branco di scapoli. Passano il tempo a divertirsi, a ubriacarsi, a fare gli spacconi, a incidere i propri nomi sui tronchi degli alberi, finché non sono abbastanza cresciuti per rubare la compagna di qualcun altro.»

«Ah. Capisco.» Dal tono della sua voce, Tom realizzò quello che aveva appena detto. Annie lo guardò, ma lui non ricambiò l'occhiata. Sapeva perfettamente che cosa stessero facendo gli angoli della sua bocca, e quella consapevolezza gli piaceva.

«Proprio così.» Non distolse lo sguardo dai mustang.

I due stalloni si fronteggiavano sotto gli sguardi delle giumente, dei puledri e degli amici lontani dello sfidante. All'improvviso esplosero all'unisono, scuotendo i musi e nitrendo. Era a quel punto che di solito il più debole si arrendeva, ma il baio non cedette. Si impennò con un nitrito, e subito lo stallone bianco fece lo stesso, ergendosi ancora più in alto e cercando di colpirlo con le zampe anteriori. Persino da quella distanza, Annie e Tom vedevano i denti risplendere e udivano i tonfi degli zoccoli che andavano a bersaglio. E all'improvviso tutto finì con la stessa rapidità con cui era iniziato. Il baio si allontanò sconfitto, e lo stallone bianco lo seguì con lo sguardo. Quindi, dopo aver lanciato una rapida occhiata a Tom e ad Annie, condusse via la sua famiglia.

Tom si accorse che Annie stava fissandolo. Si strinse nelle spalle e le sorrise.

«Ogni tanto si vince, ogni tanto si perde.»

«Tornerà?»

«Oh, sì. Dovrà passare un po' più di tempo in palestra, ma ci riproverà.»

Accesero un fuoco sulla riva del ruscello, nei pressi del punto dove si erano baciati. Misero le patate a cuocere fra i tizzoni ardenti e si prepararono i giacigli, stendendo i materassini uno accanto all'altro, usando le selle come cuscino e unendo i due sacchi a pelo. Un gruppo di giovenche curiose li guardava dalla riva opposta.

Quando le patate furono pronte, le mangiarono con salsiccia fritta in padella e alcune uova che Annie trovò miracolosamente intatte nonostante la cavalcata. Ripulirono le ultime tracce di tuorlo scuro sui piatti con il pane avanzato. Il cielo si era rannuvolato. Lavarono le stoviglie nel ruscello e le posarono sull'erba ad asciugare. Quindi si spogliarono e fecero l'amore al bagliore del fuoco.

Vi fu una solennità, nella loro unione, che Annie trovò in qualche modo adatta al luogo. Era come se fossero tornati lassù per conferire dignità alla promessa che si erano fatti.

Più tardi, Tom si mise a sedere appoggiando la schiena alla sella e Annie gli si distese fra le braccia, posandogli la nuca sul petto. L'aria si era fatta più fredda. Dalle montagne sopra di loro giunsero gli ululati dei coyote. Tom si mise una coperta sulle spalle e l'avvolse attorno ai loro corpi abbracciati, e Annie si sentì subito al sicuro. Nulla, pensò, nulla che appartenga a quell'altro mondo ci può sfiorare.

Per molte ore, gli sguardi fissi sul fuoco, parlarono della loro vita. Annie gli descrisse suo padre e i luoghi esotici dove avevano vissuto prima che lui morisse. Gli raccontò di come aveva conosciuto Robert, di come subito le fosse sembrato intelligente e fidato, maturo e sensibile. Un uomo di grandi qualità. Il loro era stato un matrimonio sereno, e sotto molti punti di vista lo era ancora. Ma ripensandoci ora, si rendeva conto che ciò che cercava in Robert era in realtà quello che aveva perso con la morte di suo padre: stabilità, sicurezza e un amore assoluto. E Robert le aveva dato tutto questo spontaneamente e senza porre condizioni. Quello che lei gli aveva dato in cambio era la fedeltà.

«Non voglio dire che non lo amo» spiegò. «Ma è un amore che assomiglia molto di più alla gratitudine.»

«Gli sei grata perché ti ama.»

«Sì. E perché ama Grace. Non ti sembra orribile?»

«No.»

Gli chiese se con Rachel era stato lo stesso e lui rispose di no. Mentre ascoltava in silenzio il suo racconto, Annie cercò d'immaginarsi la donna che aveva visto in fotografia nella camera di Tom, lo splendido volto dagli occhi scuri e dai folti, lucenti capelli. Era difficile conciliare quel sorriso con il dolore che Tom stava descrivendole.

Ma più che la donna, era stato il bambino fra le sue braccia a colpirla. Le aveva provocato una fitta che in un primo tempo si era rifiutata di riconoscere come gelosia. Era la stessa sensazione che aveva provato nel vedere le iniziali di Tom e Rachel incise sul bordo del pozzo. Stranamente, era stato l'altro ritratto, quello di un Hal ormai cresciuto, a tranquillizzarla. Sebbene fosse scuro di capelli come sua madre, gli occhi erano quelli di Tom. Benché così lontani nel tempo, le avevano fatto dimenticare ogni traccia di animosità.

«La rivedi mai?» gli chiese Annie quando Tom ebbe finito.

«Sono passati molti anni dall'ultima volta. Ogni tanto parliamo al telefono, più che altro di Hal.»

«Ho visto la sua fotografia in camera. È un bel ragazzo.»

Sentì Tom sorridere dietro le sue spalle. «Già.»

Vi fu un silenzio. Un ramo bianco di cenere crollò nella brace, sollevando un turbine di scintille arancioni.

«Volevi altri figli?» le chiese Tom.

«Sì. Abbiamo cercato di averli. Ma non sono mai riuscita a portarli a termine. Alla fine abbiamo rinunciato. Più che altro lo desideravo per Grace. Volevo darle un fratello o una sorella.»

Scese di nuovo il silenzio, e in quell'istante Annie seppe, o credette di sapere, che cosa pensasse Tom. Ma era un pensiero così doloroso, persino in quel luogo così lontano dal resto del mondo, che nessuno dei due osò formularlo.

I coyote ululàrono per tutta la notte. Quando si accoppiavano, le spiegò Tom, restavano insieme per tutta la vita, ed erano così fedeli che, se per caso uno dei due finiva in una trappola, l'altro continuava a portargli da mangiare.

Per due giorni cavalcarono lungo i picchi e i burroni delle Montagne Rocciose. A volte scendevano da cavallo e proseguivano a piedi. Avvistarono alci, orsi e una volta Tom credette di scorgere un lupo appostato su una roccia scoscesa. L'animale si voltò e si allontanò prima che Tom potesse essere sicuro di averlo visto. Decise di non dirlo ad Annie per non preoccuparla inutilmente.

Raggiunsero vallate nascoste ricoperte di liliacee e attraversarono praterie trasformate in laghi azzurri da lupini alti fino alle ginocchia.

La prima notte venne a piovere, e Tom montò la piccola tenda in un pianoro verde disseminato di pioppi caduti e sbiaditi dalle intemperie. Fradici fino alle ossa, sedettero abbracciati all'interno della tenda, ridendo e rabbrividendo sotto le coperte. Sorseggiarono caffè bollente dalle tazze di latta annerita mentre all'esterno i cavalli brucavano indisturbati, i dorsi stillanti di pioggia. Annie li osservava, il volto e il collo bagnati illuminati dalla lampada a olio ai suoi piedi, e Tom pensò che mai al mondo aveva visto – e mai più avrebbe rivisto – una creatura più bella.

Quella notte, mentre lei dormiva fra le sue braccia, Tom ascoltò la pioggia martellare sulla tenda e si sforzò di seguire l'esortazione di Annie: non pensiamo al futuro, limitiamoci a vivere il presente. Ma non ci riuscì.

Il giorno dopo il sole tornò a splendere. Trovarono uno stagno alimentato da una piccola cascata. Annie disse di voler fare una nuotata, e Tom scoppiò a ridere. Era troppo vecchio, rispose, e l'acqua troppo fredda. Ma lei non volle sentir ragioni, e così, sotto lo sguardo perplesso dei cavalli, si spogliarono e si tuffarono. L'acqua era talmente ghiacciata che li fece gridare, costringendoli a precipitarsi a riva e a gettarsi l'uno fra le braccia dell'altra, nudi, lividi e tremanti.

Quella notte nel cielo sfavillarono i verdi, gli azzurri e i rossi dell'aurora boreale. Annie non vi aveva mai assistito, e Tom non l'aveva mai vista così chiara e brillante. Si stendeva in un vasto arco fluttuante di luci, lasciandosi dietro striature colorate. Mentre facevano l'amore, Tom ne scorse il riflesso negli occhi di Annie.

Era l'ultima notte del loro idillio, ma nessuno dei due vi accennò. A parlare furono soltanto i gemiti mentre i loro corpi si univano. Come per un tacito accordo siglato soltanto dalle loro membra, non si concessero un istante di tregua. Non avrebbero sprecato il loro tempo a dormire. Si nutrirono l'uno dell'altra come creature consapevoli di un prossimo, terribile, infinito inverno. E si fermarono soltanto quando le loro ossa ammaccate e la loro pelle irritata li costrinsero a urlare dal dolore. Il suono delle loro voci aleggiò nella luminosa immobilità della notte, superando i boschi scuri e salendo fino ai picchi più alti.

Più tardi, dopo che Annie si era già addormentata, Tom udì, come un'eco lontana, un richiamo acuto e primordiale che zittì ogni altra creatura della notte. E seppe di non essersi sbagliato: aveva visto un lupo.

33

ANNIE SBUCCIÒ LE CIPOLLE, LE TAGLIÒ A METÀ E QUINDI A FETtine sottili, respirando con la bocca per non lacrimare. Si sentiva osservata e provava una curiosa sensazione di sicurezza, come se lo sguardo di Tom stesse investendola di abilità che non aveva mai creduto di possedere. Era la stessa sensazione che aveva provato mentre facevano l'amore. Forse, pensò sorridendo fra sé e sé, era così che si sentivano i cavalli quando erano con lui.

Era appoggiato al divisorio sul lato opposto della cucina. Non aveva toccato il vino che lei gli aveva versato. In salotto, la musica trasmessa dalla radio aveva ceduto il posto a un erudito dibattito su un compositore che lei non aveva mai sentito nominare. Tutti gli annunciatori sembravano avere la stessa voce calma e vellutata.

«Che cosa stai guardando?» domandò Annie con infinita dolcezza.

Tom si strinse nelle spalle. «Guardo te. Ti dà fastidio?»

«No, mi piace. Mi fa sentire come se sapessi quello che sto facendo.»

«Sei una brava cuoca.»

«Sono un disastro.»

«A me piacciono, i tuoi disastri.»

Annie aveva temuto che quel pomeriggio, facendo ritorno alla fattoria, la realtà li avrebbe travolti. Ma stranamente non era successo. Si sentiva come protetta da una sorta di calma inviolabile. Quando Tom era andato a vedere i cavalli, lei aveva ascoltato i messaggi sulla segreteria telefonica ma nessuno di essi l'aveva turbata. Nel più importante, Robert le comunicava il volo che Grace avrebbe preso l'indomani per tornare a Great Falls. Con Wendy Auerbach e la nuova protesi era andato tutto bene: tanto bene che la piccola stava pensando di iscriversi alla maratona di New York.

La calma non era venuta meno neppure quando Annie aveva telefonato a casa e aveva parlato con entrambi. Il messaggio che aveva lasciato martedì, informandoli che avrebbe trascorso un paio di giorni nella baita di montagna dei Booker, non sembrava aver destato il minimo sospetto. Già altre volte, nel corso del suo matrimonio, si era concessa qualche giorno di solitudine: Robert doveva aver pensato che volesse schiarirsi le idee dopo aver perso il lavoro. Quando si erano riparlati, le aveva semplicemente chiesto come fosse andata e lei aveva risposto che era stato bellissimo. Se non per omissione, non era stata costretta a mentirgli.

«Mi preoccupa, questa tua nuova passione per la natura» aveva scherzato Robert.

«In che senso?»

«Presto ti vorrai trasferire lassù e io sarò costretto a occuparmi delle controversie sul bestiame.»

Dopo aver riagganciato, si era chiesta come mai il suono delle loro voci non l'avesse fatta precipitare nel senso di colpa che, ne era sicura, la stava aspettando al varco. Per una ragione o per l'altra, non era successo. Era come se quella parte di lei fosse rimasta in attesa, un occhio fisso sulle lancette dell'orologio, consapevole di avere ancora poche, fuggevoli ore da trascorrere con Tom.

Stava preparandogli la pasta che avrebbe voluto cucinare la sera in cui aveva invitato a cena i Booker. Il basilico che aveva acquistato a Butte era ormai rigoglioso. Mentre ne strappava qualche foglia, Tom le si avvicinò da dietro, le posò delicatamente le mani sui fianchi e la baciò sul collo. Il tocco delle sue labbra le fece trattenere il respiro.

«Che buon profumo» disse lui.

«Io o il basilico?»

«Tutti e due.»

«Nell'antichità usavano il basilico per imbalsamare i morti, lo sapevi?»

«Le mummie?»

«Certo. Impedisce la putrefazione della carne.»

«Credevo che servisse per sconfiggere la lussuria.»

«Anche. Sta' attento a non mangiarne troppo.»

Mise le foglie nel pentolino in cui cipolla e pomodori stavano già rosolando, quindi si voltò lentamente a guardarlo. Le labbra di Tom le sfiorarono la fronte con un bacio. Annie abbassò gli occhi e inserì i pollici nelle tasche dei suoi jeans. E nella quiete assoluta e perfettamente condivisa di quell'istante si rese conto di non poterlo lasciare.

«Oh, Tom. Ti amo così tanto.»

«Anch'io.»

Accesero le candele, spensero le luci al neon e sedettero al piccolo tavolo di cucina. La pasta era perfetta. Quando ebbero finito, Tom le chiese se avesse finalmente compreso il trucco della corda. Annie obiettò che a sentire Joe non si trattava di un trucco, ma ammise di non esserci ancora arrivata.

«Ce l'hai ancora in tasca?»

«Tu cosa credi?»

Annie se la sfilò dal taschino posteriore e gliela consegnò. Tom le chiese di tendere il dito e prestare attenzione: l'avrebbe fatto una volta sola. Annie seguì ogni intricata manovra della sua mano finché il cerchio non parve intrappolato dai loro polpastrelli. E all'improvviso, appena prima che la corda si sciogliesse, si rese conto di quale fosse il segreto.

«Fammi provare» disse. Riuscì a ricordarsi tutti i movimenti della mano di lui e a replicarli con precisione. E quando tirò, la corda si sciolse.

Tom si abbandonò sulla sedia e le rivolse un sorriso pieno d'amore e al tempo stesso di tristezza.

«Ecco fatto» mormorò. «Ora lo sai.»

«Posso tenere la corda?»

«Non ne hai più bisogno, Annie.» La riprese e se la mise in tasca.

C'erano tutti, con grande disappunto di Grace. Erano arrivati a quel momento con tale fatica che un simile affollamento era prevedibile. Osservò i volti assorti oltre la palizzata del recinto: sua madre, Frank e Diane, Joe, i gemelli con i berretti degli Universal Studios, persino Smoky. E se fosse andato tutto storto? Non era possibile, si disse con fermezza. Non l'avrebbe permesso.

Immobile al centro del recinto, Pilgrim attendeva che Tom gli sistemasse le staffe. Era bellissimo, benché Grace non si fosse ancora abituata a vederlo con una sella da cowboy. Da quando aveva ripreso a cavalcare, aveva scoperto di preferirla alla sua vecchia sella all'inglese. Le dava più sicurezza.

Quel mattino lei e Tom erano riusciti a districare gli ultimi nodi della criniera e della coda di Pilgrim e gli avevano strigliato il mantello fino a farlo risplendere. A parte le cicatrici, sembrava un animale da concorso. Aveva sempre avuto un aspetto da grandi occasioni. Era passato quasi un anno, rammentò Grace, da quando aveva visto la sua fotografia spedita dal Kentucky.

Tom aveva appena terminato di fargli fare qualche giro attorno al recinto. Accanto a sua madre, Grace trasse un profondo respiro per vincere la stretta allo stomaco.

«E se si facesse cavalcare soltanto da Tom?» chiese in un sussurro emozionato.

Annie l'abbracciò. «Tesoro, se non fosse sicuro, Tom non ti avrebbe dato il permesso, lo sai.»

Era la verità. Ma non riusciva a tranquillizzarla.

Tom aveva abbandonato Pilgrim e stava avvicinandosi alla palizzata. Grace fece un passo avanti. La nuova protesi era perfetta.

«Pronta?» chiese lui. Grace annuì deglutendo. Non era sicura di poter parlare. Tom scorse la preoccupazione sul suo volto e quando le fu vicino le sussurrò: «Grace, non sei costretta a farlo adesso. A dirti la verità, nemmeno io ero preparato a questo circo».

«Non c'è problema.»

«Sicura?»

«Certo.»

Le cinse le spalle con un braccio e l'accompagnò verso Pilgrim. Grace vide che il cavallo drizzava le orecchie.

Il cuore le batteva così violentemente da farle temere che Diane, in piedi accanto a lei, potesse udirlo. Era difficile capire se fosse più in ansia per Grace oppure per se stessa, poiché ciò che stava accadendo in mezzo a quella distesa di terra rossa era troppo importante. Era un principio e anche una fine, sebbene Annie non sapesse con precisione di che cosa o per chi. Era come se tutto avesse preso a turbinare in un'enorme, violenta centrifuga di emozioni: soltanto quando si fosse fermata Annie avrebbe potuto capirne l'effetto e avrebbe saputo che cosa ne sarebbe stato di loro.

«Tua figlia è una ragazzina coraggiosa» osservò Diane.

«Lo so.»

Per non innervosire Pilgrim, Tom aveva fatto fermare Grace a una certa distanza. Proseguì da solo per gli ultimi metri, gli si portò accanto e infine tese dolcemente la mano. Afferrò le briglie e accostò il volto al muso del cavallo, accarezzandogli il collo con l'altra mano. Pilgrim non distolse mai gli occhi da Grace.

Persino da quella distanza, Annie capì che qualcosa non andava.

Quando Tom cercò di farlo muovere, Pilgrim oppose resistenza, sollevando il muso, abbassando lo sguardo su Grace e mostrando il bianco degli occhi. Tom lo fece voltare e ricominciò a farlo girare in cerchio, come ai tempi della cavezza. Pilgrim sembrò calmarsi, ma s'irrigidì non appena Tom tornò a condurlo verso Grace.

Annie non riusciva a vedere il volto della figlia, ma non ne aveva bisogno. Era in grado di avvertirne l'angoscia e il dolore.

«Non so se è una buona idea» disse Diane.

«Andrà tutto bene» replicò Annie con una foga che suonò sgradevole.

«Immagino di sì» convenne Smoky. Ma nemmeno lui sembrava troppo convinto.

Tom allontanò Pilgrim, gli fece descrivere qualche altro cerchio e, quando vide che non era sufficiente, montò in sella e compì alcuni giri del recinto al piccolo trotto. Grace si voltò lentamente, seguendolo con gli occhi. Madre e figlia si guardarono, scambiandosi un incerto sorriso.

Tom era profondamente concentrato su Pilgrim. Aggrottava la fronte, e Annie non riusciva a capire se fosse preoccupato o semplicemente attento. Quando faceva pratica con i cavalli, Tom non tradiva mai la minima inquietudine.

Smontò di sella e di nuovo condusse Pilgrim verso Grace. Ancora una volta il cavallo recalcitrò. Grace ruotò su se stessa e per poco non cadde a terra. Mentre tornava sui suoi passi verso la palizzata, la bocca le tremava, e Annie si accorse che stava lottando con se stessa per non piangere.

«Smoke?» gridò Tom. Smoky scavalcò la palizzata e gli si avvicinò.

«Andrà tutto bene, Grace» disse Frank. «Aspetta un minuto o due e vedrai che Tom sistemerà tutto.»

Grace annuì e cercò di sorridergli, ma non riusciva a guardare in faccia nessuno, men che meno sua madre. Annie avrebbe voluto abbracciarla, ma si trattenne. Sapeva che la ragazzina avrebbe ceduto alle lacrime, e che più tardi avrebbe provato rabbia e imbarazzo. Quando la figlia le fu vicina, si limitò a dirle in tono sommesso: «Frank ha ragione, andrà tutto bene».

«Si è accorto che avevo paura» replicò Grace sottovoce.

Al centro del recinto, Tom e Smoky parlottavano in tono sommesso di qualcosa che soltanto Pilgrim era in grado di udire. Dopo qualche istante Smoky si voltò e andò verso il cancello. Lo scavalcò e scomparve all'interno della stalla. Tom lasciò Pilgrim e si avvicinò al gruppo di spettatori.

«Okay, Gracie» disse. «Ora faremo qualcosa che avevo sperato di non fare. Pilgrim ha ancora un'ombra dentro di sé che non posso raggiungere in altro modo. Io e Smoke cercheremo di farlo sdraiare, d'accordo?»

Grace annuì. Annie si rese conto che nemmeno sua figlia aveva idea di che cosa ciò significasse.

«Che succederà?» gli chiese la donna. Tom la guardò e, in un'improvvisa, vivida immagine, lei rivide i loro corpi abbracciati.

«Niente di più di quello che ho detto. Ma devo essere sincero, potrebbe trasformarsi in un brutto spettacolo. A volte i cavalli si ribellano con tutte le loro forze. Per questo lo faccio soltanto quando vi sono costretto. Il nostro amico ci ha già dimostrato di essere un tipo battagliero. Se preferite non assistere, vi consiglio di entrare in casa. Vi chiameremo quando avremo finito.»

Grace scosse il capo. «No. Voglio guardare.»

Smoky fece ritorno nel recinto con l'equipaggiamento che Tom gli aveva chiesto. Era preparato, poiché qualche mese prima, nel New Mexico, avevano dovuto fare la stessa cosa. Ciononostante, dando la schiena agli altri, Tom gli ripeté sottovoce tutto quello che doveva fare. Non voleva che si verificassero errori né che vi fossero conseguenze spiacevoli.

Smoky ascoltava serio in volto, annuendo di tanto in tanto. Quando Tom vide che il giovane aveva afferrato ogni particolare, lo condusse di fronte a Pilgrim. Il cavallo si era portato sul lato più lontano del recinto; dal modo in cui agitava le orecchie si capiva che aveva intuito qualcosa di poco piacevole. Lasciò che Tom gli si avvicinasse e lo accarezzasse sul collo, ma non distolse gli occhi da Smoky, fermo a qualche metro di distanza con le braccia cariche di corde e oggetti strani.

Tom tolse le briglie e al loro posto infilò la cavezza di corda che Smoky gli aveva consegnato. Quindi, una alla volta, si fece passare le estremità di due lunghe corde che il giovane teneva avvolte attorno al braccio. Ne allacciò una sotto la cavezza e l'altra al pomo della sella.

Lavorava con grande tranquillità, badando a non spaventare il cavallo. Il sotterfugio lo faceva sentire in colpa: sapeva che cosa sarebbe successo, e si rendeva conto che il suo rapporto di fiducia con l'animale doveva essere cancellato e poi ricostruito da capo. Forse si stava sbagliando, si disse. Forse quello che era successo con Annie lo aveva cambiato, e Pilgrim lo aveva intuito. Era molto più probabile che il cavallo avesse avvertito la paura di Grace, ma nessuno, nemmeno lui, poteva sapere con precisione che cos'altro avvenisse nella loro testa. Forse una parte segreta di Tom stava confidando al cavallo di non volere che i suoi problemi si risolvessero, perché ciò avrebbe significato la fine di tutto, e Annie se ne sarebbe andata per sempre.

Tom tornò a voltarsi verso Smoky e gli chiese la pastoia. Era costituita da una vecchia striscia di tela di sacco e da una corda. Accarezzando la zampa anteriore sinistra di Pilgrim, gli sollevò lo zoccolo. Il cavallo si mosse impercettibilmente. Tom lo tranquillizzò con sussurri e carezze. Quando Pilgrim si fermò, gli fece scivolare la striscia di tela sullo zoccolo e si sincerò che facesse presa. Quindi tirò l'estremità di corda e la sistemò al pomo della sella. Pilgrim era diventato un animale a tre zampe. Anzi, una bomba a orologeria.

Esplose, come previsto, non appena Tom si scostò e prese la corda della cavezza dalle mani di Smoky. Pilgrim cercò di muoversi e si scoprì zoppo. Balzò in avanti e cominciò a saltellare sulla gamba destra; spaventato, sentendosi in trappola, spiccò un altro balzo, con l'unico risultato di aumentare il proprio terrore.

Nell'impossibilità di procedere al passo, cercò di partire al galoppo, strabuzzando gli occhi in preda al panico. Tom e Smoky piantarono i piedi a terra e presero a tirare con tutte le loro forze, costringendo Pilgrim a muoversi lungo un cerchio di circa cinque metri di diametro. Sembrava il cavallo zoppo di una giostra impazzita.

Tom adocchiò i volti che lo osservavano dalla palizzata: Grace era impallidita e Annie stava stringendola a sé. Si maledisse per non averle costrette a rientrare in casa e a risparmiarsi quel terribile spettacolo.

Annie serrava le mani sulle spalle di Grace, le nocche bianche dalla tensione. Ogni singolo muscolo dei loro corpi era contratto e sobbalzava a ciascun disperato salto di Pilgrim.

«Ma perché lo sta facendo?» gridò Grace.

«Non lo so.»

«Andrà tutto bene, Grace» intervenne Frank. «Non è la prima volta.» Annie lo guardò e cercò di sorridere. Il volto dell'uomo smentiva la calma delle parole appena pronunciate. Joe e i gemelli sembravano angosciati quasi quanto Grace.

«Forse è meglio se la porti in casa» disse Diane in tono sommesso.

«No» scattò Grace. «Voglio guardare.»

Pilgrim era coperto di sudore, ma non aveva rinunciato a lottare. Quando tentava di correre, la zampa impastoiata pugnalava il vuoto come una pinna deforme e impazzita. Il suo passo saltellante sollevava nuvole di polvere rossa, che aleggiava nell'aria come una nebbia sottile.

Annie osservava incredula. Il comportamento di Tom le sembrava tanto sbagliato quanto distante dal suo carattere. L'aveva già visto agire con decisione con un cavallo, ma senza mai provocare dolore o sofferenza. Tutto il lavoro svolto con Pilgrim era teso a dargli fiducia e sicurezza. Ora invece gli stava facendo del male. Annie non capiva.

Finalmente il cavallo si fermò. Non appena se ne accorse, Tom rivolse un cenno a Smoky e insieme allentarono la tensione delle corde. Ma Pilgrim ripartì, e subito i due uomini ripresero a tirare. Non appena si fermò, tornarono a dargli corda. Il cavallo rimase immobile. I fianchi fradici di sudore si alzavano e si abbassavano ritmicamente. Stava ansimando come un fumatore asmatico, e il suo respiro sibilava in modo così terribile che Annie avrebbe voluto tapparsi le orecchie.

Tom stava dicendo qualcosa a Smoky, il quale annuì, gli consegnò la corda e andò a raccogliere il lazo arrotolato che aveva appoggiato a terra. Lo fece roteare nell'aria e al secondo tentativo riuscì a centrare il pomo della sella di Pilgrim. Serrò il cappio, quindi portò l'estremità del lazo sul lato opposto del recinto e l'assicurò provvisoriamente alla sbarra inferiore. Poi tornò accanto a Tom e prese in consegna le due corde.

Tom si portò alla palizzata e iniziò a far pressione sul lazo. Pilgrim se ne accorse e s'irrigidì. Tom insistette, tirando verso il basso fino a piegare il pomo della sella.

«Cosa sta facendo?» La voce di Grace era sommessa e impaurita.

«Sta cercando di farlo inginocchiare» rispose Frank.

Pilgrim lottò con tutte le sue forze, e quando finalmente cedette e s'inginocchiò fu soltanto per un istante. A quel punto parve chiamare a raccolta un'ultima scintilla di energia e si risollevò. Provò per altre tre volte, abbassandosi e rialzandosi come un convertito in preda ai dubbi. Ma la pressione che Tom stava esercitando sulla sella era troppo decisa e costante, e finalmente l'animale crollò.

I muscoli delle spalle di Grace si rilassarono. Ma non era finita. Tom non accennava ad allentare la pressione. Gridò a Smoky di lasciare le altre corde e di aiutarlo. E insieme presero a tirare il lazo.

«Ma perché non lo lasciano in pace?» gridò Grace. «Non l'hanno già fatto soffrire abbastanza?»

«Deve sdraiarsi» spiegò Frank.

Pilgrim soffiava come un toro ferito. Dalla bocca zampillava un fiotto di schiuma e la polvere gli insozzava i fianchi bagnati di sudore. Continuò a lottare, ma ancora una volta dovette arrendersi. E finalmente, con grande lentezza, si distese su un fianco, posò il muso sulla sabbia e non si mosse.

Una resa totale e umiliante, pensò Annie.

Sentì che Grace aveva cominciato a tremare, scossa dai singhiozzi. I suoi stessi occhi si stavano velando di lacrime, e Annie capì che le sarebbe stato impossibile fermarle. Grace si voltò e nascose il volto sul petto della madre.

«Grace!» Era la voce di Tom.

Annie alzò gli occhi e vide che si era portato con Smoky accanto al corpo disteso di Pilgrim. Sembravano due cacciatori in posa davanti alla carcassa di una grossa preda.

«Grace?» tornò a chiamarla. «Puoi venire?»

«No!»

Tom s'incamminò verso la palizzata. Il suo volto era severo, quasi irriconoscibile, come se fosse posseduto da una forza oscura e vendicativa. Annie strinse la figlia in un abbraccio protettivo. Tom le si fermò di fronte.

«Grace? Vorrei che venissi con me.»

«No, non voglio.»

«Devi.»

«No, lo farai soffrire ancora di più.»

«Non sta soffrendo. Sta bene.»

«Oh certo!»

Annie avrebbe voluto intervenire in difesa della figlia. Ma la veemenza di Tom la intimidì a tal punto che gli permise di strappargliela dalle braccia. Tom afferrò la ragazzina per le spalle e la costrinse a guardarlo negli occhi.

«Devi farlo, Grace. Fidati di me.»

«Fare cosa?»

«Seguimi e te lo mostrerò.»

Pur riluttante, Grace lasciò che Tom la guidasse al centro del recinto. Spinta dallo stesso istinto protettivo di pochi attimi prima, Annie scavalcò la palizzata e li seguì. Si fermò a qualche metro di distanza, ma abbastanza vicina da poter intervenire in caso di necessità. Smoky le rivolse un rapido sorriso, rendendosi subito conto di quanto fosse inopportuno. Tom la guardò.

«Andrà tutto bene, Annie.» Lei si limitò ad assentire.

«Okay, Grace» riprese Tom. «Voglio che tu lo accarezzi. Voglio che inizi dalle zampe posteriori, che lo massaggi, che gli faccia muovere le zampe, che lo tocchi dappertutto.»

«Ma che senso ha? È come se fosse morto.»

«Fa' come ti dico.»

Grace si avvicinò esitante al posteriore del cavallo. Senza sollevare il muso dalla sabbia, Pilgrim cercò di seguirla con l'occhio.

«Bene. Ora accarezzalo. Su. Inizia dalla zampa. Su, Grace. Muovila. Brava, così.»

«È fiacco, come se fosse morto!» gridò la ragazzina. «Che cosa gli hai fatto?»

Annie ebbe l'improvvisa visione della figlia in coma.

«Andrà tutto bene. Ora posagli la mano sul fianco e accarezzalo. Avanti, Grace. Brava.»

Pilgrim non si muoveva. Grace gli percorse lentamente tutto il corpo, cospargendo di polvere i fianchi sudati e ansimanti, muovendogli le zampe secondo le istruzioni di Tom, fino a giungere al collo e al muso.

«Bene. Ora devi salirgli in piedi sul fianco.»

«Cosa?!?» Grace lo guardò come se fosse pazzo.

«Voglio che tu gli monti sul fianco.»

«Neanche per sogno.»

«Grace...»

Annie fece un passo avanti. «Tom...»

«Sta' buona, Annie» scattò lui senza nemmeno guardarla. E quando tornò a rivolgersi alla ragazzina, alzò la voce: «Fa' come dico, Grace. Subito!».

Era impossibile disobbedirgli. Grace cominciò a piangere. Tom la prese per mano e la fece avvicinare al ventre di Pilgrim.

«Ora sali. Avanti.»

E Grace lo fece. Con il volto solcato dalle lacrime, salì come un'anima in pena sul fianco della creatura che più amava al mondo, singhiozzando per la propria brutalità.

Tom si voltò e vide che anche Annie stava piangendo, ma non sembrò curarsene. Tornò a rivolgersi a Grace e le disse che poteva scendere.

«Perché lo fai?» gli domandò Annie in tono implorante. «È crudele, umiliante.»

«No, ti sbagli.» Tom stava aiutando Grace a scendere e rispose senza guardarla.

«Ah sì?» replicò Annie in tono sdegnato.

«Certo, ti sbagli. Non è crudele. Aveva la possibilità di scegliere.»

«Ma cosa stai dicendo?»

Finalmente Tom si voltò e la guardò in viso. Grace era ancora in lacrime, ma lui non le badò. La ragazzina, come sua madre, non riusciva a credere che Tom potesse essere così duro e spietato.

«Poteva scegliere se continuare a combattere la vita oppure accettarla.»

«Non ha mai avuto scelta.»

«E invece sì. Era una prospettiva terribile, ma avrebbe potuto decidere di insistere. Di perseguire la propria infelicità. Invece ha deciso di procedere fino al ciglio del burrone per guardare al di là. Ha visto quello che c'era e ha scelto di accettarlo.»

Si voltò verso Grace e le posò le mani sulle spalle. «Quello che gli è appena successo, lì disteso nella polvere, è stata la cosa peggiore che potesse immaginare. Ma lui ha capito che poteva sopportarla. Persino il fatto che tu gli sia salita sul fianco non è stato così terribile. Si è reso conto che non volevi fargli del male. L'ora più buia viene sempre prima dell'alba. Questa è stata l'ora più buia di Pilgrim, e lui l'ha superata. Mi capisci?»

Asciugandosi le lacrime, Grace cercava di dare un senso alle parole di Tom. «Non so» rispose. «Credo di sì.»

Tom si voltò verso Annie, e in quell'istante lei scorse nei suoi occhi qualcosa di dolce e implorante, qualcosa di conosciuto che finalmente poteva comprendere.

«Annie? Mi capisci? È molto, molto importante che tu capisca. A volte quella che sembra una resa non lo è affatto. È qualcosa che avviene nel profondo del nostro cuore. Significa vedere con chiarezza di cosa è fatta la vita, accettarla e viverla con coerenza, qualunque siano le conseguenze, perché il dolore che proveremmo decidendo di non viverla sarebbe molto, molto peggiore. Annie, so che mi capisci.»

Annie assentì, si asciugò le lacrime e cercò di sorridere. Sapeva che le parole di Tom contenevano un messaggio segreto. Non riguardavano Pilgrim, ma ciò che era nato fra loro. Sebbene fingesse di averle capite, non era affatto così. Poteva soltanto sperare che un giorno le si sarebbero chiarite.

Grace li osservò sciogliere la pastoia e le corde legate alla cavezza e alla sella di Pilgrim. Il cavallo rimase a terra per un istante, fissandoli con un occhio senza muovere il muso. Quindi si sollevò sulle zampe con un'ombra di incertezza. Diede una scrollata, nitrì, soffiò e fece qualche passo per sincerarsi di essere tutto intero.

Seguendo il consiglio di Tom, Grace lo condusse all'abbeveratoio sul lato del recinto e gli rimase vicina mentre l'animale si dissetava. Quando ebbe finito, Pilgrim sollevò il muso e sbadigliò. Tutti esplosero in una gran risata.

«Ecco che se ne vanno le farfalle!» gridò Joe.

Tom gli sistemò le briglie e disse a Grace di mettere il piede nella staffa. Pilgrim rimase immobile come una statua. Grace si appoggiò alla spalla di Tom, sollevò la gamba e montò in sella.

Non aveva più paura. Lo fece andare al passo lungo il perimetro del recinto, prima in una direzione e poi nell'altra. Quindi lo portò al piccolo trotto, e Pilgrim le obbedì procedendo sicuro e armonioso.

Passarono diversi secondi prima che Grace si rendesse conto che tutti stavano esultando come il giorno in cui aveva montato Gonzo.

Ma quello era Pilgrim. Il suo Pilgrim. Era guarito. E lei lo sentiva come era sempre stato, generoso, fiducioso e sincero.

34

LA FESTA FU UN'IDEA DI FRANK. DISSE CHE GLIEL'AVEVA CHIESTO il cavallo: Pilgrim intendeva festeggiare, e festa sarebbe stata. Chiamò Hank, che si mostrò più che disponibile. La proposta cadeva a fagiolo, spiegò: in quel periodo ospitava un gruppo di annoiatissimi cugini di Helena, e anche loro erano pronti a divertirsi. Quando ebbero concluso le telefonate d'invito, la festa si era trasformata da una cena per pochi intimi in una grande serata. Preoccupata di non riuscire a sfamare gli invitati, Diane aveva un diavolo per capello.

«Insomma, Diane» protestò Frank. «Non possiamo lasciare che Annie e Grace affrontino con il cavallo i tremila chilometri del ritorno senza un bell'addio.»

Diane rimase in silenzio e si strinse nelle spalle. Perché no? sembrava pensare.

«E musica» riprese Frank. «Dobbiamo ballare.»

«Ballare? Oh, andiamo...»

Frank chiese a Tom che cosa ne pensasse e Tom rispose di essere d'accordo. Frank richiamò Hank e l'amico gli offrì l'impianto stereo e le luci colorate. Dopo neanche un'ora si presentò con tutto l'armamentario e insieme agli uomini e ai ragazzi prese a montarlo di fronte alla stalla. Facendo buon viso a cattivo gioco, Diane accompagnò Annie a Great Falls per fare la spesa.

Alle sette, approntato ogni particolare, tutti si ritirarono per prepararsi.

Uscendo dalla doccia, Tom vide l'accappatoio azzurro appeso alla porta e avvertì una stretta al cuore. Sperava che avesse conservato il profumo di lei, ma quando se lo premette sul volto non sentì nulla.

Da quando Grace era tornata, non aveva più avuto occasione di stare solo con Annie, e la sua lontananza lo faceva soffrire quasi fisicamente. Vedendola piangere per Pilgrim, aveva provato l'impulso di correrle incontro e prenderla fra le braccia. L'impossibilità di toccarla gli era quasi insopportabile.

Si vestì lentamente e si attardò nella stanza, ascoltando le auto che arrivavano, le risate e la musica che cominciava a diffondersi nell'aria. Affacciandosi alla finestra vide che si era già riunita una piccola folla. Era una bella serata. Le luci brillavano nella penombra del crepuscolo. Nuvole di fumo si sollevavano lente dal barbecue, dove Tom avrebbe dovuto raggiungere Frank. Cercò fra i volti degli invitati e la individuò. Stava parlando con Hank. Indossava un vestito che Tom non le aveva mai visto, blu scuro e senza maniche. All'improvviso Annie gettò la testa all'indietro e rise. Com'è bella, si disse Tom. In tutta la sua vita non si era mai sentito così poco propenso all'allegria.

Annie lo vide non appena mise piede sulla veranda. La moglie di Hank stava entrando con un vassoio pieno di bicchieri e lui le tenne aperta la porta, ridendo a una sua battuta. Quindi si voltò, incontrò gli occhi di Annie e le sorrise. All'improvviso lei si rese conto che Hank le aveva fatto una domanda.

«Scusami, Hank, dicevi?»

«A quanto pare siete in partenza.»

«Temo di sì. Domani facciamo i bagagli.»

«Immagino che sia impossibile far cambiare idea a due ragazze di città, vero?»

Annie scoppiò a ridere con enfasi esagerata, come stava facendo dall'inizio della serata. Ancora una volta si ammonì di calmarsi. Oltre il mare di teste vide che Smoky aveva rapito Tom per presentarlo a un gruppo di amici.

«Mmmm, che buon profumino» stava dicendo Hank. «Che ne dici, Annie, ne approfittiamo? Seguimi.»

Si lasciò guidare come se fosse priva di una volontà propria. Hank le prese un piatto e glielo riempì di carne che sommerse con una montagna di fagioli. Annie avvertì un senso di nausea, ma non smise di sorridere. Aveva già deciso che cosa fare.

Avrebbe preso Tom in disparte – gli avrebbe persino chiesto di ballare, se fosse stato necessario – e gli avrebbe comunicato la sua decisione di lasciare Robert. La settimana seguente sarebbe tornata a New York e avrebbe parlato con il marito e poi con Grace.

Dio, pensò Tom, sarà come l'ultima volta. Le danze erano iniziate da più di mezz'ora, e ogni volta che cercava di avvicinarsi ad Annie uno dei due veniva intercettato. Proprio quando credette di avercela fatta, sentì un colpetto sulla spalla. Era Diane.

«Non si balla con le cognate?»

«Diane, temevo che non me l'avresti mai chiesto.»

«Se aspettavo te...»

La prese fra le braccia e sentì una stretta al cuore quando udì le prime note di un lento. Diane indossava il nuovo vestito rosso che aveva acquistato a Los Angeles e aveva cercato, con poco successo, di truccarsi con un rossetto in tinta. Odorava di un profumo pungente con un sottofondo di alcol e Tom capì dai suoi occhi che aveva alzato il gomito.

«Sei bellissima» le disse.

«La ringrazio, gentil signore.»

Era da tempo che non la vedeva ubriaca. Non sapeva perché, ma la cosa lo rattristava. Stava premendo i fianchi contro i suoi e inarcando la schiena con tale forza che se Tom avesse lasciato la presa sarebbe caduta all'indietro. Lo guardava con un'espressione allusiva e provocatoria che lui non capiva né gradiva particolarmente.

«Smoky mi ha detto che alla fine non sei andato nel Wyoming.»

«Ah sì?»

«Già.»

«È vero. Uno dei puledri si è ammalato. Ci andrò la settimana prossima.»

«Hmm.»

«"Hmm." Cosa significa, Diane?»

Tom lo sapeva, naturalmente. E si rimproverò per averle offerto l'opportunità di spiegarsi. Avrebbe dovuto tagliar corto.

«Spero solo che tu abbia fatto il bravo, tutto qui.»

«Diane, hai bevuto un bicchiere di troppo.»

Fu un errore. Gli occhi le fiammeggiarono.

«Ma davvero? Non credere che non ce ne siamo accorti.»

«Accorti di cosa?» Un altro errore.

«Sai benissimo di cosa sto parlando. Si vede a occhio nudo, quello che c'è fra voi due.»

Tom scosse il capo e distolse lo sguardo per darle a intendere che stava delirando, ma Diane si rese conto di aver colpito nel segno: inalberò un sorriso di trionfo e gli agitò un dito sotto il naso.

«Buon per te che torna a casa, cognatino mio.»

Non scambiarono più una parola; quando finì la musica, Diane tornò a scoccargli quella sua occhiata allusiva, quindi si allontanò ancheggiando come una prostituta. Tom stava ancora riprendendo fiato quando Annie lo raggiunse nei pressi del bar.

«Un vero peccato che non piova» gli bisbigliò all'orecchio.

«Balliamo» replicò lui. La prese fra le braccia prima che s'intromettesse qualcuno e la condusse sulla pista.

Era un brano veloce e lo danzarono separati, staccando gli occhi l'uno dall'altra soltanto quando l'intensità dei loro sguardi sembrava sul punto di travolgerli o tradirli. Averla così vicina eppure così inaccessibile era per Tom una sorta di raffinata tortura. Dopo il secondo brano Frank cercò di strappargliela, ma Tom gli fece scherzosamente notare di essere il fratello maggiore e non cedette.

Il successivo motivo musicale era una ballata nella quale una donna cantava il suo amante rinchiuso nel braccio della morte. Finalmente poterono toccarsi. Sfiorandola e sentendo la lieve pressione del suo corpo, Tom si sentì mancare e per un istante fu costretto a chiudere gli occhi. Da qualche parte, lo sapeva, Diane stava osservandoli, ma non gli importava.

La pista da ballo era molto affollata. Annie si guardò attorno. «Ti devo parlare» disse quindi in tono sommesso. «Dove possiamo stare un po' tranquilli?»

Che cosa c'è da dire? fu sul punto di chiedere Tom. Te ne stai andando. Non c'è niente altro. «La piscina» rispose invece. «Fra venti minuti.»

Annie ebbe appena il tempo di annuire, perché l'istante successivo Frank tornò alla carica, strappandola dalle braccia del fratello.

Grace si sentiva girare la testa, e non solo per i due bicchieri di punch. Aveva ballato quasi con tutti – con Tom, Frank, Hank, Smoky, persino con il caro vecchio Joe – e l'immagine che si era fatta di se stessa era elettrizzante. Poteva roteare, ancheggiare, seguire i ritmi più scatenati. Nemmeno una volta aveva perso l'equilibrio. Poteva fare di tutto. Rimpiangeva che Terri Carlson non potesse vederla. Per la prima volta nella sua nuova vita, forse persino nella sua intera esistenza, si sentiva bella.

Ma aveva bisogno di fare pipì. Nella stalla c'era un bagno, ma quando vi arrivò vide che davanti si era formata una lunga coda. Nessuno si sarebbe offeso, si disse, se avesse usato uno dei bagni della fattoria: ormai era quasi una di famiglia e quella, in fondo, era la sua festa. Si diresse verso la veranda.

Oltrepassò la porta afferrandola istintivamente con la mano per non farla sbattere. Attraversando l'anticamera udì delle voci giungere dalla cucina. Frank e Diane stavano litigando.

«Hai bevuto troppo» disse lui.

«Vaffanculo.»

«Non sono affari tuoi, Diane.»

«Gli ha messo gli occhi addosso fin dal giorno che è arrivata. Prova a dare un'occhiata là fuori, è come una cagna in calore.»

«Non essere ridicola.»

«Dio, voi uomini siete così stupidi.»

Vi fu un violento acciottolìo di piatti. Grace si era bloccata. Proprio quando decise che avrebbe fatto meglio a tornare nel granaio e a mettersi in coda, udì avvicinarsi i passi di Frank. Sapeva che non avrebbe avuto tempo di dileguarsi. E se l'avesse sorpresa lì dentro, Frank si sarebbe reso conto che stava origliando. Non le restava che proseguire decisa e far finta di essere appena entrata.

Raggiunta la soglia dell'anticamera, Frank si fermò e tornò a voltarsi verso Diane.

«Si direbbe che tu sia gelosa.»

«Oh, lasciami in pace!»

«Be', tu lascia in pace lui. È maggiorenne e vaccinato, Cristo santo.»

«E lei è sposata e ha una figlia!»

Frank si voltò e proseguì nell'anticamera, scuotendo il capo. Grace gli andò incontro decisa.

«Ciao!» esclamò tutta allegra. In un primo istante sembrò sbalordito, ma subito riprese il controllo e le sorrise.

«Ehi, la reginetta del ballo! Come stai, dolcezza?» le chiese, posandole le mani sulle spalle.

«Mi sto divertendo un mondo. Grazie per averlo organizzato... e per tutto il resto.»

«È un piacere, Grace, credimi.» La baciò dolcemente sulla fronte.

«È un problema se uso il bagno? C'è una coda...»

«Ma certo! Fa' pure.»

Passando dalla cucina Grace vide che non c'era più nessuno. Udì dei passi salire le scale. Seduta sul gabinetto, si chiese per chi stessero litigando e all'improvviso ebbe un primo, oscuro sospetto.

Annie giunse per prima in piscina e vi girò lentamente attorno, portandosi all'estremità più lontana. L'aria odorava di cloro, e i suoi passi sul cemento riecheggiavano nell'oscurità. Appoggiò la schiena al muro bianco e sospirò di piacere al contatto con quella superficie fresca. Dalla stalla filtrava una lama di luce che si rifletteva sull'acqua immobile. Fuori, nell'altro mondo, una canzone country terminò, lasciando il posto a un'altra quasi uguale.

Le sembrava impossibile che soltanto la sera prima lei e Tom si fossero abbracciati nella cucina della casa sul torrente. Rimpianse di non avergli parlato allora. Aveva temuto di non riuscire a trovare le parole giuste. Quel mattino, quando si era svegliata fra le sue braccia, sapeva già con certezza che cosa avrebbe fatto, nonostante giacesse sul letto che soltanto una settimana prima aveva condiviso con il marito. Il suo unico rimorso era di non provarne nemmeno l'ombra. Eppure qualcosa le aveva impedito di parlare con Tom, e ora Annie si chiese se non fosse stato il timore della sua reazione.

Non dubitava del suo amore: come avrebbe potuto?

Ma c'era qualcosa, in lui, una sorta di triste presagio che sconfinava nel fatalismo. Annie l'aveva già notato poche ore prima, quando Tom aveva disperatamente cercato di farle capire quello che aveva fatto con Pilgrim.

All'estremità del passaggio che conduceva alla stalla vi fu un rapido bagliore. Tom si fermò e perlustrò il buio. Annie fece un passo avanti, e nell'udirla lui si voltò, la vide e le andò incontro. A poca distanza da lui, Annie si mise a correre, come se all'improvviso una forza sconosciuta potesse strapparglielo. Si rifugiò nel suo abbraccio, scaricandovi la tensione che per tutta la sera aveva cercato di dominare. I loro respiri si unirono, e così le loro labbra e i loro corpi, quasi pulsando al ritmo di un solo cuore.

Quando finalmente riuscì a parlare, Annie non si staccò dalla stretta delle sue braccia e gli disse che avrebbe lasciato Robert. Parlò con tutta la calma che fu in grado di chiamare a raccolta, la guancia premuta sul suo petto nel timore, forse, di guardarlo negli occhi. Sapeva che avrebbe causato a tutti un dolore terribile, disse. Ma poteva farsene una ragione, mentre l'idea di perderlo era inconcepibile.

Tom l'ascoltò in silenzio, stringendola e accarezzandole il volto e i capelli. Quando lei ebbe concluso, non rispose, e subito Annie sentì l'ombra di un primo, inquietante presagio. Alzò gli occhi e, quando finalmente osò guardarlo in faccia vide che era troppo emozionato per parlare. La musica insisteva martellante. Tom si voltò verso la piscina e quindi tornò a guardarla, scuotendo lievemente il capo.

«Oh, Annie.»

«Cosa?»

«Non lo puoi fare.»

«Certo che posso. Torno a New York e gli dico tutto.»

«E Grace? Credi di poterlo dire a Grace?»

Annie lo guardò negli occhi. Perché reagiva così? Aveva sperato nel suo entusiasmo, e lui le aveva risposto dubitando, mettendola subito di fronte all'unico problema a cui non aveva osato pensare. E all'improvviso Annie si rese conto di essersi ancora una volta rifugiata al riparo delle proprie vecchie autodifese, osservando il problema con distacco. Certo, si era detta, tutti i figli soffrono quando i genitori si separano. È inevitabile, ma se la cosa viene condotta in modo civile e con buon senso, il trauma può essere superato. In realtà non si perde nessuno dei due genitori, ci si sottrae a uno schema obsoleto. Era una teoria valida, confermata dai divorzi di diverse coppie di amici. Ma applicata alla sua situazione, a lei e soprattutto a Grace, naturalmente era assurda.

«Dopo quello che ha sofferto...» iniziò Tom.

«Credi che non lo sappia?»

«Certo che lo sai. È quello che stavo per dire: proprio perché lo sai, non sarai mai in grado di farlo, anche se al momento sei convinta del contrario.»

Annie sentì gli occhi inondarsi di lacrime e si rese conto che non sarebbe riuscita a fermarle.

«Non ho altra scelta.» Le parole le uscirono di bocca in un grido sommesso, che riecheggiò come un lamento lungo i muri spogli.

«Dicesti così anche per Pilgrim, ma ti sbagliavi.»

«L'unica alternativa sarebbe perderti!» Tom annuì. «Ma non è un'alternativa. Potresti scegliere di perdermi?»

«No» rispose lui. «Ma io non devo farla, questa scelta.»

«Ricordi quello che hai detto di Pilgrim? Che è arrivato fino all'orlo del burrone, ha visto quello c'era al di là e ha scelto di accettarlo?»

«Ma se quello che vedi è dolore e sofferenza, solo un pazzo potrebbe accettarlo.»

«Ma per noi non significherebbe dolore e sofferenza.»

Tom scosse il capo. Annie si sentì sommergere da un'ondata di collera. Perché quella che lui aveva detto era la verità e per i singhiozzi che la scuotevano.

«Non mi vuoi» concluse, e subito si detestò per la sua patetica autocommiserazione e per il brivido di trionfo che provò nel vedere gli occhi di lui velarsi di lacrime.

«Oh, Annie. Non saprai mai quanto ti voglio.»

Annie gli si abbandonò fra le braccia e pianse, perdendo ogni senso del tempo e dello spazio. Gli disse di non poter vivere senza di lui e non avvertì nessun presagio quando Tom le rispose che ciò valeva per lui ma non per lei. Con il passare del tempo, le disse, avrebbe ripensato a quei giorni senza alcun rimpianto, e sarebbe riuscita a vederli come un dono della natura che aveva arricchito le loro esistenze.

Quando non le rimasero più lacrime da versare, Annie si sciacquò il volto con l'acqua fresca della piscina. Tom le trovò un asciugamano e l'aiutò a ripulire il mascara che le era colato dagli occhi. Attesero, senza quasi parlarsi, che il rossore sulle guance di lei si attenuasse e, quando tutto parve sotto controllo, si allontanarono separatamente.

35

Annie si sentiva come una creatura imprigionata nel fango, intenta a guardare il mondo dal fondo di uno stagno. Per la prima volta dopo parecchi mesi aveva preso dei sonniferi. Era quelli a cui si diceva si affidassero i piloti d'aereo, affermazione che in teoria avrebbe dovuto incrementare la fiducia nelle pillole e non minare quella nei piloti. Quando in passato le aveva prese con una certa regolarità, le conseguenze erano state minime. Quel mattino, al contrario, le pareva che le avessero avvolto il cervello in una coperta spessa e pesante, benché rammentasse lucidamente perché le aveva ingerite e si sentisse lieta di averlo fatto.

La sera prima, poco dopo che lei e Tom erano usciti dalla stalla, Grace le si era avvicinata e le aveva detto bruscamente di voler tornare a casa. Era pallida e inquieta, ma, quando Annie le aveva chiesto se ci fosse qualche problema, aveva risposto di essere soltanto molto stanca. Sembrava evitare il suo sguardo. Tornando verso la casa sul torrente dopo aver dato la buonanotte a tutti, Annie aveva cercato di parlare della festa, ma Grace le aveva risposto a malapena. Lei le aveva chiesto di nuovo se andasse tutto bene, e la figlia aveva ribadito di essere stanca e di avere un po' di nausea.

«Hai bevuto troppo punch?»

«Non lo so.»

«Quanti bicchieri ti sei scolata?»

«Non lo so! Non è niente, lasciami stare.»

Era andata subito a letto e, quando Annie l'aveva raggiunta per darle il bacio della buonanotte, si era limitata a mormorare qualcosa e aveva continuato a fissare il muro, come ai vecchi tempi. Dopo averla salutata, Annie aveva chiesto aiuto ai sonniferi.

Tese la mano verso l'orologio e costrinse il cervello a focalizzarsi sull'ora. Erano quasi le otto. Si rammentò che Frank, la sera prima, le aveva chiesto se quel mattino sarebbero andate a messa con loro. L'idea le era sembrata appropriata, in qualche modo punitivamente conclusiva, e Annie aveva risposto di sì. Si trascinò fuori dal letto e raggiunse a fatica la stanza da bagno. La porta di Grace era socchiusa. Annie decise di farsi un bagno e quindi di svegliarla con un bicchiere di succo d'arancia.

Distesa nell'acqua fumante, cercò di aggrapparsi agli ultimi effetti del sonnifero, ma sentiva già affiorare dentro di sé una fredda geometria di dolore. Sono queste le forme che ora ti abitano, si disse. Punte, linee e angoli a cui dovrai abituarti.

Si vestì e scese in cucina. Erano le otto e mezza. Ormai completamente sveglia, cercò di distrarsi compilando elenchi mentali di ciò che avrebbero dovuto fare nel corso di quell'ultimo giorno a Double Divide. Preparare i bagagli, pulire la casa, far controllare olio e pneumatici del camioncino, fare la spesa per il viaggio, regolare i conti con i Booker...

Quando risalì le scale, si accorse che la porta di Grace era rimasta socchiusa. Bussò ed entrò. Le tende erano ancora tirate. Andò alla finestra e le scostò. Era un bellissimo mattino.

Voltandosi, vide che il letto era vuoto.

Fu Joe ad accorgersi che era scomparso anche Pilgrim. A quel punto avevano perlustrato ogni polveroso angolo della fattoria senza trovare traccia di Grace. Si erano divisi e avevano passato al setaccio le rive del torrente. I gemelli non avevano smesso un istante di chiamarla a gran voce, ma gli unici a rispondere erano stati gli uccelli sui rami degli alberi. Era stato allora che Joe era accorso urlando dai recinti; tutti si erano precipitati alla stalla e si erano resi conto che mancavano anche la sella e le briglie.

«Non preoccuparti» disse Diane ad Annie. «Sarà andata a fare una cavalcata.» Tom scorse la paura negli occhi di lei. Sapevano entrambi che il problema era più grave.

«Non l'aveva mai fatto prima d'ora?» le domandò.

«Mai.»

«Com'era quando è andata a letto?»

«Silenziosa. Ha detto che aveva un po' di nausea. Era turbata da qualcosa.»

Annie sembrava così fragile e spaventata che Tom avrebbe voluto stringerla e confortarla. Sarebbe stato del tutto naturale, ma l'occhiata vigile di Diane lo bloccava. Fu Frank ad abbracciarla.

«Diane ha ragione» la rincuorò. «Andrà tutto bene.»

Annie stava ancora guardando Tom. «Pilgrim è pronto per lei? L'ha cavalcato soltanto una volta.»

«Non le darà problemi» replicò Tom. Non era una menzogna: la vera questione era se fosse pronta Grace, e ciò dipendeva soltanto dal suo stato d'animo. «Andrò a cercarla con Frank.»

Voleva andare anche Joe, ma Tom si oppose e lo spedì a sellare i cavalli con i gemelli, mentre lui e Frank si cambiavano.

Fu Tom il primo a scendere. Annie lasciò Diane in cucina e lo seguì fino alla stalla. Non avevano che pochi secondi per parlarsi.

«Credo che sappia tutto.» Annie parlava a voce bassa, lo sguardo fisso davanti a sé. Stava sforzandosi di mantenere la calma. Tom annuì serio in volto.

«L'avevo immaginato.»

«Mi dispiace.»

«Non devi dispiacertene, Annie. Mai.»

Non riuscirono a dirsi altro, poiché Frank li raggiunse di corsa e tutti e tre si avviarono in silenzio al recinto dove Joe aveva condotto i cavalli.

«Ecco le tracce» disse Joe, indicando per terra i netti contorni degli zoccoli. I ferri di Pilgrim erano diversi da quelli degli altri cavalli. Non c'era alcun dubbio: erano le sue impronte.

Risalendo il sentiero verso il guado, Tom guardò dietro di sé soltanto una volta, ma Annie era già scomparsa. Diane doveva averla accompagnata in casa. I ragazzi lo stavano osservando. Li salutò con un cenno della mano.

L'idea le era venuta soltanto quando si era trovata addosso la scatola di fiammiferi. Li aveva messi in tasca all'aeroporto, dopo essersi esercitata con il padre mentre aspettavano di partire.

Non sapeva quanto a lungo avesse cavalcato. Il sole era già alto, sicché dovevano essere passate diverse ore. Si era lanciata al galoppo come una pazza, con tutta l'energia che aveva in corpo, dando libero sfogo alla propria collera e chiedendo a Pilgrim di non tirarsi indietro. Lui l'aveva capita e aveva galoppato per tutta la mattina con la schiuma alla bocca, come il ronzino di una strega. Grace sentiva che, se gliel'avesse chiesto, avrebbe spiccato il volo.

Si era alzata senza un piano, mossa soltanto da una rabbia cieca, distruttiva e ancora vaga. Mentre sellava Pilgrim alla fioca luce dell'alba, l'unica cosa che sapeva era che in qualche modo gliel'avrebbe fatta pagare. Li avrebbe fatti pentire di quello che avevano fatto. Soltanto quando si era lanciata al galoppo nei prati e aveva sentito l'aria fresca negli occhi si era messa a piangere. Disperata, aveva chinato il capo, singhiozzando nelle orecchie del suo Pilgrim.

Ora, mentre il cavallo si abbeverava allo stagno sull'altopiano, Grace sentiva che la rabbia, senza diminuire, assumeva una nuova forma. Passò la mano sul collo sudato di Pilgrim e rivide con la mente le due figure uscire di soppiatto dalla stalla, convinte di passare inosservate. E più tardi sua madre, il trucco rovinato dalla lussuria, il volto ancora in fiamme, le aveva chiesto con la massima calma se stesse poco bene.

E Tom, come aveva potuto farlo? Il "suo" Tom. Dopo essersi dimostrato così buono e gentile, aveva rivelato la sua vera natura. Era stata tutta una finzione, un paravento astuto dietro il quale entrambi si erano nascosti. Solo una settimana prima rideva e chiacchierava con suo padre accanto al fuoco. Era disgustoso. Gli adulti le facevano venire la nausea. E lo sapevano tutti. L'aveva detto Diane. Come una cagna in calore, aveva detto. Che schifo.

Grace guardò l'altopiano e il passo oltre la cresta che s'inoltrava nelle montagne come una cicatrice ricurva. Era lassù, nella baita dove tutti insieme avevano passato quella notte magica, era lassù che l'avevano fatto. Che avevano infangato quel luogo magnifico, rovinandolo per sempre. E quella bugiarda di sua madre aveva raccontato che andava lassù a "schiarirsi le idee".

Ma gliel'avrebbe fatta vedere. Aveva i fiammiferi, e gliel'avrebbe fatta vedere. La baita avrebbe preso fuoco come un mucchio di carta. E quando avessero trovato i suoi resti carbonizzati sepolti sotto la cenere, allora sì che se ne sarebbero pentiti. Se ne sarebbero davvero pentiti.

Era difficile capire quanto vantaggio avesse su di loro. Tom conosceva un giovane indiano della riserva che, guardando un'orma, era in grado di dire con esattezza quanto tempo fosse trascorso dal momento in cui era stata lasciata. Grazie alla sua passione per la caccia, Frank ne sapeva molto più di lui, ma non a sufficienza. Quello che si capiva era che Grace stava spronando il cavallo a folle velocità, e che, se avesse continuato così, Pilgrim sarebbe crollato.

Ancora prima di individuare le impronte sulla riva dello stagno, avevano capito che stava dirigendosi ai pascoli estivi. Con Joe, Grace aveva perlustrato a cavallo la parte della tenuta verso valle, e sulle montagne c'era stata soltanto una volta. L'unica destinazione possibile era la baita, sempre che la ragazzina fosse in grado di ricordarsi la strada che conduceva ai passi. A estate inoltrata, il luogo era molto diverso rispetto a due settimane prima. Anche senza la confusione che con ogni evidenza aveva in testa, Grace avrebbe potuto perdersi molto facilmente.

Frank smontò di sella per controllare meglio le impronte sulla riva dello stagno. Si tolse il cappello e si asciugò la fronte sudata con la manica della camicia. Tom gli si affiancò e tirò in disparte i cavalli per non confondere le tracce sul fango.

«Che cosa ne dici?»

«Non lo so. Sono già secche, ma con il sole di oggi non significa nulla. Mezz'ora, forse un po' di più.»

Lasciarono che i cavalli si abbeverassero e scrutarono l'altopiano, tamponandosi il sudore sulla fronte.

«Speravo di riuscire a vederla, da quassù» riprese Frank.

«Anch'io.»

Per qualche istante restarono in silenzio, ascoltando lo sciabordìo dell'acqua mossa dai cavalli che si abbeveravano.

«Tom?» Voltandosi verso il fratello, Tom lo vide sorridere a disagio. «Sono faccende che non mi riguardano, ma ieri sera, Diane... insomma, ha bevuto un po' troppo.

Eravamo in cucina, e lei stava dicendo che tu e Annie... be', torno a ripeterlo, non sono fatti nostri...»

«Non preoccuparti, prosegui.»

«Diane ha detto un paio di cose e Grace è comparsa all'improvviso. Non ne sono sicuro, ma temo che ci abbia sentiti.»

Tom annuì. Frank gli domandò se fosse vero che c'era qualcosa e Tom rispose di sì. Si guardarono, e negli occhi di Tom si rispecchiò in parte la sofferenza del cuore.

«Ci sei dentro di brutto, vero?» chiese Frank.

«Fino al collo.»

Non aggiunsero altro. Montarono in groppa e ripartirono verso le montagne.

Dunque Grace sapeva, e non importava come l'avesse scoperto. E lui aveva avuto quasi un presentimento, ancora prima che Annie desse voce ai propri timori come aveva fatto quel mattino. La sera precedente, al momento della buonanotte, aveva chiesto a Grace se si fosse divertita e lei non gli aveva quasi risposto, annuendo, evitando il suo sguardo e rivolgendogli un sorriso di circostanza. Che dolore deve provare per reagire in questo modo, si disse Tom. Sono stato io a provocarlo, pensò. E lo accolse in sé, circondandolo con la sua stessa sofferenza.

Nemmeno quando raggiunsero la cresta della catena montuosa riuscirono a scorgerla. Le tracce rivelavano che aveva rallentato. Si era fermata soltanto una volta, a una cinquantina di metri dall'imbocco del passo. Sembrava che avesse arrestato Pilgrim e gli avesse fatto compiere un piccolo cerchio mentre decideva o controllava qualcosa. Quindi aveva ripreso la marcia al piccolo trotto.

Frank si fermò nel punto in cui il sentiero iniziava ad arrampicarsi fra i pini. Indicò il terreno, attirando l'attenzione di Tom.

«Che cosa ne pensi?»

Le impronte sembravano essersi moltiplicate, sebbene quelle di Pilgrim continuassero a risultare evidenti grazie ai ferri. Era impossibile stabilire quali fossero le più recenti.

«Devono essere i mustang di Granola» disse Frank.

«Suppongo di sì.»

«Non li avevo mai visti così in alto.»

«Nemmeno io.»

Li udirono quando raggiunsero la curva a metà del passo e si fermarono ad ascoltare. Vi fu un rombo sordo, che da principio scambiarono per una frana. Quindi si levò uno strepito acuto, e capirono che si trattava di un branco di cavalli.

Si lanciarono verso la cima del passo, aspettandosi di incappare da un momento all'altro nei mustang in fuga. Ma a parte le loro impronte, non ve n'era traccia. Era difficile stabilire quanti fossero. Forse una decina, si disse Tom.

In cima al passo, il sentiero si biforcava. Per raggiungere i pascoli alti bisognava procedere sulla destra. Tom e Frank si fermarono e studiarono il terreno. Era così sconvolto dagli zoccoli che era impossibile distinguere le impronte di Pilgrim o capire in quale direzione avesse proseguito.

I due fratelli si divisero. Tom si diresse verso destra e Frank prese il sentiero che scendeva a sinistra. Una ventina di metri più in là, Tom individuò le tracce di Pilgrim. Erano rivolte verso l'imbocco del sentiero alle sue spalle. A qualche metro di distanza vi era un altro punto in cui le impronte si facevano confuse. Tom stava per scendere da cavallo per esaminarle meglio quando udì la voce di Frank.

Quando gli giunse accanto, il fratello gli disse di mettersi all'ascolto. Per alcuni istanti non udirono nulla, ma all'improvviso il silenzio fu rotto da un'esplosione di nitriti terrorizzati.

«Dove porta questo sentiero?»

«Non lo so. Non l'ho mai preso prima d'ora.»

Tom affondò i talloni nei fianchi di Rimrock e lo lanciò al galoppo.

Il sentiero scendeva e quindi riprendeva a salire. Era stretto e tortuoso, soffocato tra due file di alberi così fitti che sembravano sferzarsi a vicenda per moto proprio. Il percorso era cosparso di tronchi caduti ad altezze diverse. Rimrock non mostrò la minima indecisione, adeguando il ritmo alle asperità del terreno, abbassandosi o saltando gli ostacoli senza nemmeno sfiorarli.

Dopo circa un chilometro presero nuovamente a scendere fino alla base di un ripido pendìo disseminato di rocce, lungo il quale il sentiero proseguiva formando una lunga mezzaluna ascendente. Appena sotto, il pendìo riprendeva ancora più ripido, precipitando per decine di metri fino a un oscuro intrico di pini e rocce.

Il sentiero conduceva a quella che sembrava essere un'antica, enorme cava naturale, affondata nel calcare come un gigantesco calderone rotto che riversasse il suo contenuto sul versante della montagna. Fra i tonfi sordi degli zoccoli di Rimrock, Tom udì i nitriti dei cavalli. Quindi sentì un altro grido, e riconobbe con angoscia la voce di Grace. Soltanto quando si affacciò con Rimrock sull'orlo del calderone riuscì finalmente a vederla.

Era appiattita contro la parete più lontana, intrappolata da un tumulto di cavalle terrorizzate. Ve n'erano sette o otto, alcune accompagnate dai puledri. Giravano in tondo, sempre più spaventate. L'eco dei loro nitriti enormemente amplificata dalle pareti di roccia e la polvere sollevata dagli zoccoli impazziti non facevano che aumentarne il panico. Al centro del cerchio, Pilgrim e lo stallone bianco si fronteggiavano, impennandosi e colpendosi con gli zoccoli anteriori.

«Gesù Cristo.» Frank aveva raggiunto il fratello. Alla vista di quell'inferno il suo cavallo recalcitrò, costringendolo a tirare le redini con decisione e a compiere un giro attorno a Tom. Anche Rimrock era turbato, ma non arretrava. Grace non li aveva ancora visti. Tom scese da cavallo e consegnò al fratello le redini di Rimrock.

«Resta qui nel caso abbia bisogno di te, ma tieni pronto a scansarti in fretta» disse. Frank annuì.

Tom s'incamminò verso sinistra, dando la schiena alla parete di roccia, senza distogliere gli occhi dal folle carosello delle cavalle. La polvere gli bruciava la gola. Si era fatta così densa che al di là delle cavalle Pilgrim si era trasformato in una chiazza scura stagliata contro il mantello candido dello stallone.

Grace era a meno di sei metri di distanza. Finalmente lo vide. Era pallida come un cencio.

«Sei ferita?» le gridò Tom.

Grace scosse il capo e cercò di rispondergli che stava bene, ma la sua voce era troppo debole per superare il frastuono e la polvere. Cadendo si era ammaccata una spalla e distorta la caviglia, ma non era quello il problema. A paralizzarla era la paura – e più per Pilgrim che per se stessa. Lo stallone scopriva i denti fino alle gengive e azzannava il collo di Pilgrim, che sanguinava. Ma la cosa peggiore erano i loro nitriti, un suono che prima di allora Grace aveva udito soltanto una volta, in un mattino soleggiato e ammantato di neve.

Vide che Tom si toglieva il cappello e lo agitava avanzando tra le cavalle roteanti e impazzite. Le prime cercarono di evitarlo, scontrandosi con quelle dietro, ma Tom riuscì a farle voltare in un'unica direzione e le incalzò, facendole allontanare da Pilgrim e dallo stallone. Una cercò di scappare verso destra, ma lui riuscì a riprenderla. Attraverso la nuvola di polvere Grace scorse un altro uomo, forse Frank, allontanare due cavalli e sgombrare il passaggio. Le femmine, seguite dai puledri, superarono l'imboccatura della cava e fuggirono.

Tom si voltò e riprese ad avanzare lungo la parete di roccia, lasciando spazio ai due cavalli, immaginava Grace, per non sospingerli verso di lei. Si fermò più o meno nel punto di prima e tornò a chiamarla. «Grace? Resta dove sei. Andrà tutto bene.»

Quindi, senza la minima traccia di paura, s'incamminò verso i due cavalli. Grace vedeva che le sue labbra si muovevano, ma non udiva le sue parole, coperte dai nitriti. Forse Tom stava parlando con se stesso, forse non stava dicendo nulla.

Quando li ebbe raggiunti, si fermò, e solo allora i due animali sembrarono accorgersi della sua presenza. Grace lo vide tendere la mano verso le redini di Pilgrim e afferrarle. Con fermezza, ma evitando di strattonarlo, Tom fece tornare il cavallo sulle quattro zampe e lo costrinse a voltarsi. Quindi gli diede una violenta manata sul posteriore e lo fece allontanare.

Frustrato dall'intromissione, lo stallone sfogò la sua furia sull'uomo.

L'immagine di ciò che seguì non avrebbe più abbandonato Grace, anche se non seppe mai con certezza che cosa accadde. Il cavallo prese a ruotare su se stesso, agitando il muso e sollevando con gli zoccoli una sventagliata di polvere e sassi. Dopo la fuga dell'avversario, nell'aria risuonavano soltanto i soffi rabbiosi dello stallone che rimbombavano sempre più forte tra le pareti della cava. Per un istante l'animale parve confuso da quell'uomo che lo fronteggiava senza la minima paura.

La cosa certa era che Tom avrebbe potuto allontanarsi. Bastavano due o tre passi e si sarebbe sottratto allo stallone. Il cavallo, Grace ne era convinta, l'avrebbe lasciato andare. Invece Tom fece un altro passo avanti.

Nell'istante in cui si mosse, come di sicuro aveva previsto, lo stallone s'impennò nitrendo. Ma anche allora Tom avrebbe potuto farsi da parte. Grace aveva già visto Pilgrim impennarsi allo stesso modo e aveva notato l'abilità di Tom nel portarsi in salvo. Lui sapeva dove sarebbero calati gli zoccoli del cavallo, sapeva quale muscolo sarebbe scattato e perché, e lo sapeva prima ancora dell'animale stesso. Ma quel giorno non accennò a scostarsi, a chinarsi, a indietreggiare. Fece un altro passo avanti.

La nuvola di polvere era ancora troppo densa per distinguere con sicurezza ciò che accadeva, ma Grace credette di vedere Tom aprire leggermente le braccia e, con un gesto così delicato che avrebbe anche potuto essere frutto della sua immaginazione, mostrare al cavallo le palme delle mani. Fu come se gli stesse offrendo qualcosa, e forse quel qualcosa era ciò che aveva sempre offerto, la comprensione e la pace. Ma sebbene per il resto dei suoi giorni non avrebbe mai osato dar voce a quel pensiero, Grace ebbe la subitanea, vivida impressione che non fosse così, che senza alcuna paura o disperazione Tom stesse in qualche modo offrendo se stesso.

E all'improvviso, con un suono terribile, sufficiente da solo a decretare la sua morte, gli zoccoli del cavallo gli calarono sul cranio e lo fecero crollare a terra come un'icona in frantumi.

Lo stallone s'impennò di nuovo con meno decisione, all'unico scopo di trovare un punto d'appoggio più sicuro del corpo esanime dell'uomo. Per un istante parve sconcertato da una capitolazione così rapida, e raspò indeciso la terra attorno alla testa di Tom. Quindi, scrollando la criniera, gettò un ultimo nitrito, si lanciò verso l'imboccatura della cava e scomparve.

PARTE
QUINTA

36

L'ANNO SEGUENTE, A CHATHAM, LA PRIMAVERA GIUNSE IN RITARDO. Una notte di fine aprile erano caduti trenta centimetri di neve. Erano fiocchi pesanti e molli, e il manto si era sciolto prima di sera, ma Annie aveva temuto che facesse morire i germogli dei sei piccoli ciliegi di Robert. Ma quando, in maggio, la campagna si era finalmente risvegliata, gli alberelli erano sembrati farsi forza ed erano fioriti senza problemi.

Ora la stagione aveva superato il suo momento più glorioso, e i petali rosa avevano iniziato ad appassire e a cerchiarsi leggermente di marrone. Al minimo alito di vento i fiori si staccavano dai rami, unendosi agli altri in un ampio cerchio sul terreno. I pochi che seguivano un tragitto indipendente venivano inghiottiti dall'erba alta attorno alle radici. Qualcuno, tuttavia, trovava un breve sollievo finale posandosi sul velo bianco di una culla che, da quando le giornate si erano fatte temperate, godeva dell'ombra screziata degli alberi.

La vecchia culla di vimini apparteneva alla famiglia di Robert. Gliel'aveva regalata una zia quando era nata Grace. Prima di lei, aveva ospitato in fasce numerosi avvocati di vario successo. Il velo, su cui si stagliava l'ombra di Annie, era un nuovo acquisto. Annie si era accorta di quanto al piccolo piacesse guardare i petali che vi si posavano sopra, e non scostò quelli appena caduti. Si chinò sulla culla e vide che suo figlio dormiva.

Era ancora troppo presto per dire a chi assomigliasse. La carnagione era chiara, e al sole i capelli castani assumevano riflessi rossastri come quelli di Annie. Dal giorno della sua nascita, quasi tre mesi prima, gli occhi erano sempre rimasti azzurri.

Il ginecologo le aveva consigliato di far causa all'azienda produttrice della spirale. Era durata soltanto quattro anni, uno meno del previsto. La parte in rame si era completamente consumata. Pur di evitare la pubblicità negativa, le aveva spiegato il medico, i produttori avrebbero accettato di risarcirla. Annie si era messa a ridere, lei stessa turbata da quella reazione così estranea al suo carattere. No, aveva risposto, non aveva alcuna intenzione di fare causa, e neppure desiderava abortire, nonostante i precedenti negativi e i rischi elencati in modo perfettamente chiaro dal ginecologo.

Se non fosse stato per la vita che le si stava formando nel ventre, pensava Annie, forse nessuno di loro – né lei né Robert né Grace – sarebbe sopravvissuto. La sua gravidanza avrebbe potuto, o forse dovuto, peggiorare le cose, diventando il punto focale delle loro sofferenze. Invece, dopo lo shock della scoperta iniziale, aveva arrecato un conforto sempre più profondo e una sorta di calma chiarificatrice.

Annie sentì il turgore nelle sue mammelle e per un istante si chiese se non fosse il caso di svegliare il piccolo. Era così diverso da Grace. All'età di tre mesi, insoddisfatta del seno della madre, Grace era già passata al biberon. Il piccolo invece le serrava le labbra al capezzolo e succhiava con entusiasmo. Quando era sazio, si addormentava.

Annie guardò l'orologio. Erano quasi le quattro. Nel giro di un'ora Robert e Grace sarebbero partiti da New York. Per un attimo fu tentata di rientrare in casa e riprendere il lavoro, ma subito rinunciò all'idea. Era stata una giornata positiva, e l'articolo che stava scrivendo, sebbene diverso per stile e contenuto da qualsiasi altra cosa avesse mai pubblicato, sembrava procedere bene. Decise di oltrepassare lo stagno, raggiungere il prato e dare un'occhiata ai cavalli. Al suo ritorno, il piccolo sarebbe stato quasi certamente sveglio.

Avevano seppellito Tom Booker accanto a suo padre. Annie l'aveva saputo da Frank. Le aveva scritto una lettera. L'aveva spedita a Chatham, dove era arrivata un mercoledì mattina di fine luglio. Annie era sola, e aveva da poco scoperto di essere incinta.

Avrebbero voluto un funerale intimo, riservato esclusivamente alla famiglia. Ma a sorpresa si erano presentate quasi trecento persone, alcune delle quali provenienti da luoghi lontani come Charleston e Santa Fe. La chiesa aveva potuto ospitarne soltanto una parte, sicché avevano spalancato i portali e la maggior parte dei convenuti aveva seguito la cerimonia all'aperto, nel sole.

Frank immaginava che le avrebbe fatto piacere saperlo.

Lo scopo principale della sua lettera, proseguiva, era informarla che il giorno prima della sua morte Tom aveva confidato a Joe di voler fare un regalo a Grace. Insieme avevano pensato di regalarle il puledro di Bronty. Frank voleva sapere che cosa ne pensasse. Se era d'accordo, l'avrebbero mandato lì insieme a Pilgrim.

Era stato Robert a voler costruire la scuderia. Annie la vide mentre avanzava verso il prato: situata alla fine del lungo viale di noccioli che descriveva una curva intorno allo stagno, si stagliava contro un ripido pendìo disseminato di pioppi e betulle. Annie ne era sorpresa ogni volta che la guardava. La facciata di legno era ancora nuova, come le travi e le assi del cancello e del recinto. I verdi degli alberi e dell'erba erano così vividi e intensi che sembravano mormorare.

Quando la udirono avvicinarsi, entrambi i cavalli sollevarono il muso, ma subito tornarono a brucare. Il "puledro" di Bronty era ormai diventato un turbolento esemplare di un anno, e in pubblico veniva trattato da Pilgrim con una sorta di altezzoso disprezzo. Era più che altro una posa. Molto spesso Annie li aveva sorpresi a giocare. Incrociò le braccia sul cancello, vi appoggiò il mento e osservò i due animali.

Grace si dedicava al puledro ogni fine settimana. Guardandola, Annie aveva capito quanto avesse imparato da Tom. Lo si vedeva nei suoi movimenti, persino nel modo in cui parlava al cavallo. Non forzava mai la mano, limitandosi ad aiutarlo a trovare se stesso. E il puledro rispondeva bene. Già si notava, in lui, la dolcezza tipica di tutti i cavalli di Double Divide. Grace l'aveva chiamato Gully, ma prima aveva chiesto alla madre se, a suo avviso, i genitori di

Judith avrebbero avuto obiezioni. Annie le aveva assicurato di no.

Le risultava difficile pensare a Grace senza un sentimento di rispetto e meraviglia. Sua figlia, ormai quasi quindicenne, era un miracolo che si rinnovava continuamente.

La settimana successiva alla morte di Tom era ancora un ricordo confuso, e probabilmente era meglio così per entrambe. Erano partite dal Montana non appena Grace era stata in grado di viaggiare ed erano tornate in volo a New York. Per giorni interi Grace era rimasta in preda a una quasi totale apatìa.

Era stata forse la vista dei cavalli, quel mattino di agosto, a far scattare qualcosa dentro di lei. In qualche modo si era aperto uno spiraglio, e per le due settimane successive Grace aveva pianto, dando sfogo al suo dolore. Le sue lacrime avrebbero potuto travolgerli tutti, ma nella quiete dopo la tempesta Grace aveva riflettuto sulla propria esistenza e deciso, come Pilgrim, di accettarla.

In quel momento, Grace era diventata adulta. Ma a volte, quando non sapeva di essere osservata, nei suoi occhi scintillava qualcosa di più profondo della semplice maturità. Per due volte era scesa all'inferno, per due volte ne era tornata. E ciò che aveva visto le aveva regalato una saggezza triste e sommessa, antica come il tempo.

In autunno aveva ripreso la scuola, e il benvenuto che le avevano dato le amiche era valso un migliaio di sedute con la nuova terapista, che continuava a vedere una volta la settimana. Quando finalmente, dopo grandi trepidazioni, Annie le aveva confidato di essere incinta, Grace ne era stata felicissima. Non le chiese mai chi fosse il padre.

E nemmeno Robert. Non vi era alcuna analisi che lo stabilisse con certezza, e lui non sembrava rammaricarsene. Preferiva forse la possibilità che il figlio fosse suo alla certezza che non lo fosse.

Annie gli aveva detto tutto. E come i più diversi e complessi sensi di colpa si erano incisi per sempre nel suo cuore e in quello di sua figlia, così il dolore che lei gli aveva inflitto non lo avrebbe mai abbandonato.

Per il bene di Grace, avevano rinviato ogni decisione sul futuro del loro matrimonio. Annie viveva a Chatham,

Robert a New York. Grace faceva la spola, impegnata a ricucire filo per filo il tessuto lacerato delle loro vite. Dopo l'inizio della scuola, la raggiungeva a Chatham per il fine settimana, di solito in treno. Di quando in quando, tuttavia, Robert l'accompagnava.

Le prime volte era tornato in città dopo aver dato un bacio alla figlia e aver scambiato con Annie qualche parola di circostanza. Ma un piovoso venerdì sera di fine ottobre Grace era riuscita a convincerlo a restare per la notte. Avevano cenato insieme. Con Grace era stato divertente e affettuoso come sempre, con Annie riservato e né più né meno che cortese. Aveva dormito nella camera degli ospiti e il mattino seguente era partito di buon'ora.

Col tempo quell'episodio occasionale era diventato tacitamente la loro routine del venerdì sera. E sebbene per principio Robert non fosse rimasto mai più di una notte, il giorno dopo partiva sempre più tardi.

Il sabato prima del giorno del Ringraziamento erano andati a far colazione alla panetteria di Chatham. Era la prima volta dall'incidente che vi entravano insieme, come una famiglia. Uscendo, si erano imbattuti in Harry Logan, che a forza di complimenti aveva fatto arrossire Grace. Quindi il veterinario aveva chiesto il permesso di passare a salutare Pilgrim, e loro avevano risposto che sarebbe stato il benvenuto.

A quanto risultava ad Annie, nessuno a Chatham aveva la minima idea di che cosa fosse accaduto nel Montana, a parte il fatto che il loro cavallo era guarito. Harry aveva notato la rotondità del suo ventre e aveva scosso la testa sorridendo.

«Ragazzi» aveva detto. «Vedervi così, tutti e quattro, mi fa sentire così bene. Sono davvero, davvero felice per voi.»

Tutti si erano meravigliati che Annie, dopo tanti aborti spontanei, ce l'avesse fatta. Spesso, aveva dichiarato l'ostetrico, accadevano strane cose alle future mamme in età avanzata. Grazie mille, aveva risposto Annie.

Il piccolo era nato ai primi di marzo con un cesareo. Le avevano chiesto se desiderasse un'epidurale che le avrebbe consentito di stare sveglia. Neanche per sogno, aveva risposto Annie: preferiva l'anestesia totale, che le dessero tutti i farmaci disponibili. Si era risvegliata, come già molti anni prima, con il neonato sul cuscino accanto a sé. C'erano anche Robert e Grace, e insieme avevano pianto e riso di gioia.

L'avevano chiamato Matthew, come il padre di Annie.

Un alito di brezza le portò il pianto del piccolo. Quando si voltò e s'incamminò verso i ciliegi, i due cavalli non la degnarono di uno sguardo.

L'avrebbe allattato e cambiato. Quindi l'avrebbe messo a sedere in cucina in modo che potesse osservarla con quei suoi occhi azzurri e trasparenti. Forse sarebbe riuscita a convincere Robert a restare con loro per tutto il fine settimana. Quando passò accanto allo stagno, alcune anatre selvatiche spiccarono il volo, sbattendo rumorosamente le ali sull'acqua.

Nella lettera che le aveva inviato l'estate precedente, Frank aveva aggiunto soltanto un'altra cosa. Sistemando la stanza di Tom, aveva trovato una busta chiusa sul tavolino. Sopra c'era scritto il nome di Annie, e così l'aveva allegata alla lettera.

Prima di aprirla, Annie l'aveva guardata a lungo. Le era sembrato alquanto strano di non aver mai visto prima la calligrafia di Tom. All'interno, in un foglio di carta bianca ripiegato, c'era il pezzetto di corda che si era ripreso l'ultima sera alla casa sul torrente. Sul foglio aveva scritto queste semplici parole: *Perché tu non dimentichi*.

Indice

Finito di stampare nel mese di settembre 1996
presso il Nuovo Istituto Italiano d'Arti Grafiche
Bergamo

Printed in Italy